张　抗　抗　文　集

散 文 集

牡丹的拒绝

张抗抗 著

GUANGXI NORMAL UNIVERSITY PRESS
广西师范大学出版社
·桂林·

图书在版编目（CIP）数据

　　牡丹的拒绝 / 张抗抗著. --桂林：广西师范大学
出版社，2023.4
　　（张抗抗文集）
　　ISBN 978-7-5598-5720-0

　　Ⅰ．①牡…　Ⅱ．①张…　Ⅲ．①散文集－中国－
当代　Ⅳ．①I267

　　中国国家版本馆 CIP 数据核字（2023）第 018700 号

广西师范大学出版社出版发行

　　广西桂林市五里店路 9 号　　邮政编码：541004

　　网址：http://www.bbtpress.com

出版人：黄轩庄

全国新华书店经销

珠海市豪迈实业有限公司印刷

　　珠海市香洲区洲山路 63 号豪迈大厦　　邮政编码：519000

开本：880 mm × 1 230 mm　　1/32

印张：14.5　　字数：280 千

2023 年 4 月第 1 版　　2023 年 4 月第 1 次印刷

印数：0 001~6 000 册　　定价：68.00 元

如发现印装质量问题，影响阅读，请与出版社发行部门联系调换。

自序

很久以前，在炎热的夏夜，我常常看见小小的萤火虫，闪着幽绿的微光，从眼前一闪而过。它掠过潮湿的空气，穿透浓稠的夜色，燃起尾灯，在黑暗中起起伏伏，或是匍匐于低矮的草丛里忽明忽闪。

它似乎并不打算照亮周围的黑暗，它只点亮自己。

从我少年时阅读文学作品开始，心里总有晶莹的光斑在跳跃。

那星星般、火焰般的亮光，闪烁着移向远方，引领我一步步走上文学之路。五十年中，我写下了八百多万字的作品，精选成这部三百万字的十卷文集。

文集是一部生命的史诗，文集是一次对自己严格的拷问与检验。

偶然间，从百十部旧作里，我发现了一个秘密：

1972 年幼稚的小小说《灯》、1981 年的中篇小说《北极光》，一直到 2016 年的中篇小说《把灯光调亮》——我对"光"似乎特别敏感。回望我的文学路，大半生的写作，始终被微弱或是宏阔的光亮吸引着。

阳光炽烈、圆月皓洁、星空邈远。我是一个心里有光的人！

为了寻光，我用文字把雾霾拨散；为了迎光，我用语言把黑暗撕开。

人类的进化和变异，从骨骼开始。骨骼支撑着生命，使人能够站立起来。当生命的血肉之躯不复存在，最后留下了坚硬的骨骼。作品的内涵与思想，正如骨骼一样。骨骼是一支烛台、一只灯架、一座灯塔，让光束高高、灼灼地挥洒和传播，成为江河湖海的森森烟波中鲜明的标识。

当然，还有灵魂。灵魂飘飞出窍，升天入地，灵魂就是永恒的光。

编选这部文集的过程中，审视五十年来的旧作，我常常纠缠在截然相反的复杂心情中。有时我会惊叹：那时我写得多么好啊，那些流畅有趣的句子、独特的人物，新文体的尝试；那时的我，文思喷涌，认知超前……有时我也会沮丧懊恼：早期的文字太粗浅简陋了，细节不够讲究……更多的时候，我会深深感慨：我应该写得更好些，我完全可以写得更好。

可惜，年过七旬，一切都不可能从头来过了。

已落笔的每一字每一句每一篇每一部，都是生命留下的真实印记。是用书页压缩、凝聚而成的人生和历史。

写作的人在写作中享受寂寞。书籍和文学都是寂寞的产物。

寂寞中，我听见自己内心的声音，自由自在无拘无束地飞扬。

在我大半生的写作中，"写什么"和"怎么写"同样重要——"写什么"体现自己的价值观，"怎么写"是价值观实现的方式，用文学表达对自身、人性及对世界的认识。其实，最为重要的是"为什么写作"。整理文集的过程中，我无数次叩问自己，杂糅的思绪渐渐清晰：少年时，文学是对美好理想的向往；青年时，写作是为了排遣苦闷；中年时，写作是为了精神的坚韧与丰厚；进入晚年，写作是为了抗拒人生巨大的虚无感。一生写作，其实都是为了解决自己的种种疑惑、困惑，可惜始终未能达至不惑。

我已与文学相伴半个世纪。于我而言，身前的赞誉非我所欲，身后的文名亦非我所求，写作不是我的全部生命，而是人生的组成部分。我在写作中不断成长——成熟，在文学中日臻完美，从而成为一个合格的公民、一个有尊严的写作者、一个善于思考的人。

近年来，我留意到萤火虫已越来越少，它们被污染的环境和滥用的农药灭杀了。我心黯淡进而悲凉。我梦想着变成一只萤火虫，让我书中的每一个字，能在暗夜里发光，孤光自照。

是为序。

张抗抗

2022 年 3 月 2 日

目 录

我忆

我思

我在

我见

我
行

地下森林断想

森林是雄伟壮丽的，遮天蔽日，浩瀚无垠。风来似一片绿色的海，寂静如一堵坚固的墙。那就是森林，地球尚未造就人类，却已经造就了它，植物世界骄傲的代表。

可是你，却为什么长在这里？长在这阴森森黑黝黝的幽深的峡谷。我寻找你，爬上了高高的山岭，穿过了长长的石洞。袅袅烟云在我身边飘浮，而你那充满生机的树梢，却刚够得着我的脚尖，不及山坡上小草儿高。山谷深不见底，宽不可测，没有人见过这片森林的全貌。虽然你拥有珍贵的树木，这大自然无价的财富，然而你沉默寡言、与世无争——多么不公平啊，你这个世上罕见的地下森林。你从哪里飞来？你究竟遭受了什么不幸，以致你沉入这黑暗的深渊，熬过了那么漫长的岁月？

一定是在很久很久以前，遥远的远古年代。那时候这里也许是一片芬芳的草地，也许是清澈的湖泊，美丽的大自然，万物鼎盛。可是突然一次巨大的火山爆发，瞬息之间改变了一切。狂风呼啸，气浪灼人，沙石飞腾，岩浆横溢，霎时天昏地暗，山崩地裂，好像到了世界的末日……

人们不知道地球为什么要发这么大的脾气。或许仅仅是因为它喜欢运动。嗬，听苍郁的巨木在风暴中咔咔折断，见地心的"热血"喷射上天，气势之宏伟壮观，连太阳都要肃然起敬。

然而它终于息怒了。于是一切都平静下来。平静了，草地变成了明镜似的湖，昔日的湖底成了奇形怪状的石山。它把岩石熔化成沙砾，把峻岭劈成深渊。一切都改变了：烧焦的石头取代了绿色的森林，黑色的岩浆覆盖了娇艳的野花。多么宁静的世界呵，万籁俱寂，没有百鸟啾啾，没有树叶沙沙……

就像地球上有的火山爆发后留下的痕迹一样，在这里，黑龙江省宁安市境内距镜泊湖一百八十公里的山林里，早已沉寂的火山留下了七个不规则的深坑，四面均为悬崖，险岩峭立，怪石嶙峋。深处百十米，浅处少说也有三四十米。谷底开阔，散落着万年前山摇地动时崩塌下来的巨石。

火山制造了峡谷、深渊，却没有留下生命。山是光秃秃的，谷是光秃秃的，太阳依然高悬，可是山没有颜色，谷没有颜色……

多少年过去了，风儿把山顶上岩石的表层化作了泥土，瘠薄而细密；它又不辞辛苦地从远处茂密的树林里捎来种子，让雨水把它们唤醒。坡上青翠的小苗讨得阳光喜欢了，便慷慨地抚爱它们。于是，灰黑的火山石变绿了，悬崖上、山岭间，一片郁郁葱葱，鸟儿也回来了，为的是歌唱生命。

然而那幽暗的峡谷，却依然如故。黑黝黝、光秃秃、阴森森、静悄悄。樵夫听得见泉水在谷底的石洞里激起的滴答回声，猎人追踪狼嗥虎啸至此，除了厚厚的青苔之外什么也没有。几千年过去了，大自然的生命无处不在，峡谷却没能生长出哪怕一株小草……

也许鸟儿掠过山崖，衔叼的草茎曾在这里落下过草籽儿，但是草籽儿没有发芽；也许山泉流过谷底，携带过几粒花种，但是小花儿没有长大。都说阳光是公平的，在这里却不。不！阳光享用着高山大川原野对它的欢呼致意，却从来没有走到这深深的峡谷的底部来探访。它吝啬地在崖口徘徊，装模作样地点头；它从没有留意过这陷落的大坑，早已将它遗忘。即使夏日的正午偶有几束光线由于好奇而向谷底窥测，也是斜视着眼睛，没有几丝暖意。

阳光不喜欢峡谷，峡谷莫非不知道？

不幸的峡谷，它本可以变成一串明珠似的小湖，像德都县的高山堰塞湖"五大连池"那样，轻而易举就可赢得人们的赞美。可是它却不。它悄然无声地躺在这断崖绝壁下，并不急于到世上去炫耀自己；它隐姓埋名，安于这荒僻的大山之间，总好像在期待着什么，希望着什么。它究竟在期待和希望着什么呢？

长空的大风经过这里，停下了脚步。不等探询，便很快理解了它。它把坑口的石块碾成粉末，一点一点地撒落到峡谷的石缝里去。

洁净的山泉日日与它相伴，也终于明白了它。山泉从石洞里流出来，又一滴一滴渗进石缝里去，把石块碾成的粉末变成了泥土。

山顶的鱼鳞松时时顾盼着它。虽然相对无言，却是心心相通。

松树敬仰峡谷深沉的品格，钦佩峡谷坚韧的毅力；松树为阳光的偏爱愤懑，为深渊的遭遇不平。秋天，它结下了沉甸甸的种子，毅然跳进了峡谷的怀抱，献身于那没有阳光的"地下"。也许为峡谷所感召，纯洁的白桦、挺拔的白杨、秀美的黄菠萝，它们勇敢的种子，都来了，来了。一粒、几十粒、几百粒。不是出于怜悯，而是为了试一试大自然的生命力究竟有多强……

几千年过去了，几万年过去了。

孱弱的小苗曾在寒冷霜冻中死去，但总有强者活下来了，长起来了，从没有阳光的深坑里长起来。

几千年过去了，几万年过去了，进入了人类的文明时代。终于有一天，人们在昔日的死火山口发现了一个奇迹，一个生命史上的奇迹——幽暗的峡谷里竟然柞木苍郁、松树成林，整整齐齐、密密麻麻地耸立着一片蔚为壮观的森林。只因为它集于井底一般的深谷之中，黑森森不见阳光，有人便为它起了一个恰如其分的名字，叫作地下森林。

如果它早已成为漂亮的小湖、奇丽的深潭，也许早就免除了这"地下"的一切艰辛。但是它不愿意。它懂得阳光虽然嫌弃它，时间却是公正的，为此它宁可付出几万年的代价。它在黑暗中苦苦挣扎向上，爱生命竟爱得那样热烈真挚。尽管阳光一千次对它背过脸去，它却终于把粗壮的双臂伸向了光明的天顶，得到了自己期待和希望已久的荣光——那不是人们的赞美，而是它无私地奉献给人们的伟岸的成材！坚硬、挺直，绝无半分媚骨。

地下森林——我为寻你爬上了高高的山岭，原只是因为好奇，却想不到你如此强烈地震动了我的心怀。我不愿离去了。我望见涧底闪烁的泉水，我明白那是你含泪的微笑。

秋日的艳阳在森林的树梢上欢乐地跳跃，把林子里墨绿的松、金色的唐棋、橘黄的杨、火红的枫，打扮得五彩缤纷。瞧！阳光现在多么喜爱它们，好像它从来就是这么慷慨。

风儿从我脚下的林子里钻出来，送来林涛愉悦而又深沉的低吟。你的歌是唱给曾在困难中真诚地帮助过你的伙伴们听的吗？它们如今都到哪儿去了呢？……

干枯的小草儿在我脚下发出簌簌的响声，似乎在提醒我注意它。它确实比你这地下森林要高出好几分呢，这得意的小草儿。然而我却想攀着古藤爬下去，爬到那深深的谷底去。那儿的树木虽然远不如山上的小草儿高，但它却可以自豪地宣布：我是森林！

呵，我听见了，听见那莽莽群峰和高高天庭上震荡的回声：我是森林！

大自然每一次剧烈的运动，总要破坏和毁灭一些什么，但也总有一些顽强的生命，不会屈服，绝不屈服呵！地下森林，我们古老的地球生命中新崛起的骄子，谢谢你的启迪。

我景仰那些曾在黑暗中追寻光明的地下的"种子"。愿你们创造更多的奇迹！

《文汇报》1980 年 7 月 27 日

拾级

　　我独自一人沿着那无穷无尽的石阶向上攀爬。山路陡峭，走不多时便大汗淋漓。我喘息着，望着峻茂的山林发愁，不知何时到的了峰顶。也许我本来就不该到这儿来？天天走着黄山的"百步云梯"般的人生长途，如今连这西湖的山景，也引不起我的兴致了。

　　我坐在山腰的一块大石头上歇息。天空是灰色的，阳光在厚厚的云层里躲躲闪闪，远近的山头都蒙上了一层阴影。脚下参差不齐的树林无声无息地站立着，似乎是因为空气过于凝重，山风也无力使它们发出响动。在一个心情郁闷的人眼中，生活也如没有阳光的日子一般黯淡。而生活里总是失意的时候比如意的时候更多些：或许是因为自己追求的目标难以达到，或许是因为无力挣脱世俗的羁绊，或许是由于别人对自己的不理解，或许是由于世事的不公……我在那崎岖坎坷的人生路上已经走得很累了，为什么还要到这山间小道上来自讨苦吃？

我还是下山去吧，躲进我的小屋，关上窗子，到睡梦中去寻找我儿时的天真。

站起来，我回转身，径自朝山下走去。

然而——

不远的石阶上，迎面走上来几个人。一个中年男子和一个瘦弱的女孩，扶着一个二十多岁的姑娘，气喘吁吁地蹒跚而行。中间那个姑娘脸色苍白，走得很费劲，初时我以为这是附近茶农家的病人，可是当我和他们擦身而过的时候，无意中又望了她一眼，我怔住了：

这是一个盲姑娘。漆黑的短发，清瘦的面容，长得并不漂亮，却也端正匀称。然而那一双大眼睛却焦灼地顾盼着四周，她的眼睛虽然没有乌亮的眸子闪光，显得茫然而捉摸不定，可是却充满了对生命的渴求和希望。犹如沙漠里的坎儿井，尽管看不见暗沟里流动着晶莹的雪水、地面青葱的田垄，却焕发着春的气息……

她是谁？她到这山上来干什么？串门？访友？总不是登山的游客吧？既是盲人，登山做什么？她能看见什么？听到什么呢？

她身后跟着一位鹤发童颜的老者，挂着拐杖，却是面不改色。他不紧不慢地同他们一行人攀谈着，问的恰是我心中没说出来的话：

"姑娘一定是这位大姐的妹子啰？"他问那位搀扶盲姑娘的女孩。

那女孩摇摇她的小辫，轻轻一笑。

"这位同志，是……"他转而又问那中年男子。看来这是一位爱管闲事、爱寻根究底的热心人。

"我们……"中年男子显然有些不好意思，他说："我们，不是她的亲属，是一个队同路来的，一个地区民政局组织的先进工作者旅游队，来游西湖。她不方便，我们陪陪她……"

"她是一个公社的推拿医生，一个好医生。"女孩活跃起来，"她的技术可高哩，瘫痪的人都治得好……"

那盲姑娘苍白的脸上泛起了一点红晕，睫毛不安地颤动，好像是说："那有什么，有什么……"

老者感叹地出了一口长气，恍然大悟地点着头。原来是这样，盲姑娘是医生，优秀的推拿医生。另外两个，却是素不相识的同路人。三人结伴而行，为的只是让这盲姑娘，也能徜徉和感受这秀丽的山光水色……

"这儿离水乐洞，还有多远呢？"那女孩忽然问我。

我惶然不知所答，唯恐那女孩窥见了我先前心中的疑团。"还有好远，翻过这个山头，还有几百级石阶……"我胡乱答道，咽回了以下的话："水乐洞，你们去水乐洞干什么？石屋洞的佛像，烟霞洞的石碑，她能看见吗？"

一阵微风过山，我忽然听见了盲姑娘那轻细的自言自语：

"说是那水乐洞里的水声，像唱歌一样好听，我看不见，听一听也好……"

我的心里不知被什么东西拨了一下，从那封闭已久的感情的泉眼中，涌出了负疚而惭愧的泪水。我不知道双目失明是什么感觉，在眼前那一片无垠的暗夜中，她竟然还能觅到一丝微弱的星光？当这世界对她关闭了色彩和光的大门，她是怎样用自己燃烧的心，走出了那黑暗的迷宫呢？她是一个盲人，然而，在她的诊室里，她却是火炬、是光明，她每天都在点燃自己，照亮别人前行的路……

她的双目是失明了，既看不见阳光，也望不见月色。然而，她还是炽热地爱着这世界，爱着这美好的生活图景。她看不见黑暗，也看不见光明，这又有什么？她看见病人脱离痛苦的微笑，看见医生那博大的爱的力量；看见生的欢乐，看见死的从容……她有什么不能看见的呢？

而我，竟连一个盲人都不及吗？那无数明亮的、乌黑动人的瞳仁里，有多少穿透迷雾的闪光？有多少对生活热切深沉的爱的流动？我们一天天睁大着的眼睛，发现了多少有价值的东西呢？

我真想问问她，凝视着她的眼睛问她。

然而他们已经在铺满落叶的石阶上，走出好远了，像亲亲热热的一家人，互相搀扶着，艰难地拾级而上。他们会找到水乐洞的，即使看不见那幽深奇趣的山洞，听一听那潺潺的水声也好……

他们一步步得走远了。在高高的石阶上，头顶的天空仍然是灰色的，然而，我听见从那密密的树林里，飞出了鸟儿愉悦地啁啾；从那狭窄的溪涧里，传来了山泉的叮咚；从那万籁俱寂的山谷里，响起了秋风的飒飒声，像唱着一支豪迈的山歌……

即使什么也看不见，就这样，听一听也好。

我毅然回转身，朝山上走去。我很累了，我走过了太多的险途，但是，我的心还在跳动。我想，也许到了山顶，我的视野就会开阔起来的，我的心里又会重新充满了活力……

也许，在生活里，只要我们愿意去发现，总是可以发现一点什么的……

《中国青年报》1981 年 11 月

禹陵行

　　春三月，有机会陪两位朋友去绍兴，决心往城东六里外的禹陵一游。中学时我曾从杭州去参观鲁迅故居，因当天来去匆匆，不及去禹陵，一直使我觉得十分遗憾。我想象中的禹陵，是一座巨石垒砌的古老石阶，留着洪水冲击的痕迹……

　　穿过绍兴城那条熙攘的小街，刚出南门不过几十步路，一条河滨横在面前，几个戴着乌毡帽的绍兴老乡围上来，高声问我们去禹陵不去：四人坐一只乌篷船，来回只要两块钱。我们欣然跟了一个老乡下船去，一边在心里暗暗庆幸，这古镇也有了发展旅游事业的气象，是这几年中的新变化。

　　乌篷船小极了，侧着身子，弯着膝盖钻进去，刚容得下四个人。身子一动，船就跟着晃，河面天空都跳起舞来。船老大是个五十来岁的农民，一顶半新的毡帽下，露出一双笑嘻嘻的眯缝眼，好像刚刚在哪里喝了一顿称心如意的绍兴加饭酒。他把脚搁在船尾的双桨上，像骑自行车似的轻轻松松地划桨，小船儿飞快地行走起来。河水平静得像晴朗的天空，两岸都是青青的麦田，不时掠过几株光秃秃的苦楝树，树枝上挂满了一串串黄褐色的小果。

抽烟的同伴请船老大抽一支过滤嘴烟，船老大显得有些惶惑不安，推托了几个来回才收下，却并不点燃，夹在耳朵背后，大概想拿回去到他们船队人员最集中的时候再"露"一手。

"格种半截头香烟，前毛香港人乘我的船，抽过木佬佬了。啥个'锅里嘴''锅外嘴'的，香烟味道都隔掉了，还有啥个吃头？"船老大不紧不慢地划船，开始发表感想。

"香港人？"我从篷顶上伸出脖子去问，"他们也到禹陵来？"

"怎么不来？禹陵禹陵，是中国人顶顶要紧的祖宗坟地了。随便啥人好忘记，大禹是勿可忘记的。"他一本正经地说。脚下的木桨在浅绿色的河面上，飞快转出一个漩涡。

我真没想到绍兴人对大禹还有如此深厚的感情。惊诧之余，大家不约而同向这位禹的崇拜者发问了。有人说"六亿神州尽舜尧，没说大禹啊"。

他两只手拢在袖筒里，闭着眼连连摇头，摇了一会儿，大概忽然意识到会把耳背上那支"锅里嘴"烟摇下来，坐定了，反过来考问我们："你们话大禹的老子是啥人？"

凭我一点浅薄的历史常识，我知道禹为鲧所生。鲧是父系氏族社会后期，尧时四方部落首领四岳所荐的贤人。虽然任性，当时却没有比鲧更能干的人，天下洪水泛滥，只好让鲧去试试。然而"九年而水不息，功用不成"，被舜发配去羽山。当舜继尧任部落首领后，舜并不因父之过而度子之才，仍举荐鲧的儿子禹去治水。大禹后来果然治住了洪水。这就是大禹的来历，有什么可大惊小怪？

"你们是勿晓得，鲧这个人只会讲勿会做。叫他去治水，他只会把高的地方削削平，低的地方填填高。水冲到哪里，他在哪里筑坝拦水，一点点用场都没有。水总是要流的，哪里堵得住？禹比他聪明交关，禹晓得开河，挖深加阔，把水引到海里去。河畅通了，通畅了就不堵，这叫，叫啥格，呵——流通。禹是真正有本事的人，他当皇帝的时候，不坐龙廷，不穿龙袍，天天做生活，跟洪水赛跑了三十年……"

我抿嘴一乐。如果我没记错，不是三十年，而是十三年，而且禹那时也不是皇帝。不过我不愿打断他朴素而兴致勃勃的演说。

"大禹大禹，就是伟大的大，不过比天字少一横呀。他当皇帝的时候，辛苦得小腿肚上的毛都掉光了，我一点点不造话。禹庙里新近立一座大禹像，小腿上就一根毛毛也没有。鲧只知堵水，禹却会引水入海，真正的聪明人哩。他做皇帝辛苦，哪里像……"

他忽然不作声了，神情有些紧张，大概发觉自己有一点说走了嘴。幸亏这时小船拐了一个弯，淡泊的河湾前方，忽然出现了一座影影绰绰的山，山脚下矗立着一座气势宏伟的黄色庙墙。世人争相前来拜谒的大禹陵，不是巨石，而是一座庙宇。

他急忙告诉我们这座山就是会稽山，大禹东巡到江南，会集诸侯计功行赏之地。又说大禹就在计功时崩于此地，苗山就从此改叫会稽山。

"香港人来时，我讲的事他们都记下来。"他说。神情中颇有一点怪我们不信他的话。

我倒并非不信，而是因为他的话引起了我的思索：大禹究竟是怎样知道接受父亲鲧的教训，改堵为流的呢？他弄懂水不可堵只可因势利导，在现代人看来是如此简单的道理，须他的父辈付出一生惨败、老死羽山的代价吗？

小船就停在大庙门前。踏上岸去，几步就迈入禹庙大门之内。一条洁净的石板路直通大殿，五进殿宇，金碧辉煌，飞檐画栋，好不气派。穿过大殿，又上一层石阶，才见一座宽广的大厅出现在眼前。老远就望见大厅中间禹的塑像，高大魁梧，端庄凝重，全身素白。深红色的圆柱两边嵌着一副对联"江淮河汉思明德，精一危微见道心"。

我不知道这副对联的来历，但我知道，几千年过去了，中国已从禹所处的原始社会末期进入了社会主义，多少烜赫的帝王化成了灰烬，然而人们却还在深深地怀念他、纪念他——大禹。他的伟大之处究竟在哪里呢？仅仅是因为他发现了治水的规律，创造了引水入海的功绩吗？似乎不尽然。老船工说他是真正聪明的人，有办法的人。他的聪明，在我看来，倒在于他那种改正错误的勇气和决心，他懂得接受父亲的教训。

他庄严地站立着，纯良、质朴，似乎无视我的问题。我忽然发现左边一个小小的玻璃橱里，有一个彩色的人物模型，里头竟然是禹的缩小了的塑像。旁边有一张说明，说明那尊白色的塑像尚未完工，完工后应如模型一般富丽堂皇、光彩照人。

我觉得有些失望。我不知道为什么，美术设计师要把他设计成这般五颜六色，就让他保持洁白的本色难道不好吗？我觉得白色也许更像禹。当年的禹何尝不是这般庄严凛然的模样呢？作为原始社会末期的部落首领的禹，他是公天下的首领，而不是家天下的皇帝。他为了治水，山里河边疲于奔命，历尽艰辛，累得小腿上的汗毛都掉了，哪里会是这副穿着龙飞凤舞的锦袍，高高在上的样子？这威严的龙袍下，根本就看不见老船工所说的赤裸的小腿和胳膊。他的脸上抹满了油彩，活像古装戏中的一位天神。

据说，十几年前的大禹塑像，比这还要雍容华贵。几千年来，历代的统治者一直在改造着这个形象，直到把他帝化或者神化……难道这就是中国的民族传统吗？

我不敢贸然反对了。我只是觉得有一点儿失望。似乎这庙里的禹像，与这气势宏伟的禹陵，不知在哪儿有一点歪曲了禹的真相、违背了禹的本意。

我们在那面积不算太小的庭柱山石间匆匆绕了一圈，很快回到了河沿。船老大在那儿打盹儿，耳背上还夹着那支过滤嘴烟。他见我们这么快就转回，有些惊异，揉着眼问道：

"大禹像，上了油彩没有呢？"

"没有。"我回答。

他抹抹脸，坐到船尾去扳桨。船驶出有几丈远，他叹了口气说："涂上油彩就好看了，大禹更加风光有派头！"

我想对他说，那不是真实的大禹。但我却没说。

小船发出轻微的吱扭声，在弯曲的河道上滑行。两岸有光秃秃的苦楝树，挂满了经冬以来的一串串小果。果子怕也是无用，否则早就采光了。大家都没有再说话，默默望着恬淡的水汽中隐隐的石桥。

　　我还在苦苦想着：连"香港人"都念念不忘来拜谒的大禹，也许是第一个懂得水只能引而不能堵的道理的"首领"。然而，把他作为一个偶像来崇拜的大禹的子孙们，却常常在无意中重蹈鲧的覆辙。这一点，不知所有到过禹陵的人们都想到了没有？

1980 年 8 月

写于北京文学讲习所

大江逆行

墨迹

一条墨迹斑斑的大江，从天边来，到天边去。岸是白色、水是黑色，岸是绿色、水是黑色，岸是金色、水是黑色，它一路走，一路用自己碾磨的墨汁，写着墨迹斑斑的历史。

它的父亲是灰色的山岩，它的母亲是褐色的泥土。灰与褐，调成了黑色。

它从上游峻峭的石砬子下来。它的父亲是高高天空上金红的太阳，母亲是茫茫旷野上蓝莹莹的冰雪。太阳拥抱了冰雪，橙与蓝生成了黄色。

它从上游丰茂的草原上来。它的父亲是猎人红红的篝火，它的母亲是山谷中绿色的帐篷。不，还没有猎人和帐篷的时候，就有它了。它的源头是额尔古纳河。

它从上游密密的森林中来。它撞开石砬子，穿越雪原，绕过森林——自由自在地兜着圈子，在江汊里留下一个个迷人的崴子与小岛。几千年来，它这弯弯曲曲的江道，迷倒多少远来的探险者。

如今若是有人坐着船，从那灌木葳蕤的江湾里西行，望望天、望望水，便迷惑起来——太阳怎么落到身后了？这是往哪儿？

它便咯咯地乐，咬牙切齿地乐——记住了这是条无可奈何的回头路。你必须走主航道，小岛在主航道一侧；你不想同太阳捉迷藏，就白白地将那小岛拱手相让了。

除了那时常迷失方向的太阳，还有那些钉在它身上的红红白白的浮标，还有巡逻艇、瞭望塔……总使它感觉到被肢解、被分割的耻辱。都说水是无法切分的，可它就摆脱不了那种被剖开后，又重新拼起来的羞愧。好像它是一双鞋、一双手套，走同一条路、为同一个人，似乎是一个整体，却明明又貌合神离。从什么时候开始，那些汲取它的水灌溉土地的人，那些造了船让它推着走的人，那些隔江相望嬉戏游泳的人，变得这样互相仇恨？它总为这仇恨觉着隐隐的不安——因为他们似乎因争夺它而产生仇恨，仇恨中又似乎对它爱得越发痴迷，把它爱成了一条人迹罕至的孤独寂寞的江，一条没有电站大坝江桥水运的无能的江，一条连太阳都经常站错位置的混混沌沌的大江。

它好悲哀。

于是它常常闭上眼睛。它的眼前发黑。人们看它也眼睛发黑。

于是它常常沉默，缩在它的冰雪母亲怀里，戴上它儿时的小白帽静静怀想，怀想那个没有巡逻艇的远古年代和父亲的石砬子。

它实在憋闷得太久时，便发出惊天动地的吼叫，粗鲁地将母亲白色的庇护砸得粉碎。它承受不了自己的愤怒，便露出尖尖的牙齿咬噬江岸，将自己撕成冰雹和雪片，炸裂成巨大的冰排——那冰块在阳光下竟也透明得发黑，如凝结的血液，缓缓东移。

每年春天，它总要这样爆炸一次、毁灭一次，又复生一次。

它墨迹斑斑地写下自己的欢愉和痛楚。从天边来，到天边去。黑龙江。

浅滩

用达斡尔语或满语，可以将这条大江的名字译为：平安的江。

那江水几千年几万年安分守己地流淌，江中既无礁石险滩也无急流漩涡。虽说是本国疆土上最冷最北的江，但在这条江上行船，却极少有什么风险。从黑河到漠河，逆流而上，只需在两岸恬淡的原野风光中打打扑克、唠唠嗑，若有江里的大鲤子、鳊鱼、鳇鱼上钩，就有了口福。再在马达的催眠声中甜美地睡上一觉，如此经历四个昼夜，大江就到了源头。

去源头洛古河，水路全程一千余公里。

夜色弥漫，白色的双体客船轻盈地顶水起航。顺风，托舟举手之劳。只唯恐风顺得天一亮就到了终点，心里巴望出点什么事才好。晚风黑得神秘，罩住两岸的旷野村镇，让人觉得似在遥远又深不可测的黑海中航行。大江褪去了白昼的玄衫，在远天闪烁的星群和忽明忽暗的航标灯辉映下，江面亮晃晃地铺上一层银箔。

忽然间，船底发生惊天动地的巨响，那巨响来得特别，船的四壁似遭到无数锋利的石块袭击，又似有粗重的金屑互相敲击。马达发出绝望的颤抖，舱壁的灯摇摇欲坠。船身似乎就要断裂，却还竟然跌跌撞撞地挣扎，有什么巨大的力量将它死死拽住。它哼哼着，呻吟着，终于，不动了。

有水手们急促的脚步声上上下下地冲上甲板，有喊声、吼声，忙而不乱。有人说，是船搁浅了。

只见那船身几乎已横了过来。船头对着江岸，微微喘息着，似要摆脱江底那双魔爪的纠缠，却无济于事。船头灯雪亮的光柱射出去老远，大江在黑暗中显得更苍白了。

今年水瘦。

没事。江底除了泥就是石子儿，没啥玩意儿，船坏不了。

照这情形往上走，浅滩可不老少。

有乘客三三两两在船舷上议论，声音从浓黑的夜雾中钻过来。马达已无可奈何地熄火，整条船停止了呼吸，奄奄一息地瘫软虚浮。江上静寂，唯有船灯亮着，照见洪荒原野上茫无边际的黑暗，也照见自己的孤独。它好似被世界抛弃的一条小船，在这渺无人迹的国土尽头，遭受着比沉船更为难耐的寂寞。不知道究竟是沉入了江底还是被甩出了地球之外，也不知道自己是活着还是死去。它眼前明明有光亮，却被吞没在黑暗中；它身上明明有力气，却被困陷在淤泥中；它心中明明有勇气，却消耗在无谓的等待中。

大船过得了险滩，却过不了浅滩吗？

是的，大船过不了浅滩。它吃水一点四米，而大江枯水期最浅处仅一点二米。浅滩承受不了大船的重量与雄心。它生来要在丰盈的大江里航行，却让浅薄的河道拦截了，清清的河底露出一粒粒悲伤的卵石……

此刻的大船无声无息地钉在黑暗中，如同江心一块突起的礁石。

却竟然没有人抱怨，没有人责难。只有人悄悄地溜到驾驶台上去，想看看那个大鼻子船长如何趴在江图上一根接一根抽烟，听听那些摩拳擦掌的水手们吵吵嚷嚷。再后来连窗户也懒得趴了，只把信任交给那些满身机油的水手们。客舱里，老爷子枕着自己的行李睡了，行李有在黑河街里百货店买回的电饭锅和电动玩具，会让他做个好梦；妈妈搂着娃娃蜷在长椅上睡去了，娃娃的口水淌出了一条小河……没有人抱怨，没有人责难。大江瘦了是因为它的水都流走了，船搁浅了就是说大江累了，担不起这么多人的重量，要歇歇，歇足了，没准儿明天一早下场透雨，江水就会猛涨上个半尺……

人们很宽容，很谅解。他们习惯忍受飞来的灾祸，习惯服从命运的安排。浅滩，就像人生，就像人这一辈子，真要顺顺当当、平平安安啥坎儿没有，还倒怪了，倒叫人心里不踏实。船搁浅说明船大，没听说小船浅住的，船也像人呐……

夜深了，梦中隐隐听到长长的汽笛，如同迷途的孩童委屈地呼叫，时断时续；又似有雄壮的呼应，从远方传来。隔了许久，船身猛地一震，只觉得整个人儿漂浮起来，悠悠地荡开去。马达轰然鸣响，国歌一般庄严。绞盘的缆绳嘎嘎作响，从船头传至船尾。甲板上有粗哑的嗓子欢呼——它活了。披衣跑出去，天空不知什么时候褪去了那层黑壳，银亮的蝉翼在冰凉的晨风中瑟瑟抖动。朦胧的薄雾中，只见一只小小的货船，从大船旁边摇摇晃晃驶开去。船体上一行白字依稀可辨：黑木拖315。

汽笛又响了，是诚挚的敬礼。甲板上站满了人，朝看不见人影的小船挥手。

是的，那是一只小木船。小船不怕浅滩，小船通过了浅滩。小船把大船拽出了浅滩。

大船过得了险滩，却过不了浅滩吗？

是的，它过不了浅滩。它吃水一点四米，而大江枯水期最浅处仅一点二米。浅滩承受不了它的重量、它的雄心、它的深度。它生来是要在大江里航行的，它在浅薄的河道里受挫，让浅薄拦截了，它悲哀之至。

谁都认为这是一条浩浩荡荡、满满登登的平安大江。如果不是江图上有着记载，谁也不会想到在那样深沉、雄浑的大江江床上，浅滩竟一个接一个排到源头……

干旱的六月竟泄露了大江的隐秘。大江从此坦然真实。

夜泊

　　于是，每到天黑尽，船便不再走。往江底抛下锚链，江是船的床榻。

　　那座小山在薄淡的夕阳里，像只巨大的鸡冠，抖抖擞擞地耸立。鸡冠的边缘是悬崖，顶端一派浓郁的树林，黑森森走投无路。崖顶有一座小小的哨所，牛眼似的瞪着。

　　小山在江对岸。远望很有一点江南山水的灵秀，同一路上憨厚笨拙的石碴子，很有些相异。

　　船泊在江边，伸出漆得锃亮的白色舷梯，半落在水里。不是搁浅，满甲板的灯欢喜地亮着，照见四边水里的石子，五颜六色地放光。有人走下船去江里洗脸洗脚，江风湿寒，江水里倒藏住些太阳白天的亲吻，水竟微热，让人觉着大江的温暖与慈善。于是，对这不知名的小山，也充满好奇与好感。

　　江边有一土坡，生着杂乱的灌木丛。坡顶是一块平坦浓密的原野，紫色的晚霞在地平线上烧出冉冉的荒火。模糊的草地上，星星点点散落着白色的小花，似初春尚未化尽的残雪，在黑暗中提醒着什么。

　　弯腰采下那小花。是一朵白罂粟。遍地的白罂粟。一个白罂粟的世界。

　　渐渐地，它沉入弥漫的夜幕。它开过，又谢了。谢了，又开过。它沉入黑暗，犹如从来没有过一般。

　　没有人知道这个停泊地的确切位置，它叫什么，它在哪里，它为什么存在，又为什么被一群陌生的过客冒犯，然后留在他们记忆中，漂流到陌生的远方去。

如果没有这偶然的夜泊。

此生也许再也不会到这儿来了。这些自由又孤独的小花，你好，再见。

白夜

终于是没有能行船到源头，黑龙江上游神秘的洛古河。

也许一切本来就不会有尽头。当你发现白天与黑夜的循环往复在这里竟然失去了意义，白天与黑夜在这里竟然找不到终点和转折，白天与黑夜在这里是一个夏季的蜜月时，你会开始怀疑从浅滩爬到那再无法前行的开库康，又辗转汽车长途跋涉到这大江的最后一站，究竟是否有必要。你会怀疑那个守候在大江边的北极村，究竟更像一块墓碑还是里程碑，矗立在人生的旅途上。你会怀疑继续溯水北上寻到大江之源的乱石滩，究竟是不是一个伟大的壮举。怀疑……

你到过这个地方，你便什么都可以怀疑。既然太阳不再遵照上帝的作息时间表按时起落升降，那么白天有谁可以证明，黑夜又有谁可以判断——在这大江上游的一个奇特的村子，时间的运转如此随心所欲，何况想象的空间？

那村庄极大。结实而密集的砖房、草房，整整齐齐排列在一块阔绰的高地上。那高地之大，足够它每年接纳许多关里关外来的新人。于是那村庄的边界也就一年年膨胀和拓展开去，有了宽敞的街道、镶着五彩瓷砖面的邮局和商店。若沿着村子中央那条松树夹道的土路往前走，可以一直走到江边。大江在高高的悬崖下拐了一个小弯，环抱着依恋着，情意绵绵地远去。

江对岸是山，山上有被山火燎过的浅褐色的树林。

江边是草地，有金光闪闪的黄罂粟花，花瓣纯金似的灼人。

树林间正有一轮旺盛的太阳，朝气蓬勃地降落。这或许是北极村一天中最威严、最壮观的时刻——整个村庄都沐浴在一片灿烂的金色光芒之中，无比绚丽，无限辉煌。它这般气派这般傲慢，也许是因为它根本不认为这一天将要结束，它仅仅只是躲在地平线下打个哈欠而已——

果然黑夜来得懒洋洋，漫不经心。那夜色极薄极淡，似有似无，轻扬扬地飘来，似一阵蓬松的干土，让风吹得弥天旋转，灰茫茫白茫茫一片。夜色似乎就此到了极限，不再加深，好似舞台上的纱幕，若明若暗、若隐若现地透出村舍房顶的电视天线、透出瓜棚马圈、透出栅栏和窗台上的茉莉花，像一场隐隐约约、热热闹闹又安安静静的皮影戏。

北极村，整个儿一首现代朦胧诗。却朦胧得如此淳朴、如此天然，朦胧得让人怀疑太阳曾经是否来过，让人怀疑太阳是否真的不会落下去。夜变得这么浅显、这么稀薄，不像是真的夜。夜被人剽窃了、涂改了；白天被人嘲弄了、欺侮了。夜好软弱、好无能、好虚伪——神奇的北极村。

远来的客人，揉着困倦的眼睛，在江边等待太阳升起。无眠的城市人，不夜的村庄。

　　而北极村家家户户的村民们，却在玻璃窗上挡上了厚厚的窗帘，天亮天黑，照睡不误。他们谢绝了太阳这额外的馈赠，造出黑夜香甜的酣梦给自己享用。

　　看来什么都可以怀疑，却不可以怀疑人需要黑夜。需要黑夜保管秘密，需要黑夜慰藉灵魂，需要黑夜休养生息。

　　白夜？

　　黑龙江！

《中国作家》1987 年第 3 期

乘槎河上下

　　长白山下，直到最后一分钟我还在犹豫，究竟是坐汽车登天池，还是跟随男子汉们爬上去。

　　坐汽车安全，省时省力。爬山呢，要经过随时可能有滚石砸人的滚石坡和笔陡的壁，听着都叫人寒战。

　　但是，只有爬山上去，才能一直走到天池的水边，才能亲手撩起长白山天池的"天水"洗把脸。我登天池，只为水。

　　汽车已经发动，在它关上车门之前那一瞬间，我跳下了车。

　　"永别了——"，我真想对这个"鬼迷心窍的女子"喊一声。她莫非不知道，走到天池，要经历多少跋涉的艰难，冒多少生命的危险。更何况，什么东西走近了看，也许就什么都没有了。

　　然而，没想到夏天也是寒气袭人的长白山天池脚下，竟有这么多的温泉。洁净透明的水流从石缝下喷涌而出，咕嘟咕嘟地蒸腾着热气。灰褐色的石滩上，被热气熏出一圈圈铁锈似的红斑，还有青苔似的绿迹，水流如在上头覆了一层釉，忽闪忽闪地发亮。把手泡在水里，软酥酥温馨馨浑身舒坦。

过了温泉，便听见如雷的哗哗巨响声传来。一抬头，只见前方两座灰蓝色的陡峭大山之间，有一条银链，任性湍急地垂天而下，在河滩的巨石上激起雪白的泡沫。细看，似又分成不规则的两股，一宽一窄地并驾飞驰。而在这瀑布之上，还有一条细细的银线，蜿蜒于山壁石沟之中，高远而玄秘。

人说，瀑布之下，叫二道白河；瀑布之上，叫乘槎河。

假如真的漂来竹木编的筏子，我也能乘风而去也。心里暗暗得意。

山路颠簸，汽车在灰白色的山峰之间转悠。即便是夏天，那些山头也是灰蒙蒙白秃秃的像盖着一层尚未化尽的积雪，绿色的森林越来越远地沉到脚下的谷地去。高山严厉的气温女神，在海拔一千二百米以下，整齐地划出红松混交林，红松、落叶松、水曲柳、柞木依次排列，组成了井然有序的植物王国。又在一千二百至一千七百米之间划出暗针叶林，在那里可以见到细高的冷杉、云杉，身上披挂着淡绿色长茸毛的寄生草。在这茫茫天涯的绿色海洋中，生命与生命在每一圈年轮上争执与厮杀，那细弱的、高大的，那由于太高大而倒下的，那倒下以后依然威伟雄壮的，那倒下一半仍在挣扎的，还有早已枯死却不甘倒下的……随着汽车环山上行，树林退出视线，山根下那块新鲜的翠绿，衬着山腰间沉着的墨绿，两重绿色，展现着长白山林带特有的自然奇迹。

这恐怕是只有坐汽车才能享用的眼福——俯瞰森林层次，如同参观了一座森林博物馆。

开始进入滚石坡。

世界曾经崩溃过多少次？在这里，它固执地不肯复原。

整整几里地长的一面陡坡，竟是由桌面大小棱角尖尖的石块叠架而成。旅游者由此登山，每每有突如其来的山石从高处滚下，捎上个人去祭山神。

我吸口气，脚步颤颤地踩了上去，双手死死抠住前面的石块，石块并未晃动，也许是我的身子太轻。周围的人，见状跃跃然。后头有人大步赶上，飞燕似的从石上跳过去，竟无恙。石头连着石头，石缝里冒出飕飕的冷风，溜索一般。有一块石子扑扑滚下陡坡，声音久久不止。回头望，坡下的人形如蚂蚁，正蠢蠢向上追攀。发现自己不知不觉有了高度，得意起来，忽觉石块不过是施以艺术加工的台阶，就看你怎么走法。想来全国的名山大川，石阶铁链大多修得整齐、牢靠，却少了野趣。唯有长白山自然保护区，地地道道一个原始森林，连条上山的路都没有。看来登天池之妙，滚石坡为第一。

车窗外不时掠过一种奇怪的树。树不高，树干灰白，上面瘢痕累累，树形有些像白桦，却全然不似白桦的挺拔，而是怕冷似的缩成一团，佝偻着腰身，痛苦地蜷曲着。灰绿色的树叶稀稀朗朗，在山风中簌簌颤抖。奇怪的是，一路上山，清一色是这种怪树，再见不到一株红松，满目的凄凉与单调。

司机说这叫岳桦。海拔一千七百米至二千米之间，山上就只有这种岳桦林了。

岳桦？这么说它确是桦树，只是在高山的风寒和冰雪的重压之下变了形。可它为什么偏要生长在这连红松都躲避的地方来受折磨？绝没有人会想到秀气纤细的桦树，竟是这般倔强。

抬眼望去，对面山坡上的岳桦林带以上，便是一片灰冷的荒芜，岳桦林是长白山最高的伴侣。

想到变形的现代艺术，有大自然的依据。

瀑布就从这里腾空、抱膝、转体，翻着令人头晕目眩的筋斗，如悬崖跳水一般，惊心动魄地跌落下去，发出震耳欲聋的巨响。冰凉的水珠子，将山岩上板着面孔的绝壁，溅得湿漉漉、潮乎乎的，格外鲜明耀眼。紧贴着石壁，走过被瀑布劈断的两山豁口，顺着汹涌翻腾的瀑布溯源而上，水势忽而变得温和、绵软，变得轻声细语。那由于激愤而唾沫飞扬的二道白河，终于在这里消失，从那浮躁的白浪花中牵出一条透明的小河，安安静静地贴着峡谷边上的巨石流淌。有时不经意地漫出一小角水洼，映出一朵浓云，连着浅浅的草滩，星星点点开着蓝色、黄色的小花，很是温柔。

我见过许多山泉清溪，却未见过如此明净的众水之源。那水纯净得似乎连山岩、连地球的岩芯都能看透。阳光似有似无，峡谷里白茫茫一片。那水却因此更显得质朴，把通往天池的路，默默地洗了一遍……山谷豁然开阔，从突兀耸立的山峰下猛然袭来的风，吹得人几乎站不住。那水，却宁静得连涟漪也没一丝，如冻凝的琼脂，一片冷艳。好一个超凡脱俗的乘槎河，我真怀疑自己是不是已经来到了天的尽头。

那些坐车上山的人，绝体验不到这种探幽穷源的快乐。

汽车爬了一个坡，拐了一个弯，那些曲曲弯弯的岳桦林渐渐不见了。雾气浓一阵淡一阵，隐隐可见山岩上低矮的灌木与暗绿色的苔藓。司机说已到达海拔两千四百米的高山苔原带。我们在垂直高度不到两公里的范围内，经历了温带到寒带的完整生态系统。

车停了。雾散去些，眼前黑色的巨石峭立。空旷的苔原上，贴地匍匐着稀稀的灰绿色地衣，除此再无别的生命。像月球、北极，如此苍凉孤寂，如此荒漠冷酷。如同史前的洪荒年代，尚无人类，便也无人类的恐惧和悲哀。

那条小河在峡谷间引导我们。风越来越大，我有一种顺着银河上天的感觉。阳光暗下来，远远地，前方模糊的山影上升起一片黑色的烟雾。

小河莫名其妙地不见了。

我很难记述第一眼看见天池的感觉——大湖四周的山几乎没有绿色，环湖的山峰笼罩在乌云沉沉的烟幕之中，水色灰冷，绝非蓝也绝非绿，是我从未见过的一种颜色，那么干净又那么绝望。干净得没有生命存在，绝望得没有一丝热气。风拍打它，它便如大理石块似的沉重推移，很快又恢复原状。站在湖边，手脚很快冻僵了，而时令正是七月。我犹豫很久，终于没有走到水边去。我害怕如果把手伸进水里，我的心会结冰。并且，没有一个人走到水边去。

我有些失望，没想到它这么冷酷。我曾经多么想亲手拂一拂天池的水啊！

我也很满足。似乎这才是名副其实的天池。

我到了天池边，我才终于了解了天池。我不会再编织关于它的幻想了。而从山顶上遥望天池的人，只能是雾里看花，终究隔了一层。

就像撩开一层纱幕——群山之间，悬崖之下，茫茫云海之中，忽而显出一方碧绿——那便是天池。像一双刚刚睁开的杏眼，睡意蒙胧地眨了一眨，便又闭合上。只一会儿，从那片云雾中，忽而显出一方淡紫、一方橙黄……天池竟如个万花筒，短短几秒钟内翻了几个身。所有的人都惊异地定在原地。似一个五彩缤纷的梦，在天地间扬撒开去……

就那么短短几秒钟，湖便消失了。又等了许久，天池再也没有出现。厚厚的云漫上来，封隔了一切。

尽管短暂，却如此神奇。只有在山顶上俯瞰天池，那高山湖才会给人天池之感。那些到水边去看天池的人，看得真切，却少了含蓄，少了距离，少了想象。

没想到车上下来的人，也同我们"登山队员"一样兴高采烈，这未免让人好奇。他们没费气力、没冒险，也同样饱览天池？这有点不公平。也许他们是故意为了蔑视我们征服长白山的胜利。不过，站在山顶上遥望天池，也许确是别有一番情趣。如果能对换一下，两条登山之路都亲自体验一下，就不会有什么遗憾了。但世事往往不能两全，非此即彼。生活中常有这样无奈的选择，艺术亦如此。还是走自己想走的路、能走的路，走到底，就能到达天池。

那女子居然平安无事地回来了。看样子走得还挺轻松，她兴致勃勃地讲滚石坡和通天河，好像只有她发现了天池的奥秘。就算滚石坡独有其趣，人们也不会认为天池是属于她的。由此联想到通往艺术的天池之路绝不只两条，每个人都可以编一个自己的竹筏，乘风而去。天池是属于大自然的，只有那只竹筏——那只"槎"可以属于你！

《艺术世界》1987 年第 1 期

热石头

　　远奔鞑靼海峡而去的黑龙江，流经这古老的瑷珲重镇时，留下了长达十里笔直宽阔的江面。

　　江水缓缓流淌，波澜不兴。20世纪60年代，江边的陆地常年硝烟弥漫，而江水却一如既往地平静温柔。

　　人说，十里江堤是出将军的地方。

　　历史上曾出过多少个将军，史志上有记载。没有同将军一起进入史书的，是战火下百姓的呻吟。

　　十年，恰好是十年前，我来过这十里江堤。那是一个夏日的黄昏，我默坐在堤岸上，眼看那轮惨红的落日跃入大江，被江心那条锋利的主航道无情地切割成两半。深黑色的大江浸透夕阳的血色，如同鲜红的血浆汩汩流淌。我觉得江水是湍急而紧张的，紧张得没有了呼吸。我甚至感觉到江水的疼痛。我在寒栗与恐惧中紧紧闭上了眼睛，从眼前一片血光与眼底紫酱色的云翳中凸显出来的，是江两岸高高的瞭望塔……

所以我绝不会在黄昏时再到江堤去。

这一次，我走向江堤时正是中午。

江堤在顶头曝热的阳光下一览无余地伸展开去，连我自己的身影也蜷缩在脚底板下。堤上一长排杨树，树荫浓密，显得潇洒而风姿绰约。

大江就那么温和而柔软地俯卧着，呈现着天空一般的清澄明澈。它黝黑的皮肤似乎因着阳光的抚爱与亲吻，变得细腻而光滑。

没有风，江水悄然无声。

阳光穿过清澈的江面，我看见了江边悠然游弋的小鱼，大江给我亲切的透明感。

有远远的鸟叫从岸边传来。我不知道鸟叫是从这一边还是从那一边传来。江对岸是一片葱郁的灌木丛，隐隐露出桦树白色的树干。我觉得其实江的两岸看起来没有什么两样。

我挽起了裤腿，踩着江滩上圆鼓鼓的卵石朝江里走。

卵石很硬，硌脚，被太阳晒得发烫。这是一条石头打底的江。

水边有一个女人的背影，蹲在一块石头上搓洗衣服。那样空阔的江面、那样蔚蓝的天空、那样绵长的江滩，上上下下、前前后后就只有她一双手荡起的涟漪。

卵石很硬，硌脚，差点就绊着了什么。

是一堆隆起的卵石。从卵石下透出一团鲜艳的红色。那红色还在蠕动，蠕出一摊湿印——确切地说是一个人。一个孩子。不，是两个。两个男孩。离他们不远的江滩上，放着一堆衣服和两只书包。

那两个孩子就那么趴在江滩上，几乎赤裸着全身。呵，那红颜色竟然是条裤衩，湿漉漉地绷在他们小小的屁股上。他们紧紧地贴着肚皮下的卵石一动不动，只是抬起眼睛飞快地看了我一眼。

你们在干什么？我很好奇。

晒太阳呗。那声音从卵石堆里传出来。

晒太阳？我忍不住笑了起来，哪有这么晒太阳的——身子趴在石头上，屁股朝天，上面却又一块块放满了石头。到底是晒石头还是晒脊梁骨？

这么的，干（平声）得快。其中那个大些的孩子微微翘起下巴说。显然这"干得快"对于他们十分重要。那么究竟为什么需要干得快呢？我迷惑不解的目光，落在他们身上唯一的那块红布（红裤衩）上。

你们游泳了吧？我叫起来。哈哈，你们是在晒游泳裤呢，对不对？一定是偷偷跑出来游泳的，下午还要去上课，对不对？

他们惊讶地张开了嘴，惊讶这个被揭穿了的秘密。年龄小些的孩子羞赧地扭过脸去，一只手下意识地揪住自己裤衩。大些的孩子冲我挤挤眼睛，低声说家里的大人不让他们游泳，他们才只好用午休的时间偷偷来游一会儿。

你可别告诉我妈啊。小的央告说。

我笑起来：我从北京来，我不认识你妈，你放心。

也不能让我爸知道。圆眼睛的大孩子补充。知道了准挨揍。他当过兵，知道游过水的胳膊，用指甲划道印儿就能看出来。我俩这么晒一会儿，道道就晒没啦。

老师也不让游。小些的尖下颏的孩子说。

为啥呢？我接上去问。

那个圆眼睛的孩子朝江对岸努了努嘴——还不是因为那儿。

一块扁圆的卵石从他身上滑下来，他伸出手在滩地上抓了另一块——热乎的石头烙得快，他告诉我。我蹲下身子在周围拣了几块，帮他把那已经散了热的卵石换下来，再把这烫石头一块块小心翼翼地"摆"上去。

快干了吗？

快了。

那两个浅褐色的小人，卧伏在离水边不远的江滩上，活像是两条偶然游上岸的小鱼。倒好像他们的栖息地不应在水里，而是在陆地上。我知道这条大江自20世纪60年代珍宝岛事件以来，父母们视大江为孩子们的禁区，江边的孩子很少有敢下江游泳的。

莫非如今这道坚深的防线正在悄悄消失？

我便提起了一个有趣的话题，故意问他们能游多远？能不能游到江对岸？

尖下颏的小脑袋摇得拨浪鼓一般，说如果游过了主航道，就再也回不来了。圆眼睛瞪了他一眼说你怎么知道回不来，爷爷说，总有一天，江两岸的人还可以像以前那样来来去去。爷爷还说，从前，这边江上的船钓到了大鱼，如果有那边船上的大叔招手要，鱼就从空中"飞"过去。他如果学会了游泳，将来就不犯愁……小的那个打断他的话嚷嚷起来，说他学了游泳，是为了长大后到海南去……

怎么，你觉得这儿不好吗？我的心略略地沉了沉。许久，那孩子硬邦邦吐出两个字：不好。

因为啥？

因为打仗。总打仗。江边一开仗，俺们就倒霉。

你干吗不想办法当解放军呢？你到海南岛去是为了当海军吧？你当兵保卫祖国，有枪，啥也不怕！

我以我最熟练的思路和对天下少年之好斗本性的理解，说出了这些我自己也未必相信的千篇一律的话。

然而我碰壁了——他们呆呆地望着我，一言不发。又有几块淡黄色的卵石从他们身上滑下来。

我不想当兵！那个大些的孩子突然大声说。我不想打仗！最好这一辈子再也不打仗！他忽而翻了一个身坐起来，圆圆的石头从他的红裤衩上滚落下去，发出一阵铮铮的响声。我爷爷说他打仗打够了，边境上的人想过太平日子。

那……那你们长大了，做什么？不当兵，当什么呢？我竟然木讷起来，思路一时乱了，许多年前那渗红的江水在眼前流淌。

不知道。那尖下颏慌慌张张地套着衣裤。我注意到他的红裤衩确实已干了一大半。他问我是否已到了两点钟，又说他长大了干什么都无所谓，只要不再打仗。那圆眼睛的大孩子嚷嚷说：不当兵怕没活儿干吗？上游新开了玛瑙矿，那儿的红玛瑙，像电影里一样好看。

如果有一天真的同那边儿拉钩了——他做了一个和解的手势——我就游到对岸去，用红玛瑙石换一个望远镜回来。真的，不唬你，我水性好着呢。我见过最漂亮的红玛瑙，透明的，里头带血丝儿……

他说完，抓起他的书包便一溜烟跑了。那小的夹着鞋追上去。江滩上的卵石在他们脚下发出咯嘣咯嘣的响声。

大江温和而轻松地俯卧着，发出均匀而舒畅的呼吸声。

那个女人解开了鞋袜，步入江中去漂洗她的衣服。水很清，望得见大大小小的卵石斜斜地铺进江底。没有风，只有一双手，撩起一圈又一圈的涟漪，荡漾开去，好似大江无声地笑起来，笑出了一丝又一丝皱纹。

我在那两个孩子曾经躺过的那片凹凸不平的江滩上坐下来。他们留下的水迹已被阳光舔净，那石头是温热的，散发着阳光的气息。我渐渐沉入一种久违的安宁的氛围中去。

视线很远，江对岸的白桦树闪烁着银色的光斑。此岸与彼岸，实在没有太大的区别——我又一次那么觉得。但愿和平的年月长久更长久，十里江堤不需要再出将军。

《北方文学》1989 年第 3 期

仰不愧于天

用最后一点力气登上十八盘最后一个台阶，你以为登上了泰山之巅而实际上你仅刚刚叩开了天门。天门外有长长的天街，世界在那儿骤然一片迷茫混沌不见天日。

缥缈的白色纱幕由深邃的天际漫入无尽的地界，时而悠悠时而切切地拥着你，擦肩不知、拂面不觉，几步之外人影绰绰，含蓄如皮影戏。周围的窃窃笑语被朦胧的视线阻隔，声音似从天外传来。

步履越发地滞重，却能感觉到自己是在继续地上升着，往那若隐若现、不胜幽寒的山巅最高处，一步一步地挪移。浓云如织，密雾如锁。我看不清同伴的面容拉不到同伴的手，只觉得我吸进去的是云，吐出来的也是云。我走出了雾又融进了雾，我驱动着风又被风所驱动，我划破了那白色又弥合了那白色，我飘飘欲仙却又走投无路。有一刻我几乎觉得自己被丢失在一个谁也不知道的地方，我仅仅是被那无声无形的气流所托举所指引，引我向秘不可宣的九重天外攀寻。

它一点也没有违背我的想象。我梦中的泰山，是神游于云海雾浪中的一只大鸟，与天空融为一体。这座大山折磨了我这么多年，全然不是因为它"五岳独尊"、蜚声海内外的累累名声。也许仅仅只为我每一次回江南探亲的途中，它总是突兀地从铁路那一边远远地钻出来，裸露半壁峭岩，神神秘秘地在云笼雾罩中一闪而过……

山路戛然而止，如一双牵拉着你的手轻轻放下。缠绵的云雾悄然散去，头顶似有荧屏般的天光闪烁。荡逸的风烟中，一座土红色的庙宇，傲然立于泰山极顶的天柱峰之巅。

极顶石就是在那个时刻显现的。

它静静地蹲在玉皇庙正殿前一圈八角形的花岗石围栏之中，由数十块圆石组成。高不过尺，宽不过丈，大石如磐，小石如磨，错落有致，紧密相依，石缝间还嵌着几根青草。石前有碑，顶部刻着五岳之首的泰山山符，下书"泰山极顶——1545米"几个红字。围栏与山石本身都呈一种粗砂似的糙米色，表面坑坑洼洼，有疏疏朗朗的浅淡麻点，并不显得怎样的深远与亘古。伸手去摸，粗粝的石头竟有几分温凉，每个棱角都已被磨得光滑。好似看见几千年间抚平了这石上每一道皱褶的一双双手，洗净了这石上每一粒沙尘的天风天雨。

那个瞬间，我确信了泰山在一切生命之前的悠悠岁月。

庙宇即古"太清宫"，今称玉帝观或玉皇庙，由山门、正殿、观日亭、望河亭、东西禅房组成。正殿三间，前后步廊式，内祀明代所铸玉皇大帝铜像，神龛上有匾额，书"柴望遗风"四字，可见远古帝王曾登此燔柴祭天，望祀山川诸神。庙宇的轮廓线与玉皇顶山头的轮廓线自然贴合，可谓岱顶形象的完成与延伸。极顶石西北有古登封台碑，乃是历代帝王封山时设坛祭天的遗迹。据史料记载，极顶石原埋于玉帝观建筑之下，至明代隆庆六年有个叫万荣的人拆观而将其重建于巅北，出巅石以表之。这一挪便将山极从玉帝的封盖下解脱出来——巍巍泰山之巅，终于连玉帝也要礼让三分。

半生中曾去过许多名山，每每攀到山顶，望众山延绵起伏，峰峦叠翠，似乎那山总是高于此山，便疑惑自己是否真的已征服了山巅极顶。没有哪一座山给予过我极顶之肯定。而这方寸之地的小小极顶石，却如同泰山之缩影，让人从容收入视线之内，举目能及，弹指可触，像是慷慨地将全部的泰山精华一并奉献与你。于是泰山之雄壮里，顿时有了奇巧，伟岸中孕育出诙谐。泰山不再令人因敬畏而顶礼膜拜，却在世人的崇仰中平添了几分亲切之情。

负载着几千年历史与文化的泰山，因极顶之石回归自然。

云雾又起，如一曲若有若无的仙乐，弥漫于峰峦之上。麻黄色的极顶石忽而清晰、忽而模糊，似浸润于大海中的一座孤岛。既离尘世已远，四处肃穆无声。登顶的游人凝望极顶石久久不去，或惊愕、或沉吟、或漠视、或茫然，眼里终是一派寂寂。

据说此地山崖上曾有十四字摩崖石刻：地到无边天作界，山登绝顶我为峰。

我一步步走上岱顶，因之拥有了"我的"极顶石。

然而，人虽因山的托举而高大，因山的导引而征服了山超越了山，但人的高度终于只是山的高度，人只能因山的终止而终止。当人登上山的极顶那一刻，前方的路在何方？

极顶石默然。对于世人的惶惑不置一词，哪怕是一声暗示一句点拨。它只在身旁的碑上准确无误地注明了自己的高度，连一个多余的说明都没有。比之昆仑、比之珠穆朗玛，它也许根本算不了什么高山。一座山只有一座高峰，亦如万物运动中享有的盛期。那个数字是一个句号，画定了句号就该重新开始。它仅仅只是一座泰山，它不是宇宙，不是太空，它不是无限的。如果它想要获得一个新的高度，它务必在造山运动中将自己再沉沦一次。

据史料记载，泰山大约形成于三千万年前的新生代中期。泰山地质由世界最古老的岩石之一构成。二十五亿年前太古代，剧烈的地壳活动使鲁西地区沉降带原先堆积的岩层褶皱隆起成为古陆，形成规模巨大的山系。古泰山随之由海底冉冉升起，露出水面。后又经过近二十亿年的长期风化，地势渐趋平缓，到距今六亿年前的早古生代，华北地区的地平面陆续开始下降，古泰山重又沉于海中。

它在黑暗的海底默默等待了一亿多年，至早古生代末期，古老变质岩的剥蚀面逐渐沉积，海底再次抬升为陆地，古泰山便隆起为一个低矮的荒丘。距今二三亿年的晚古生代中晚期，华北地区发生了海浸，古泰山成了海中孤岛，后又继续上升。至中生代晚期，泰山在燕山运动的波及下，地壳断裂形成泰山穹窿，而后山体快速抬升，沉积岩纷纷剥蚀，杂岩重见天日，构成泰山雏形。至新生代初期，又一次被喜马拉雅山运动"提携"，开始大幅度上升，再经历了一个三千万年，泰山终于生成一副花岗岩骨架，以嵯峨峥嵘、峻拔高旷之态，顶天立地磅礴于天下。

泰山曾三次沉降、曾遭三次"灭顶之灾"、曾三次被否定，最终却昂首挺胸地站起来，成为巍然而柱天的泰山。泰山是注定要成为泰山的。二十五亿年磨炼的是泰山的脊骨和自信。

那一刻我忽而发现：极顶石表面朦胧可见的斑斑石纹与凹凸不平的皱褶，酷似一尊巨人的大脑。甚至可见灰黄色的皮质下滚动的智慧与生命。如果泰山活着，泰山定是有头脑的。那颗坚实的头颅顶开岩层，钻出地表，跃上大海，栉风沐雨，生生不息。极顶石不需要帽子的庇护，无遮无掩地裸露着，坦坦荡荡地伫立着，在苍穹下陷入永久的沉思。我甚至觉得，它始终昂扬着头。史前、史后，今日、未来，它在永恒的岁月里仰天长啸，与长空共日月。

只要泰山活着，泰山一定是有头脑的。

蓦地，十八盘的峭壁上曾赫然入目的摩崖石刻，重又跃入我脑中，那是孟子的名言：仰不愧于天，俯不怍于人——泰山极顶石果然无愧于天。它在将泰山峰顶馈赠于你的同时，也给予了你对于高度的认知。它创造了自己，也创造了超越它的人。

在距极顶石几步之遥的玉帝观外石阶下，立有一座高六米、宽一点二米，形制方而非方、四面狭窄不等、古朴浑厚的莹白色无字碑。此碑未凿一字，尽得风流。无字碑因立石而不刻其文，在历史上众说纷纭。曾被先人断为秦碑，清考为汉碑，至今又有学者疑为唐碑。无论其究竟立于何朝，终为泰山千古圣迹。何况无字碑立于岳顶登封台下，恰与极顶石互诉心声、相得益彰。在泰山的莽荡天风中，恍惚不辨的无字碑，亦如仰天而无言的极顶石，留给世人一个难解的空白，一种关于重新开始的想象。

《人民政协报》1991 年 11 月 1 日

火山沉默

距今几十万年前，它曾爆发过。冲天而起的烈焰和岩浆熔化了冰山和白雪。

距今二百多年前，它又一次爆发，金色的熔岩覆盖了北方的黑土地。

它沉默下来后，留下了这十四座形状各异的活火山，无声地伫立于原野上。

火山与火山之间，是串珠相连、暗河相通的五个晶莹的湖泊，被称为五大连池。

五大连池的水，是从火山心脏里、神奇的冰洞里流淌出来的，温泉冷泉，都是名贵的药泉。

很多年以前我就知道五大连池，我曾羡慕那些在五大连池境内二龙山农场下乡的知青。

二十年后，我从哈尔滨坐火车往北，快车六七个小时，到德都县龙镇车站。

悠悠蓝天白云之下，远远地，望见了黑色的山和绿色的水，是那种透着北方野性气息的黑和绿，走近它，便感觉着一种沉默的战栗，牢牢地攫住你。

山

火烧山真的就像刚被一场大火烧过，浑身披一层焦黑的灰烬，从山脚到山顶寸草不生，在阳光下发出乌金般的光泽。二百多年前，汹涌的熔岩溢出，将山体割裂成两半，如今那山的形状仍保持着一种凌空腾飞的舞蹈姿势，山妖似的怪模怪样。

上山无路，浮石遍地，当年奔腾的岩浆清晰可辨，一副凛然不可侵犯的架势。只好想象满山滚动着卵形纺锤形的火山弹、火山砾、火山渣，好似刚从炉子里掏出来，冒着烫手的火星，一脚踩上去，还会发出吱吱的响声。如在千里冰封的冬天，原野一片银白，火山口却是热气萦绕，奇迹般地生长着茵茵绿草，山就有了些许妖娆。

老黑山比较温和敦厚。很久很久以前喷发过的激情早已冷却，被岁月风化的岩石表面，长出了灰色眉毛般的地衣和绿色胡须一般的青草。沿着北坡的石阶上山，深深的峡谷中突兀地冒出一片郁郁葱葱的火山杨，当地人称它为地下森林。石阶也是由火山石砌成，流水一般密布细微的气泡。再往上，开始穿行在一片片低矮的黑桦树丛中，黑桦枝干扭曲，老态龙钟，树叶却油光锃亮。偶尔地，路边会出现一种叫作老鸹眼的植物，玛瑙般的串串红珠摇曳枝头，酷似一双双滴血的眼睛。从那红绿相间的果叶下，衬出地面一层层火山喷出物堆积的黑褐色山体，老黑山便越发地显得深沉。

登上山顶时，风突然就大了。像是一道疯狂的涡流，载着当年火山爆发的余威，从山谷里旋转着升起，飞沙走石，熔岩般奔泻肆虐。好容易在风中站定了，睁开眼，只见自己立于悬崖之缘，身子似已凌空，面前是一个巨大的漏斗状的火山口，也称喷气锥。火山口底深约百十米，上部圆形的敞口宽度像一个广场，直径少说也有几百米。内壁巍峨陡峻，险石峭立，凝固的熔岩流坍塌成一片碎石，厚厚的火山灰黑森森乌黢黢，"竖井"内没有绿草也没有人迹。

面对老黑山敞开的焦灼而灰暗的心怀，我犹如面对一汪干枯的死湖。湖中空空荡荡，希望之舟远去，风中飘浮着失望和愤懑的沙砾。

我犹如面对一只呐喊着再也合不上的大嘴，被凝固的岩浆活活堵住了喉咙。

亦如面对一刻永不能痊愈的伤口，黑血汩汩，无声流往心的深处。

更如面对宇宙间遥远的黑洞，面对着即将到来的毁灭，一切世事浮云都将被高于地球质量亿万倍的原子核所吸收所吞没，万物都将化为乌有。

于是那一刻老黑山令我崇敬令我膜拜，它的存在昭示了末日的苦难。

回身转首，只见天地浩渺，云海苍茫。视线可及之处，穹形的天庭之下，十四座灰蒙蒙的平顶秃山，彼此拉开着距离，静静地散落于绿野之上，如一座座海中孤岛，悄然无语。再细看，可发现这十四座火山锥呈东西两组有规律排列，每座都落在北东和北西方向的两条线段的交叉点上，构成了几个"井"字，此景实在罕见。

老黑山并不孤独。十四座火山是一个沉默的集体。黑暗的夜空中，也许它们之间有炽热的交谈。它们在地表下将手紧紧握在一起，奔流的岩浆是心的通道。

我听见空湖底部传来岩浆奔突的悲歌。

湖

从老黑山上望去，五个湖连成一道狭长的月牙形，嵌在黑土地上，发出冷冷的光。

湖水饱满而充盈，惊涛拍岸，浪花迸溅，似蓝似黄似绿，好似一条五色斑斓的宝石河。

其实它原来根本不是湖，更不是五个湖。它原来是一条河，一条名叫白河的河。

白河原来流得湍急而欢实，流到讷河流进嫩江流入黑龙江，最后汇入白令海峡。然而，"墨尔根东南，一日地中忽出火，石块飞腾，声震四野，越数日火熄，其地遂成池沼"。

火山喷发出的熔岩流，堵塞了白河的河道，形成了如今这一水相连的五个火山堰塞湖。站在二池与三池交接的堤岸边上，可以清楚地看到，此岸为黑土，菖蒲青翠繁茂如墙；彼岸为凝固的黑色熔岩，从远山下铺天盖地而来；终是奇石镶岸、熔岩嵌底，两岸各自留下了当年火山岩浆切断白河前后的印记，清晰有趣。

白河从此被火山的激情囚禁，白河从此失去了宣泄的出口；五大连池是一条被阻截被分割的河流，五大连池被火山重塑时，交出了自己的自由作为代价；而火山在创造五大连池的时候，也隐伏了自己永远的遗憾。

但即便处于幽禁中的五大连池，依然姿态翩跹，色彩纷呈。水边曲折蜿蜒的石龙石丘石幔石花，鬼斧神工，精美奇丽；五个池子水的颜色，也因矿物质溶解的性质不同而变幻无穷。四池的水有些发黄，黄中透绿；而五池却是绿中透黄。一池二池呈浅棕色，棕色里又带些淡淡的绿；三池最大，也称腰池，棕色中含着浅黄，两色交相辉映，流光溢彩，层层叠叠，斑斑驳驳，真正一个"五"彩缤纷的五大连池。

如是风和日丽，三池的水风平浪静，清澄碧透——早八时前和晚八时后，明镜般的湖面上，可见十四座火山一起倒映水中的奇景，或巍然矗立、或孤峰独峭，如神灵如仙魂从湖底升起，缥缈于轻纱似的水面与云影之中。那时你看见一种凄绝与壮丽的和谐之美，雄浑的火山与温婉的湖水已合为一体。

沉默的岁月固执地被它们自己延续着。只是在每年数九的寒夜，三池的中部会突然裂开一条冰缝，随之碎冰堆积如墙，似一道冰川横于冰湖之上。它一边断裂，一边发出隆隆的响声。这就是著名的五大连池冬季的"三池冰裂"奇观——它每年就吼这一声，为压抑得太久的伙伴们，为那山和水。

泉

在五大连池龙泉宾馆住下，服务员送来两只暖水瓶。然后细声问：您喝泉水还是喝开水？两种都有，泉水是刚从南泉打来的。

泉眼在城里。当年这地方有了人烟之后，就把房子盖在了泉水边。

走在五大连池市的大街上，就见男男女女、老老少少的人，人人拎着一只只竹壳的暖水瓶，晃晃悠悠地朝一个方向去。飞驶的自行车后座上都驮着一只只棕黄色的塑料"油桶"，也朝着那个方向去。还有不少人从那个方向来，手中的暖水瓶、车后的塑料桶，沉沉地坠着，滴答着串串清水，神色舒畅。

那些人都是去喝泉水打泉水的。此为五大连池特有的街景之一。那个方向便是名扬天下的药泉"神水"——南饮泉和北饮泉。五大连池矿泉水源于火山心脏，是罕见的珍贵低温铁质重碳酸泉水，没有污染，微量元素含量丰富而适中，有养心安神、解郁除躁、疏肝理气、调节脾胃的功能，还有祛风散寒、活血消肿、壮肾利尿、排石清胆的功效。果然，五大连池的人，年长日久地喝矿泉，个个气色红润。

五大连池特有街景之二，是为天下秃子云集。若有头顶裹缠毛巾，毛巾呈棕红色、内中鼓鼓囊囊包有实物者，秃子也。毛巾里包裹之物为五泉之一的翻花泉矿泥，用矿泥疗法，可治愈斑秃和各种皮肤病。患脱发症的人一无所有而来，也许就黑发蓬勃而归；牛皮癣患者将全身敷上黑泥，再行日光浴，坚持数月，有望焕然一新。翻花泉在城边一沼泽地内，已修成游泳池形状，男女老少皆蹲于池中，泉水没至胸口，只露一脑袋于水面，个个面色虔诚庄严，池中人头攒动，蔚为壮观。

还有一处风光独特的所在，便是药泉山下的二龙眼。两股清流从药泉山下喷涌而出，两尊石刻龙头由地下探首，清泉穿石而过，扬长而去，誉为洗眼泉。洗眼泉有清脑明目之效，常用此泉润肤洗眼，据说不仅可防眼疾，还可使两眼水汪汪地"眉目传情"呢！

我在去火烧山的路上，还见到过隐没在一片白桦树林里的一处翻花泉。拨开齐膝的蒿草，那一潭清泉正咕嘟咕嘟地往上冒泡，珍珠似的一串一串，却是怎么也抓不住它们。这泉有个诗意的名字，叫作桦林沸泉。倒像是桦树林里的野餐，鱼汤正开锅。舀起一杯泉水来喝，同南泉北泉的水一样，有一股强烈的腥涩味，难以下咽，就当药勉强喝下，但当地人说，这泉水一旦喝习惯了，如同上瘾一般，不喝还想。

所以百十年来，这一带方圆百里的鄂伦春人、达斡尔人，每年春天农历五月初五，都要携家带口，赶着牛马，来到药泉山下，支起帐篷，埋上锅灶，在这儿住上些天，痛痛快快、彻彻底底地把五个泉子的水，统统喝个够。这神水替人祛邪驱病，把人的五脏六腑都重新洗刷干净。如今一到端午，山上泉下仍是人海如潮。

五大连池因此就有了自己的节日，叫作饮水节。

火山即使在休眠的日子，也不会无所作为。它将自己生命的甘露和精华，融之于泉、化之于水，它渗透到每一个可能的空间，洗涤、滋润并灌溉世人枯竭的心田。

洞

火山有冰洞。

不是耸人听闻，是确有其洞。人说水火不相容，可偏偏就有相得益彰的。

走过那么多天南地北名声赫赫的奇洞怪穴，却没见过夏天里火山口的冰洞。

那个洞在西焦得布山的一片白桦林中，刚被开发不久，火山石砌成的洞口，横七竖八地扔着砍倒的桦木杆。厚重的大门打开，一阵凉气扑面；石阶往下，十米远又是一道门；这样逐渐深入下去，竟有四五道门之多，如入皇家地宫，开场就铺垫得烦琐而庄严。温度逐渐下降，过了第三道门，已是寒气逼人，赶紧穿上在洞口租的棉大衣。据说冰洞常年恒温在零下七摄氏度左右，所以必须用这么多道的门，才能阻隔内里冷气的散发和外界热气的侵袭。

真正的洞口出现时，只见眼前一片银光闪烁，像是一群白鸽腾空飞起。再细看，洞口的石壁沿上，缀满了雪白的霜花，薄如蝉翼、细若牙雕，团团簇簇，密集似梨花丁香盛开。洞口不高，低头弯腰不小心就蹭在霜花上，倒像是沾了一脸的花粉。

然后你就站在了冰河上。这是一条货真价实的自然冰河，是"流淌"在冰洞里的冰河。全长三百余米，最窄处也有十几米，冰坡一泻而下，洁如纯玉、坚似白石、光滑若镜，幽幽的灯光斜射，冰面下透明的裂缝都看得清亮。紧抓住凿于冰上的栏杆扶手，碎步小心前行；如会溜冰者，蹲着轻轻一用力，就可沿着冰坡缓缓下滑，爽性一直滑到洞底。猛抬头，冰洞的顶壁也竟如冰封霜染，银装玉琢，悬坠着覆盖着雪原一般又厚又密的冰凌花，晶莹剔透；再低头，脚下的冰河如一条玉龙蜿蜒而去，四壁的霜蕊真像是巨龙身上的片片鳞甲，银光四溅，飘飘欲飞……

后来知道，这洞，果然就起名白龙洞。

据说这冰洞形成已有几十万年的历史，竟然封存到1986年才被林业勘探者发现。开发时顺其自然，保存原样，仅安装了扶手和照明设备，因而其中至今一尘不染。

沿着水晶般的冰坡慢慢在洞内徜徉，如同浏览一座冰雕动物园——这里是一群雪白的绵羊，那里又飞来几只白天鹅；小白兔在雪地里寻食，一头巨大的北极熊憨态可掬地摇摇晃晃去捉鱼；白孔雀悠悠开屏，尾翎上镶满银色的宝石；白鲸从海中一跃而起，掀起一圈圈乳白色的涟漪和泡沫……这些惟妙惟肖的造型，在许多溶洞里都可见到，但重要的是，那是一个钟乳石世界，而这里，却是一个采万年精气的霜雕雪塑，是卧于火山而千年不化的冰的宫殿。

接近冰洞尽头，有两根需三人合抱的熔岩柱，顶天立地于洞厅正中。再往深处走，洞顶的冰花开得越发茂密繁盛，洁白无瑕地一大朵一大朵、一长串一长串地垂挂着，冰冷的空气中传来丝丝幽雅的清香，宛若置身于牡丹丛和白莲塘中了……

火山在闭目敛气、修身养性的日子里，将它的智慧与能量，暂时冷冻和储存在这冰洞中。火山将火种交与冰洞保管，因而我恍然，霜花与冰凌原来是热量的另一种存在方式。冰洞只有和火山同在，才不会被媚俗的气流孵化。

石

火焰熄灭时，灼热黏稠的岩浆已经到位；熔岩冷却时，山下遍布黑色的火山石。

进入火山初时，犹如到了一个巨大的露天煤矿。一块刚刚深翻过的黑土地，一片废弃了的石油井场……它看上去寂寞而荒芜，荒芜得几乎有些令人恐惧，像是月球的表面，降落就有惶然的虚无。

但火山石至今仍栩栩如生地演示着当年地球山崩地裂的情形——高高耸立的熔岩柱、熔岩塔、熔岩丘，欲奔欲飞、如盘如坐；凹陷下去的熔岩河、熔岩湖、熔岩海，涡流旋转、浪涛汹涌；岩峰上的簇簇石花，恰似翻滚的浪花，推波助澜、气势磅礴。

在老黑山东边三公里处，有一条熔岩河。当年液体岩浆如暴发的山洪、泛滥的江河一般，从火山口咆哮涌出的原始形状仍保留完好；表层常有纵向条带状的波纹，层层向前推进，有时岩浆流速急，还卷起一个个深深的漩涡，那漩涡的遗迹，好像至今还在旋转。

老黑山东边一公里多处的丛林中，有一条熔岩瀑布，它在陡坎上流了一阵之后，突然断裂为左右两股，犹如神匠用硕大的钢钎，在陡峭的悬崖上凿出一个顶天立地的"人"字。其中一撇之宽，竟有十五米之多。它挂在崖壁之上，跌宕起伏，凌空落下，直捣深潭，终于凝固不动，傲然屹立。

石海石塘石田石滩都给人以无穷无尽的想象。有盘根错节、藤蔓纠缠的灌木丛；有根根原木排列整齐的森林"伐木场"；有蜷曲蠕动的爬虫和难解难分的蛇"结"；还有各种妙趣横生、形状逼真的动物造型，其中最数那只蹲在地上仰天嗥叫、神态憨拙的大黑熊可爱，游人为它起名"朝天吼"。

我却喜欢在石滩上随意捡起的一种火山石：漆黑如墨，凹凸不平，疏松多孔，上面布满了蜂窝似的圆眼儿——可见当年火山蒸腾留下的气泡和痕迹，可听当年火山震天动地的吼声。我放它在掌心，轻极，轻得几乎没有重量——它是一次最炽热最充分的燃烧后的余烬。

我从遥远的北方带它回到北京家中。深夜的寂静中，我期待着从那细密的小孔中，传来喃喃低语。沉默多时的火山，它的话只说给听得懂的人。

然而只有沉寂，死一般的沉默。它是无话可说还是被剥夺了、抑制了说话的权利？我不知道它的沉默还要持续多久？我的眼前抹不去老黑山顶上那个巨大的喷气锥，像一只永远合不上的大嘴。我知道那张开的喉咙一旦开始呐喊，五大连池又是另一番风光了。

《天津文学》1993 年第 9 期

海市

　　穿越浩瀚的戈壁滩时，我突然发现，天地间，原来竟如此单纯。

　　天很蓝，蓝得像海，一无杂质。悠悠白云飘来，丝丝缕缕地悬停在头顶，天幕犹如巨幅浮雕。

　　地很平，一马平川。视线里弥漫着黄褐色的沙地，从车轮下一直通向地球的尽头，眼里除了黄沙还是黄沙。粗糙的沙滩散落着碎石般的沙砾，精细的沙丘上，刻着一圈圈年轮般的波纹；日月凝聚而成的沙岗，如长堤般延绵伸展；路边掠过废弃的村落，断墙残垣是一片触目惊心的灰黄……

　　偶尔有远远的山，也许是祁连山、也许是昆仑山。卧龙似的盘蜒着，如黑黢黢的树根纠集、缠绕在一起。皱褶却整齐而光滑，透着西北的苍劲。峰顶的积雪分外鲜明，蓝莹莹地闪烁，像一双双苍茫而忧郁的眼睛。

旋风突然就出现了。风夹裹着黄沙，构成了风的形状，像一只只倒扣的金钟，呈 U 字形，底部紧贴着戈壁滩，任意地旋转舞蹈着。那是一页奇妙的图景，大漠上凝固的黄色成为一块巨大的底版，与游弋的黄色旋风浑然一体。镂空的风柱又似一支直上直下的喷泉，慰藉着沙漠里干渴的旅人。

再没有更多的颜色了。戈壁只有单纯得近于单调的金黄。

当然，还有白灼的阳光，令戈壁越发地一览无余。

在长久单调的旅途中，假如眼前忽而掠过了几丛稀稀拉拉的骆驼草，那样短暂而可怜的一点绿色，也会给人带来莫大的惊喜。针叶状的骆驼草总是自顾自一丛丛生长着，周围聚起一个个小沙堆，略略地高出沙地，远看就像是一座座小小的绿岛，淹没在无边无际的沙海之中。

却没有一棵绿树。

出凉州、经张掖、过酒泉，漫漫长途，古城的绿洲与绿洲之间，没有河，没有泉，也没有井。

黄沙古道，掩埋了多少饥渴的流放者的白骨和忧伤的灵魂。

真的没有绿树也没有河流？苍天在上，谁能拯救这荒茫死寂的戈壁？

昏沉沉的困倦中我睁开眼。如闪电掠过黑夜，我的眼睛为之一亮——抑或是海，灰蓝色的水波漾溢着，弥漫着，悬浮于沙洲之上，宁静而安谧。水上横一道长长的湖堤，堤上有树，清晰而精致的树影，一棵棵生动地排列着，像故乡西湖十景之一的苏堤春晓。更奇妙的是，水面上还映着绿树的倒影，水墨画一般，朦胧得柔美。在沙漠的骄阳和干旱中，那水，想必是清凉又甘甜的。

那是个什么地方呢？我问。看上去是个好去处。

海市。司机淡淡回答。

海市——海市蜃楼吗？

对嘛，海市蜃楼。很难见到的，让你们赶上了！

车上的人都醒了，迷迷糊糊的，都来看这海市。

怎么就和真的景致一模一样啊？把眼睛睁大了睁得更大，也看不出这虚无缥缈的海市，同实实在在的风景，有什么区别。虽然远在天边，那水中的倒影却是真真切切。有点儿怀疑自己的眼睛，也怀疑司机漫不经心的介绍。就只差停车下车，自己徒步穿越大漠，直奔那远处的湖岸，去看个究竟了。

——嗨，你去吧，没等你找着那个地方，你就在沙漠里渴死累死了。司机显得有些幸灾乐祸。千百年来，有多少人被它骗了，都以为那是真的，奔着那水去，奔着那好风景。可你走它也走，越走越远，一辈子也走不到头……

脑子里忽然涌出许许多多关于海市蜃楼的传说。

……焦渴的找水人，怀着虔诚和崇敬之情，流尽了最后一滴汗、耗完了最后一滴血，倒毙在沙漠里。也许临死时，还在期待着他那一个可望而不可即的梦幻和理想会如奇迹般出现……

再看海市，那清清的湖、静静的树，分明露着一副狡诈和虚伪的微笑。海市是一个陷阱，误入其中的猎物，成为海市下一个猎物的诱饵。

可为什么，曾有人会以生命相托，祭祀这本来虚无而渺茫的幻影呢？

连同我在内。

如不是亲见，我也不相信如此美丽诱人的海市，会是一个骗局。

然而，海市因沙漠的气流和折光而现，海市本无意。海市没有罪过。

而人，辛劳饥渴、疲于奔命的赶路人，在茫茫戈壁、漫漫大漠之中，盼望远方绿树环抱的绿洲，那是苦难的旅程中心灵的庇护地。人在绝望之中，以心造的幻影苦捱岁月，以幻觉中的温柔之乡慰藉自己，是无奈也是不得已。人们轻信海市，人们没有罪过。

但如果是一些备足了水的人，为另一些缺水的人，刻意造出一个人为的海市来呢？造出一个连他自己也并不相信、更不会以真情和生命去抵押的神话。那人造的海市，便是一种真正的罪孽了。

尽管海市的谎言早已被人戳穿了很久，却仍然还有饥不择食、自欺欺人的后来者，走进那没有坐标的戈壁滩，在无水的沙海中迷失自己。

车窗外，遥远的海市依然烟波浩渺、树影憧憧，美得充满诱惑。

车头迎着那片海市而行，海市始终浮游在沙漠的尽头，在我前行的左侧，固执地不肯离去。

有一阵寒战从心头掠过，不敢再看海市一眼。那时候我只剩下一个愿望：我只想快快走完这片苍凉的不毛之地。

临近中午，阳光越发炽烈，金色的戈壁像要燃烧起来。

抵达安西城时，天空忽然飘来几片黑云，一阵凉气袭过，豆大的雨点落下，干燥的地面扬起一层白粉，雨却顷刻无踪无影。旋即，清朗而广袤的天穹之下，横空画出一道巨大的七色彩虹，勾勒出一片绚丽的辉煌。

司机说，你们的运气不错呵，戈壁滩上的旋风、海市、彩虹、丝路花雨，都看见了。我走那么多次，也不是回回都有的啊。

我心里却觉着一种莫名的酸楚。我只想快快地往前走，快些到达前面那片真正的绿洲。没有狰狞的旋风、没有虚幻的海市、没有稍纵即逝的彩虹，却有实实在在的人声、冒着炊烟的房屋、井台、柴垛和农田。

戈壁是单纯的，在这片单纯的近于单调的黄色世界里，美丽的海市和斑斓的飞虹成为沙漠的调色板。当彩虹悄然隐去、海市无声消失的时候，人们仍然只能依靠自己的双脚走出戈壁，去寻找活水和黑土，寻找蔚蓝色的大海和坚实的船帆。

谁能在这里修筑一条巨大的引水渠呢？就像新疆维吾尔族人神奇的坎儿井。然后，在路边栽上一排排杨树苗。那是一种看得见、摸得着的绿色。浇灌、浸润着绿叶的水，在树根下的深处流淌。

在河西走廊的戈壁滩，海市曾给我虚妄的错觉，却也使我清醒。

《美文》1994 年第 2 期

幔亭山房梦游

　　黑暗中，车缓缓穿过一排黑黝黝的树影，停在一片空阔的草坪上。脚落地，觉草暄暄的，四边茫茫夜雾。我睁大眼，看不清什么，除了风，武夷山里的风。

　　夜色渐渐清朗。星星在遥远的极顶忽闪，拨出一角深邃湛蓝的天空，照见眼前一壁如烟如墨的巨大山影，影影绰绰地似要倾倒下来。

　　有声音说，这就是幔亭峰。当年武夷君曾在这里扎起几百间幔亭彩屋，招待下界乡人。汉武帝也曾在山顶的岩石上，设坛祭祀过武夷君。

　　仙迹犹存。

　　朦胧中，竟有一条发光的卵石小路，在贴地的草叶间幽幽闪烁。人走过，浮荡起一片湖绿色的光波，旋转在脚底。

那是些会发光的石头吗?

或许是当年的武夷君,将那次鸿宴未燃尽的烛光,留给了幔亭的夜?

我朝那亮处匍匐下去。我迷醉自然的造化。

——那是一块块磨盘大小,被掏空了的自然形态的岩石,不知从何处迁来,稳稳地安放在这里。石头中央有一块淡绿色的毛玻璃,可见一粒小巧的灯泡,静静地散发着迷人的光。远近的卵石,便一同温柔起来……

没有电线,也没有开关,它已同石头合为一体,变成一个个石头灯,一块块发光的石头。

踩着发光的小路,循着时隐时现的石灯,在昏暗的山影中走上几级台阶,便见一片模糊的翘角飞檐楼阁,从几株肥硕的芭蕉叶上浮现出来。小路走到尽头,穿过一道拱形圆门,眼前豁然:四面回廊拥着庭中央的一池碧水,石砌的山墙间竟也嵌着路上那种石灯,透出浅淡的光亮,暖暖地迎着远来的客人。

这便是新设计刚开业的"幔亭山房"。

一只鹅黄色的雕花毛竹筒,吊挂在服务台上方。柔和的光,如细密的针线,从竹筒镂空的花纹中倾洒出来,在空中垂下束束璎珞。

门廊上方也有这样一只竹筒,不同的是它的身子稍短,顶部罩着一顶小小的竹笠。灯光便从笔直的竹筒里,追光一般跟着人行走。刹那间,我像是回到了童年渴慕的舞台,我轻松自如地唱出心底的歌,在那光柱的投射下显得光灿夺目,掌声淹没了我……

我走过楼梯拐角,那儿的灯罩形状很像一只铜钟,用磨光的细竹篾编出一层层疏密错杂的图案。灯光在竹绿中自由来去，挥洒四方，如同月亮钻过树林，在草地上写下温情的诗句，我追着月亮走，月光穿透我……

我走进餐厅，那儿的灯罩如半只倒扣的竹篮，稚拙简朴。每只灯罩都在白色的天花板上投印出卷散型的菊花纹影。花朵与花朵联结，汇成一片花海。灯罩随室内的气流微微颤动，花影婆娑，涟漪荡漾，整个餐厅都在轻轻摇曳，犹如空中的云，海上的舟，造出大地不曾有过的幻象……

我不知自己是在哪里。

我分明是到了一个中国灯博览会，或是元宵节的灯赛。可是，元宵那些彩灯、马灯、龙灯是供人玩赏的，而这里的灯却用得恰到好处。元宵的灯以烛照明，可这里的灯，以武夷生产的竹编为材料，连着电线、连着开关，把山外的现代世界，含而不露地藏在了灯芯里。

我不知自己究竟在哪里。我惶惑起来。

那餐厅的门也特别。淡黄色十字形的竹编，中式对开，却又在中间，嵌上了两扇弧形的玻璃，合起来，拼成一个椭圆。椭圆的中心又镶上两道漆成深棕色的竹皮，古朴又典雅。

进门处立着一幢石碑，一人高，形状似鱼又非鱼，上有石刻的字"幔亭宴"。

还能想象秦汉时武夷君大宴乡人宾客的盛况吗？只能想象这幔亭宴，师承了仙家的美味佳肴。菜多以山禽野味做原料，佐以竹笋香菇，不用说那些食材凡间难以寻觅，烹调后的味道，或清淡或浓郁或鲜美，吃下去说不定就得道成仙了。

喝一口龙凤汤罢，鲜得眉毛掉。有二十字诀为：肉烂无心、汤清见底、面无油珠、有病治病、无病养身。蛇肉鸡丁煲的汤，喝下去竟飘飘然起来。还有用蚕豆、肉丁、蛋清烩的文公菜。八百多年前，文公朱熹曾在武夷创办紫阳书院。文公菜与程朱理学一般素享盛名，千年不衰。幔亭宴没有散尽的时候。

难怪那些白皮肤、蓝眼睛的远客，要把雪白的桂圆汤甜食称作"天堂果"，要把酥脆细巧的油条称作"皇帝的拐杖"。

幔亭宴，天下的美味都让幔亭宴招来了。

古老的中国，悠远的中国，丰厚的中国，陌生的中国。

灯影徘徊，鱼形烛台微光恍惚，室内泉池细流涓涓，淙淙作响。

我踩着微醺的细步，推开餐厅一侧葫芦形的竹门，庭院里的衰草，让那些从餐厅的竹篮里漏出的光亮染得斑斑驳驳。有一枝粗大的半截毛竹，堂皇地立在一棵桂树旁边。竹节上有小洞，洞里盛满光明——石灯又换了花样，在这里，变成了发光的毛竹，变成一座航标灯塔。

顺长廊走，圆柱下有竹编的纸篓，洁身自好地独处一边。几步远，又有竖排的细竹制成外壳的痰盂，不声不响、安之若素地伴着一条石凳。远看不是痰盂，只是一件摆设，与周围环境十分和谐。那石凳似有一点仿古，古到战国春秋，如青铜器时代的鼎，有一种凝重素朴的美。衬着后墙上那扇形的、菱形的、心形的花窗，还有几株蜡梅、几棵银杏，只差几声琵琶、几声古筝，便可大发思古之幽情……

我走不出去了。

一阵似有似无的桂花香，引我到二楼的一个房间门口。

那扇浅色的木门上镶着一块香蕉大小的深棕色雕花木条。细看，不是木条，而是一截树根，在削去一层树皮后露出了白色木头的地方，刻着我的房间号码。我依稀记得。

我走进房间去。

顿时，我被湮没在一个竹木家具的世界里。

床栏、床架、写字台、茶几、电视柜、椅子……房间里所有可以称得上家具的东西，全部由天然形状的树干作支柱，然后在外面蒙上一层竹编。虽然每件家具的式样各异，但竹编都是由一根根手指粗细的竹子拼连起来的，涂成棕色，显得庄重典雅，天然浑厚，将竹乡的风采都收编其中了。

我看见了竹编镶嵌的墙面，淡黄色的梯形图案，如涂了一层釉，在昏暗中发出瓷质的闪烁。墙上没有字画，没有壁挂，任何装饰似乎都是多余的。那写字台外侧的抽屉面上，还有一只翘翘的树根把手，既好玩又好看还好用。茶几上有一块平放的黑色鹅卵石，中间挖出一个洞，就成了天然的烟灰缸——握在手里微微发凉。地板竟也是竹编的。四个横竖不同纹理的竹子方块构成一个大方块，大方块又扩大开去，整个房间如铺着一条素净光洁的地毯，一尘不染……我仿佛觉得自己在上面翩翩起舞，我邀请竹子、邀请柏树、邀请云彩跳迪斯科，我的舞姿轻盈娴熟，我有些眩晕了……

我倒在床上，人便整个儿陷下去了，伴着弹簧轻微的响声。我跳起来，发现竹床架上原来安放着席梦思床垫，床罩一盖，竟看不出来，而像一只山里真正的土木床。我舒服地躺下去，枕着武夷山的竹木，听着山溪不知疲倦地低吟，听着树上梦醒的小鸟呢喃，听着秋虫高低起落的奏乐……

黄山玉屏楼的奇秀，庐山别墅的清雅，北戴河海滨小屋的浪漫，镜泊湖抱月湾的异国风情，还有，还有地中海边上那座叫作"船饭店"的水上建筑，它那些以缆绳、盾牌、鱼篓、渔网作为装饰的大海风格曾使我流连忘返。记得去年在西德，我曾在一座乡村风味的餐馆逗留，那些壁炉、稻草灯罩和野生动物标本，也曾使我心醉神迷。可在这个夜晚，在这些粗拙廉价的陈设面前，它们统统从我脑海里隐退了。青石、卵石、木料、竹子……这些武夷山最平常的东西，在武夷山的建设者手中，成了珍贵的艺术品。

这山房的建筑设计者，是素享盛名的南派建筑师代表——南京工学院杨廷宝老教授。这山房的内部装修，出自当地一位叫陈建霖的中年工程师。我的内心充满对设计师的感激之情和敬仰之情，是他们重现了、再造了朴素的东方之美。

我走到窗口，打开了窗式空调，嗡嗡的暖气流将薄薄的窗帘吹得飘拂。雪白的天花板上忽然出现了一个旋转的光影。那光影如此之大，天空一般弥盖到竹编的墙线以上，如一顶缀满落叶的纱帐、一把蝉翼制成的花伞、一面沾满晶莹水珠的大网，朝我轻轻地、轻轻地披撒下来，又将我缓缓地、缓缓地托举起来……

我抬起头，望见一只花篮状的竹编灯罩，在气流中轻盈地浮动。那姿态、神韵，既含蓄又飘逸。我觉得自己回到了很小很小的时候，外婆家的湖湾里，小船悠悠地穿过荷塘。洁白的荷花与翠绿的荷叶，在清清的水面上投下一串又一串摇曳的绿影。我们从荷叶下荡过去，荡过去，绿色的天空中，弥漫着竹子和木头的清香……我的想象已被穷尽。

何处传来了悠扬的笛声，是从幔亭峰顶传来？缥缈空灵犹如仙乐。不过，我更愿相信这是由武夷的乡人演奏。大自然创造了幔亭峰，而人创造了幔亭山房。人的智慧与仙家的法术之间，或许有一条神奇的通道……

我不知自己是睡着还是醒着，不知自己是该躺下还是该继续漫游。在山房的那一夜，我重温了失落已久的渴望——对于真实，对于美。是我梦中永恒的大自然。

幔亭山房，不是梦。

《人民日报》海外版 1987 年 8 月 24 日

草原之路

进入草原深处，就没有路了。

因为草原上根本就不需要路。在草原上行走，只需要方向。方向便是草原的路。平坦而辽阔的草原，手随便往哪儿一指，就是路了。你往哪儿走不是走呢？你往哪儿走会走不过去呢。无论夏天还是冬季，路在草原根本就不是个话题，路在草原那地方，是一种随着你的脚步而无限延长的飞毯。

草原没有路，所以处处都是路了。草原的路，任何一个人、一匹马或是一群羊，都可以任意开辟和创造。你只要认准了太阳，认准了自己的位置，认准了你要去的那个地方，你策马狂奔、驱车飞驰，你从油绿的牧草中间穿过，草纷纷躺倒了为你让路，你在草地中央轧出一条最近的直线，若是中间没有沼泽没有小河挡着，一条路就这样形成了。

草原没有路，所以是很容易迷路的。没有太阳的日子，沙暴风雪的日子，你在原野上失去了方向。刹那间，天底下的路统统都消失了。那时候，一块土疙、一株蒿秆、一座沙丘、一缕远远的蒙古包的炊烟都成为路的标记，成为路的踪影、路的参照。草原之路是由草原上任何一种蛛丝马迹构成的。它是迷路人的再生之途。

于是，为了那些迷路的人，草原上还是留下了一种被称为路的印迹。

那实际上只是牛车的车辙。或宽或窄，或浅或深。车辙复车辙，年长日久，就变成了路。干旱的日子，它们坚实平展，在微风中扬起阵阵沙尘。雨季来临时，草原松软的土地被车轮碾轧出一道道深沟，变得坑坑洼洼，那沟里盛满了水，一路闪烁过去，像是绿草地上扭动的一条银蛇。天晴了，有新生的尖草从沟边钻出来，密密的胡须似的，将车辙的沟坎镶嵌出一道道绿茵茵且毛茸茸的格子和条纹。那条路突然变成了绿白黄三色相间的天然图案，地毯似的斑斓，在草原上招摇惹眼。

因此，草原即便有路，那路也不是固定的。草原上的路，一旦用得太久，就会变成一条河或是一道深沟。大雨后的草原滑腻而疲沓，车辙忽然就改换了原来的位置。它们选一处干爽的高地，从旧有的车辙旁悄悄溜过。草地上常常可见一道道忽左忽右的车辙，像波纹一般一圈圈扩散开去，重复徘徊又最终指向一处。原来草原之路是随时可以被修改被矫正的呵，那是世上最古老最原始的路的形式。草原的自由，是被草原自由的路所决定的。

一条黄褐色的土路，从远方蜿蜒而来，又往远方延伸而去。两边都望不见尽头。它从大草原穿过，又影影绰绰地消失在大草原上，像一条柔韧的血管。

蒙古人就是从这草原之路上，走向外面的世界的吗？

如果有一天，草原上的路，被笔直坚固而不可随意更改的高速公路取代，那么我们是否将不再拥有自由的草原？

《新民晚报》1998 年 4 月 8 日

缤纷西域

　　当你还是个小姑娘的时候，就开始向往那个地方了。那个时候，它是葡萄干和哈密瓜，是闪亮的丝织小帽和维吾尔族女孩头上数不清的小辫子。

　　少女时代，你越发地渴望它。它是动人心弦的音乐，是旋转的长裙，是冰山神秘的来客，是苍凉雄奇的边塞诗……

　　后来你长成了一个青年，你从江南去往东北，日日在北大荒的原野上耕作，你却依然在一个个迷茫的瞬间里，竭尽自己的想象力仰慕它。那时它已是一首豪放的军垦赞歌，是天山牧场和雪白无垠的棉田……

　　几十年间，你都在为自己当初没有机会选择那个地方而遗憾。后来的那些岁月过得如此匆忙，它遗落在你的记忆中，竟连远远地看它一眼都没有可能。于是你曾绝望地怀疑，自己这一生是否与新疆无缘？

你想它想了许多年，盼它盼了许多年。一个人去往那个自己魂牵梦萦之处，竟然要在路上走将近半个世纪吗？

忽然地，它说来就来了。愿望本是一粒在地层深处蛰伏了千年的莲籽，若是遇见阳光和水，一春一夏便衍成了清水芙蓉的荷塘。其实你知道它是不灭的，在你之前的千年万年以及在你身后的茫茫日月，它都会永恒地屹立在那里——并非仅止于西域的疆土，而是长存于史书和人心。

然而，不是它来，是你来了。你急急地走向它扑向它，或许因你在漫长的时间隧道里已经走了太久，你惊讶地发现，你未启程却早已匍匐在它的脚下。

那真是你失散了太久的那个情人吗？

你凝视它拥抱它抚摸它亲吻它，你穿越了从乌鲁木齐到伊犁的天山独库公路，再从空中跃过塔里木河，由北疆飞抵南疆的喀什。路途漫漫遥不可及，你耗尽了全身的热情和精力，仍然仅仅涉猎了它版图的小小一个局部。它是一个伟岸而傲慢的巨人，不可被通读被浏览。它只伸出一只手掌给你，掌心那波斯图案般的美丽肤纹已够你揣摩。

那个时刻你突然睁不开眼睛，许多年来覆盖在你心里那个模糊的影子，猛然变成清晰而刺眼的光与色，如飞碟般旋转着掠过长空、降落于山川河谷。你笼罩在一片炫目的色彩之中，难辨日月昼夜。

你因看不清它的全貌而惶恐战栗，它实在太辽远太壮阔了，它不可被你占有哪怕是分享——你走近它却不可走尽它，当你明白这点时，你无奈地闭上眼睛任凭它退出你的视线，怀着几十年积攒的思绪悻悻离去。

当你离去以后，你才发现自己依旧留在那里，再也走不出它广袤的疆界。

当你回到出发前的地方，你才发现自己几乎把它整个儿带回来了。

那些绚丽的光与色始终跟随着你笼罩着你，如同一幅幅色彩浓烈而厚重的巨大油画，喷射着缤纷的彩焰，悬挂于你视线所及任何一个方向的上空，那样的辉煌与绚丽，使得眼前的世界不再有颜色了。

你在恍惚迷离与莫名的感动中，试图细细地辨析它们——那种剧烈晃动着的金色，是西域白昼焦灼的阳光。阳光犹如密密的金线铜丝，将戈壁和沙漠护上一层金色的盔甲，亮得坚不可摧；炽热的暖色戈壁与田地，是那片疆土最本分的底色，连阳光下蒸腾的氤氲都是金色的，所以它的呼吸也变成了金色。入了夏，金色的底版上有了明黄橙黄鹅黄棕黄，熟透的甜瓜玉米向日葵，纷纷为它涂抹上鲜润的金黄，还有四季喷香松软的金黄烤馕。西域的金色，天上地下浑然一体了。

那么蓝色呢？金黄的底色下，端庄而略带些忧郁的蓝色是经年不变的主调——屏障般护卫着抑或是切割着西域的天山、阿勒泰山和昆仑山山脉，永远以深沉的蓝灰色与头顶海洋般碧蓝的天空遥相呼应。天蓝得透明，山蓝得醇厚；天蓝得拒人千里，山蓝得揽人入怀。那天上地下的蓝色，高贵却不矜持，鲜活却不妖媚，竟是如此默契与相知。还有蓝宝石般的天池，从山岚中呼之欲出，石破天惊，那样纯粹与凝练的蓝色，疑是汇融天下之蓝提取所得，成为仰卧于山巅的一个蓝精灵。

西域的绿色，在形状上有些古怪，呈利剑状钻天入云，是雪岭的云杉和松树。攀棚爬菀在庭院遮出一片绿荫，是葡萄和果树。那绿色不似中原一马平川一望无际，而是一星半点、星星点点渐次放射开去，圈成一片浓密的绿洲。一旦走出那绿色，就走到秋的金黄和冬的白色里去了，所以那绿色很是宝贵。绿洲外的山野，绿色往往与蓝色亲近，深蓝色雾霭蒙蒙的山谷里有树，翠蓝色的天空下有树，都是青出于蓝而胜于蓝。西域的绿色一旦出现，使得上下左右的蓝色更显得生气勃发。那绿色像是用刮刀托了油彩镶嵌上去，与蓝色错杂，一层层叠加，勾勒出棱角分明的线条，浮雕一般，展示着西域的力度和质感。

冷艳而高傲的白色总是若隐若现，缥缈无定，像是画面上刻意留下的大片空白，任人遐想。银白色的冰坂雪峰，冷不丁地揭了面纱露一露脸，忽远忽近地跟随，又神秘地消失。深山公路旁，偶有人扬着一团白色的东西叫卖，那朵冰山雪莲虽已干缩，花瓣上却明明留着雪的痕迹，依然冰清玉洁，白得让人怜爱。河谷里的水湍急地流淌着，都是冰川雪山上融化的雪水，白色的瀑布浸透了雪的颜色，那水珠也像雪花一般是六角形的？还有散落在河谷中坡地上悠悠的羊群，哈萨克牧人白色的毡房……白色是高山大漠中最随和的色彩，为其他所有的颜色做了忠诚的铺垫。

最后是红色，热烈而欢乐的红色，像是火山爆发时奔突的熔岩，从沉稳的蓝黄绿白中跳跃迸溅出来。若是春，漫山遍野红似朝霞的莱丽喀扎克（天山红花）和野芍药，红得娇艳；若是夏，有玛瑙般的红瓤西瓜红樱桃红草莓，红得浪漫；若是秋，满目皆是熟透的红苹果与红山楂，红得醉人；即便是冬，亦有晶莹的玫瑰红葡萄酒，为寒冬的冰山雪野补上几分暖色。那是鲜血的颜色，是自然成熟的颜色，不带有任何矫饰和造作。它从生命中来又回到生命中去，即便凋敝，也留一片健康的赭红在西域人的肤色上……

五彩缤纷的西域，所有的颜色都不孤独，它们彼此萦绕、相互渗透，化作七彩交织的波斯地毯、化作维吾尔人家廊檐和窗棂上精心绘制的花卉图案、化作哈萨克姑娘飞扬灵动的服饰、化作华丽恢宏的清真寺彩釉镶砌的殿堂与塔顶……

究竟是自然原始的色彩塑造了西域人，还是西域人强壮彪悍的生命力，创造了这绚丽不褪的色彩呢？许多年中，你曾走过许多地方了，可唯有西域的色彩，令你如此入迷。

造物主究竟如何将这些天下美丽的颜色，集于一地、汇于一窗，配置得如此和谐？色彩不是外衣不是表象，年复一年，色彩一寸寸生长于它的内心，那是苦难中璀璨的希望。以至于少了任何一种颜色，它都将不再成为叫作新疆的那个地方。

由此你认定了它的个性是浪漫而诗意的，色彩是西域人的一种存在方式，甚至，是西域人与生俱来的一种天性。

色彩中其实包裹着一个人、一个民族的气韵和魂魄。

色彩可以传递心灵的全部情感，丰富而热烈——你懂得这个，是从缤纷西域回来之后。

《新疆经济报》1997 年 10 月

我

感

天鹅的故乡

　　未来北大荒时，就听说北大荒是天鹅的故乡。那时年轻的我，是不是也如同朝圣一般，循着天鹅的身影来到这里？

　　它是融入那高远的蓝天里去了，还是化入那浩渺的水波中去了？多少年来我寻觅它的踪迹，在与白云齐肩的高山顶上仰望，在荡入湖心的轻舟上低唤。它本应在朝阳初升的天穹翱翔，在晚霞沉落的水边徜徉，可是，哪里也没有它。没有它那硕大的翅膀掠过长空卷起一阵清风，没有它那轻盈的身子在水面上溅起的一丝涟漪。它到底飞去哪里？游去哪边？躲去哪方？谁能告诉我——要知道这里可是天鹅故乡。

　　故乡的人叹息，是他们不愿告诉我？

　　故乡的人摇头，是他们也不知道？

　　不。我想，大概是因为不堪回首，他们不愿触动心灵的创伤。

假若我有勇气去揭开心上那血痂似的记忆，怎么能说我这些年中没有见过它呢？我见过，然而，不是在蓝天里，也不是在水面上，而是在农场的沼泽地里。

　　在沼泽地里见到它——美丽的天鹅。

　　初时，我惊呆了，甚至怕我的呼吸会惊动它。我凝视着它，在心里惊叹它的美丽——洁白，轻盈。白瓷一般光滑的羽毛，没有一丝杂质，就好像一团浓墨泼上去，也会整个儿滚落下来，沾不上一星半点。它悠悠然浮在水面上，身子一动不动，好像在倾听，又好像在思索……也许任何一种飞禽都无法具有这种个性，它的美是独特的——高傲、纯洁、娴静、深沉。发黑的沼泽地并不能破坏这种美，枯败的苇子也无法使它的风采略有逊色。不知是它那白云一样的翅膀照亮了这片水，还是黑色的水更衬托出那圣洁的白色。我总算亲眼看见了世界上还有如此洁白的东西。可是我忽然又不相信，不相信天鹅会同沼泽地连在一起。我猜想它也许是农场畜牧队一只走散的鹅。但不是。它自己告诉我，它确是一只天鹅，地地道道的天鹅——它抬起了它那细长的脖子，眺望着那深远的秋天的田野。它似乎完全没有留意脚下的黑色。远方是恬淡的、明净的，一朵朵白云飘过去了，好像它的那些天性自由的姐妹……

　　它怎么会来到这沼泽地的呢？秋凉了，它为什么不走？是无处可去吗？我真想问它。我没有想到第一次看见天鹅，会在沼泽地里。小时候，我们常常在动物园里同它们见面。我的家乡杭州西湖三潭印月岛上的内湖，就曾经养过许多天鹅。当然，从十三年前那场暴风雨一开始，它们就不知去向，莫非这只天鹅，是从动物园逃离到这荒野避难？也许是因为北大荒也到处移山填海，天鹅们无处栖身，才流落到此？

那年月中，天鹅是只有在无人居住的地方才能生存吗？为什么？

它洁身自好，从不妨碍别人的宁静；它孤高桀骜，从不与野鸭、鸳鸯为伍。然而它振翅高飞，却是鸟类中出类拔萃者，所有的鸟儿都望尘莫及——它可以飞到几千米的高空，与白云做伴，同闪电相随，天鹅就是因此得名。也许就因为它飞得太高，同类才嫉妒它；也许就因为它太孤傲，从不愿像笼中的画眉那样唱着动听的歌儿取悦于主人，有的人才憎恨它；也许就因为它实在太美，多少人对它垂涎三尺——

我轻轻离它而去，唯恐惊飞了它。可是当我再回到沼泽地旁的地窖子跟前，我看见的竟然是这样的惨状：它躺在血泊中，翅膀都被染红了。四周围满了我们连队的"战友"，一只大脚踢着它软弱无力的长颈，从人群中传出来一阵阵兴高采烈的喊声：

"是我头一个发现的呢，不是吹牛，镰刀瞄得真准！"

"瞧瞧它那个脖子，那老长，难看死了！"

"咱也尝尝天鹅肉！"

血腥味使我恶心，飘零的羽毛使我发颤。我悄悄走到一边去，泪水从腮上滚落下来。那伙人都是我的同伴，一列火车来到北大荒，穿着一样的破衣服在沼泽地里割芦苇。他们小时候也都在动物园里向天鹅欢喜地招手，做着同天鹅一起翱翔的美好的梦。可是，这变化是怎么发生的呢？一夜之间，学会了血淋淋的杀戮……

"她哭了……"有人做着鬼脸。

"哈哈——"是哗然大作的笑声。

从那以后我再也没有见过天鹅。即使在幽深无人的沼泽荒野的极深处，它也不再露面了。北大荒的冬季是漫长的，走不完那冰霜结成的路，数不尽那铺天盖地的雪花。虽然雪花是白的，可是白的东西并不都是天鹅；虽然雪花也在飞旋，但会飞的东西并不都是天鹅。春天来了，天鹅没有回来；又一个夏天来了，天鹅还是没有回来。它究竟是去了长江边还是到了珠江三角洲？没有人看见它们。到处有的是追踪、捕猎它的人，擎着长长的枪筒。天鹅的故乡没有天鹅了，它们莫不是含着泪，默默地飞向了遥远的、温暖的异国？

它实在太美了，所以为丑类不容。可是，美究竟有什么过错？

没有人回答我，没有人告诉我。

冬天的日子真长啊，长得好像弯弯曲曲的松花江。白茫茫的田野，在雪地里拉苞米秆，拣黄豆，我不知怎的想起了许多年前读过的一首诗。那是一个年轻的垦荒战士，站在红色的拖拉机车头上，面对皑皑白雪，热情洋溢地赞颂：北大荒的土地啊，你真像一只白天鹅，飞起来，飞起来了……

我的心压抑得慌。虽然我不是诗人，面对这沉寂的雪原，我也想吟咏。呵，我的诗是这样的：白天鹅啊，是谁把你的翅膀折断，折断了……

冬天的日子真长啊，在炉边烤着被雪打湿的棉靰鞡，常常想起小时候听妈妈讲过一百遍的"丑小鸭"的故事：丑小鸭因为不会像猫那样咪咪叫，不会像狗那样摇尾乞怜，更因为它长着一个其丑无比，与众不同的长脖子，所以伴随它长大的是白眼、歧视、责骂、殴打……肥胖的鸭子觉得自己比它漂亮多了，离不开地面一步的家鹅，也自以为比它高贵。鸭子家鹅之所以受到宠爱，是因为它们为人类提供禽蛋，也没有任何引起非议的行为。它们的短脖子虽然只能看到咫尺之内的地方，这范围却极其安全保险。它们从来没有幻想上天的非分之念，它们走起路来悠闲自得，摇摇摆摆，心安理得地走到主人预备充足的食槽跟前……

家鹅与天鹅之间的差异，并不比猩猩与人的距离更小啊。我想着我的故事，恍然大悟。

也许就连丑小鸭也不理解：为什么到处都是长着翅膀而不会飞的神气活现的鸭子和家鹅？

我想着我的故事，冬天更长了……

粗心的天鹅妈妈，怎么把天鹅蛋下到鸭群里来了呢？让它白白受了那么多委屈，吃了那么多苦。可是丑小鸭越受欺压，便越发明白世道的不公；它越受嘲弄，便越向往青天。心铸得坚强了，翅膀长结实了，颈子，似乎由于希望，也越发地伸长了……

终于，冰化雪消，大江解冻，丑小鸭在一潭春水里看见了自己的影子，没想到自己竟变成了一只崇拜已久的天鹅。它扑腾腾冲天而起，那秀美的长颈像一把剑直指青天，天空在它面前展开了一个新的世界……

漫长的冬天里我常想起这个故事，由此想起我周围的许许多多同年龄的青年朋友。这些年间，有的人专干着杀戮天鹅的勾当，他们以为杀了天鹅，黄雀就可算得佼佼者；有的人，专以咒骂天鹅为生——同轻柔美丽的天鹅势不两立，体现自己的质朴坚定；有的人，从吃草的家鹅变成了吃鱼的鸭子；当然还有极少的人，从丑陋的小鸭长成了美丽的天鹅。

既是天鹅，怕不会安于沼泽；既是天鹅，更不能屈居池塘小河。它渴望长空，爱恋白云，它引颈高吟，那跃跃欲试的姿势美得叫人神往。有人说：难道如此娇美的东西也能上天吗？是啊，这些年，人们看惯了丑陋，看惯了卑贱，似乎美是一种罪孽，美必定无用。可是无知的朋友，你可知天鹅飞得比鹰还高吗？它的纯洁是白云赋予的，翅膀是闪电铸就的，而那最秀丽的长颈，难道不正是它不倦的追求与蓬勃向上的象征吗？

也有人说：那样轻弱的东西能飞得比鹰高？是啊，在这古老的国土上，人们只知道一辈子饲鸡养鸭，也不愿为高飞的天鹅助力。可怜的朋友，你不知道这是因为你心上的负担太重了吗？解开你身上的束缚，谅你也飞不起来，翅膀早已退化，脂肪却过于肥厚——多么可怕的现实。这一切，是到了彻底改变的时候啦！

未来北大荒时，就听说这儿是天鹅的故乡。十年来我寻觅天鹅的踪迹，终于看到动物园里的天鹅同春天一起，回到了清清的水池边。舞台上的天鹅，同夏天一起回到了明澈的"天鹅湖"上。可是，美丽的北大荒什么时候能重新飞起来呢？我们亲爱的祖国，什么时候能重新飞起来呢？

科学打开了通向无限广袤的天庭的大门，飞翔正是这个伟大的时代的标志。尽管有许多人至今仇视天鹅，可是天鹅总要高飞。我们年轻的祖国，同我们一样，不多不少正好三十岁。按这个年龄，起飞似乎有点儿太晚，但它的翅膀久经风雨，虽留下了伤痕，却越发坚忍顽强。况且在那漫长的冬季里，祖国母亲养育了那么多的丑小鸭，如今它们的羽毛都已丰满，雄心勃勃整装待发。天鹅妈妈犯的错误变成了好事——没有谁能比丑小鸭们更爱自由，更爱光明，更爱蓝天。如若放它们乘风归去，它们定然拍击长空，裹挟雷电，冲霄直上，把一切断墙残垣，陈规陋习置于脚下，迎着高空那强大的旋风，去寻找崭新的理想境界……

十年前，我是奔天鹅的故乡来的。我曾在无数不眠之夜里幻想，幻想我的祖国像一只天鹅，美丽矫健的天鹅，高高飞于群鸟之上。十年过去了，也许这不再是幻想。祖国马上要起飞了，它将以神奇的速度飞升蓝天。它那浩大的队伍里，不仅由许许多多丑小鸭变成的天鹅组成，还有那沼泽地里曾经被杀害的老天鹅的幽灵，时时推着它去冲破一切寒流孽障……

《绿原》1980 年第 1 期

窗前的树

我家的窗前有一棵树。

那是一棵高大的洋槐，树冠差不多可达六层的楼顶。只有洋槐才能长得这么高。

槐树分国槐与洋槐。国槐是北京城市的市树，树叶细密，树干敦实，多用作行道树，可遮阴挡雨。北京人的四合院里也常种国槐，七月开花，淡青色的一树小花，在树冠上密密地覆一层，素雅无香。

槐树是北方的树。当我定居北京之后，我很快就留意到它了。

这一年，我们的窗前拥有了一棵洋槐，不，在楼下的空地上，是一大排。只是这一株，粗壮的树干与三层的阳台相齐，碧绿而茂密的树叶部分，恰好正对着我四楼的窗户。

我不知道它为什么叫洋槐，也许多年前由洋人从西洋引种来。洋槐和国槐的区别，在于洋槐树型高大，春天开花，花朵洁白如雪，香气浓郁，开得热热闹闹轰轰烈烈。

我喜欢洋槐。坐在我的书桌前，一树浓荫收入眼底。从春到秋，由晨至夜，任是有意的或是不经意抬头，终是满眼的赏心悦目。

那树想必已生长了多年。我们还没搬来的时候，它就站立在这里了。或许，我还没出生的时候，它就已成为一棵树了，就因为着它的缘故，我们曾经那么希望能拥有这个单元的一扇窗，后来果真如愿。洋槐成了我们窗外的邻居，"抬头不见低头见"，天天与它相伴，从此享受着它给予我们的种种惊喜。

洋槐在春天，似乎比其他的树都沉稳些。杨与柳都已翠叶青青，它才爆出米粒般大的嫩芽，只星星点点的一层隐绿，悄悄然绝不喧哗。又过些日子，树上忽然就挂满了一串串葡萄似的花苞，又如一只只浅绿色的蜻蜓缀满树枝——当它张开翅膀跃跃欲飞时，薄薄的羽翼被春日温和的云朵，染织成一片耀眼的银色。那个清晨你会被一阵来自梦中的花香唤醒，那香味甘甜清雅，淡淡地撩人心脾。你寻着这香味走上阳台，身子为之一振，眼前为之一亮，顿时整个世界都因此灿烂：满满的一树雪白，花枝袅袅低垂，如瀑布倾泻四溅，扑面而来。银珠般的花瓣在清风中微微荡曳，花气熏人，人也陶醉。

有一团花枝似乎有意往我的窗口翘过来，几乎碰到了阳台的边缘，一伸手一踮脚就够到了。小心采下一串鲜嫩的槐花，一小朵一小朵地放进嘴里，如一个圣洁的吻，甜津津凉丝丝的，轻轻地咽下，心也香了。

洋槐开花的日子，是我们的槐花节。

槐花开了，才知春是真的来了。铺在桌上的稿纸，槐花一般雪白洁白。清风掀起纸页，文思如风中摇曳的槐花，轻盈灵动。

夏的洋槐，满树密集细窄的叶子一片片都长大了，郁葱葱巍巍然一棵大树，可以用"壮硕"来形容。骄阳烈焰下，树叶如华盖蔽日，送来阵阵清风，任凭怎样毒辣的阳光，都不会把它晒蔫。心里愧愧自问，人不如树的承受力。夏日常有雨，暴雨如注时，久久站在窗前看我的槐树——狂风将它的树冠和枝条刮得东倒西歪，满树的绿叶呼号，如一头发怒的雄狮。它翻滚它旋转它战栗它呻吟，曾有好几次我以为它的树枝会被风暴折断，闪电与雷鸣照亮黑暗的瞬间，我窥见它的树干却始终峭然。大雨过后，它轻轻抖落树身的水珠，一片片细碎光滑的叶子被雨水洗得发亮，沉甸甸湿漉漉，饱含着水分，显得越发的精神了。

那个时刻我便为它幽幽地滋生出一种感动。自己的心似乎也变得干净而澄明。雨后清新的湿气萦绕书桌徘徊不去，我想这书桌会不会是用洋槐树木做成的呢？否则为何它负载着沉重的思维却依然结实有力。

洋槐伴我一春一夏的绿色，秋来，窗前好似一块巨大的画板，被涂抹上了一缕缕浅黄鹅黄络黄，渐渐地，树冠变成了金黄色，就像一顶悬在空中的金色皇冠。秋风乍起，槐树叶如雨纷纷飘落，有些叶片会被吹落在阳台上，我的思路常常被树叶的沙沙声打断。我明白那是槐树的一种告别方式，它们痛痛快快利利索索地在空中挥挥手，连头也不回，既不缠绵也不凄切。它们脱离了槐树的老枝，就好比抛开了陈旧与衰老，去往另一个新生的处所。它们一日日稀疏凋零，安然地沉入泥土，把自己还原给自己，那是一个必然、一种整合、一次更新。它们需要休养生息，一如我需要忘却所有的陈词滥调而寻找新的开始。所以凝望这棵斑驳而残缺的树，我并不怎么觉得感伤和悲凉——我知道它们明年还会再来。

冬天的洋槐陷入了安静的沉思状态，像一位高深莫测的哲人。光秃秃的树干如同赤裸的身体，向人们展示一种无遮无拦的坦率与骄傲。寒流来袭时，它黑色的枝条俨然如乐队指挥庄严的手臂，富有节奏地弹跳舞动，指挥着风与房屋的合奏。树叶落尽之后，树杈间露出一只褐色的鸟窝，肥硕的喜鹊啄着树枝喳喳欢叫，几只麻雀飞来飞去到我的阳台上寻食，偶尔还有乌鸦的黑影匆匆掠过，时喜时悲地营造出一派生命的气氛。雪后的槐树一身素裹银光璀璨，真不知是雪如槐花还是槐花如雪。

四季的洋槐树便如一幅幅不倦变幻的图画，镶入我窗口这巨大的画框。冬去春来，老槐衰而复荣、败而复兴，重新回来的还是原来那棵老槐；可是，我知道它已不再是原来的那棵槐树了——它的每一片树叶、每一滴浆汁，都由新的细胞、新的物质构成。它是一棵新的老树。

无论有没有人理会它，它活得孤独却活得自信活得潇洒。

年复一年，我已同我的洋槐度过了六个春秋。在我的一生中，我与槐树无言相对的时间将超过所有的人。这段漫长又真实的日子，槐树与我无声的对话，构成了一种神秘的默契。

《文汇报》1991 年 11 月 20 日

稀粥南北味

稀粥在中国，犹如长江黄河，源远流长。

可惜我辈才疏学浅，暂无从考证稀粥的历史，只能从自己幼年至今的喝粥经历，体察到稀粥这玩意儿，历经岁月沧桑朝代更迭，而始终长盛不衰的种种魅力。甚至可以绝不夸张地说，稀粥对于许多中国人，亦如生命之源泉，一锅一勺一点一滴，从中生长出精血气力、聪明才智，还有顺便喝出来的许多陈规和积习。

少年时代在杭州。江浙地方的人爱吃泡饭。所谓泡饭，其实最简单不过，就是把剩下的大米饭搅松，然后用水烧开了，就是泡饭。泡饭里有锅底的饭锅巴，所以吃起来很香，一般用来作早餐，或是夏季的晚饭。再佐以酱瓜、腐乳和油炸蚕豆瓣，最好有几块油煎咸带鱼，就是普通人家价廉物美的享受了。对于江南一带的人来说，泡饭也就是稀饭，家家离不开泡饭，与北方人爱喝稀粥的习性并无二致。

我的外婆住在杭嘉湖平原的一个小镇上，那是江南腹地旱涝保收的鱼米之乡，所以外婆家爱喝白米粥，而且煮粥必用粳米。用粳米烧的粥又黏又稠，开了锅，厨房里便雾气蒙蒙地飘起阵阵甜丝丝的粥香，听着灶上锅里咕嘟咕嘟白米翻滚的声音，像是有人轻轻唱歌一样。熄火后的粥是不能马上就喝的，微微地焖上一阵，待粥锅四边翘起了一圈薄薄的白膜，粥面上结成一层白亮白亮的薄壳，粥米已变得极其柔软几乎融化，粥才成其为粥。那样的白米粥，天然地清爽可口，就像是白芍药加百合再加莲子熬出来的汁。温热地喝下去，似乎五脏六腑都被滋润了一遍。

我母亲在这样一个美好的白米粥的环境下长大，自然是极爱喝粥甚至是嗜粥如命的。她自称粥罐——平日不过一小碗米饭的量，而喝粥却能一口气吃上三大碗。只要外婆一来杭州小住，往日匆匆忙忙炮制的杭式方便快餐泡饭，就立即被外婆改换成天底下顶顶温柔的白米粥。外婆每天很早就起床烧粥，烧好了粥再去买菜；下午早早就开始烧粥，烧好了粥再去烧菜。于是我们家早也喝粥，晚也喝粥，而且总是见锅见底地一抢而空。南方人喝粥就是喝粥，不像北方人那样，还就着馒头烙饼什么的，因此喝粥就有些单调。粥对于我来说，自然是别无选择，我的喝粥多半出于家传的习惯。那个时候，想必稀粥尚未成为我生活的某种需要，所以偶尔也抱怨早上喝粥肚子容易饿，晚上喝粥总要起夜。而每当我对喝粥稍有不满时，外婆就皱着眉头，用筷子轻轻敲着碗边说："小孩子真是不懂事了，早十几年，一户人家吃三年粥，就可买上一亩田呢。你外公家的房产地产，还不是这样省吃俭用挣下来的……"

舅舅补充说："一粥一饭当思来之不易。"

于是我就从粥碗上抬起头来，疑惑地看着我的外婆。外婆喝粥有一个奇怪的习惯，她喝饱了以后，放下筷子，必得用舌头把沾在粥碗四边的粥汤舔干净，干净得就像一只没用过的碗，那时外婆的粥才算是真正喝完。我想外婆并不是穷人，她这样喝粥可不太好看。那么难道外公家的产业真是这样喝粥喝出来的吗？人如果一辈子都喝粥，是不是就会有很多很多钱呢？看来粥真是一种奇妙的东西。

然而，外婆的白米粥却和我少女时代的梦，一同扔在了江南。

当我在寒冷的北大荒原野上啃着冻窝头、掰着黑面馒头时，我开始思念外婆的白米粥。白米粥在东北称作大米粥，连队的食堂极偶然才炮制一回，通常是作为病号饭，必须经过分场大夫和连首长的批准，才能得此优待。有顽皮男生，千方百计把自己的体温弄得"高烧"了，批下条子来，就为骗一碗大米粥喝，这是相互间公开的秘密。后来我有了一个小家，便在后院的菜园子里，种过些豌豆。豌豆成熟时，剥出一粒粒翡翠般的新鲜豆子，再向农场的老职工讨些大米，熬上一锅粥，待粥快熟时，把豌豆掺进去，又加上不知从哪儿弄来的一点白糖，煮出了江南一带著名的豌豆糖粥。一时馋倒连队的杭州老乡，纷纷如蝗虫般涌入我的茅屋，一锅粥顿时告罄，只是碍于面子，没像我外婆那样把碗舔净了。

豌豆糖粥是关于粥的记忆中比较幸福的一回。在当时年年吃返销粮的北大荒，大米粥毕竟不可多得。南方人的"大米情结"，不得不在窝头苞米面发糕小米饭之间渐渐淡忘或暂时压抑。万般无奈中，却慢慢发现，所有以粗粮做的主食里，唯有粥，还是可以接受并且较为容易适应的——这就是大楂子粥和小米粥。

最初弄懂"大楂子"这仨字，很费了一番口舌。后来才知道，所谓大楂子，其实就是把玉米粒轧成几瓣约如绿豆大小的干玉米碎粒。一口大锅添上水，玉米楂子用急火煮开锅了，再改为文火焖。焖的时间似乎越长越好，时间越长，楂子就熬得越烂，越烂吃起来就越香。等到粥香四溢，开锅揭盖，眼前金光灿烂，一派辉煌，盛在碗里，如捧着个金碗，很新奇也很庄严。

大楂子粥的口感与大米粥很不相同。它的米粒饱满又实沉，咬下去富有弹性和韧劲，嚼起来挺过瘾。从每一粒楂子里熬出的黏稠浆汁，散发着秋天的田野上成熟的庄稼的气息，洋溢着北方汉子那种粗犷和力量。

煮大楂子粥最关键的是，必须在楂子下锅的同时，放上一种长粒的饭豆。这种豆子比一般的小豆绿豆要大得多，紫色粉色白色还有带花纹的，五光十色令人眼花缭乱。五彩的豆子在锅里微微胀裂，沉浮在金色的粥汤里，如玉盘上镶嵌的宝石……

小米粥比之大楂子粥，喝起来感觉要温柔些细腻些，且有极高的营养价值，又容易被人体吸收，所以北方的妇女用其作为生小孩坐月子和哺乳期的最佳食品。我在北大荒农场的土炕上生下我的儿子时，就有农场职工的家属送来一袋小米。靠着这袋小米，我度过了那一段艰难的日子。每天每天，几乎每一餐每一顿，我喝的都是小米粥。在挂满白霜的土屋里，冰凉的手捧起一碗黄澄澄冒着热气的小米粥，我觉得自己还有足够的力量活下去。热粥一滴滴温热我的身体烤干我的眼泪暖透我的心，我不再害怕不再畏惧。我第一次发现，原来稀粥远非仅仅具有外婆赋予它的功能，它可以承载人生可以疏导痛苦甚至可以影响一个人的命运。

也许正是从那个时候开始，我摈弃了远方白米粥的梦想，进入了一个实实在在的小米粥情境。我无可依傍，唯有依傍来自大地的慰藉，我用纯洁的白色换回了收获季节遍地的金黄。至今我依然崇敬小米粥，很多年前它就化作了我闯荡世界的精气。

然而，白色和金色的粥，并未穷尽我关于稀粥的故事。

喝小米粥的日子过去很多年以后，我和父母去广东老家探亲，在广州小住几日，稀粥竟以我从未见过的丰富绚丽，以其五彩斑斓的颜色和别具风味的种类，呈现在我面前。街头巷尾到处都有粥摊或粥挑子，燃得旺旺的炉火上，熬得稀烂的薄薄的粥汤正咕咕冒泡，一边摆放整齐的粥碗里，分别码着新鲜的生鱼片、生鸡片或生肉片，任顾客自己选择。确定了某一种，摊主便从锅里舀起一勺滚烫的薄粥，对着碗里的生鱼片浇下去，借着沸腾的稀粥的热量，生鱼片很快烫熟，再加少许精盐、胡椒粉和味精，用筷子翻动搅拌一会儿，一碗美味的鱼生粥就炮制而成。

鱼生粥其味鲜美无比。粥入口便化，回味无穷；鱼片鲜嫩可口，滑而不腻。一碗粥喝下去，周身通达舒畅，与世无争，别无他求。我在广州吃过烧鹅乳猪蛇羹野味，却独独忘不了这几角钱一碗的鱼生粥或鸡丝粥。

从新会老家回到广州，因为等机票，全家三人住在父亲的亲戚家中。那家有个姑娘，比我略小几岁，名叫阿嫦。阿嫦每天晚上临睡前，都要为我们煲粥，作为第二天的早餐。她有一只陶罐，口窄底深，形状就像一只水壶。她把淘好的米放在罐子里，加上适量的水，再把罐子放在封好底火的炉子上，便放心地去睡了。据说后半夜炉火渐渐复燃，粥罐里的米自然就被焖个透烂。到早晨起床，只需将准备好的青菜碎丁、切碎的松花蛋、海米丁，还有少量肉末，一起放入罐内，加上些佐料——真正具有广东家庭特色的粥，就煲好了。

阿嫦的早粥不但味道清香爽口，让人喝了一碗还想再喝，每天早晨都喝得肚子溜圆才肯作罢，而且内容丰富，色泽鲜艳——绿的菜叶红的肉丁黑褐色带花纹的松花蛋和金黄色的海米，衬以米粒雪白的底色，真像是一幅点彩派的斑斓绘画。

广东之行使我大开稀粥眼界，从此由白而黄的稀粥"初级阶段"，跃入五彩缤纷的"中级阶段"。稀粥的功能也从一般聊以糊口、解决温饱的实用性，开始迈向对稀粥的审美、欣赏以及精神享受的"高度"。那时再重读《红楼梦》，才确信有几千年文明史的中华民族，原来真有悠远的粥文化。

后来开始尝试喝八宝莲子粥，喝红枣紫米粥，喝腊八粥，喝在这块土地上所能喝到的或精致或粗糙或富丽或简朴的各式各样的粥。最近去湖南，在娄底那个地方的涟源钢铁厂食堂，就喝到一种据说是"舂"出来的米粥。粥已近糊状，但极有韧性，糊而不散，稠而光洁，闻其香甜，便知其本色。

有几位外国朋友，一听稀粥，闻粥色变。发表意见说，为人一世，最不喜欢吃的就是稀粥，并且永远不能理解中国人对于粥的爱好。

我想我们并非天生就热爱粥。如果有人探究粥的渊源、粥的延伸、粥的本质，也许只有一个简单的原因，那就是贫穷。粮食的匮乏加之人口众多，结果就产生了稀粥这种颇具中国特色的食物，覆盖了大江南北几百万平方公里的土地，并且一喝就是几千年。

　　如今我们已不会因为粮食不够吃而喝粥，也不会因为没有钱买粮而喝粥，我们喝粥是因为祖先遗传的粥的基因。粥的基因是否同人体血脂的黏液质形成有关？为什么一个喝粥民族就有些如同稀粥一般黏黏糊糊、汤汤水水的脾性？以此为缺口，研究生命科学的学者们便会找到重大突破也说不定。

　　可作为主妇的我，如今却很少熬粥。我们家不熬粥的原因很简单，我想许多家庭逐渐淡化了粥，也是出于同一个原因：没有时间。粥是贫穷的产物，也是时间的产物。粮食和资金勉强具备，但如果不具备时间，同样也喝不成粥。我们的早餐早已代之以面包和牛奶，晚餐有面条，还有偷工减料的食粥奥秘——回归泡饭。

　　所以如今一旦喝粥，便喝得郑重其事，喝得不同凡响。要提前买好小米配上黑米再加点红枣和莲子，像是一个隆重的仪式。听说市场已经推出一种速成的粥米，那么再过些日子，连这仪式也成了一个象征。当时间的压力更多地降临的时候，稀粥是否终会爱莫能助地渐渐远去？我觉得下一代人，对稀粥似乎已没有那么深厚的感情和浓烈的兴趣了。你若问孩子晚饭想喝粥吗，他准保回答：随便。

　　稀粥文化还会传承下去吗？

《芙蓉》1992 年第 3 期

鲜木耳、野韭菜花、梧桐籽

一家人，星期日外出郊游，或是在寒假暑假里，忙里偷闲地去度假，怎么玩法最开心呢？如果问我，我一定说：想法弄点儿吃的呗。

当然不是去饭店了，也不是草地上的午餐，甚至也不是野炊。野炊要带家什还得在指定地点，怪麻烦的；饭店就别提了，只是把餐桌挪了个地方。

既然是去大自然里风光，就把大自然玩个透彻，别老是走啊走啊地走个没完。停下来，弯腰，低下头，睁大眼，你就会发现，草地上树林里湖边溪边桥下，原来还藏着这么多好吃的东西呀。那东西，都是城里花钱也买不着的呢。若是错过，就太可惜太可惜啦。

这种野人一样找东西吃的玩法，我们给起了一个文雅的名字，叫作品尝山水。也就是靠山吃山、靠水吃水之意。

那年夏天，和妈妈、丈夫去镜泊湖，早起在山坡的树林里闲逛，薄雾缭绕，鸟鸣声声，露水湿了鞋，花粉沾了衣。几个人东张西望的，忽然就发现横倒在草丛中的一根根柞木上，落满了一只只油亮亮的黑蝴蝶，翅膀湿漉漉沉甸甸的，却不飞走。再细看，分明是一大朵一大朵肥厚的黑木耳，饱含着水分，新鲜又滋润地昂首翘立着。妈妈像孩子一样叫起来，说我这辈子还从来没有见过活着的木耳哩。丈夫二话不说蹲下埋头收割，只一小会儿，双手就捧满了这黑色的花瓣，连手都没地方放了。三个人都围着柞木，尽挑大朵的采，妈妈拿出手帕兜着，就是见了金矿也不会比这一刻更兴奋。腿都酸麻了，好容易站起来，一抬头，却又见身后的一棵柞树，那粗壮的树干上，竟也密密麻麻地长满了乌金般的黑耳朵。树挺高，伸手够不着，急得团团转。丈夫急中生智蹲下身子，示意我踩着他肩膀去采。摇摇晃晃、哆哆嗦嗦，终于得逞。手帕不够用了，又脱下外衣来装。回招待所的路上，只听见林子里三个人嘻嘻哈哈的回声，腰都笑弯了。

然后走到镜子般的镜泊湖岸边，用清清的湖水把鲜木耳一朵朵洗净了，送到招待所的伙房去，请师傅做了一个清炒木耳。吃在嘴里，鲜凉爽口又滑润，咬出满口醇纯的树汁、露水和雨滴的原味，一阵阵散溢着山林草木的清香。回城后再吃用白水来浸发的干木耳，便觉索然无味。

回到哈尔滨，陪妈妈去太阳岛。走遍杨树林白桦林，林中深处自是一派天然和幽静。忽然就听丈夫发出很响的鼻吸，眼镜片在绿色的草丛中闪闪发亮——你们闻到了吗？他的样子很激动。我说你又发现了什么啊？是野韭菜，真的，是野韭菜花！你们看啊，一大片呢……

果然，星星点点的，绿色中浮游着一枝枝青白色小花，麦穗似的，腼腆地半合半闭，细长的嫩茎在风里摇曳着。轻轻一掐，那花茎"噗"地折了，溢出浅绿的汁水，空气里充满了浓烈的韭菜香。掌心里，是一朵朵夏天的雪绒花。

那天晚餐，将韭菜花擀碎了，揉在面里，只放少许精盐和豆油，烙饼。饼奇香诱人，连不爱吃面食的杭州妈妈，也一气吃了三大张。余香绕梁三日不散，那种快乐被妈妈带去江南同爸爸分享。从此对腌制的韭菜花罐头刮目相看。

由此可见，游山玩水之乐趣，还看你是否善于接受大自然无偿的馈赠。

远处的，先不说也罢，其实就在身边，具有可吃性的东西也实在很多。

初夏时节的颐和园，过石舫往后湖的长堤那儿走，就在玉带桥下，有许多桑树，若是赶的时候好，只见落一地紫红的桑葚儿，酸甜酸甜的，吃不了还可兜着走。昆明湖的湖堤下，石缝里可摸到一只只肥硕的活螺蛳。有一年，我们带着儿子，摸回一大饭盒，回家用清水养上几天后，剪去首尾，用辣酱炒了，美美吃上一顿。孩子回了杭州，人问北京哪儿最好玩，他总说颐和园。秋天的香山，满目红叶，视觉很饱和，眼感很满足。回程时，留心着寻找梧桐树（是那种树干细高、树叶瘦长的中国梧桐），运气好，可在树下拾得一片片船形的干叶子，叶片上布满网状的丝茎。就在"船舷"上，镶着一粒粒圆圆的浅褐色的梧桐籽。把那豆粒似的梧桐籽收集起来，回家用热铁锅炒了，嚼得嘎嘎响，比什么瓜子都有嚼头。香得很实沉很稚拙，自以为圆了童年时一个梧桐树下的梦。

春天没有果实，却有的是鲜花。北京城里大街小巷的洋槐树，那一串串洁白如银、冰凌似的槐花，顺手摘来，扔进嘴里，甜津津香得喉咙直想打喷嚏。

每次出去玩，总想有新的发现。大自然的草木葳蕤，生命彼此在无言的交流和循环，漠视它们真是一种罪过。不经意地，又觅见苍劲的柏树，缀着银灰色的柏籽，珍珠似的宁静，想起一种中药，叫"柏子养心丸"……却不敢随便采来吃了，种植的树，不比野生。玩乐之中，还有几分恋树的爱心。

有时候，连自己也奇怪，如今又不是三年困难时期，每天按着营养食谱吃饭，却是鱼肉无味，只思野菜。城里的人怎么就越吃越馋了呢？

解馋的出路之一，自然是去品尝山水了。

一家人，星期天节假日出游，饱览山水风光，恨不能把大自然的精气，都吞咽入五脏六腑，才算是同那山水融成了一体。污浊而拥挤的城市，正在一日日损坏着我们的感官和味觉——到野外去吧，去弄点儿吃的！去找鲜木耳、野韭菜花和梧桐籽，那短暂的惊喜，会带给我们长久的回味。

1992 年

写于北京花园村

闲情（二则）

营造小窝

南窗外巍巍的槐树依旧，北窗外泡桐肥硕的阔叶已快撩着六楼的窗台。椿树细密、桃树葱茏、珍珠梅秀气、绿篱青翠。春天丝丝缕缕飞飞扬扬的花香，夏日层层叠叠清清凉凉的翠绿，秋季高高低低灿灿烂烂的金黄，总是轻柔而温存地环绕着这幢普通的楼房。站在阳台上，随时可有惬意的欣赏；天色已经灰暗，灯火阑珊，树影婆娑，悠悠地散步去，就有穿过森林的感觉……

有绿地有树木有大自然的气息，在钢筋铁骨的都市，也就满足。

楼下那偌大的一片空地，在这短短七年，被学院的园林工人培育成为一个郁郁葱葱的小花园。也许我们之间进行了一场无形的竞赛。从一开始楼下的院子还是一片黄土时，我们就想在楼上的小窝里营造一个属于自己的生态环境。

刚搬进来的第一天早晨，睁开眼环视新家，一个问：怎么样啊？另一个说：我看不怎么样。

窗台上，形单影孤地放着唯一的一盆三叶梅，淡绿色的碎叶上浮着一层粉红色的小花，在房间里庞杂的家具中，挥发着仅有的灵气和生动。阳台上空空如也，萧瑟的北风刮得窗外的槐树呜呜作响。春天吧，他说，你看春天的。

第一个春天他便不断地从花店和市场买来盆盆米兰、龟背竹和蟹爪莲，又请木匠做了专门的花架。因着这些翠嫩的绿色，房间里顿时就有了些许亲切。还从他父亲那里搬来一盆绿叶蓬勃的垂挂植物，后来经一位学生物的女朋友鉴定，是为鸭跖草。于是横向纵向绿得很立体。室内花园粗具规模，只是除了三叶梅，仍然无花。

一日他早起锻炼，回来时手里攥着一把小草，茎上支着一根根浅绿色的肉刺。我说哎呀我就是想种太阳花呢，一插就活，天天早上一开一大片。他说他早就发现花圃的土堆上散落着一丛丛小草像是"死不了"，想必是去年散落的种子自己生长出来的也没人要。又说阳台栽花种草最适合观赏。果然那些不起眼的小肉刺，埋在土里，不几天便繁衍弥漫，将小小的花盆撑得满满的。又过些天，从每枝叶茎的中心鼓起一个个饱满的花苞，清晨的阳光刚投上窗边，一溜的红黄粉紫开得轰轰烈烈。走上阳台去，就似听见喊喊喳喳的说话声，应和着槐树上的鸟叫，热闹得可以。

就决定在阳台上重点发展花草，尤其是爬藤的迁延作物。可惜已是暮春，四处搜寻种子而不得，只在邻人处挖得一棵苦瓜秧，巴巴地栽上了。又弄来些一串红的小苗，也是来者不拒，有一天居然从中长出一棵怪模怪样的东西，舍不得拔去，待其稍稍长大，发现竟是鸡冠花。失望之余，争论的结果还是百花齐放，多多益善。

有了那一春一夏的苦心经营，尚处于初级阶段的阳台花园，到秋天居然也琳琅满目。苦瓜结出好几个脆生生的果实，任其老在枝上，表皮变得金黄，终有一日炸裂开来，露出内里红色丝绒般的卷角，如金钟高悬，盎然生趣。太阳花疲倦地耷拉下它赭红色的肉茎，顶端花蒂的种囊已经干透，爆出黑芝麻粒般细小的花籽。我用一张张白纸接在盆边，拿手指轻轻一弹，花籽淅淅沥沥落雨似的撒向掌心，麻痒痒的欢悦传遍全身。再将那花籽分别包好，写上红黄粉紫的字样，明年请它们再来做客。

自此懂得了花籽的重要，提前便开始物色准备。老早就看好了他家院子里一架烂漫的牵牛花，也专门去采了花种来。在我的记忆中，几乎从未见过那么大朵的牵牛花，粉紫色，娇艳婀娜，爬在墙上，一长串地蔓延开去，像一片彩云，飘飘荡荡、轻轻柔柔，很是招摇。第二年夏天飘到了我家的阳台上，从此安营扎寨，落地生根。清晨总似被一抹霞光唤醒，眼前一片灿烂。也许偏爱的是它那种轻松自在的神态，几次他都想要改种茑萝，我却执意不允。如今它已是我家的"留守女士"，风风雨雨地攀着细绳远远眺望。

有一次去探访宗璞大姐。她家的院子里种了一片茑萝，用细竹搭了一扇架；拉上一根根麻绳，茑萝缠出一片清清爽爽的绿藤，缀满鲜红的小五星，像是迎面一排别致的屏风。便讨了种子第二年来种，欢欢喜喜地等着它纤巧的小手来抚摸。可长出来的嫩芽却十分可疑，竟没有一点茑萝的形状。特意请了花匠师傅来做鉴定，结论是苋菜无误。赶紧报告宗璞，何以偷梁换柱。宗璞也忍俊不禁，原来是拿错花籽而我又不识。由于热爱茑萝心切，又跑一趟北大，再次播种。也许误了花期，那茑萝爬了藤开了几朵小红花，却总像个林妹妹似的愁眉苦脸，后来染上了白斑病，只收了几粒金贵的种子，来年却没有发芽。于是茑萝的历史暂告一段落，只留下一个美丽而柔弱的梦。

茑萝引进不成，他的扩建项目却日益增多。从他父母家剪来一截金银花藤，说是可以扦插。又是盖塑料薄膜又是不厌其烦地搬上搬下，倒是居然发出芽来，春天还很听话地攀着绳子走了一个绿色的"8"字。到了冬天，只管由它在阳台上扔着，盖些挡风的纸壳，看上去枯藤干枝得像是死了。可第二年早春，青草尚未发芽，它便早早地绿了，浇上些水，就一个劲往上蹿，很是"皮实"。金银花学名忍冬，名副其实。然而长势虽好，却一连三年也不开花。等得不耐烦，趁他出门一年半不在家，开春时我干脆到市场寻找了一株大棵的，换进原来的大花盆中，待他回来，已是一片繁茂苍翠。那一年的金银花竟开疯了一般，早晨一片银白，黄昏一片金黄，中午时一层绿叶夹一层黄白相间的碎花，犹如一幅厚重的波斯地毯。他出出进进，故意扇着鼻子做深呼吸，得意地说好香真香啊，你看它不是开花了吗？我说这是我的创作，也不解释，将错就错，让给他一个安慰。

忍冬不怕北方的冬天，可其他的盆花，入冬前就得统统搬回房间。盆花入室可是件麻烦的事，一春一夏的尘土，得一片叶子一片叶子地揩擦干净。但因了它们，冬天不再寂寞——虎刺梅，亦名圣诞花，专在隆冬时节开放。长满硬刺的枝条上，伸出一节节短短的小茎，四瓣的花形似乎有些方正，血红血红地翘立着，十天八天不谢。看它那副兴高采烈的模样，冬天就似乎有些误会。水仙总是不可缺少的，却因为不忍切割，叶片年年疯狂发作得大蒜一样。有一次他居然还在摊上买到两盆北方罕见的兰花，清香淡淡弥漫，幽灵般在空气中走动，疑是回到了江南老家。龟背竹也称透叶莲，硕大的叶片如伸开的巨掌，一年一层，掌间有长长圆圆的孔隙，绿伞一般撑在我头顶，时时疑有水珠滴下。春节时就轮到了君子兰独占鳌头，品种虽平常，开花时仍是惊天动地的辉煌。仙鹤一般飞来，含着永远高贵的微笑，俯视众生。有一年竟然一冬一夏花开两度，却又从此消失在绿色的云彩里，留下至今未解的神秘。

米兰入室后，还会最后一次开花。金色的小米粒微微启开，香气穿墙而去，经久不散。他最宠爱米兰，每天任是再忙，也不忘给喜光的米兰移动花盆追寻阳光。然而北方的冬天过于干燥，米兰一天天落叶纷纷，情绪就一日日低落。无论喷水还是买了空气加湿器来全力抢救，都无济于事。冬季将尽，米兰已如脱毛的公鸡，叶片所剩无几。这便是他一年里最伤心的日子。熬到开春时把米兰挪上阳台，干烈的春风一吹，米兰便急剧萎靡，不几日终于香消玉殒，魂飞九天了。多年来，米兰过冬一直是他的重点"攻关"课题，每年仍有青翠欲滴的盆栽米兰，从花店走上我家的阳台和窗台，再变成一堆枯枝从垃圾通道回归自然。今年又有三盆米兰怀着新的希望浓香四溢，但愿它们这一次能够越过冬天，在此长住久安。

所有的家养盆花之中，最使我们扬扬自得也是最令客人惊异的，不是什么金贵的名花，而是从一开始就"移民"来此的那盆碧绿的鸭跖草。高高地供奉在书架顶端，垂下孔雀尾巴似的长长的茎叶，冬夏四季常青。那还是搬进新居的第二年春，他忽有一日望着木制的窗帘盒久久发呆，突发奇想说，嗳，我有一个绝妙的主意，准保让你大吃一惊——就去买了五六个极小的瓦盆，填上土肥，将原有的鸭跖草掐下一截截叶茎埋进土中，搁置在窗台上。一夏天就眼看着那一撮撮绿芽迅速膨胀，葡萄似的噜噜往下垂挂，到了秋天，叶片肥肥大大，已是绿屏一般丰厚。他便露出诡秘的笑容，双手将那一只只小花盆托举进屋，登上写字台，把它们一个个放进窗帘盒盖与天花板的空间里，竟是不长不短的正合适，再一溜排开，梳理羽毛一般整理完毕，然后跳下地，说声好，十分自得地抬起头——

落叶纷纷的窗前，奇迹般地出现了一片绿色的瀑布，密密匝匝地从天而降，欢欢地流淌。叶片恰好垂在玻璃中间，窗子就像一个巨大的画框，镶出一幅夏季风光。

从此我便在这绿叶的包围中，伏案而作，衬着窗外变幻无穷的槐树的背景。

瀑布一日日源远流长，亦如神话里的那个长发妹，墨绿的长发流苏般蓬勃伸展。到来春，已将近长至窗台，待到槐树发出新芽，便把它们搬出屋外，再重新如法炮制。又一个秋，又一个冬，瀑布重又一泻如故。我说，我说它是条季节河。

有客人来，总会情不自禁地拿手去摸一摸叶片，然后说："噢，是真的呀！"

当然是真的。如果不是真的，又何必花费这多的时间和辛苦？

辛苦中最讲究的，是肥。北京人养花，喜用麻酱渣。一块钱一袋，摊上就有卖的。还有马蹄掌，剪碎了作底肥，含磷极多。我们又发明了米泔水，每日淘水，将泔水存下，发酵一两天就可用。他说北方的水多含碱性，酸性的米泔水可起中和作用。果然肥效甚好，成本也低。此法持之以恒，经久不衰。隔三岔五地杀条活鱼，洗鱼水也是最佳有机肥之一。但是冬季盆花入室，就只能暂用些无异味的成品肥料代替。曾有一位老人来访，恍然大悟地认可说，冬季施肥就像老年人仍然需要感情一样。

养花至今，已有不少品种陆续南下，被我杭州的父母"引进"——如今在杭州家里的阳台上，金银花枝繁叶茂，终日花开不断，香溅四邻。太阳花也团团簇簇地凑趣，日日替我陪伴父母，也算是一尽孝心。鸭跖草几乎长成一片绿洲，大有失控的趋势。想必日后如开一家花店，弄个老板娘当当，至少不会亏本。

七八年过去，新居已成旧舍。养花虽说一直由他承包，我毕竟时时参与，也颇有心得。每天坐在家里工作，营造小窝的自然环境就成为一种精神的需要，或者说是一种生活方式。不求豪华的设施，只求舒适宁静和朴实自然的气氛。再说，创作之余，别有所钟，也是一种自我调整。从小苗出土到鲜花盛开最后收集种子，带给你年年的盼望，以及写作以外另一种创作的乐趣。

回头望，阳台角落上一盆小小的昙花，正若无其事地用手背搭着令箭荷花，策划着它来日的偷袭。那棵顶天立地的扶桑张牙舞爪地伸向蓝天，枝头缀着几托今晨新绽的骨朵，在习习秋风中颔首摇曳。若是从楼下往阳台上看，那艳红艳红的扶桑花，一定很像一家新开张的店铺门前，高高挂着的一串幌子。数一数有几个幌子，就知道里头是供应小吃还是宴席。

《今日生活》1993 年第 1 期

寻回自然

客人来访，性情各个不同。有直爽旷达的，也有拘谨腼腆的；有对房间装饰津津乐道的，也有两眼直往书橱里搜寻的。还有一种人，就只对墙上屋角的装饰品或是花草或是艺术饰物感兴趣，围着你转来转去地问这一件或是那一件。

每当遇到这一类客人，这一类走来走去走不出自己心里那个艺术世界的人，我情不自禁就容光焕发起来。在这个世界里交谈，需要划一条共同的小船。

那是什么呢——总有人喜欢指着玻璃框里的一对白色的小瓷瓶中插着的一些奇怪的东西问。那东西确实挺怪的，像是一丛植物的干枝，然而枝子顶端却长着一片片铜钱大小、洁白的椭圆形叶子，叶片上隐隐可见丝丝茎痕；但说是植物，又实在可疑。那叶子的质地犹如白绢一般柔韧，丝绸一般润滑，夏日里感觉凉爽，冬日里却又散着温热；银非银，玉非玉，忽闪忽闪地发出灼灼的亮光……

那就猜吧！我很开心能有机会来对我的客人进行智力测验。

有猜是贝雕的，也有说是云母雕的，还有认定是绢花无疑的。猜来猜去，都说没见过，又听说是从法国带回来的，就越发神了。

面对众人的莫名，我心满意足地抖开"包袱"，笑嘻嘻讲一个远方的故事。

那年去法国访问，在巴黎一位朋友家的客厅里，第一次见到这种我叫不出名字的东西。它们被插在一个大花瓶里，银灿灿几乎把我的眼睛晃得睁不开。初时我也以为是一种工艺品，用手触摸，指尖却传过来一种来自田野和大地的原始感。朋友说这是一种欧洲的植物。在秋天它的叶片还没有干透的时候，轻轻剥去它两面的绿叶，便露出中间这一层银白色的薄膜，明亮如蝉翼，单薄如笛膜，上面还嵌着一粒粒小小又扁扁的种子。细心剥离完毕，它们就是现在这个样子，没有其他任何加工。她还说了一个它的法文名字，我没有记住。只记得她很悠然地扬起头说：呵，它们像一片被阳光照耀的白云。是吗？

时隔不久，我去巴黎郊区看望我的法国女友玛丽。她家的客厅里也插着一大丛那银白色的叶片。不是，是好几丛。下午我们在她家的花园里喝咖啡，忽然我看见草地上一丛绿色的植物，就像是那银白色的叶子穿上了衣服。我很兴奋地跑过去，我说这个就是那个吗？玛丽说是的。我庄严地弯下腰，犹如面对一件圣物。它的叶片新鲜而饱满，紧紧裹合着像是深海的蚌含着珍珠。我小心翼翼地撕开一面的叶片也从此揭开了一个"秘密"，一个关于寻找自然的秘密——一个纯洁无瑕未被污染的婴儿从我的手中诞生。

后来玛丽说你很喜欢它们？你可以想办法带回北京去。白的、绿的，花瓶里的、花园里的，一定要带两种。

就这样，找一只大的纸盒，用手拎着上飞机，万里之遥，居然一点没损坏。

客人问，闹了半天，这也不是什么贵重的东西，费那么大劲？

我说：我喜欢。我就喜欢天然的饰物。你们看我家几乎没有假花。

窗帘盒上垂挂下瀑布般的绿帘，是一种叫作鸭跖草的植物，常有人伸手去摸，那种湿润而柔的手感，使人相信它是真的；窗边一束红色的铃铛花，也是我从加拿大带回来的干花；还有一只褐色的大鸟，是我从温哥华的跳蚤市场买来的一件木雕，从鸟头到脚趾用一根木头做成，线条流畅而圆润，鸟首高仰，绅士一般伫立，身上的羽毛由木头的自然纹路构成，一圈一圈的，或深或浅，也是木头本色；我还在德国买过一套木头制作的盘子，一大四小，都用原木囫囵雕成树叶的形状，看上去朴实而别致。每次出国，买的都是这一类国内市场不易见到的"天然"艺术品，价廉物美，自己的消费水平也能支付得起。有一次在旧金山渔人码头看中了一个用椰子壳和各种海里的贝壳、珊瑚石串成的风铃，一阵风吹来，风铃便发出小溪流水叮咚的响声，犹如海底传来的音乐。风铃标价九美元，我毫不犹豫地买了下来。每次朋友陪我去逛市场，我总是在那些各式各样的玩意儿面前流连忘返，挪不动步。朋友开玩笑说，哎呀，想不到你就对这些没有用的东西感兴趣。

我还有一块宝贝石头，是 1985 年在西柏林看一个荒诞剧时入场的"门票"。石头鸡蛋大小，长方形，有灰蓝色的天然条纹，上面画了一只白色的眼睛意即回归自然。入场时有人在门口拎着一只铁桶

"收票"，将戏票收回。我在匆忙中竟然没有理会，一直到散场还紧攥着石头不放。事后便索性带回国内，从此供奉在书房里与我日日相见。每次外出旅游，拣一大堆奇形怪状的石头，千辛万苦地带回来，塞得屋角处处都是。去年游泰山，得到的一只用天然三叶虫化石加工而成的笔筒，也是我的心爱之物。

然而在我小小的艺术天地里，我最喜欢的，还是那一幅与丈夫共同"创作"的镶着加拿大枫叶的镜框画。

银灰色铝合金镜框，内衬白色框底，一片深红色巨大枫叶，几乎占据了整个画框。六七年过去了，枫叶依然鲜艳如初，浓烈而厚重的红色层层叠叠，犹如用油画的颜料涂抹，一笔笔充满立体感。远远望去，如一柄火炬高悬于乳白色的墙上，呼之欲出；亦如一丛秋天的金红色的柞树，飘来原野上山林里成熟的气息。

这个镜框差不多吸引了所有客人的目光。人们仰视它欣赏它，细细观察，便会发现它实际上是由几十片小枫叶拼组而成，是真正的枫树上的枫叶。它们被一片片小心翼翼地重叠拼合在一起，按照它们原来的形状，组成了一片奇大的而又更为鲜红的枫叶。连枫叶原形上每一个细小的锯齿和沟渠都清晰而逼真。

有人说，国内很少见到这样红的枫叶啊！

我说是的，它们来自加拿大。是真正"正宗"的加拿大枫叶。

那个清新而凉爽的早晨，我穿过被露水打湿的草坪，信步走到山坡上那一片高高的橡树林子边。这是温哥华海峡对面的维多利亚大学的专家楼周围的花园，玫瑰开得热烈而疯狂，坡上成熟的苹果落了一地。那个时候我抬起头来，看见阳光金子般投射在前面的一

闲情（二则）

棵枫树上，枫叶便火焰一般燃烧。我不由自主地朝着那棵树走去，我蹲下来匍匐在散发着土香的草地上，我在那儿待了很久，露水洇湿了我的裙边，当我站起来的时候，手里攥了厚厚的一沓枫叶，柔软、轻盈而湿漉漉的枫叶，如同一盏盏红灯笼捧在我的手心。我飞跑过草地回到我的房间去，我把枫叶一片片擦干，小心地夹在书页里。那个时候我绝不会想到日后它们会挂在我北京的家里，我捡起它们只是我一种朦胧的本能和冲动。

后来呢？

总有人惊异它巧妙的构思，好奇地询问后来的故事。于是后来在一个冬天的夜晚，我无意中翻出这沓枫叶，我们似乎都同时感到了它独特的魅力。虽然决定把它们制作成一片大枫叶是丈夫瞬间的来自加拿大国旗图案的灵感（这毕竟是我们合作的结果），但是加工是有条件的，我们从一开始就给自己规定了必须不使用任何工具，以使它尽可能地接近自然。

现在它便静静地悬挂在那里，如同一个永远的金秋，含蓄而沉稳。在枫叶的右上角，点着一片圆圆的香山黄栌叶，像维多利亚大学那个清爽的早晨刚刚升起的太阳。曾有加拿大的一位女友来访，凝视着这别出心裁的饰物，喃喃低语说：我想家了。

《艺术世界》1993 年第 2 期

一个南方人眼中的哈尔滨

有一年，我妹妹从杭州到哈尔滨出差。

几天后，我问她对哈尔滨印象如何，满心希望她会给我一个惊奇的赞叹。

她撇了撇嘴，说："我真难以想象，你怎么在这种地方住了那么多年。"

评价只此一句，再无下文。她做编辑，喜欢简练和含蓄。

惊奇留给了自己。惊奇地想起自己十几年前刚到哈尔滨时，也对那些先于我们来到这儿的南方人，说过同样的话。那时就有人回答我：哈尔滨是个有魅力的城市，就看你怎样品味。真在这儿待下来，没准儿不想走了呢。

一晃就在哈尔滨断断续续地住了十几年。我不敢说我已了解了哈尔滨。但我想写以下的文字，给我妹妹以及其他来过或没来过哈尔滨的人。

衣

都说哈尔滨的姑娘漂亮，作为南方人，一开始心里有些不服气。后来发现，哈尔滨的女人别有风情，是一种爽利之美。也许是松花江的水养人，哈尔滨姑娘的个儿高挑，皮肤粉白。随便在街上走，总能遇上几个"东北大美人"。即使偶尔肤色有所欠缺些的，也定是用时下广告中最引人注目的面霜，将面孔抹得白雪公主一般。那白里透红、粗而不糙的丰腴，令黑黄单薄的南方姑娘望尘莫及。哈尔滨小伙便更"帅"，似乎未出娘胎就已规划过尺寸，又像是输入了篮球或滑冰运动员的基因，个个挺拔健壮，白脸再加上两撇黑黑的小胡子，风流潇洒中添了几分野性，绝对的北方男子气概。

刚到哈尔滨时，夏天去松花江沿散步，眼睛就缭乱起来。江堤沙滩游船满世界的五彩缤纷。还在 20 世纪 80 年代初，哈尔滨姑娘的"布拉吉"就开始招摇过市。后来眼见着一年年的"泛滥"，香港、广州最新式最时髦的服装，坐着飞机直奔哈尔滨而来。长裙短裙马海毛镶珠子的大毛衣配裙子的短毛衣牛仔裤加 T 恤衫……即使价钱昂贵，哈尔滨人连眉毛也不会动一动就下手。若想知道今年服装的流行趋势，只需在哈尔滨的大街上遛一趟，再赶着模仿，还是领先新潮流。

所以哈尔滨的服装销售业挺发达。广州有什么哈尔滨就有什么。

而广州没有的，哈尔滨也有。哈尔滨北依俄罗斯，东邻日本、韩国，再加上满族赫哲族的民族特色，四通八达的优势，别的城市就只好相形见绌。

都说哈尔滨人穿衣服"洋气"，可有衣服还看你会不会穿。冰天雪地之中，哈尔滨姑娘照俏不误。呢短裙筒靴，加一件鲜艳的长大衣，那个窈窕细巧，竟比南方还南方。寒风飞雪中挤车上班，风姿绰约却绝不感冒。那围巾系得也是别具一格，四四方方的一块绸巾，就能变着法子围出花样来。那种围法儿在别的城市敢说找不着一个，这是哈尔滨人的专利。

年轻人追求时尚，美中不足的是缺少个性。要想从服装中了解哈尔滨的文化和历史，眼光还得投向中年以上。

哈尔滨中年以上的女人爱穿旗袍。东北本是满人旗袍的策源地，所以无论是绸缎是呢子是棉布、是长袖低开衩还是无袖高开衩，只要是哈尔滨女人穿在身上，看着就顺溜就正宗就生辉。好像旗袍就属于哈尔滨。这个感觉确立之后，即使在别的城市，若是有一件旗袍鲜艳地从街角移过来，恍惚以为自己是在哈尔滨街头。

哈尔滨男人的骄傲主要表现在头顶上，享有天下一绝：帽子。既然身在寒带，帽子讲究些很是顺理成章。前些年流行贝雷帽，毛编纺织的、各种面料裁剪的——女人们很为男人的脑袋费了一番心思。于是，一旦开会了，台下一片赤橙黄绿青蓝紫竞相争艳，式样之丰富别致亦如展销会。那些帽子很被男人珍惜，一冬轻易不摘，总说冷，一直戴到春，忍一夏，秋风乍起，便早早地又戴上了。这几年开始流行或者说"复辟"俄罗斯大礼帽，优质呢面料、宽边、镶有各色缎带，再配上一件厚呢子长大衣，果然就绅士风度起来，很翩翩的，像是早年翻译片中的某个角色。冬天下大雪的日子，台阶上走来这么一位，轻轻掸着帽子上的雪花，微微喷着酒气——嗬，绝对的俄罗斯风味。

从马斯洛健康人格的五个需要层次出发，来看哈尔滨人对服装的爱好，是否可见其中重要的一层：荣誉感的需求。

食

一般来说，南方人对于北方，最不敢恭维的，便是食物。日常的饭菜之粗糙和匮乏，随意和简便，常常是南方人有资格表示轻蔑的话题。

在哈尔滨住得久了，渐渐地，就觉得口味有了变化。变化自然是在潜移默化之中，诸如炒菜不放葱炝锅，就觉得菜不香；吃饺子没有蒜泥，就不算是吃饺子；喝酒若是没拌凉菜，那酒也没滋没味儿。有一天突然发现自己的口味"南腔北调"起来，就不得不郑重其事地对南方人声明说：其实，北方菜有北方菜的味道！

哈尔滨红肠，是哈尔滨家庭餐桌上常见的一道冷盘。那红肠外面皱皱的犹如树皮，切开却是鲜嫩的粉红色，缀着一星半点雪白的凝脂，肥而不腻，有熏肉的香味；干肠细如手指，极长，因而卖时便将其盘成一卷或切成段，吃时无须蒸热，切片就可入口，全没有广东香肠的甜俗，也不知用何配方制作，香味极怪，又韧又硬，可嚼性较强，费时琢磨，却余香满口，回味无穷。

哈尔滨的酸黄瓜是极地道的，罐头瓶里必有洋葱、芥末籽和香叶，咬一口酸脆。有过比较之后，非哈尔滨出产的酸黄瓜决不可买。烧鸡外观焦黄油亮，肉质鲜嫩极入味。还有配餐的面包，正宗的俄罗斯"大列巴"，枕头般大小，一个足有五斤重。

由此总结，哈尔滨人十分重视冷盘凉菜，大约受到俄餐影响，系舶来品，不可算作本地特产。但后来发现，冷盘中有一种中式凉菜十分可口，后来成为我最喜欢的东北菜。凉菜通常是大拼盘，冬天用新鲜的大白菜丝、心里美萝卜丝、干豆腐丝、豆芽菠菜粉条，夏天用黄瓜丝青椒丝粉丝，煸好细细的肉丝，码放成图案一样，加上葱姜蒜末香菜辣椒末酱油醋，上桌后待客人都欣赏完毕，最后大刀阔斧地搅和一阵，即成。鲜凉爽口，价廉物美，吃得满头冒汗，却爱不释嘴，欲罢不能。试着给家中南来北往的客人显露过几次，手艺照老哈差远，却也是杯盘狼藉，一抢而空。

哈尔滨热菜的特色比凉菜稍逊。锅包肉熘肉段，多为肉类。杀猪菜的新鲜血肠、炖猪蹄、熘肝尖，炒上十个八个十几个菜，落成个宝塔状才算甘心作罢。名声在外的是猪肉炖粉条、小鸡炖蘑菇，大多是一锅烩。其实一锅烩也可大有作为——比如酸菜汆白肉，就烩得不同凡响。酸菜丝儿必须是"片"过几层的，刀功须极细，肉必须是肥瘦搭配的五花，还必须有筋筋道道的冻豆腐宽粉条辅助，炖出满满一砂锅，还须配上蒜泥，寒冬腊月的，腾腾直冒热气，那是个什么气氛！我至今只要在冬天回到哈尔滨，总是死乞白赖对我的老邻居说："我要吃酸菜汆白肉。"

近几年哈尔滨的涮羊肉也逐渐盛行。哈尔滨称为"吃锅子"。那锅子也与别处不同，锅里是必须有一只螃蟹垫底的，至于远道而来的螃蟹是否新鲜且另当别论。然后是羊肉猪肉牛肉统统"一锅端"上，如有鱿鱼猪肝蛤蜊等什么天南海北的新鲜玩意儿，则多多益善来者不拒，其汤味道之复杂或者多元，可谓独创的"哈尔滨浓汤"，充分体现哈尔滨人兼收并蓄、融会贯通的口味与宽容胸怀。

如是在一家专营锅子的餐馆，客人只需往桌边一坐，两个彪形大汉抬着一只煤气罐咚咚直奔你的座位，然后将煤气罐塞进桌下，拉出一根管线，接通桌上的煤气炉盘，哧地划一根火柴，火苗轰然而起，锅里的水旋即沸腾，便有三五个系着白色三角头巾的姑娘，排成一队，送上大盘大盘的生肉蔬菜——那情形何等壮观。那个时刻我总是为哈尔滨人蓬蓬勃勃的生命热情所感动所鼓舞。哈尔滨人活得多么洒脱多么痛快呵！

所以哈尔滨人买菜，不用篮子而用筐。冬天的大白菜土豆自不用说，就是夏天的黄瓜西红柿豆角，也成堆成堆地摊在街上菜站，主妇们成筐成筐地往家买。我有一次在集市买菜，因是偶尔做饭，又没有冰箱，只能各样买一点儿，弄得小贩非常不耐烦。顺便买了一小块姜，那卖菜的瞪了我一眼，说："就这么点儿，咋给你算账？拿走，给你得了！"

住

还在哈尔滨念书的时候，星期天或是节假日，我自己一个人，徒步走过大街小巷的许多地方。无论是冬天还是夏天，无论是那些赭红色的"洋葱头"大圆屋顶建筑、拜占庭式的东正教教堂，还是太阳岛上形状各异的玩具似的别墅，中央大街光滑的石子路，都使我深深入迷。

我曾久久地徘徊于大直街与中山路交叉的那个巨大的转盘路口，寻找那座今天已永远地留在哈尔滨人的记忆和遗憾中的尼古拉大教堂的遗迹，在我的想象和景仰中，完成它昔日的灿烂与辉煌。

然而更吸引我的，是街边道旁那一座座普通的俄式民居——绿色的木栅栏，一棵矮矮的丁香或是樱桃树，树叶里隐隐露出雕花的木制屋檐、刷着油漆的门斗和阳台……那房子朝南的一角，总有一个宽大的玻璃房间，三面透亮迎光，里面摆满过冬的花草，称为花房。

这些精致的小楼，许多年来已是几易其主，而哈尔滨的大部分市民都已住了公寓楼房。虽然住房的外观与其相距甚远，但室内的装修和陈设，却保留了俄罗斯文化的影响。我在搬进省作协分配给我的单元房时，房间的墙壁都已按照哈尔滨人的习惯，分别贴上了浅蓝、淡绿和银灰的壁纸。在接近天花板的画径线上方，每个房间都印有几种不同的图案，或如水波，或如树叶，或如花卉，是古典艺术的趣味与情致，如同置身于一个小小的宫殿。我留神观察了几家邻居的墙，竟然没有一家的图案是重复或雷同的。这在南方的城市，定是一个时髦的新事物，而在哈尔滨，却是一个连"文革"中都没有被破坏的传统。

由于寒冷，门窗都是双层的。在两层玻璃之间，撒上些干燥的锯末。过冬前在窗缝上仔细地糊好纸条以免透风，那纸条为免被室内的热气洇湿，必得贴在外面的，相传为东北三大怪之一。然而开了春却有了麻烦，将门窗一一拆封，因是双层；需擦洗的玻璃无以计数。

家家的地板都是极干净的，进门必换鞋，无论街上怎样的泥泞，家里总是温馨又舒适。一般卧室小小的，有一张大大的铁床。那铁床的床栏镀"金"包铜，晶光锃亮的还饰有精美的鸟形或天使的铜雕，让人觉得，哈尔滨人睡觉很隆重很庄严。

家具也和南方有很多不同，哈尔滨人重视喝酒，所以那只厚重的酒柜必占一席之地，最不可缺少的是家家必备的一张大拉桌——椭圆形，黑色或咖色，架着六根粗壮的桌腿，待客或合家团聚时，将桌子中央活动的长板拉开，便是一张奇大无比、气派非凡的长餐桌了。任是吃锅子吃饺子还是喝老白干，都可痛痛快快地铺张。那桌子平日不用时，盖上绣花或是钩花的台布，蹲在屋角，如一头大象。

哈尔滨的冬季长久，于是家家都爱养花。下雪的日子，从窗玻璃朦胧的冰凌中，隐隐透出一枝鲜红的绣球、一朵明艳的扶桑，那情景何等动人。到了夏天，满城的波斯菊瓜叶菊迎风摇曳，还有从白色的门廊上垂挂下来的啤酒花犹如绿色的瀑布，令人心旷神怡。

行

春天的哈尔滨风大，走路得侧着身子，免得灌一口冷风，呛着。

夏天的哈尔滨早晚凉爽，无论走在哪里，凉风习习，步履轻快，最是惬意。

秋天的哈尔滨人，走得行色匆匆，要做各种过冬的准备，挺忙乎。

冬天的哈尔滨人走得小心翼翼，满地的积雪被行人的脚步压成了冰，溜滑溜滑的。整个哈尔滨犹如一个巨大的溜冰场，一不留神就会摔个屁股墩。唯有上学的孩子，嘻嘻哈哈地专拣有冰的地儿走，一只脚往后一蹬，双脚一并，就从冰道上"出溜"过去，想必比走路的速度快上好些。人行道上，便留下一辙辘一辙辘灰白色的印迹。

冬天的哈尔滨人爱说：冻脚。今天走着上班，冻脚不冻脚，是气温的标志。以前的棉靴，厚厚的毡底，虽暖却笨。如今都爱美，城里没人穿那玩意儿，都是薄薄的棉皮鞋，啥也不挡。但宁可冻脚，走一走，就暖和了。别看零下几十度，走急了，还出汗。

冻脚的机会主要在等车的过程。冬天的公共汽车开得慢吞吞，汽车也怕打滑，也跟个人似的，冷得哆嗦，车门就总也开不大。上下的乘客，像麻袋里的土豆似的，一个个往外蹦。好在都久经考验，尽管身子臃肿些，手脚还灵便，互相挤一挤，好比加热，彼此没有怨言。售票员更是彪悍强健，能在拥挤不堪的车里挤上一个来回，一边挤一边挨个乘客扒拉，熟人似的拍你的肩膀杵你的后背，很是尽职地让你买票。你惶惑地企图躲避，没处可躲。车窗上满是冰凌，望出去灰蒙蒙，如同一个闷罐，你无法知道自己已经到了哪一站。所以冬天之"行"难有愉快的记忆。

有一次，靠车窗的座位上坐着一个年轻的母亲，带着她的小孩，那孩子先是对着窗玻璃哈气，然后从裹得严严实实的羽绒服中伸出胖胖的小手，用手指在哈过气的玻璃白霜上抠了一个小小的孔，那个孔恰好容得下一只眼睛，孩子就从这个孔里，张望着外面的世界。我恍然明白哈尔滨人在严寒中行走，是有许多窍门的，后来也如法炮制过几回，其乐无穷，再后来就发现还有人在车窗玻璃的冰凌上写字，比如：冷。

行路难，哈尔滨的出租汽车业出奇发达。无论冬夏，满大街呼呼跑着的小汽车，招手即停，开门就上，停车付钱，下车走人。那车脏兮兮的，又旧，多是私营。司机收费倒不漫天要价，你问他多少，他满不在乎地听着流行歌曲说：你看着给吧。既慷慨又亲切。哈尔滨人想得开，遇有生病看戏送站什么的就爽快地说：打的。颇为港派。于是公共汽车那部分不方便，就让"打的"给弥补了，行路也不难。

到了夏天，哈尔滨人就鲜活蓬勃起来。太阳一落，街头舞曲悠扬，男男女女在门前的空地翩翩起舞。这般随意的露天舞会，这般的热烈和浪漫，敢说别的城市绝无。到星期天，说走，就上太阳岛。太阳岛的野游是哈尔滨人每年隆重的节日，于是啤酒红肠酸黄瓜松花蛋铺满杨树林间的草地，收录机的音乐回荡在太阳岛上空，白色的沙滩上闪烁着五彩缤纷的游泳衣——好一个绚丽的哈尔滨之夏。

有一次从北京去哈尔滨，一上火车，满车厢的东北乡音，前后左右的乘客，都穿得鲜亮。我对面的一对小夫妻，自费去北京旅游回哈，女人响亮地宣布说："咱哈尔滨人不攒钱，有钱就花，这叫会生活。"

我认定哈尔滨是全中国最有个性、最有特色的城市之一。

所以，我认为自己这个杭州人，早已名不副实——我是半个哈尔滨人。

《北方时报》1992 年连载

鹦鹉流浪汉

城里爱鸟的人，通常都喜欢漂亮的虎皮鹦鹉。一身绿黄或是蓝黄的羽毛，斑斓璀璨的，养在木笼子里挂起来，听它婉转啁啾的吟唱，既赏心又悦耳。

但那是第几只了呢？我总想问。最开始的那一只，现今是在谁家的笼里，还是真如它所愿飞向了自由的蓝天呢？

我是在虎皮鹦鹉不止一次地"逃跑"后，才发现它的这种习性的。

那是一个寒冷的冬夜。

室内的暖气烧得很热，我开了阳台的门透透气。过了一会儿，我想去把门关上。就在我把门往回带的那会儿，我的手碰到了一个软塌塌的东西，把我吓了一大跳。那东西黑乎乎凉飕飕的，蹲在外面的窗台上，轻微地颤抖着。看仔细了，却是一只小鸟，身子几乎已经冻僵了。壮壮胆儿伸出手一把抓住它，它温顺乖巧的绝无反抗之意。我用手掌托着，举在灯下，才看清是一只绿颈黄翅的虎皮鹦鹉，身子小小，半死不活地耷拉着脑袋，微微有一丝气息。两只脚爪，也许是冻伤或是枪伤，一只剩下了两枚脚趾，另一只，一枚也没有，只留一坨光秃秃的脚掌，立在桌上，站都站不稳。

不知它从哪里来，要到哪里去？在这样一个北风呼啸的黑夜里。

它必是已经精疲力竭了。为着寻找一个温暖的栖息地，居然能在黑暗中用最后一点气力，奔向一家透出热气的门缝，可见它是一只生命力顽强的鹦鹉。

假如我没有在入睡前发现它，天亮时也许它已变成一只鹦鹉"标本"了。

当然，义不容辞，我承担起了动物保护协会的职责。急忙找出一只买鸡蛋用的折叠式铁丝筐，暂且充当鸟笼，小心地放它进去。家里有现成的小米和酒盅，再摆上一杯清水。它睁了眼，似乎慢慢暖和过来。迟迟疑疑地愣了一会儿，竟然就挣扎着抬起脖子来吃米。犹豫着吃下去一粒，紧接着飞快地啄起来，一下一下地再也不停，盅里的小米像散金一般飞溅，一会儿便空了，又添满，却很快地浅下去。

这小家伙实在是饿坏了。怎么饿成了这个吃相，像个饿死鬼。我说。

阳台没有封闭，只好先把"鸟笼子"挂在厨房里。垫上接鸟粪的纸板，拴上仿树枝的竹筷，系好米盅和水杯，为收留这位气息奄奄的入侵者，很忙乎了一阵。当时以为自己从此将步入养鸟的队伍，可算是个风雅"鸟人"了。

第二天一大清早，便被它喳喳的叫声吵醒。起来看它，一夜之间，已然"鸟"枪换"炮"，在笼子里上蹿下跳的，很是欢实。米盅早已空空见底，水杯也碰翻一侧。它竭力想要蹦到那根横着的筷子上去，无奈脚无利爪，笼壁攀缘无着，三番五次地跌下来，仍然是锲而不舍。如此折腾多时，终于瞅准一个空子连爬带跳地登上了那根横杆，摇摇晃晃地站住了，然后神气风光地高扬起绿叶般的小脑袋，四下观望，一派轩昂气度。

又喂它米和水。它扑过来，吃得贪婪而疯狂。犹如风卷残云，顷刻间一扫而光。人说"鸟食"，即少而精。它却像是只鸡似的，吃个没完没了。没见过这样的鸟，心里疑惑又惊愕。只怕它在外流浪多日，没饿死这会儿倒会撑死。心里更生出几分怜惜。

如此持续地大吃大喝了几日，它变得身子浑圆，羽毛铮亮。常用那两根脚趾，金鸡独立，牢牢地攀在筷子上，走钢丝一般，小眼睛警觉而锐利地洞察四方。叫声一日比一日地高亢嘹亮，然音律音调全无，一片聒噪之声而已，它却自我感觉极佳，傲慢得像只老鹰。

吃也容忍了，叫也容忍了。想着外面世界的无奈，只希望它从此在我的笼子里安分守己。

却不。过了几日，它明显地开始烦躁不安，几乎一刻不停地在笼子里跳上跳下，尖尖的小嘴急促而猛烈地啄着笼边的钢丝以及笼子里一切可以啄出响声的东西，试图诉说它某种未竟的愿望。胸脯上白色的细绒毛，一片片飘落下来，在空气里浮荡着，如同一份份难以阐释的宣言或是传单。有时它就在笼子里长时间地兜着圈圈，像是一只失控的钟表。

我说，它一定是要下蛋了。母鸡要抱窝时就是这个样子。

找来些软旧的碎布和棉花送进笼里。冷不防，它却在我手背上狠狠地啄了一口。

几天过去，一只蛋的踪影也无。丈夫发笑说，你还不知道它是男是女呢，就下蛋？依我看，它是需要个伴儿。这很容易理解，对吧？

两个人都不善辨认鸟的性别。于是决定过几天得空就去花鸟市场给它做个"鉴定"。

然而未等我们去花鸟市场为它寻觅配偶并买一只真正的笼子，风云突变。

那一天阳光灿烂，是个难得暖和的冬日。它在厨房里尖声怪叫，闹得不亦乐乎。丈夫被它吵得坐不住，说它一定是想晒晒太阳了，它本来就是天上树上的东西。

就把笼子挂在阳台的钩子上。阳光洒在它翠绿的羽毛上，它昂起小脑袋仰望着蓝天，忽然停止了连日不断的哀鸣，变得非常非常安静。眼睛里闪着一种温柔的光泽。

如果那时我能敏感点儿——在它这短暂的宁静中，实际上正酝酿着一个蓄谋已久的越狱计划，一个天赐的逃跑机会正在临近——我也许会立刻加固那只笼子。

那天，就在中午时分，我偶然走近窗口，一抬头，发现它已撞开了笼子顶端的盖板，身子悬在笼子的出口，正挣扎着想从笼子里拱出来。我叫一声不好，忙拉开门冲到阳台上去——却已晚了一步。就在我接近笼子的那一刻，它猛地钻出了笼子，拼命地扇动着翅膀，嘟的一声，像粒子弹似的，往天空射去。

它走得义无反顾。连头也不回，顷刻间就没了影儿。只剩下那只空荡荡的铁笼子，在钩子上晃来晃去。

我甚至没有来得及对它喊一声：你就不能再等一等吗？这种偶尔暖和的日子其实并不是春天。冬季还没有过去，你会冻死在外面的呵……

它头也不回，扬长而飞。

我们曾经拥有过半个月之久的虎皮鹦鹉，就这样，来了，又走了。带着它伤残的脚爪，和它一次又一次的逃跑的经验，重又返回了它的流浪生涯。

人说鹦鹉实际上一辈子都在不断地设法逃走。若是有伴儿，它们也会一前一后地仓皇出逃，开始"私奔"一般的甜蜜生活。它们情愿放弃小窝，在风霜雨雪中被击败、被摧残，却仍然不断地寻找着新的家园，固守着无望的期待。有时，它们其实只不过是从一只笼子逃向了另一只笼子而已。但对于自由的冀盼，使得它们永远生活在背叛之中。既背叛笼子，也背叛蓝天。

都以为鹦鹉是一种已被驯养的家鸟，惯性思维使我们走入误区。然而世上还有一种不会学舌却一心只想挣脱羁绊、奔向自由的鹦鹉，一种特立独行的鹦鹉。可惜我是在鹦鹉逃离之后，才懂得鹦鹉执迷的理想。

废弃的笼子在风中摇晃着。我不知它如今在哪里。也许它早已被冻死在野外了。重要的是，它宁可冻死，也不愿被囚于一室一檐之下。于是，寻找与回归自然，就成为它一生中不断重复的主题。

《光明日报》1993 年 10 月 16 日

两个钩子的大吊车

阳阳是一个神气活现的"汽车大王"。

在他刚满四周岁生日时，已经拥有了几百辆"汽车"。除了奔驰蓝鸟标致雪佛莱奥迪桑塔纳夏利各种牌子的轿车……还有救护车翻斗车大卡车洒水车水泥搅拌车集装箱运输车冷藏车……最小的那一辆，小得就像大人的指甲盖那么一点点；最大的那一辆，差不多有台式电话座机那么大。

可惜那都是些玩具，只能在房间的地板上开来开去，弄得我们家里的每一寸土地都布满了"地雷"，几乎没有缝隙可以落脚。从早到晚，桌子下沙发上到处行驶着各种牌号的汽车，床上架有双层的高速公路，一辆辆小轿车排着长队等待通过，处处塞车，交通状况一片混乱。

虽然是玩具，但每一辆都是名牌汽车的仿真微缩模型，于是我们家简直成了某个汽车推销商的销售网点，免费展览全世界的名牌汽车。

假如带阳阳上街，偶尔地坐上一回出租汽车，阳阳神气得有些忘乎所以。一路上用翘翘的小手指，点着马路上来来往往的汽车，一辆一辆地叫出它们各自的牌子，绝对不会有错。每次都把司机逗得肃然起敬，心悦诚服地将他视为同行。有一回还差点免收这个小汽车迷的车费。

阳阳是我妹妹的儿子，他管我叫大姨妈。

他的妈妈给住在北京的大姨妈打电话时，他经常抢过电话插嘴。有一次，阳阳忽然在电话里对大姨妈说：你不要再给我买汽车了啊。

大姨妈觉得很奇怪，问他为什么？

阳阳说：我已经有很多汽车了，我不喜欢那些一样的汽车。

那买什么呢？大姨妈说，难道买一头玩具熊吗？

阳阳想了想，郑重其事地说：你给我买一部两个钩子的大吊车，好不好？

原来他是拐着弯儿让我给他买新车子呢。可是，在那以前，大姨妈从未听说过两个钩子的大吊车。她对于吊车这类东西是很陌生的，哪怕是一个钩子的吊车，她也没见过。大姨妈疑惑地问：什么是两个钩子的大吊车？

阳阳说：两个钩子就是两个钩子，不是三个钩子，也不是一个钩子。那两个钩子，生在汽车背脊那个地方，摇一摇，就吊起东西了，能吊很重的东西呢。只有大吊车才有钩子呀……

大姨妈警惕地问道：你在哪儿看过这种大吊车呢？

阳阳回答说：在上海！

大姨妈想起，阳阳最近的确同他的妈妈到上海去了一趟，刚回来没几天。大姨妈对着话筒说：让你妈妈来同我讲话。她问阳阳的妈妈：既然上海有这种两个钩子的大吊车，当时给他买下来不就好了吗？

阳阳的妈妈一头雾水，摸不着头脑。她说：上海？可我根本没看见这种两个钩子的大吊车呀。他也没说过。

阳阳在一边大声嚷嚷说：我看见了！在上海！上海有，北京也有！

于是寻找这种背脊上有两个钩子的大吊车，在很长一段时间里，变成了我上街购物的重要内容和动力。与其说我希望满足阳阳对于一种新的玩具汽车的欲望，莫不如说，是我自己对这种两个钩子的大吊车产生了好奇。

请问，有两个钩子的大吊车吗？——在一个又一个玩具柜台面前，我总是兴奋而又有些不好意思地问。那段时间我对汽车已经有了过敏反应，一见玩具就条件反射。

摇头。白眼。漠视。偶尔有热心的售货员，倒反过来向我请教这是一种什么样子的新型玩具，是不是新进口的外国新产品等。看来还是得依靠自己，我只得贴着玩具柜台一家家低头耐心寻访。然而，不仅根本没有两个钩子的大吊车，就连一个钩子的大吊车，也没有踪影。

全世界上的玩具商，似乎根本还没有制造出这种两个钩子的大吊车。

我在失望和沮丧中恍然顿悟，这种所谓的两个钩子的大吊车，必定是阳阳这个小坏蛋自己想象和虚构出来的。

我给阳阳的妈妈打电话说：我想不出来那两个钩子的大吊车是什么样子的，让你儿子把它给我画出来。

大吊车的图样很快就寄来了。一辆两个钩子的大吊车堂皇地立于白纸中央，形状像一只蓝白相间的风筝，只是顶部竖立着两根金黄色的辫子，朝天翘立，怒发冲冠。除了他自己以外，没人能看明白那是个什么东西。

若是按图索骥，我即便找到月亮上去，恐怕也是徒劳。

我对于购买这种两个钩子的大吊车已不抱希望。谁能知道那个四岁的汽车迷汽车大王，是否在同我们开一个关于发明新型汽车的玩笑呢？

就在我几乎快要把两个钩子的大吊车彻底忘记的时候，忽然有一日，就在我住处不远的一家新开的小商店里，眼前惊鸿一瞥，有什么东西闯入我眼帘。一辆壮硕的汽车，从柜台凌乱的货架上，开足马力，猛地朝我冲了过来。

我定了定神，用眼神儿慌慌地将它接住。没错，真的呀，真的是一辆两个钩子的大吊车——白色的车头，蓝色的货斗，背脊上翘起两根并列的金黄色起落杆，杆的顶尖部坠着两根精巧的黑色弯钩，用尼龙绳系着，晃晃悠悠的好可爱。在起重臂的两端，有两只小小的把手，轻轻一摇，那钩子便悠悠上升，再摇，又缓缓下落。

正是我寻遍无着、踏破铁鞋的两个钩子的大吊车呀！

是新来的货吗？我喜出望外地问，声音都变调了。

回答：刚开包，店里就进了两辆。

顾不得问价，付了钱，抱着车就跑，唯恐它会自己开走。回到家就打电话，这回轮到妹妹吃惊，说你还真当一回事呀，他怕是已经忘干净了呢。旁边有声音大叫：没忘记呀，我说上海有北京也一定有的，大姨妈你要快点把它带来杭州给我……

放下电话，对着这辆让我牵念数月的玩具吊车久久出神。它曾经活跃于我们的想象与疑问之中，我寻找它似乎只是为了证明它是否真的存在。当它终于出现时，一个孩子的戏言突然变得如此庄重和诚实。我知道自己内心的欢欣，不完全是来自买到了两个钩子的大吊车这件事本身，而是由于阳阳对我的信任，使我终于能够实现他小小的愿望。

两个钩子的大吊车体积太大，把它"运"回杭州，还真是件麻烦的事。一直没找到朋友托带，它便静静地藏在我的衣柜里，权当车库。

阳阳已等得不耐烦了，每次电话都急急地催问。大姨妈被逼无奈，只好对他说：大吊车说它要自己开到杭州去，明天就出发。但是公路上有许多汽车，它太小了，只好慢慢开，开到杭州要好几个月呢。

阳阳在电话里笑起来，对这样的解释很满意。他没有问我两个钩子的大吊车的司机是谁，他好像故意躲开了这个问题，也许大吊车原本就把司机配备好了呢。此后一段时间，他的等待变得非常耐心。

过了一个星期，他又问我：大吊车现在开到了什么地方？我说大概是天津吧。于是，他就开始自己来安排大吊车的行车路线（他非常喜欢看天气预报，因此对城市的排列十分熟悉）。他不断地向全家人报告，大吊车现在已开到了济南—青岛（顺便旅游一下），再就是武汉—南京，途中居然还拐到西安去了几天，后来不知为什么在上海停留了很长的时间（他说大吊车要去上海看老朋友，他一直坚持大吊车是在上海出生的），我猜他是为了给我留出足够的时间到达，否则从上海一出发，终点站杭州就在眼前了。

眼看他的大吊车已驶向上海，我终于物色到一位坐飞机的朋友，从空中起吊，越过阳阳那辆尚在公路上慢慢"行驶"的大吊车，先期抵达了杭州。

当那辆"两个钩子的大吊车"终于"开进"了他的房间时，他把那辆吊车紧紧抱在怀里，幽默地发表意见说：它开了这么远的路，一点都没坏啊，不过汽油都用完了哦……

我始终不明白，阳阳那鬼精灵，难道真的相信大吊车是从公路上开回杭州的吗？这个小小人儿，怎么懂得和大人配合默契地做游戏呢？

后来的故事，如同我们预料的那样，他在长达几个星期的时间里，对其余那百十辆玩具汽车视而不见，整天就同那两个钩子待在一起。他尝试用那两个钩子，不厌其烦地起吊其他的小汽车，以及所有能够挂在那钩子上的重物——当然，大吊车那两个钩子的命运可想而知——等到大姨妈春节回杭州探亲时，那辆大吊车上，已经连一个钩子都没有了。

面对残缺不全的大吊车，大姨妈执着地询问阳阳：

——那次你去上海，在哪儿发现两个钩子的大吊车呢？

——在商场的玩具橱窗里呀。他仰着头回答，妈妈买东西的时候，我自己看见的。

我恍然。很多情况下，大人视而不见的东西，小孩子能看见。因为他的目光，恰好齐及橱窗的底部，或深处。

《家庭教育》1995 年

鹊巢

窗前是一棵高大苍郁的洋槐。

刚搬进这栋新建的楼房时，槐树看上去有点孤单。冬天的雪花纷纷扬扬地落在树枝上，天一晴便化了，露出干硬的枝条，疏疏朗朗的。曾觉得那棵树上似乎还少了些什么，如同都市八面来风，却依然窒息的日子。

一个初春的清晨，在蒙眬的睡梦中，忽然听见了几声清亮的鸟叫。

——喜鹊。只有喜鹊，才会发出那样欢快得几乎肆无忌惮的叫声。

果然是喜鹊，而且是两只。细细的脚爪，轻捷地蹦跳在槐树的枝头，上上下下，前后左右，似乎在寻觅着什么。一连几天，它们都这样一刻不停地呼扇着翅膀，穿行在老槐树伞状的空间里，从早到晚，窗前都是它们叽叽喳喳的讨论的声音。它们或许从一开始就喜欢上了这棵洋槐，落脚后就没打算再离开。当我们终于明白这对恩爱的喜鹊夫妇，是在为它们未来的新家选址的时候，那两只喜鹊已经悄悄完成了新居奠基仪式，急急地开工建房了。

巢址选在槐树中部树干的分叉处，宽敞而隐蔽，居高临下又稳稳当当。

那真是两只聪明而又有眼光的喜鹊呢。

它们每天都起得很早，当我起床时，它们早已开始干活了。窗前不断掠过它们匆忙的身影，有时是从很远的地方飞回来，嘴边衔着一根细长的树枝，它们把树枝小心地架设在树杈中间，用它们尖尖的喙，将枝子来来回回地摆布，异常灵巧地把这根树枝从另一根树枝的空隙中穿过去，攀搭勾连在一起。它们有时也就近取材，看准了旁边不远的树枝，然后歪着脑袋，长久地叨啄着一根可以派上用场的枝条，直到把它折断衔走。有时候树枝不小心掉在地上，它们会飞速下降，落在地上把那根宝贵的树枝捡拾回来。当它们重新飞上大树的时候，寻找回来的树枝像一件骄傲的战利品，旗帜一般地迎风招展。

那些日子里，窗前安静了许多。它们忙于劳作，已顾不上喳喳欢歌。

整个春天，我们就这样眼看着鹊巢一点点地丰满起来，日渐成形。

当喜鹊的安居工程接近尾声的时候，槐树已绽开出满树的白花，为鹊巢拉上了一道白色的纱帘。深黑色的鹊巢在槐树嫩叶的遮掩下，变得隐隐约约、模模糊糊。雌喜鹊开始闭门不出，在它们共同营造的小窝里，产卵孵蛋"坐月子"。那些日子，只有一只肥硕的雄喜鹊忙碌地飞来飞去的身影。到了初夏时分，就连这一只喜鹊也看不见了——原先正对着我家窗口的鹊巢，已完全被槐树茂密的绿叶遮没。后来终于听见了小喜鹊稚嫩的叽喳，两只喜鹊变成了一大家子，听着它们欢乐热闹的啁啾，我们的心情也欢快起来。想象着那绿叶丛中的小小鹊巢，一定充满了神秘温馨的情调。

等到秋来叶落时，鹊巢就像早已生长在槐树上似的，同槐树合成了一个整体。

但我没有想到，那只千辛万苦垒成的鹊巢，却并不是喜鹊们一劳永逸的家。

第二年冬末，那两只喜鹊又开始了前一轮的劳作。这一次，它们把巢址选在了比先前更高的树杈上。浩荡的春风中，槐树上摇曳着两只硕大的鹊巢，一个是喜气洋洋的新家，一个是已被它们废弃的老窝。它们的孩子已远走高飞，去营造属于自己的小家了。只有这一对喜鹊父母，留守在这株高高的槐树上。

令我真正感到惊讶的是第三年春天，我们窗前出现了第三只鹊巢。这次是在靠近树的西边，比原先的位置要略低一些。更有趣的是，它们在搭建这个新房的过程中，竟不断地飞到原先的老窝上，去抽取那些柔韧可用的旧枝，然后把它们编织到新窝的墙壁里去。于是老窝渐渐地缩小下去，变成了一只扁圆形的小船，牢牢地镶嵌在树杈上，风摇树动，那鹊巢却如水行舟，沉浮不惊。喜鹊竟也懂得废物利用、物质再生的环境保护吗？是遗传基因使然还是自然之神让它们为人类做一次无声的训示？细想起来，真有点不可思议。

今年早春，那两位喜鹊老友的行为似乎有些反常。它们一次次匆匆飞过我的窗前，却不再往槐树上落脚。它们依然重复着每年的建房行动，忙忙碌碌地衔枝筑窝，但直到槐树泛青，也并不见树上有新巢落成。终于心生疑窦，在阳台上四下观望，顺着它们飞行的方向寻去，发现它们已将新巢筑在了西边的另一棵树上。

喜鹊原来是那么喜欢搬家，而且必须不断地改换新址吗？

忽然想起了小时候唱过的一首儿歌，有一句歌词是："小喜鹊，造新房。"早知喜鹊是一种聪明又勤劳的鸟，但从不知道，喜鹊还具有这般不易满足、求新求美的秉性。

如今那三只被它们放弃的老窝，静悄悄地留在槐树上，像一所喜鹊王国的遗址纪念馆，展示着喜鹊的生命过程。它们偶尔也飞来探望旧巢，重温往日的辛劳和成果。喜鹊喜鹊，是不是它们总在不断地创造乔迁之喜，才成为欢欢喜喜的喜鹊呢？

1995 年

写于北京花园村

山野雕塑

仰起头，天空瓦蓝瓦蓝；俯下身，山野碧绿碧绿。

在城里很久没有见到这么蓝的天了，人离天顿时近了许多。

四周满眼都是绿色。青草就那么蓬勃地蔓延着，绿树就那么挺拔地苍翠着。

一股清洌的山泉，从上游急急而下，到这邻近村落的山峡，漫成一片宽阔的沟谷。水流被肥肥的嫩草和密密的树荫团团簇拥着，欢喜地缠绕起来。水里有草叶的碎影，伴着溪水缓缓流去，水色渐渐染织得如翠玉莹润。

沟里散落着大大小小黑褐色的花岗石，已被多年的山风山洪磨得浑圆；细窄的溪水弯弯绕绕地从石块之间穿流过去，潺潺不息地，涌上来又落下去，很像是一把柔韧的长斧或锤，还有钎，正在一下一下耐心地凿刻着、塑造着它们。千年万年过去，才有了如今千姿百态的形状。

京郊怀柔县八道河乡交界河村，一条狭长而秀丽的山沟。

人们就在溪边水旁的石头上，随意择地而坐，一伸手就可撩着水了。头顶阳光下的叶影，如山谷里吹来湿润而甘甜的微风，从脸上拂过来又拂过去。

这是1993年。怀柔山野雕塑公园的揭幕仪式。"雕塑公园"那几个大字就刻在平地而起的一块光滑巨石上，红绸飘落时，一行字蓦然显现出来。开幕式的横幅荡漾在两棵大树之间，主持人站立在林间一方天然平整的石台上；高功率的音响设备，立于溪水之间，音乐与流水共鸣。巨石上两位年轻女子盘腿默坐，架古琴于膝，伴着钱绍武先生朗诵李白的诗句，弦声幽幽，泉水淙淙，空谷传声，余音悠长……

在国内，还从来没有见过一个"会议"，是以这种真正融大自然与艺术于一体的形式进行的。

就连给来宾献花，也献得别出心裁、不同凡响——

那是一大束一大束刚从山上采下来的野花。花形如荷包，浅紫色的口袋花，细碎雪白的山枣花，花瓣上滴着水珠，衬着枝条修长的绿叶，生动烂漫地抖擞着。野花散发着山林野地的气息，像是从地壳深处吮吸出来。花束整齐地浸在沟边的溪水里，新鲜欲滴，枝条根部湿漉漉地淌着水，等待来宾的认领……

我似乎明白这个未来的雕塑公园，为什么要选择在这条不为人知的美丽山沟里了。

由中央美术学院钱绍武、包泡、隋建国几位著名雕塑家发起、筹备、奠基的怀柔山野雕塑公园，坐落在交界河村十五平方公里的森林山地之间。公园紧邻神堂峪自然风景区和雁栖湖；东边是青龙峡和云蒙山风景区；北边有八道河乡刚刚开发的长城遗址和濂泉响谷瀑布，山林幽深，泉水环绕。近年来村民多已迁往交通便利的山下居住，但坡上一座座石砌的民居依然完好；沟边山上大量的花岗石，是天然的雕塑材料。在未来，松林山崖边会竖立起千姿百态、风格各异的大型雕塑作品，成为一座名副其实的雕塑公园，然后陆续形成一个艺术家聚集并可举行多种文化活动的艺术村落。

以北大美学教授朱青生先生的阐释，它应是"通过人为的努力来增长自然生长的机会。一件艺术作品自己能够长回自然的环境之中，才是它的自然归宿"。

这将是一片幽美的文化净土，素朴而粗犷、原始而现代，山水相依、天成地合；这将是人与环境的和谐一致，也是艺术融入自然的丰富实验场所。这里不会有假古董、不会有复制品，没有时尚所艳羡的豪华、更没有争权夺利的恶俗。会有虔诚的艺术家从很远的地方一步步寻找到这里，然后在阳光下和泉水边，用泥土用石头塑造自己的梦想，留下他们的作品也留下灵魂的形状。这曾是无数艺术家们的渴望，然而梦就这样忽然走近了，变得清晰而逼真。

钱绍武教授的话音在山谷树林间回荡。声音被人记住时，也成为一种雕塑。

雕塑公园从一开始构思，就是大手笔。

交界河村将建成一座雕塑公园，也许是一个偶然。但偶然却常常是一种缘分。

那条绝不比黑龙潭逊色的峡谷未开发时，山崖的瀑布无名。八道河乡年轻的乡长和书记，找到了包泡和中央美术学院的青年教师们。艺术家和乡民一起拿着斧子，披荆斩棘地开出了峡谷最初的通道。雕塑系主任钱绍武教授为诚意所感，也加入了这个特殊的集体。后来就有了"濂泉响谷"这个既雅又美的名字。八道河乡意外的收获，得到了钱老对峡谷的整体开发构想和设计方案——峡谷入口的售票亭、商店、餐馆、别墅，甚至厕所，都使用了本山本土的花岗岩和汉白玉作建筑材料，形如古堡，标新立异。溯山泉而上，处处保持了山野地形原貌，石阶碑刻都是因地制宜，与自然风景相映成趣。乡里原先打算请人制作一座豪华大牌坊的想法被放弃了，省下了一大笔资金，如今的设计美观大方又独树一帜。乡民对艺术的别样理解、乡领导的远见卓识，现代艺术的发展趋势，使得村民与最高艺术学府的教授们一拍即合——山野雕塑公园就这样诞生了。

　　包泡这个激情昂扬的艺术家，包揽了兴建雕塑公园的全部具体事务，事无巨细，手脚并用，就像创作一件正在进行的室外大型雕塑，大得连自己也看不见头尾。

　　在清风地气中闭上眼睛，能看见未来公园内那些如同雕塑般千奇百怪的房子，以及石缝中的窗户、石上的桌子、大树下的眠床……

　　还有屹立于山水林木间，将与天地日月同在的无数艺术作品。

　　所以，能不能说，山野雕塑公园实际上早就在这里了呢——

　　雄奇的山峦、宁静的村庄、坚固的石阶小路，那是已被岁月完成的雕塑。

　　山泉磨砺溪石、山风吹荡古木，云在天顶游走、人在云下思索。

那是大自然亲自动手的杰作，是不断创造又不断否定、永远在进行中、永远变幻无穷的雕塑。

鼓乐、人体、岩石与流水——那一天，溪边石上的现代舞表演，已与天地难解难分。那是造型艺术与舞蹈的结晶，是现代雕塑形象的阐述。雕塑原是一个静止的概念，是一种凝固的旋律，但融入自然的现代舞，在这里变成了一种运动的雕塑，塑造出心灵颤动和挣扎中的形态，传递出雕塑作品内在的自由精神。

还有餐桌上的野菜，香椿、花椒叶、木栎芽、龙须草、葫芦条子、玉米面饼子和野菜团子……碧绿金黄、色彩斑斓，盛在农家敦实的大碗里，金字塔一般辉煌壮观。这些新鲜的农家饭，是随时可塑形的软雕塑呀。作者"无名氏"，是山民即兴的集体创作。

面对高山流水，我们已无法判断，什么是雕塑，而什么不是。

《美文》1996 年第 11 期

山野现代舞

正是中午，大部分天空被阳光遮去了，四周的群山绿得咄咄逼人。

远远地，只听着一阵无节奏的鼓乐，单调地从沟底传来。一声一声随意地敲击着。对面的山谷传来回声，显出几分神秘。

山谷越发地静谧了。

从山间的石桥上往下看，深沟中散落着一块块黑褐色的巨石，茂密的青草从石缝中坡地上延伸开去，覆盖了除去石头和溪水以外所有的空间。一股清亮的山泉环绕着石间的空隙，随心所欲地漫溢开去，时而是淙淙溪流、时而是幽幽水潭，时而流淌、时而凝固，锡箔似的在阳光下闪亮。

一个一个金黄色的人体，或躺或卧或蹲或立，裸露于流水和岩石之间，他们薄薄的衣衫几乎与肌肤同色，勾勒出人体优美的曲线。

只能从柔软或是刚健的外形，来区分他们的性别，但在这个时间和地点，性别似乎并没有太大的意义。

在怀柔雕塑公园揭幕仪式那天，以山林野地作为舞台的即兴现代舞表演，是整个艺术活动的组成之一。鼓乐在石上被拍击，表演已悄悄开始。

作为舞台的背景，始终只有四种颜色：

绿色的山、黑色的石、银色的溪流、金色的人体。

那是一幅色泽浓艳的画面，却又是极朴素而单纯的。

阳光移动着树叶的碎影，人体缓缓舒展，仿佛是人类始祖最初的觉醒，在蒙昧的天地间开始茫然的探寻。他们是自然之子，山水赋予他们与生俱来的野性，因此他们只用身体无声的语言向天空发问，和土地对话。他们的脸上涂满了泥土，身上淌滴着泉水，泥土和山泉塑造了他们的躯体。他们翻滚、蜷曲、伸展，以形体和动作象征人类与自然息息相关的命运。他们顺水漂流、随泉游走，自由自在、无拘无束，狭长的一条山沟，变成了一座流动的舞台。

山风浩荡，舞者如树叶战栗飘扬却又落地生根。那是树叶的舞蹈。

黄土厚重，舞者如种子来自土壤又回归土壤。那是泥土的舞蹈。

流水欢畅，舞者如水珠汇入江河百折不挠又升上天空。那是溪流的舞蹈。

岩石坚韧，舞者如石之纹、石之棱、石之裂、石之沉稳。那是岩石的舞蹈。

音乐若有若无，轻柔地抚着舞者的肢体，缥缈而悠长。如笛似箫，透出一种哀婉。乐手捧着一种不常见的古乐器，陶制，形似梨，瓶口可吹，瓶身有孔，五指按孔成曲。乐手埋头伏于水边，乐声呜咽，流水湍急。那是音乐的舞蹈。

巨石上有一对男女人形，如蟒蛇盘结蠕动，相依相斥。那是爱情的舞蹈。

鼓声忽而变得激越。舞者焦躁着、不安着，绝望、挣扎，浮升、跌落，水潭淹没了人体，岩石重又将他们托举。阳光就在头顶，希望却一再错失……

那是一个循环往复的生命过程，没有目的也没有时间，没有开始也没有结束。像一个现代的西西弗斯神话。

舞蹈仍在持续，舞者的身心已融入自然，就像一座山或是一棵树。

若是做过雕塑公园开幕这一天的观众，舞台从此失去了以往的魅力。

所以雕塑家钱绍武先生说：那就是我的艺术理想，让艺术还原于自然，和天地合为一体。而交界河村5月那天的现代舞表演，是对自然雕塑本质的阐释。

那个时刻我想起王春红。我似乎感觉表演者中一定有她。但当舞蹈已抽象成一种情绪和思想时，舞者变形的身体和面孔再难以辨认。

我是在一次朋友的party上认识春红的。知道她是个痴迷现代舞的女孩，她一直想办一个现代舞学校，让更多的人懂得并学习现代舞。但由于资金和场地的困难，这个梦想至今没有实现。如果今天的舞者中也有她，那真是一个快乐的节日。

天快黑的时候，迎面走过的人中，我听见了春红唤我的声音，她身上带着泉水和泥土的气息，像是一个从远古归来的现代人。

我说泉水冷吗？她说开始时有点冷，后来就不冷了。我说这是一次真正的现代舞表演，我不用再到剧场去看你演出了。她点头说，演出的感觉真的从来没有这么好，这么过瘾。我说那七个表演者中，到底哪一个是你呢？她说就是石头上那个男女双人舞。我说不知道为什么，我感觉也是。后来我说你身上都被石子儿划破了吧？她笑笑说那不算什么。我说你们排练过吗？这个构思太棒了！她说是文慧牵的头，前几天文慧只是对我们简单说了说今天演出的设想，没有剧本也没有排练，让我们自己现场发挥。所有的舞蹈语言，都是从我们心里自然流淌出来的……

过了几天，春红打来电话，问我那一天有没有拍照或是录像。我回答说，当时诧异地连呼吸都差点停止了，哪里还想起拍照呢。我反问她自己为什么没安排人拍照呢？春红说，是啊！我们谁都没想起来拍照，我们不是去表演的，而是去和大山和泉水对话。

我说不过也许可以重来一次？否则太可惜了。

她在话筒里轻轻叹了口气：很难，现代舞是一种即兴创作，没有剧本、没有规范动作、没有表演程式，因此它不可重复、无法再现，因为不会再有同样的情绪了。

我庆幸自己那天去了怀柔，庆幸自己欣赏到了山野溪涧真实的现代舞。它犹如惊鸿一瞥，飞云流霞，稍纵即逝，成为雕塑公园里不可复制的一道风景。

从这个意义上说，现代舞也可以说是行为艺术的一种。

《新华日报》1996年7月10日

瞬息与永恒的舞蹈

那盆昙花养了整整六年，仍是一点动静没有。

我想我对它已是失去希望和耐心了。

时常想起六年前那个奇妙的夏夜，邻家那株高大壮硕的盆栽绿色植物，就像一位羞涩的新娘披上了圣洁的婚纱——从它宽大颀长的叶片上，同时开出了十几朵碗口大的白昙花，它们如同幽冥的高山绝顶上飘然降落的仙鹤，偶尔降落在凡尘之中。那个时刻，都市的喧嚣戛然而止，就连树上的知了都悄悄噤了声。

邻家的奶奶让我带上相机，给她和她的昙花合影。第二天一早，我得到了一个小小的花盆，里面栽着两片刚扦插上的昙花叶片，书签似的挺拔着。它是那盆昙花的孩子，刚做完新娘接着就做了母亲。

年复一年，它无声无息地蛰伏着，枝条一日日蓬勃，却始终连一丝开花的意思都没有。葫芦形的叶片极不规则地四处招摇扩张，长长短短地说不出个形状，占去好大一块空间。窗台上放不下了，怜它好歹是个生命，不忍丢弃，只好请到阳台上去，找一个遮光避风的角落安置了，只在给别的盆花浇水时，捎带着用剩水将它敷衍一下。心里早已断了盼它开花的念想，饥一餐饱一顿地，任其自生自灭。

六年后一个夏天的傍晚。后来觉得，那个傍晚确实有些邪门。除了浇花，平日我其实很少到阳台上去。可那天就好像有谁在阳台上一次次地叫我，那个奇怪的声音始终在我耳边回荡，弄得我心神不定。我从房间走到阳台，又从阳台走回房间，如此反复了三回。我第三次走上阳台时，顺手又去给四季桂浇水，然后弯下腰为四季桂掰下了几片黄叶。我这样做的时候，忽然有一团鹅黄色的绒球，从四季桂根部的墙角边钻出来，闪入了我的视线。我几乎被那个鸭蛋大小的绒球吓了一大跳——它像一个充满弹性的纺锤，贴地翘首，身后有根圆筒状的绿色长茎，连接着那盆昙花的叶片。绒球锥形的尖嘴急切地向外探伸，分明是亲吻的姿态……

那不是球，而是一枝花苞——昙花的花苞，千真万确。

我愣愣地望着这位似乎由天而降的不速之客，不知道该拿它怎么办。后来我用尽全身力气，轻轻将花盆移出墙角，慌慌张张又小心翼翼地把它搬到了房间里。然后屏息静气、睁大眼睛纵览整株花树——是的，上上下下，它只有绝无仅有的这一个花蕾。也许因为只有一个，花苞显得硕大而饱满。

那个蹊跷的傍晚，这盆唯有一个花苞的昙花，由于它第一次来做客，没人知道它将在哪一天、哪个时辰开放。那蛇头似弯拱翘起的花苞，被窗口的一线斜阳罩上了一层诡秘的光晕。

我想这几天我就是不吃不睡，也要守着它开花的那个时刻。

昙花入室，大概是下午六点多钟。它被放在房间中央的茶几上，我每隔几分钟便望它一眼。每次看它，我都觉得那个花苞似乎正在一点点膨胀起来，原先绷紧的外层苞衣变得柔和而润泽，像一位初登舞台的少女，正在缓缓地抖开她的裙衫。昙花是真的要开了吗？也许那只是一种期待和错觉，但我却又分明听见了从花苞深处传来的极轻微又极空灵的窸窣声，像一场盛会前柔曼的前奏曲，弥漫在黄昏的空气里……

天色一点点暗下来。那一枝鹅黄色的花苞渐渐变得蓬松鼓胀，露出苞衣上那层纯净的白色，雨后的浓云一般饱含水分。晚七点多钟的时候，它忽然微微抖动了一下，难以察觉的那种战栗，但是我感觉到了，我甚至觉得整盆花树都随之震动。就在它抖动的那个瞬间，闭合的花苞无声地裂开了一个圆形的缺口，散发出一股淡淡的清香。过了一会儿，悬着的花枝又抖动了一下，那个缺口又张大了一些，就像一个苏醒的婴儿，打着哈欠张开了柔软的小嘴。我目不转睛地盯着它看，眼睁睁看着它就要开口说话。一个多小时以后，那个花苞已经变成了一只白色的宽腹宝瓶，从瓶口持续地喷吐出一阵阵香气，香味略带些苦涩，有一种超凡脱俗的意味。香味越来越浓烈，四散开去，整个房间很快就被它奇异的香气笼罩了。

花苞渐渐变得更大也更圆了，变成了一只晶莹剔透的玉盅。橄榄形的花苞背后，原先那些紧紧裹挟着花瓣的丝丝淡黄色的针状须茎，如同刺猬的毛发一根根耸立起来，然后慢慢向后仰去。在昙花整个开启的过程中，它们就像一把白色小伞的一根根精巧刚劲的伞骨，用尽了千百个日夜积蓄的气力，牵引着伞面，将那把小伞一点点地撑开来……

弯下腰好奇地从花苞的开口处朝里张望，窥见阔口玉盅里的一点小秘密：从昙花的"花洞"底部，伸出一簇蚕丝般光滑的花蕊，一直探到花瓣的边口，那些银丝一根根精巧细密，序列清清爽爽，略微朝上弯曲的顶端，缀满一层金黄色的颗粒绒球。银丝黄蕊，色调感觉很舒服。尤其令人称奇的是，从那簇银丝里，还伸出一枝极细的白蔓，约有一指长，雄赳赳地坚挺着，顶端有一个白色的十字形"蝴蝶结"，柔美娇嫩。金银白三色，构成了白昙花蕊素洁雅致的基调。我被惊呆了——"此物只应天上有"，何苦何因落人间？

很久以后我才懂得昙花是雌蕊与雄蕊同体的自花授粉植物。它们躲在白色的透明纱帐里，呢喃低语，交颈而眠。

又半个钟点过去，此时，它终于完完全全绽开了，像一朵碗大的舌匙状白菊，又像一朵冰清玉洁的雪莲。靠近花心的花瓣较为宽厚，距花心越远便渐渐变得狭长。不，应该说它更像一位美妙绝伦的白衣少女，赤着脚从云中翩然而至。从音乐奏响的那一刻起，她便欣喜地抖开了素洁的衣裙，开始这一场舒缓而优雅的舞蹈。她知道这是自己一生中极其珍贵的一次亮相，也是这个夏季唯一的一次公开演出。自然之神给予她的时间实在太少，她的公演必须在严格的时限中一次完成，她没有机会失误，更不允许失败。于是她虽是初次登台，每一个动作却都娴熟完美。她像一只飞越了雪山的白天鹅，只是在人间稍事停留歇息。它定是经历了千年的苦修，才能拥有花中极品的基因。

　　她翘首扬脖、她伸展长臂、她伫立挺拔、她旋转跳跃……她的舞姿如此天真烂漫、轻盈灵动，夏夜的凉风吹起她白色的衣裙，她就要飞起来了，飘飘欲仙……

　　那时是晚上九点多钟，这一场触人心弦的舞蹈，已持续了将近三个小时。她一边舞着，一边将自己身体内多年存储的精华，慷慨地挥洒、耗散殆尽。生命之短促，使得她婀娜轻柔的舞姿带有一种动人心魄的凄美，就像是一位从容不迫地走向刑场的侠女。花瓣背后那一层金色的须毛，像华丽的流苏一般，从她白色的裙边四周纷纷垂落下来……那是她一生中最辉煌的时刻，但辉煌仅有一瞬，死亡即将接踵而至。她的辉煌亦即死亡，她是在死亡的阴影下到达辉煌的。那是一种壮烈而凄婉的美，触目惊心又怅然若失。"昙花一现"改变了时间惯常的节律——等待开花的焦虑，使得时间在那一刻变得无限漫长；目睹生命凋敝的无奈，时间又忽而变得如此短暂。仅因昙花没有果实，花落花谢，身后是无尽的寂寞与孤独。传说"昙花一现为韦陀"，因而它生来带有一种无望的决绝与安详，也因此与佛家有缘……

　　盛开的昙花就那么静静地悬在枝头，像一帧被定格的胶片。

　　但昙花的舞蹈并未就此结束。

　　那个奇妙的夏夜，白衣少女以她那骄傲而忧伤的姿态，默默等待着死亡的临近。在我见过的奇花异草之中，似乎没有一种鲜花，是以这样的方式告别的。那个瞬间，我比亲眼见到她开花的那一刻，更是惊讶得无言以对——

她忽然又颤动了一下，张开的手臂渐渐向心口合抱。她用修长的指尖梳理着金发般的须毛，又将白色的裙衫一片片收拢，一直到花瓣背后所有的须毛都整理妥帖，恢复成伞骨的形状，她才慢慢垂下白皙的脖颈……她平静而庄严地做完这全套动作，前后大约用了三个多小时——那是舞蹈的尾声中最后复位的表演。昙花的开放是舞蹈，闭合当然也是舞蹈。片片花瓣根根须毛，从张开到闭合，每一个动作都一丝不苟。她用舒缓的舞姿最后一次阐释艺术和生命的真谛。如果死亡不可抗拒，为什么不能让死亡变得美丽？如果死亡必不可免，为什么不能让死亡变得神圣？她定是为自己选择了安乐死那种没有痛苦的死亡方式，所以在最后的极限到来之前，她来得及为自己更衣梳洗，用端庄而整洁的仪态，微笑着迎接死亡。她由于珍惜生命而加倍地珍惜死亡，赋予永别以再生的意味。她不会像那些落英缤纷的花树，将花瓣的残骸凄凉地抛洒一地，她要在入殓前将自己的容颜复归原状，一如生前的娇媚和高贵……

世上也许唯有花期最短的昙花，具有此等视死如归的气度。

至夜半时分，昙花盛开时舒展的花瓣已完整地收拢，重新闭合成一枝橄榄形的花苞，犹如开屏后的孔雀，丝丝入扣地将锦缎似的羽毛一并收好。她只是略略显得有些疲倦，细长的花茎软软地低垂下来，在玻璃台板上衬出一个白色的影子，如同静静地浮游在湖面上的白天鹅倒影。那花苞的白色，比先前要浅淡些，她吐出的香味，也许已将她乳白色的浆汁吸尽。闭合后的花苞，更像一枚种子，将花魂留锁在了里头。而支撑着层层花瓣那伞骨似的一根根须毛，此刻却已奇迹般地空翻转身，一百八十度大回环，把那个沉甸甸的花苞，重新牢牢地裹在了掌心。

那天夜里我一直陪伴着她，陪伴着昙花走完了从生到死，生命流逝的全部旅程。夜半时分，她看上去像睡着了，宁静而安详，没有凋败没有萎谢、没有痛苦没有哀愁。她是一个不死的灵魂，昨夜来的时候是什么样子，现在还是什么样子。很多天以后我拿到了那天晚上留下的摄影照片，她在开花前和开花后的模样，几乎没有什么不同。不生不灭，不开不谢——就好像这一个活生生的花苞，从来都没有开放过，或许很快就会再开一次。好像她始终含苞待放，始终无悔无怨，只等那个属于她的时辰一到，她睁眼就会醒来。

这个夏夜，"昙花一现"那个带有贬义的古老词语，正在一步步远去，变成一个遥远回声。这一夜，我又一次恍然大悟，先前的我们，实在是被这些成语误导得太多了哦。

我明白那个傍晚的阳台，昙花为什么一次次固执地呼唤我了。她要让我看到她的舞蹈，我既是她的观众，也是唯一一位幸运的伴舞者。我见证了她的绚丽与灿烂、瞬息与永恒。我听见她对我喃喃细语，生命的价值并不在于时间的长短。当她离去以后，我将用清水和阳光守候那绿色的舞台，等待她明年再度巡回。

如今，距白昙的第一次开花，已经过去了二十多年。我家的昙花已经"自我繁育"成了几大盆。昙花没有果实，不需要用种子进行繁衍，昙花把自己的生命信息，藏在每一片叶子里了。每一片叶子都可即地扦插，只需要一点点土壤、阳光和清水，它就能落地生根。每年从夏至秋，昙花们都会按时回来看望我们，一朵朵静静绽放，一次次纵情舞蹈。白昙每一次回来，都和第一年开花的那朵，长得一模一样，就像是那朵昙花的真身再现。所以，昙花的舞蹈，就有了永恒的意味。

《花城》1998 年第 3 期

天山向日葵

葵花朵朵向太阳，是你和你们曾经欢唱过并热爱的一首颂歌。

向日葵朝着太阳旋转，是一种不容置疑、众所周知的自然规律。

或者说，已成为一种被教科书反复应用的定论。

如若不是去往遥远的西域，在巍峨的天山脚下，亲见那一片蓬勃浓烈的向日葵，你一生也许都会对此深信不疑。

然而，当雪山顶上的云雾消散的那个时刻，冰山露出它原本的面目，你惊讶你震颤你欣喜你失落，你忽然解开了几十年的迷惑，你瞠目结舌，更有一种无情发问，如箭如矢往心底撞击。

那是一个阳光明媚的上午，高耸的天山银白色的雪峰已近在咫尺。忽而，公路左侧一大片金灿灿的向日葵花盘，从车窗前疾速掠过，像是热带阳光下翻腾起伏的金色花海。它们排成一行行整齐的队列，好似正在接受检阅的士兵。硕大的头颅，戴着一顶顶镶着金边的宽檐草帽，急切地扬起脸盘，庄严地迎仰着东方，欢喜地沐浴着热烈的阳光。

起初，你并没有特别地在意它们。车正在向南行驶，阳光来自东方，因此那一大片盛开的向日葵，花盘恰好背对着你。你能看见这一大片茂密的向日葵地，密如苗圃的青色枝干，油绿而肥厚的叶片，以及正朝着阳光欢呼的青绿色花盘，那金箔似的花瓣背面涂抹着阳光的阴影，在风中微微战栗。

你说，从来没见过如此大面积的向日葵，好壮观啊。

你说，可惜我们在它们身后，看不见它们的全貌。

你暗暗想，等着下午归来时，太阳在西边，就可以见到正对着阳光的向日葵了，那该是何等绚丽何等气势磅礴呵。

从天山下来，已是傍晚时分，阳光依然炽烈，亮得晃眼。从很远的地方就望见了那一大片向日葵海洋，像是天边扑腾着一群金色羽毛的大鸟。

车渐渐驶近，你喜欢你兴奋，大家都想起了凡·高，朋友说停车照相吧，这么漂亮这么灿烂的向日葵，我们也该重温一番向阳花儿。

秘密就是在那一刻被突然揭开的。

太阳西下，阳光已在公路的西侧停留了整整一个下午，它给了那一大片向日葵足够的时间改换方向。如果向日葵确实有围着太阳旋转的天性，应该是完全来得及付诸行动的。

然而，那一大片向日葵花，却依然无动于衷，纹丝不动，固执地颔首朝东，只将一圈圈绿色的蒂盘对着西斜的太阳。它的姿势同上午相比，没有一丝一毫的改变，它甚至没有一丁点儿想要跟着阳光旋转的那种意思，一株株粗壮的葵杆笔挺地伫立着，用那个沉甸甸的花盘后脑勺，拒绝了阳光的亲吻。

夕阳逼近，金黄色的花瓣背面被阳光照得通体透亮，发出纯金般的光泽。像是无数面迎风招展的小黄旗，将那整片向日葵的上空，辉映出一片升腾的金光。

它宁可迎着风，也不愿迎着阳光吗？

呵，这是一片背对太阳的向日葵。

你在那片向日葵林边久久徘徊，你抚摸它丝绢般柔润的花瓣，你摇晃它毛茸茸青绿色的枝干，你仰望枝头上那饱满的黄色果盘，你围着它不停地转圈，揉着眼一遍又一遍地望着太阳，生怕是自己的眼睛出了毛病——

那众所周知的向阳花儿，莫非竟是一个弥天大谎吗？

究竟是天下的向日葵，根本从来就没有围着太阳旋转的习性，还是这天山脚下的向日葵，忽然改变了它的遗传基因，成为一个叛逆的例外？

或许是阳光的亮度和吸引力不够吗？可在阳光下你明明睁不开眼。

难道是土地贫瘠使得它心有余而力不足吗？可它们一棵棵都健壮如树。

也许是那些成熟的向日葵种子太沉重了，它的花盘，也即脑子里装了太多的东西，它们就不愿再盲从了吗？可它们似乎还年轻，新鲜活泼的花瓣一朵朵一片片抖擞着，正轻轻松松地翘首顾盼，那么欣欣向荣，快快活活的样子。它们背对着太阳的时候，仍是高傲地扬着脑袋，没有丝毫献媚的谦卑。

那么，它们一定是一些从异域引进的特殊品种，被天山的雪水滋养，变成了向日葵种群中的异类？可当你咀嚼那些并无异味的香喷喷的葵花籽，你还能区分它们来自哪里吗？

你无法向它诉说你的惊奇，你茫然你沉吟，你百思不得其解。

你极力回想多年前北大荒农家院子里，那一株株成熟的向日葵是什么姿态？但脑子里除了一片霞光似的金黄色，再也没有浮现任何形状。当它被作为一种概念膜拜的时候，它早已失去了本真的面目。

于是你胡乱猜测：也许以往所见那些一株单立的向日葵，它需要竭力迎合阳光来驱赶孤独，权作它的伙伴或是信仰。那么若是一群向日葵呢？而在这里，在天山下，当它们形成了向日葵群体之时，互相手拉着手，一起勇敢地抬起头来了。

它们是一个不再低头的集体。当你再次凝视它们的时候，你发现那偌大一片向日葵林的边边角角，竟然没有一株，哪怕是一株瘦弱或是低矮的向日葵，朝着阳光凑上脸去。它们始终保持挺拔的站姿，一直到明天太阳再度升起，一直到它们的帽檐纷纷干枯飘落，一直到最后被镰刀砍倒。

你在夕阳里重新上路。你恍然明白了，那些种子熟透了的沉重花盘，不再趋光不再迎合，它们是不会随意旋转的。

天山脚下那一大片背对着太阳的向日葵，就这样逆着光亮，在你的影册里留下了一株株直立而模糊的背影。

《光明日报》1998 年

我
忆

橄榄

冬天从这里夺去的，

新春会交还给你。

——海涅

　　那一片密集的橄榄树林，伫立在黄褐色的山坡上，树梢上似乎挂着几片低低的灰色浮云。虽值冬令，树叶儿仍是青葱苍郁。然而在那油绿的叶片下，秋天缀满枝头的尖尖小果，早已被采摘得一干二净，连一颗也不曾剩下。它们真是一颗也不曾剩下吗？我愿走遍这片橄榄林来找到它们。可是，我知道，我是再也不可能找到他了。因为"我没有看见过他的脸，也没有听见过他的声音，我只听见过他轻蹑的足音，从我房前的路上走过"。我到哪儿去寻觅他呢？实在我连他的模样也记不得了啊。在我三十岁已然纷乱的记忆中，他像崇山峻岭中的一条小溪流，隐没在遮天蔽日的林木深处，只在偶尔的一瞥中，能看见溪水的闪烁，却找不到它的来源，也寻不见它的去路。有时候，他好像在我的生活中永远地消失了。可是，在那意想不到的瞬间，他又清清楚楚地站在我的面前。想要忘掉他是不可能的，尽管至今我早已不记得他的名字……

我徘徊在这一片生机勃勃的林中，于是，那多年前尝过的橄榄——小小的、生脆的青果，那甜津津的苦味，又从嘴边汩汩地流进了心底……

"给！"他的一只大手掌摊开在我的面前，手掌上似乎滚动着什么。我不想看，我正在伤心地哭泣，剧烈地抽动着肩膀。泪珠儿沾湿了胸口的红领巾，又掉落到化妆室的地板上。

"给！"他坚持说，一只手颇有耐心地伸在那里。我不想理他，我不认识他，大概是业余广播剧团新来的学员。他也想和大伙儿一起来嘲笑我吗？我今天上台朗诵诗时，就算念错了几个地方，能怪我吗？导演昨天才给我的诗稿。我继续哭着，似乎要让全团的人都知道我的委屈……

"哎哟，小姑娘，你的眼泪是咸的，我的果子是苦的。可是，你想不想试一试，眼泪也许会变甜哩……"

他说什么？嗓音像低沉的巴松。

我抬起头来，面前是一个细高个的男青年，穿一件洗得发白的旧拉链衫。他的手掌上有几颗绿色的、椭圆形的小果。

"生橄榄？"我摇摇头。它太苦啦……

"苦，是吗？"他耸了耸肩膀，叹了口气，"大人们都不喜欢苦的东西，小姑娘也不喜欢……可是，苦和甜难道是可以截然分开的吗？你吃橄榄，好像苦，一会儿就变甜了，它会变。相信吗？"

我咂咂舌头，好像舌上流过了一种甜丝丝的味道。我不情愿地把他的橄榄塞进嘴里去。多奇怪呀，它真的会变哩，它比眼泪的涩味好多了。我为什么要哭呢？多没出息。下次演出，我不也会变出一首顶漂亮的诗来吗？我嚼着小青果，瞧着他，破涕笑了起来。他也笑了，像一个温和的大哥哥。

演出结束了，汽车送我们到电台门口。电台离我家两站路，每次我都自己走回去。

"不害怕吗，小姑娘？"他跳下车，朝我走过来。

怎么不害怕呢？今天太晚，都十点多钟了。

"我正好和你同路！"他说。

我在他旁边蹦蹦跳跳地走着，哼着歌，已经忘记了几小时前的不快。那橄榄真好吃，可他这会儿为什么变得严肃起来了呢？

"你的诗一共十六行，念错了三个字，漏掉了一句。"他说。

我吐吐舌头。

"教室的室，应念 shì，不是 shí；蜘蛛的蜘，应念 zhī，不是 zī，南方人总是 zhi—zi 不分的。"

"shi—shí，室。"我愁眉苦脸地念道，"怎么能把所有的字都记住呢？"

"查字典呀，一个一个地查。"他的口气，好像在大提琴的弦上用了加倍的力气。

我不作声了。冬夜的风，钻进我的纱巾里，我弯腰去捡路灯下的一片梧桐树叶，像一片透明的细网，边上缀着珍珠似的梧桐籽儿……

"不过，你朗诵时感情很真挚呢，我喜欢这个。"他补充说。

梧桐叶随风飘落了，像一只弯弯的小船要去远航。梧桐籽留在我的手心里。

冬天从这里夺去的，

新春会交还给你——

他低低地念起诗来，庄严得像一位童话中的王子。他的声音像一首委婉而优美的大提琴奏鸣曲，从我的心上缓缓流过，旋律仿佛要把我整个儿包围起来。寂静的马路上，好像寒冷的冬天过去了，蝴蝶在街心公园的绿草地上翩翩起舞……

"海涅，知道海涅吗？这是海涅的诗。"

我点点头。呵，莫非他也想当海涅那样的诗人吗？

"你长大想干什么呢？"他忽然问。

"考重点中学呀，再考重点大学。"我一本正经地回答。我当然不敢告诉他，我如何崇拜一个当时最出名的女作家。

"和我一样，我也想考最好的大学。可是总考不上。"他笑了笑，"不过不要紧，会考上的，明年就会考上。到时候我请你吃糖，吃巧克力，好不好？考不上也没关系，就像生橄榄，有人觉着是苦，有人却以为是甜。苦和甜，人和人的感觉还不一样哩……"

那天晚上，我还来不及把他的话很好地想一想，就看见了爸爸妈妈在小巷口的路灯下朝我走来。他们来接我了，我欢喜地扑上去，忘记了和他说再见。

下一个星期六，再一个星期六，他照例对我说："走吧，咱们同路。"我们照例在马路上念诗。他像第一次那样，纠正我的发音，不知不觉就走到我家的那条小巷口，爸爸妈妈又在那儿等我。我总是迫不及待地跑上去，即刻把他忘得一干二净。回到家里，才想起来没有同他说再见。他好像并不生气，下一次，他仍然送我。他每次对我说的话，好像和别人不一样。可他到底是干什么的呢？他叫什么名字？那时我好像还没有懂得大人们交朋友的习惯，总没有想起来问他。

过了很久，又是一个星期六，没有我的节目，我在电台大楼的走廊里闲逛，忽然听见从一个空屋子里传出叮咚的钢琴声，是我最喜欢的儿童歌曲《是谁吹起金唢呐》。我推门一看，竟然是他在弹，弹得那么专心。我悄悄溜进去，站在一边听着。听着听着，我也跟着唱起来："……梨花像云朵呀，桃花像朝霞，牵牛花爬上了小篱笆……"

外面街上走过几个青年，把脸贴着窗玻璃看了一会儿，怪声怪气地唱道："哎哟——小妹妹唱歌郎弹琴……"

那一曲正好终了，我便好奇地问他："他们唱什么？狼弹琴，狼难道会弹琴吗？狼弹琴，我才不唱哩！"

他忽然脸红了，呆呆地看着我，很快站起身，"砰"地合上琴盖，走了出去。那琴键还在跳跃着，欢乐的曲子在地毯上飞舞，一会儿便消失在关闭的琴盖里，无声无息了。只留下我一个人，莫名其妙、惶惑不安地站在那里。

晚上出来，他不再送我了。那琴盖"砰"的一声响，好像把我们之间的友谊（如果这也算是一种友谊）打断了。我难过了好几天。但不久功课紧张起来，准备升学考试，我一连好几个星期没去电台，就把这件事忘了。升学考试以后，我又生了病，一直到 8 月中旬拿到了录取通知单，我才欢天喜地地出现在星期六的播音室门口。

我的眼睛在急切地转动，搜寻着他。我要告诉他，我考上了全市最好的中学。而他呢？还在生我的气吗？他考上最好的大学没有呢？他说他要考中央戏剧学院导演系。他没在这儿，一定是考取了，去北京了。他说过要请我吃巧克力的呀。

"考上了吗？考上哪儿了？"大伙七嘴八舌地问我。

"杭一中，重点学校。"我心不在焉地答道。

"给你！"一双白皙的手，突然递过来一包东西。

"你的哥哥走啦。"有人同我开着玩笑，"这是他留给你的糖。"

"他，他去北京了吗？"我快活得喘不过气来。

"去新疆建设兵团了……这次又没考上……一连三年，文学、外语、口试、小品，都是第一，每次参加复试，都在前三名。可是，又没录取……"

我的心，好像一下子掉入了冬天的西湖，冰凉冰凉。"为什么，为什么不录取他呢？"我叫起来。

"他父亲……呵，不清楚……"他们没有说下去。

我明白了，默默走出去。他在周六晚上送了我那么多次，竟然一句也没对我说他自己的事情。现在我到哪儿去找他呢？我连他的名字都不知道呵！我一定是天底下最傻的小姑娘了。

我悄悄走进了那间他弹过钢琴的房间，一个人打开了他留给我的那个纸包，并不是什么巧克力，而是几只变了色的青橄榄，只有果实的气息依旧。纸包里有一张折叠的小纸条，写着两行小诗：

冬天从这里夺去的，

新春会交还给你。

没有名字，也没有地址，他就这样走了，走到谁也不知道的地方去了。我到哪儿去找他呢？我再也见不到他了。

我哭起来，成串的泪珠从脸颊上滚落下来。不知为什么，我觉得很悲伤。在我那尚未受过挫伤的童稚心灵里，充满了一种对别人深深的同情，也有对我自己未来的恐惧。我想到了我自己，将来，是否也有同样的命运在等着我？可是他，为什么喜欢吃青果呢？苦涩的青果，常常被我们南方人称为橄榄的生青果，放在嘴里，嚼着嚼着，它们会慢慢由苦变甜。他说，咸的泪水不会变成甜的，苦和甜，人和人的感觉是不一样的，苦和甜是会变的。他是多么奇怪的一个人呵！

我长久地哭泣着。为他，也为我自己。青果为什么不是生来就甜呢？而是要用那么多甘草冰糖去腌渍它，直到变成橄榄，大人和小姑娘们才会喜欢……我要哭，也为橄榄。

我徘徊在这一片密集的橄榄林中，寻觅着枝头也许会侥幸留下的小小的青果，仿佛要找到自己的少女时代。后来的这些年中，命运像对待他一样，也无情地把我抛出了西湖那温暖的摇篮。我当然是没有再考上什么最好的"重点大学"，而是像他一样，毅然别家而去，远走天涯。在那漫长的艰苦岁月中，我常常想起他来，想起他发白的拉链衫，也想到那些青果或是橄榄。

有时我觉得，他是从我的生活中永远地消失了。可是不知什么时候，他像亮晶晶的小溪流一般，从千折百回的山岩里转出来，在我面前倏地一闪，又急忙奔向密密的丛林里去了。那时候我才体会到，一个似乎很平常的人说过的一句似乎很平常的话，也许会对一个人的一生产生不平常的影响。它留在记忆仓库的一角多年，说不上什么时候，当你也面临一种相同的处境的时候，你才会真正理解它。尽管你也许根本想不出这句话来自哪里，也记不起那个陌生人是谁。

然而，我还是渴望着能够见到他。我幻想着他现在已经是一个出色的导演，带着一台轰动的话剧，从新疆来到北京的舞台上。我坐在观众席上看戏，看着看着就像孩子一样哭起来。那时候他就会走过来，对我说："哎哟，小姑娘，眼泪是咸的，橄榄是苦的，可眼泪不会变甜的呀！……"

也许就因为这神妙的、会由苦变甜的橄榄，我们才使自己止息了哀叹和哭泣，从那阴暗的小屋里走到了开阔的原野上，我们才度过了那些没有太阳的日子，寻找着我们期待的光明。他在十八岁前就懂得了这一点，他是多么幸福呵。也许这本来是一个简单的道理，只是还没有很多人懂得或者愿意像他那样去做。

我终于在一株瘦弱的橄榄树下，捡到了一颗尖尖的黄褐色的小果，它的皮已经变得很皱，要不了多久，它就会化为泥土，融进深厚的大地中去。它将不复存在，只留下一粒坚硬的橄榄核。然而，这又有什么呢？——

冬天从这里夺去的，新春会交还给你。

我多想再尝尝那苦滋滋、甜丝丝的生橄榄啊。

《人民文学》1981 年第 2 期

夜航船

　　我要记下关于夜航船的事，因为我在五岁那年，自从坐过夜航船之后，从此再没有能够摆脱它。

　　天快黑下来时，我们踩着一条宽宽的跳板，走上了一艘木船。

　　记忆中的那条船，船篷刷成长长一排灰白色，在暮色里看上去乌秃秃的。船篷下黑黝黝，使人想起山洞和妖怪。我呆望着船舷两边悠悠荡去的河水，迟迟不肯走进那"山洞"里去。

　　后来有戴着毡帽的几个老头，站在船舷上，用力推移那些船篷，船篷是半圆形的，像一把把撑了一半的雨伞。他们把几张篷叠架在一起，就有黄昏的余光照出了"山洞"的原形：竟是一舱底擦洗得晶亮的船板，从头铺到尾。贴着一边的篷角，有几十个卷起的铺盖，下面露出船板旧而干净的木纹。那木船的宽度，恰好和大人的身高差不多。已有陆续弯腰进舱来的旅客，规规矩矩脱下自己的鞋子，放在铺板一角，然后歪下身子又横过身子，在蓝花布的棉垫上七仰八叉地躺下来……

那会儿我忽然意外地发现，五岁的我竟然不必弯腰，就可以走进那低矮的船篷里去。

我发现所有的大人在钻进船篷之前，就已低下头做好了弯腰的准备。

我发现所有的大人一旦钻进了船篷之后，便再也不想或不能站立起来。

于是我以极快的速度从船头到船尾跑了一个来回，在船板上使劲跺着我红色的灯芯绒棉鞋，用小手拍打那坚硬冰冷的船篷。我居然可以挺直了胸脯，趾高气扬地直立行走在这条船上，自由奔跑跳跃。我感觉到船身在我微不足道的小身体下，轻轻地摇晃起来。

我真希望一辈子坐夜航船。

那船篷终于被平平实实地拉合上了。一层压一层，很像冬笋的硬壳。船篷两头挂起了厚厚的棉帘子，船篷中央吊着一盏昏暗的汽油灯，若隐若现地照出篷顶上一根根弯曲的竹筋，还有编成十字形花纹的一层竹篾。忽然有一只大手拧灭了那悬挂的汽油灯，四周一团漆黑。黑暗中有一亮一灭星星点点的红火闪烁，我的喉咙被弥散在四周的那股呛人的烟味熏得痒痒。我拼命睁大了眼睛，觉得自己像是被塞进了一只黑匣子，顺水漂流……

我嘤嘤地哭起来，心里充满恐惧。那时我还是一个地地道道的小女孩，我从来只有在自己家里的床上睡觉。那么，难道这些大人上船就是为了睡大觉来了？这些大人真是一点点都不懂事。

船舱里很快安静下来。从船舱的另一头传来低低的咳嗽声和喘息声，还有船尾那些被捆绑的活鸡鸭发出暗哑的挣扎声。在那些声音的间歇中，渐渐升起一种有规律、有节奏的响动，像是什么人在开启着一扇古老的木门，又重新合上，周而复始……

是摇橹人光脚踏着船帮，撑船来回走的脚步声。妈妈说。

又夹杂着断断续续有节奏的音乐，好听，却有着悲哀的意思，像一首运河的摇篮曲。

是摇橹人唱的小调，妈妈说。摇橹人很苦。

似乎因着这橹声，才知自己确在行走。船身随木桨一左一右地摇摆，倾斜中，我觉得自己轻微的眩晕。

便缠着妈妈讲故事。

橹声渐渐远去，像消失在小巷深处的卖炒白果的竹板。

却不知为什么我越发地眩晕起来，手心沁出了一层湿汗，后背的棉袄烫得像刚灌好的热水袋，喘不过气。我热，我说。那时我不会说闷，其实一定是闷。我闻到空气里有一股呛鼻的臭鞋臭袜子味儿，还有陌生人的陌生气味，像笼子一样。难受。我大声说。那时我不会说窒息，其实一定是窒息。

有人猛地翻了一个身。

我觉得自己也被人猛地翻了一个身，什么东西从心口使劲往上蹿。我呃了一声，我听见妈妈慌慌张张地搜寻着什么。我又哇的一声，有股热乎乎的东西从喉咙里喷出来。我死死抓住妈妈塞给我的一只冰凉的圆盆，在黑暗中倾其所有地吐了个痛快。

天亮后我才看清，妈妈塞给我的那只圆盆竟是一只痰盂，就是离开家时，妈妈一直让我自己用网兜拎着的那只洁白的小痰盂。既然妈妈明知道坐夜航船会呕吐，为什么还要带我来坐这会让人呕吐的夜航船？

记不清我吐了几次，那条一摇一晃的夜航船始终没有放过我。它好像因着我的不肯睡下而故意惩罚我。它好像更喜欢那些乖乖趴下的大人们。后来我听见在船的另一头也有人发出哇哇的声音，原来大人们也难逃呕吐，既然他们知道要呕吐，却为什么还要坐这呕吐的夜航船呢？

我吵着要尿，也许真实的小心眼儿，是想离开这憋气的船舱。

后来果然就让妈妈牵着，跌跌撞撞地从那一个个铺盖卷的空当中，小心地跨过一个又一个躺着的大人。当妈妈撩开了那厚重的门帘时，我第一眼看见的是深蓝的河边上，跳跃的一丛橘黄色的渔火，还有远远的岸上微弱的灯光。

现在我还能记得当时的情景：河很宽，（既然很宽，船为什么那么窄？）水很平，（既然很平为什么船会摇晃？像走在七高八低的石子路上？）天空是灰蓝色的，很高很远，（既然天那么高，为什么船篷那么低只能让人躺倒？）我们的船很小很小，孤零零地在河里慢腾腾地挪动。大运河里一条船也没有，岸边上模模糊糊、奇形怪状的桑树林，很像一幕幕皮影戏。没有月亮也没有星星，但好像有天光映照着舱板，看得见摇橹人手中那支巨大的木桨，在水面上撩起亮闪闪的水花。

忽然，前面的天空中，架起了一座单孔的石拱桥，当船身从桥洞里缓缓穿过的时候，竟如手指滑过古老的琴键，水波在桥洞空阔的琴腔里发出嗡嗡的回声，很是奇妙。

又忽然，河心就出现了一所小房子。房子的基部有十几只柱脚，像鹤鸟一样立在水里。房子四周有一圈用竹篱笆围起来的栅栏，妈妈说那叫渔寮，住着看守鱼塘的人。当船经过栅栏时，便听见一声短促的哨声，船底擦过落闸的竹篱，伴着长长的"唰——"声，像叹气也像撕信封开口，舒服而惬意。又掠过一阵飘着鱼腥味的凉风，竟把我的燥热、我的恶心、我的眩晕都驱走了。

原来夜航船的大运河是这样美丽而有趣的。

却为什么要把我们关在那黑咕隆咚的船篷下，黑咕隆咚地走大运河？

睡吧，妈妈说。她攥紧了我的手，她的手冰凉。

她弯下腰低下头，掀开门帘把我送回船舱里去。我摸索着从那些蜷缩的人形空当中跨过去，几乎踩在了大人们的鼻尖上，有人在睡梦中发出含糊不清的咒骂。我知道自己绝不可能再次请求去甲板上撒尿了，我的反抗已到了尽头。更糟糕的是我回到自己的铺位上，便重新开始了眩晕和呕吐，一直吐到根本没有一滴尿为止。

我终于发现自己也乖乖地躺了下来。

站立不可能，终于是连坐着也不可能了。

近处有雷声传来，可我后来明白了那不是雷声而是鼾声。摇橹人的小调萦绕在我的头顶，妈妈轻轻拍着我。这情形很像摇篮，但我已经不再需要摇篮了。

我记得那个时刻我很绝望。我知道自己唯一的选择就是睡觉，同那些大人们一样，在黑暗中度过黑暗。

那以后船上的一切声音都渐渐终止，只剩下妈妈臂弯里运河欸乃的桨声。那绿色的漩涡和水流从我枕下穿过，流向一个无底的深潭。

忽地被一阵骚乱惊醒。黑暗中感觉到船身不再摇晃。妈妈轻声说到了到了。头顶的船篷发出咚咚的响声，然后被快速移开去，头顶啷地投下了一道苍白的晨光。从那被移开的船篷向外望去，蒙蒙的曙色中一爿临水的白色房屋，一条黄狗冲着河面懒洋洋地叫着。岸边一间青石砌成的码头亭子外，站着一个头发花白的老人。

外婆家终于到了。

在一艘陌生的船里，同一些陌生人一起走过陌生的夜路后，就到了外婆家。从此夜航船永远同外婆家不可分离。从此外婆家永远是夜路尽头一个晨光熹微的梦。

那一夜我吐出了我童年的天真。

那一夜我失去了我的可以直立的夜航船。

后来也许还坐过几次夜航船。20世纪50年代初，从杭州去杭嘉湖平原水乡的洛舍镇，夜航船是主要的交通工具。那时人们没有别的船可以选择。我记得每一次去坐夜航船，心里都充满忧虑：待我长大以后，是否也将如同那些大人们一样，弯腰低头钻进船篷，在这无法直立的船舱中去走那黑夜的航程？那么长大意味着什么？长大便不再是我自己了吗？

幸运的是，待我长大以后，小火轮和汽车已替代了漫漫长夜的乌篷船。我从此幸免于探望外婆时那一夜的忍耐与焦灼。然而，那五岁的夜航船却无法从我记忆中消失——我从此害怕睡觉，从此晕船晕车晕飞机，我从此呕吐不止。那夜航船的幽灵在噩梦中缠绕我时，我总是不能直起身子，而是蜷缩着，从黑暗中那一个个似人又非人的空当中摸爬过去……

《人民文学》1989 年第 5 期

老费的小屋

我竟然记不起他的名字。只记得那时人们都叫他小费。

我第一次看见他的时候，他就站在上海文艺出版社招待所二楼走廊的宿舍门口。我想自己当时肯定是吓了一跳：他的脑袋好大，一脸粗硬的连腮胡子刚刮过，冒出一层青黑色的胡茬，个头好矮，还不到我的颈部，后背上隆起一个很大的鼓包，衣服便在身后吊着，如一个张开的口袋，往一边斜歪过去，半个前胸扭曲着突兀地几乎顶到下巴……

是个驼背。我想。"三座大山"不敢说，深受"一座大山"压迫也是够受。我收起惊讶，冲他勉强一笑。有人介绍说，小费是出版社音乐组的编辑，家在苏州，所以他平时就住在招待所里，房间在我的斜对面。我算是他的"邻居"。

那年我二十五岁。二十五岁的眼睛看他，觉得他已是挺老的了。

其实现在算算，他当时不过才三十七八岁的年纪。但我却固执地按照自己的标准来称呼他，管他叫老费。

老费好像没有名字。反正很少有人叫他名字。费这个姓本来就少，而他在出版社，又是这样一个独一无二具有鲜明外形特征的人，无论老费还是小费，总归是在叫他。于是他用低沉沙哑的嗓音平平淡淡地应了一声：唔。

我每天从出版社改稿回来，必要经过老费的门口。他的门总是半开半闭的，从走廊可以看见他房间的墙上挂着一幅书法，龙飞凤舞很是气派。门里传出来低低的音乐声，不像是当时收音机里的革命歌曲。这使他的房间有一种神秘感。我走过那儿便忍不住想窥探一番。有时我听到他的门响，听到他房间的说话声，我想他的门既不关紧，想必他是在期待着客人或是朋友，但他从来没有邀请过我。

其实老费是很随和的人，若是在盥洗室遇到他，他总是嘿嘿笑着主动和你打招呼。他好像是有哮喘病，因而那笑声有时有些波浪形的起伏，夹着几声发自肺腑的咳嗽。老费是个单身汉，得自己洗衣服洗碗拖地，他似乎挺乐意做这些事，衣服总是穿得干干净净。他的办公室就在绍兴路出版社二楼，我改稿的斗室楼就在他旁边不远，有几次我闲逛到那儿，见他在埋头工作，桌上堆满了五线谱和简谱的稿纸。他的工作大概是誊抄这些谱表。我说你不歇会儿吗，他头也不抬地回答说不累不累。一会儿从办公室这头传出一个声音：老费……一会儿又有人从那儿喊：老费！老费像是不可缺少不可替代，每当有人喊他，老费苍白的面孔便容光焕发起来。

那时的人们彼此间很戒备很提防，但老费沉沉的眼镜片后面善良的目光，释放着信任和理解。他那硕大的脑袋缩在倾斜的肩膀上，像一个安全的岛屿。

有一天，我终于下决心去他的宿舍房间拜访他，借口也许是向他借一件什么东西。那时我绝对没有想到十六七年以后要写一篇关于他的文章。我并非为了好奇，其实我也不知道为什么，我只是很想同他说说话而已。我从遥远的北方荒原来到这喧闹的南方大都市，兴奋之余却有着无名的烦躁和疲倦。

他的宿舍门从不关，所以不用敲门。我轻轻推门而入，他没有丝毫惊奇的表现，好像随时在等待着人们来请求他的帮助。那瞬间我想起白雪公主和七个小矮人的故事。我慌慌张张地在床边坐下，我宁可更矮也不希望他抬头仰视我。

那时我才看清他的小屋像一个狭长的车厢——所有的东西都靠一面墙放着，留出几步宽走路的地方。单人床连着写字台，写字台连着几只高低不一的毛竹书架。书架上的书有文学音乐美术各类，我想他的兴趣倒是挺广泛的。他活在他自己的天地里，这个旁人无法涉猎的心灵世界，也许既不残缺也不荒凉？

我们随随便便地聊起来。现在我自然已想不起当时谈了些什么，但我记得他台灯下一只黑色的石雕吸引了我的注意。那是一头造型古怪的老牛，横卧在一本字典上，似乎在默默地咀嚼着草料。我忍不住问：你是属牛的吗？

他嘿嘿地乐，并不怎样吃惊。好像谁都应该这么认为。

他反问我一句：你知道它有多少岁数了？

我摇摇头。

它同我一样大呢。他的神情很有些炫耀。这是我出生时，父亲送给我的纪念。

我笑笑说，是不是让你做革命的老黄牛？他慌忙打断我说，不是不是，这怎么会呢？我父亲哪有这么革命，他不过是个文人。他的意思是，做学问要像老牛吃草那样，翻来覆去、来来回回嚼，把营养都消化掉，没有一点浪费。你说是不是？

我才知道在那个年代里，对"老黄牛"还有另一种解释。

后来我对他谈起自己正在修改的长篇，谈到我的种种困惑和疑虑，掺杂着我的得意和期望。他静静地听着，一言不发。后来他长长地叹了一口气，镜片后头滑过黯然的忧郁，厚厚的嘴唇撇了一撇，却终于什么也没说。

那一刻我不知为什么忽然惶惶然起来，我敏感的心接收到一种异样的同情。与其说同情不如说是一种怜悯——怜悯着我的无知、幼稚和自相矛盾的"真实"。那一刻我对自己长时间的辛苦工作忽然发生了动摇，我不知道我的那些"作品"究竟具有什么样的价值。

我第一次发现，原来一个健康的人，竟是可以被一个残疾人同情和怜悯的。

我对自己、对人生、对一切貌似强大的事物最初的怀疑，从那一刻起，滋生于老费的小屋。老费并没有藐视我，而我却为一个残疾人对"时尚"的藐视而深深震惊。

那以后，我每天晚上从出版社回来，总会找机会到他的小屋里去坐坐。那个南方的大都市有我的许多亲戚和朋友，但我却唯独在他的房间里才感觉到踏实和放松。他的门总是虚掩着，谁都可以自由出入。如果有一天他的门上挂着锁，我就会到传达室去问，老费到哪里去了。回答或是他去苏州老家休假，或是他昨晚又心脏病复发送医院急救了。但每次不出三五天最多一周，他的门又开了，半开半闭，就好像从来没有关上过……

老费不在的日子，我回到招待所，心里就会空落落的。我走过他的房门口，里面若是静寂无声，我就会有些隐隐的担忧。我知道自己其实很弱小很不堪，只是我从不愿承认这点。我发现自己的弱小，是在一个所谓比我更弱小得多的人面前。

有一次，老费从苏州回来，显得格外高兴。他说，你想不想让我父亲给你写一幅字？许多人都请他写的，我已经同他说过了，他说让你自己选一首喜欢的诗词。

我愣愣地问：你父亲，是谁？

你不知道费新我吗？我以为你知道的，怕你不好意思说。他真的有点惊讶了。

我解释说，我确实不知道这位大书法家是他的父亲。我从来没想过请他赠我墨宝。

他好一会儿没说话，我看出来他有些失望，又有些感动。大概是因为很多人走近他，都是为了向他父亲求字？而我那时完全没有收藏名人字画的意识，我走近老费，就只是因为他使我想走近他。

其实，许多人想要名人的书法，只不过是附庸风雅而已。老费很通达地笑了笑。不过，我想送给你一幅我父亲的字，是我真心想要送给你的。他走到墙边去指着那张我熟悉的条幅说：这是我父亲用左手写的，他年轻时写字用右手，到了六十岁，得了风湿，右手坏了再也写不了字了，按理说他功成名就就可以赋闲在家修身养性，但他却从此开始练习用左手写，如今有人认为他左手写的字，比右手还有劲呢……

小屋在那一刻变得宽敞明亮。只可惜我记不清墙上那一首是什么诗了。

过了些日子，我拿着爸爸特为我选录的一首王安石的七绝诗去给他。

他接过来，眯着眼，讷讷地读道：

飞来峰上千寻塔，闻说鸡鸣见日升，不畏浮云遮望眼，自缘身在最高层。

读毕，咂咂嘴，连声说，好！好！不畏浮云遮望眼，自缘身在最高层。有道理有道理，选得好，我马上就给家里寄去。又低声说，现在一般人都喜欢选伟大领袖的诗词，太重复太重复，你这首，有深意的……

我那部关于知青生活的长篇处女作终于修改完成、出版后，又留在上海帮着出版社编了一本知青散文集，到了1975年初夏，我必须离开上海回东北农场去了。不知为什么，我走的那天没有见到他，走廊上他的房门关着。我想是不是他的肺气肿又犯了？这段时间他已经好几次发病住院了。但没人告诉我他去了哪里。我的告别仅仅是许多天以前，经过他房间时一个轻描淡写的招呼。当时他只是嘿嘿地点了点头。

也许是秋天，也许是第二年的春天，我留给老费的杭州家里地址，收到了他曾应允我的赠物。打开信封扑来一阵墨香，宣纸上怪异的墨迹，就是我选的那一首诗。左下角落款处有一行小字：新我左书。

我那时已忙起来，且忙得不可开交，我记得我是给他回过信的，说了一些感谢的话。但没有收到他的回信。那幅费老先生的书法作品，裱好后就一直挂在我杭州家里的墙上，很被一些客人欣赏。每当有人问起我是如何"搞"到费老的字的，我总是说不出话来，那个时刻只是想起老费。想归想，却一直再没有时间给他写信。天南地北的奔波中，老费和他的小屋就被我一日日地淡忘下去了。

很多年以后，有一次我途经那个城市，偶然中又路过那个出版社的招待所，陈旧的楼窗忽而唤起我一种忧伤的情感。我沿着楼梯走上去，我似乎听见有人在喊老费。我把楼梯踩得咚咚响，我知道拐角那儿就是老费开着的房门……

然而，那扇深棕色的木门却紧紧关闭着。我在那门口站了一会儿，只听见自己的喘息声。

有人在我身后说，老费已经死了好两年，怎么你不知道？

为什么？他为什么会死？我听见自己哽咽的声音。

医生早就说过，他这人活不长的，他是残疾人，身上有好几种毛病……

那扇门是再也不会打开。瑞金二路的出版社招待所，后来改为科技出版社了。老费的小屋早已不复存在，我也不会再到这个地方来。但在我斑痕累累的人生旅途上，我应当忘却所有的丑恶，而记住在艰难的日子里曾经领受过的，哪怕一丁点儿的温暖和真诚。

尤其当它来自一个实际比你更需要帮助的人。它虽残缺微弱，却已是他的全部。

1993 年

写于北京花园村

雪天

每年冬季下雪的日子，我总会想起多年前，一个雪天的经历。

那些日子我始终被一件事情烦恼着。烦恼的起因似乎是为了一些闲言碎语。那时我初涉文坛，尚未习惯文坛的无事生非，很容易被那些谣言困扰，情绪很波动也很激愤。当事情渐渐平息下来时，我偶尔听说是因为某某人在其中拨弄是非，心里顿时对此人充满了愤懑和恼恨。

明人不做暗事——按照我一向的脾气，我想要当面去质问她，为什么要这样伤害我？

我还要将那件事情的前因后果，对她讲清楚，让她知道，我是什么样的人；而她，却在其中扮演了一个什么样的卑劣角色……

时已深秋，树叶在寒风中一片片坠落，如我失望而悲怆的心情。

很快便有了一个机会。我出差去某地，恰要路过那人所在的城市。

我向朋友要来了她的地址，决定在那个城市作短暂的停留，突然出现在她家门口，义正词严地指责、反驳她，然后决绝地同她拜拜，乘坐下一班火车拂袖而去。

从清晨开始，天空就阴沉沉的，风变得湿暖，闷得人透不过气。

火车意外晚点，到达那个城市已是傍晚时分。当我走出车站时，发现空中已飘起了雪花。

那场雪似乎来得很猛，雪烟横飞，急速而强劲，我按着地址打听路线，乘坐了几站电车。下车时，只见马路边的屋顶和地面上已是厚厚的一层白雪。天色很快暗了下来，昏黄的路灯照着银色的雪地。四周的街道和房屋笼罩在一片暗淡迷茫的雪色中。完全陌生的街名和异样的口音，令我不知自己置身何处。

我有些发蒙，心生胆怯和疑惑，但我只能继续往前走，去寻找那个记录在怨恨的纸条上的地址。我还得抓紧时间赶回车站，夜班火车将在零点经过这个城市往南。一旦错过，我就只好在候车室过夜了。

雪下得越来越大，风也越发凛冽，雪片像是无数只海鸥扇动着白色的翅膀，围绕着我扑腾旋转。密集的雪沫子刮得我睁不开眼。四下皆白，分不清天上地下。

我跌跌撞撞地朝前走着。没有伞，头巾早已湿了，肩上的背包也渐渐滞重，额头上被热气融化的雪水，顺着面颊流淌下来……

那条胡同怎么还没有出现呢？我明明是朝着那个方向走的啊。

街上几乎已没有行人，远处有人影一闪而过不见踪影，路上就连可以问路的人也没有。

我又试着来回走了一会儿，可是风雪中既寻不见街牌也看不见门牌号码。

那时我才发现，自己大概是迷路了。

我饥饿、疲惫、寒冷、烦躁。我的心中被积淤已久的怒气，鼓胀得几乎快要炸裂。我恨透了那个惹是生非的女人。都是因为她的嫉妒和偏狭，才使我徘徊流落在异乡这可憎可恶的街头，饱受风雪之苦。今晚我若是能找到她，非得狠狠地痛斥她一顿，将她训得体无完肤，让她向我赔礼道歉，才能一解我心头之恨！

就在那个时候，我看见了街边上一间简陋的平房窗口，泄出一线的灯光。我涨红着愤怒而疲倦的脸，敲响了那家人的房门。

门开了，灯光的暗影中，站着一位上了年纪的老妇。她似乎正在和面做饭，于是将两只手甩了甩，又合拢着搓了又搓，走到门口，接过我那张写着地址的纸条。

她眯着眼将那纸条举在灯下看了看，又低头仔细地打量着我。她用一只手在那面团上拍了拍，问：你不是这地方人吧？我点点头。她往前方指了指，告诉我那条胡同离这儿已经不远，但还得如何拐弯再如何拐弯之类。那口音不好懂，我听得越发地糊涂，傻傻地愣在那里。她也愣了一下，后来就索性扯下围裙，抓起一条头巾说，得，那地方太难找，跟你说不明白，还是我领你去吧！

不容我谢绝，她已经跨出门槛，踩在了雪地里。

她走得快，我闷头跟在她身后。只听见雪在脚下咔咔响，前方忽闪忽闪的雪片里，一个模糊的背影，若隐若现地导引着我。

雪天

——这大雪天儿出门，定是有要紧事吧？她回过头大声喊。

我含糊地应了一声。

——猜你是去看望病人吧？看把你累得急得！是亲戚？朋友？她放慢了脚步，一边拍打着肩上的雪花，等着我。

我心里咯噔了一下。

亲戚？朋友？病人？读者？……我沉默着，无言以对。我怎能对她实言相告：自己其实是去找一个"仇人"兴师问罪的！

似乎就在那一刻，我忽然对自己此行的目的和意义，恍恍惚惚地发生了一丝怀疑和动摇。我不知道自己来这个城市干什么，甚至也不知道我要去寻找的那个人究竟是谁。那个人隐没在漫天飘飞的雪花中，随风而去，呼应着恶劣天气中雷电偶尔的喧嚣。她也许出于无知，也许出于一时的利益之需，也许她是一个需要救治而不是鞭笞的"病人"呢？！

脚底突然在一个雪窝里滑了一下，大娘一把将我拽住。

"这该死的雪，真讨厌……"我忍不住嘟哝。

"不碍事，不碍事。"她说，一边仍在搓着沾在指间的面粉。"就快到了，前面那个电线杆子右拐，再往前数三个门就是。"她抬起一只手，擦着脸上的雪水。

我看见她花白的头发上，落满了一粒粒珍珠般晶莹的水珠。

大娘，请回吧，这回我认得路了……我说着，声音忽然就哽咽。她又重复指点了一遍，便转身往回走。刚走几步，又回过头说道："不碍事，明儿太阳出来，这雪化一化，就有路了！"

那个苍老的声音，被纷扬的雪花托起，在空荡荡的小街上蹒跚。

我在雪地上久久伫立，任雪花落满我的双肩，遮盖我的眼帘；任寒风吹打我的脸庞，掀起我的衣襟。湿重的背包，鞋和围巾似乎一下子失去了分量，连同我此前沉郁的大脑和满腹怒气的心思……

　　——"明儿太阳出来，这雪化一化，就有路了！"

　　雪化一化，就有路了——那么，就把冷雪交给阳光去处理。雪地里会有迷途，却不能永远覆盖道路，因为路属于自己的脚。世上如果曾有误解和诽谤，充满阳光的心灵，却能宽宥和融化一切。

　　那个风雪之夜，当我终于站在那费尽周折才找到的楼门下面时，已经全然没有了跳下火车时那种激愤的心情。我在那个破旧的大杂院门口，平静地站了一会儿，轻轻将那张已被雪水洇湿揉皱的纸条撕碎，然后回转身，慢慢朝火车站方向走去。

《深圳青年》1995 年第 4 期

遗失的日记

我在这里记述的，是一段真实的往事。

很多年里，我一直不知道怎样来叙述这个故事，我担心会把一个真实的好故事讲假了。这也是我始终未把它写成小说的原因。

这个遗失日记的故事，同一个名叫过大江的年轻人有关。

过大江，是一个很特别的名字。听起来有点像舞台上的剧中人，但这确实是他的真名。故事发生那一年——1968 年，他才十四岁，是杭州一所中学"新初一"的学生。

那年我十八岁。由于"文革"的耽搁，被称为"老初三"。

他和我虽在同一城市，却不是同一个学校的。我和他之间犹如隔着一条大江，在拥挤而繁华的茫茫人海中，各行其岸，原本无缘相识。

那一年年初，由于"文革"中一场突然的变故，我丢失了心爱的日记本。

那两个日记本，其实是被人强行抢走的。日记中记录了我刚刚萌发的一场初恋隐秘的心迹。而我那个初恋的对象，另一所中学的"老高三"学生——那所学校的一派红卫兵头头，此时已被另一派打倒。那另一派的红卫兵涌入我家翻箱倒柜，发现了我的日记，认定其中必有可置其于死地的线索和材料，在我同他们发生了争吵而又势不敌众的情况下，他们拿了我的日记本扬长而去。

我清楚地记得自己在日记中写过的那些话。那些人一定会利用这些所谓的"材料"大做文章，对"他"攻其一点不及其余，他们也许会在大批判会上把我的日记公布于众，对我其中的"小资产阶级情调"无限上纲，说不定还会把我也同他一起打成"反动学生"，甚至殃及我的父母……

十八岁的我已隐隐懂得，中国人的日记，还有信件，有时甚至会让它的主人付出生命的代价。我越想越害怕，越想越担心，惶惶不可终日。

更让我气恼的是，平日被我东藏西掖，就连妈妈也一直不让看的绝对保密的日记本，如今却落到了一群不相识的人手中。那些属于我内心深处最珍贵最秘密的个人情感，就这样赤裸裸地暴露在外人面前……

我羞怯又焦虑，恐慌而担忧。但我没有法子能把日记要回来，他们不会理睬我。有一次我甚至走到了那所学校的大门口，望着来来往往的红袖章，我只能流着泪原路折回。

惊悸的睡梦中，我幻想突然来一场龙卷风把那两本日记掷入大海，让它在地球上永远消失。

那段日子里，几乎每一天，我都等待着厄运的降临。

就是在那一年，我从小学三年级开始，已经坚持了十年之久地写日记的习惯，被我自己彻底放弃。

然而奇怪的是，我日夜担心的那种情形，却始终没有出现。没有什么人再来找我的麻烦。那两本日记似乎就那样不明不白无声无息地消失了。

第二年初夏我去了北大荒，遥远的寂寞中，我却自此不再写日记。

然而岁月却无法抚平我曾经丢失日记的创伤。想起它们时，我的心里总有一种深深的隐痛，时断时续地刺疼着我。我不知道它们最后的结局，究竟是因为那些人偶然的忽略，还是觉得没有什么利用价值，而将其作为垃圾丢弃了？

过大江这个人，是在我遗失了日记的十二年以后，也是我终于渐渐淡漠了当年那一场日记风波以后，突然冒出来的。

那是1980年，我正在北京的中国作家协会文学讲习所学习。这是自五十年代中后期被中断二十多年后，重新恢复的第一期文学讲习班，许多报纸都报道了这个消息。

那一天，过大江这个陌生的名字，从一封来自杭州师范学院英语系的信中，忽然跳了出来。他在信中以急切的口气探问道：你是不是就是那个曾经在杭州生活过的人呢？你是不是在1969年曾经丢失过两个日记本呢？你的名字很特别，天底下难道还有与你同名同姓的人吗？假如你真是那个人，假如你真的曾经丢失过日记本，那么我要告诉你，在这十一年的时间里，我一直珍藏着那两本日记。如果我能确定你就是日记的主人，我愿意把它们退还给你。

那信封里，竟然还另夹了一页小小的纸片，是从那日记本上小心地撕下来的。一行行密密麻麻稚嫩纤细的钢笔字，在发黄的旧纸页上晃动，令我眼熟，勾起一种遥远而痛楚的记忆。

我傻傻地愣着，目瞪口呆。我无法相信这是真的，简直就像是小说里虚构的情节，但我又不能不相信这是真的——那张小纸片上的字迹，证明它确实是我当年遗失的那本日记。

我当时就给这个叫过大江的大学生回了信。我说，我是你要找的那个人。据大江后来说，我给他的那封信，语气急促，看得出很激动。

那两本日记究竟是怎样到了过大江手中？他又是怎样在长达十一年的时间里将它们精心保存下来？当时我恍恍惚惚的几乎不敢相信那是真的，那该是一个多么曲折奇特的过程啊……

他很快有回信来，说"文革"中自己还是个调皮的小鬼头，一次学校军训演习，练习钻防空洞。工宣队的师傅命令学生们躲在防空洞里不许出来，而那位师傅却在洞外面走来走去，还抽着烟。他觉得非常不公平，终于忍不住把脑袋伸出了洞外，对那位师傅叫喊着，嗳！你自己为啥不蹲在洞里？假如有敌机飞过来，你肯定第一个被炸死！

工宣队师傅很生气，就把他带到工宣队的办公室去谈话。但那会儿工宣队的人很忙，让他在旁边的一个空房间里先等一会儿。

他等了一会儿，又等了一会儿，过了很久，还是没有人来找他谈话，他感到很无聊。无意之中，拉开了桌子的一只抽屉，那抽屉里塞满了一堆大批判材料，他发现里面有两个小小的本子，封面有很好看的图案。

他好奇地翻开了其中一个本子，觉得那好像是本日记。扉页上写着一个人的名字。发现这是一个女孩子的日记。上面有一些关于感情的话语，朦朦胧胧地使他感到新鲜。他的呼吸有些急促起来，他不知道究竟是什么吸引了他，很想读下去。

他说后来连自己也没有想到，他把那两个小本子很快塞到了衣服里，然后从窗户跳出了那间办公室，一口气跑回了家。

那天夜里他读完了这个不相识的女孩子的日记。那个少年很久没有睡着，他只觉得有一行清凉的泪珠，从他脸上莫名其妙地淌下来。

他不认识那女孩子所记述的那个"老高三"的男生。他只是猜测那个人与他同校，那时他还太小，从未见过那个曾经叱咤风云的人。在那之后的十几年里，他始终没有见过那个人。他虽然无法知道这两本日记为何会被人搁置于此，却怀着一种隐隐的怜悯和爱惜，将那两个小本子藏在了自己的枕下。

那些日子他在夜里长久地翻看着它们。一个像湖水那样清洁而纯净的女孩子的低声细语，忽而唤起了他一种陌生而温柔的情感。他甚至有些震惊，因为在那以前的日子，除了革命日记，他从不知道还有人竟然这样写日记。那样娓娓地、悄悄地诉说着自己的心事，像是在对世界上一个最知心的朋友说话。他说在那以前，他只读过雷锋日记还有革命烈士的日记什么的，都放在展览馆里，供众人参观。他说他也写过日记，那是必须要交给老师，然后"一帮一、一对红"，让大家来讨论评阅。在那以前，他认为日记这种东西的用处，就是写给大家看的。如果后来有一天英勇牺牲了，日记就可以登在报纸上，让大家都来学习，然后大家都得来写一模一样的日记……

而那个女孩，却在一场"革命"的风暴中，痴痴地爱上了一个人。爱得那么专注那么纯情——爱情原来是那样美好的啊。那个少年痴迷地想。

他忽然勇敢地决定，他要永远保存这两本日记。他从此记住了那个女孩的名字。

两年后，他被上山下乡的洪流裹去了内蒙古草原。临走时收拾行装，他果然把那两个日记本放进了远行的背包里。他带着这两本捡来的日记，住进了异乡的蒙古包。北国寒冷的冬夜，微弱的灯光下，他曾很多次打开它们。喧嚣与孤独的生活中，这个神秘的伴侣总好像在向他诉说什么。他的生活由于它的存在，悄然独自享受着一份纯真的温情。有时他想象着那个女孩的面容，呼啸的风声中，她却永远是一个模糊的轮廓。

过大江在内蒙古兵团整整七年，其间多次调动搬迁，他说曾有好几次，他都差点想把那两个本子扔掉。那两个小本子在许多次地翻阅摩挲后，已渐渐变得破旧，却终究还是被他一次次留下来，终究还是舍不得扔。更令人不可思议的是，当1978年知青返城，过大江离开内蒙古时，他偏偏又在那一大堆乱七八糟准备处理的杂物前弯下腰去，固执地将那两个本子挑出——他不想让它们再次落入他人之手，他绝不会让它们再次丢失了。

于是，他最后居然把两本日记重新带回了杭州。

直到 1979 年他考上了杭州师范学院英语系。

直到 1980 年，有一天他在图书馆阅报时，忽然觅见了那个熟悉的名字。

那个名字对他来说，实在是太熟稔了。许多年中，他一直以为那是他独一无二的珍藏，是一个属于他自己的秘密。他固守着那两本日记，仅仅因为那是他少年时代的一次偶然，他曾以一种奇特的方式与它对话，在同它无声的交谈中得到理解和满足。他与它之间那种种微妙的默契，已成为他生命中一种不可割舍的寄托，所以那个女孩的名字实际上对他已并不重要，它也许只是一个符号一个代码。虽然他曾许多次猜测这个大女孩如今的境遇，想象着有一天把日记本交还给它的主人的情景——他无论如何没有想到，他在十一年后再度发现她的时候，这个名字已是一个随随便便就会在报纸杂志上露面的作家。

他心里涌上了些许失落感，若干年后当她成了作家，那么也就意味着这个名字已不再属于他独有。他并不希望她成为作家，惊喜过去之后，过大江发现留给自己更多的是遗憾。

于是这个离奇的故事终于在 1980 年暂时告一个段落。我猜想过大江并不喜欢这个结尾。但他仍然十分守信地将那两本日记，很快托人带到了北京。他决定将它们物归原主时，准备得过于严肃认真，以至于我拆开那用牛皮纸包好的信封时，很费了一些力气。牛皮纸里面是一层白色的厚纸，白纸里面又是一层白纸。这个隆重的仪式进行完毕时，焦急不安的我，已是满头大汗。我的手终于从那一层层的厚纸中，触摸到了两个硬壳封面的日记本。我掏出它们时也掏出了一段被遗忘的历史。我发现它们其实是那么小又那么薄，灰蓝色的封面油漆已被磨损，露出黄色的马粪纸，在本子的左角，有一朵淡红色的小花……

那时我长久地靠在椅子背上，眼前是一片空空的虚无。作为日记的主人，我失而复得时，却感觉着一种若有所失的惆怅。现在，轮到我面对这两本从天而降的日记，想象着在长达十一年的时间里，收留了它们又替我照料了它们的那个过大江，究竟是一个什么样子的人？

在我们分别和轮流拥有这两本日记的不同时期，我和他恰好做了一个富于戏剧性的心理对位。

我却始终再也没有打开过那两本日记。那个初恋的故事已成过去。

那年春节我和过大江终于在杭州见面。

他和我想象中的那个孱弱内向的少年，似乎有很大的差别。他已是一个高高个子、结结实实、有着宽大的身架、嗓音洪亮的年轻人。唯有那一双微笑而温和的眼睛，轻轻松松地洋溢着善良和诚实，眸中折射出点点纯净的闪亮，恰是在我心里无数次勾勒过确信过的，一点没错。只有这样的眼睛，才会看透和珍惜我日记中的那份真诚。

我无法对他说出"感谢"这样的词汇。我只能说我已在他的目光中恍悟：这位替我保存了日记的人，如若不是与当年那个女孩同样善良和单纯，在那样一个年代里，他恐怕早就把它们作为"反动日记"上交组织，或是偷偷销毁。甚至，当他获悉那个女孩成名之后，他还可用日记来敲诈她勒索她……如果我的日记不是因为遇到了过大江那样的人，何其糟糕的后果不会发生呢？

所以我只想对他说，那两本日记长达十一年飞去又回的旅行经历，绝非是一种偶然。我忽然感觉着一种难堪的惭愧。我说你曾经在日记中憧憬过的那样热烈而真挚的爱恋，当你见到我的时候，它已成为一堆无法复原的碎片。我唯愿你不会因此而对爱情失望。

他淡淡地微笑着。不。他说，只要曾经有过。

我相信他懂得，因为他曾经和我共同享有过那份纯真。

后来的许多年，日子就这样在没有日记的匆匆忙忙中，一天天流逝。过大江从大学毕业，先是在一所中学当英语教师，后又去了一家外贸公司。我许多次回杭州，他似乎忙得连见我一面的时间都没有。我猜他也基本不读我的小说，那些编织的故事，对于一个曾经读过她最原始的"作品"的人来说，恐怕索然无味。渐渐就听说，他的商务越做越大了，说他搞外贸很投入也很专业，如今已是一家外贸公司的经理，个人收入不菲，也可算是一个小小的"大款"了——这所有关于过大江下海经商的消息，都曾使我十分迷惑不解。至少同我心目中那个有一双温和善良的眼睛，迷醉于纯情和真诚的过大江，相去甚远。长长的二十五年，一个人的半生，时间足以改变一切，包括当年的那个小男孩。

又是几年过去，一个美丽的春天，我偶过杭州小住，总算用呼机将过大江找到，相约在湖堤散步。由于那两本无法忘却的日记，我希望解开自己心里的疑惑。

阳光和煦，远山逶迤，有凉爽的微风从湖面上吹来。一棵巨大的香樟树，葱茏蔽日，粗壮的树枝缀着轻柔的叶片，低低地向水面伸展开去。就在那一树浓荫的臂弯里，紧挨着湖边，有一条绿色的长椅。

我们已在湖堤走了好一会儿，彼此说着这些年的经历，终于觉得有些累了。我的眼睛一次次望着湖边那张长椅，真希望能在那儿坐一小会儿。可惜，那张椅子上有一个人，一个穿着蓝色工作服的女人。过大江说那是个园林清洁工人，看样子她正在这里休息，坐一会儿就会离开的。

我们在她不远的身后等了一会儿，她没有察觉，似乎没有走的意思。

我看了看表，我的时间不多。过大江也看了看表，他的时间也许更少。后来过大江就朝那张椅子走了过去，他很快地从衣袋里摸出了十元钱，微笑地递给那个女人。他似乎说对不起给你添麻烦了你能让我们坐一下吗？

那个女工受惊一般地站起来，推开他的手，连连摇头，她说我不要，你们坐你们坐吧，我该走了我该去干活了……

她以极快的速度离开了那张长椅，消失在树叶中。

我们在那条宽大的绿椅上坐下，很久，谁也没有说话。

你说她为什么不要这钱呢？过了一会儿，大江喃喃自语。

其实她完全可以要的，但她没有。我说。

她不是傻，不是。大江用肯定的口气说，眼睛像湖水幽幽眨动，所以我还是认为，世界上的人，不会个个都是那么唯利是图、贪得无厌的。我还是相信这个地球上，有许多美好的事情，值得我们活着。你说呢？

我无言地望着他，忽然想起大江如今已是不惑之年的人了，略略显得疲倦的面孔，比我十几年前第一次见他，显然已成熟许多，唯有那双微笑的眼睛，却依然清澈、明净如初。

不同人不同的眼睛，即便对同一件事，所看到的东西也截然不同。我想。美的丑的恶的善的，终究在人心里，因而，每个人都会有一个属于自己的人生。

我似乎没有必要对大江说出我的疑惑了。分手时我们都很轻松。

我永远不会再写日记了，所以将这个真实的故事，作以上笔录。

《深圳青年》1994 年第 10 期

延安西路 1538 号

——任大霖老师周年祭

一年前，初夏那个傍晚突至的暴雨，让人触目惊心。我至今还能听见那棵大树的枝干，在狂风中被猛烈折断的声音。它其实并不老，以往凄风苦雨的日子里，它甚至很少生病。但它坚韧挺拔的树干，就那样生生地被撕裂了，轰然一声倒塌下来。它的魂灵，从此安息在这座几乎伴它度过了大半生岁月的小院子里。

那是延安西路 1538 号。

得知任大霖老师不幸逝世那个噩耗的时刻，一种雷击般壮烈的破碎声，从很远的地方传来。那天的上海也许根本没有下雨，但我却感觉到那个遥远的城市黑云环绕，恶雨如注。马路边上，少儿出版社的大门在风雨中摇曳，它被风重重关上，又被雨急急撞开。但那位曾在这扇门里从容进出了几十年的人，却不会再从这里走进去，也不会再从里面走出来了。

只有门牌依旧。

还有院子里正在蓬勃生长着的小树和青草。

恍惚地，有大霖老师温文尔雅的身影，穿过院里的树丛和花径，从那幢红砖小楼走来，厚厚的眼镜片在阳光下一闪一闪，蕴含着智慧和慈爱。门口有一个从杭州来的小姑娘，手里拿着一本《少年文艺》。那是三十多年前的事情了，那时我还是一个中学生。其实，当我第一次走进延安西路1538号，兴冲冲去拜见我初学写作的恩师任大霖，并没有能够见到他。"文革"之初，作为《少年文艺》的编辑部主任，他当时正在接受审查。我被门口的传达室好一阵严厉盘问，失望而返。半年后我又重去上海，固执地再访延安西路1538号，记得他出现在大门口，镜片后的眼睛诧异地眯起来，笑着说：呵，通了几年信，一直以为你是个小男孩呢。

我红着脸结结巴巴地说着，说自己曾经读过他的儿童文学作品的感想。《蟋蟀》《芦鸡》《白石榴花》《风筝》……许多年以后，当他的音容笑貌从这世上消失以后，那文字赋予生命的小生灵们，却依然生动鲜活。

我至今还珍藏着许多封发自延安西路1538号的信。信封上有工整而秀丽的字迹，一笔一画都可见大霖老师为文为人的严谨与认真。那些已有三十多年"信龄"的"文物"，或是批改习作，或是退稿，或是百忙中匆匆地复信，都记载着他对于一个初学写作的少年诚挚的爱心。隽秀纤细的钢笔字，在信上生长着，像一株粗壮的大树蓬勃伸展的枝干，支撑了我的整个少年和青年时代。

延安西路1538号，在我心目中从此成为一个近于神圣的地方。

后来的十年时间里，他从延安西路少儿社调到了绍兴路文艺出版社，我也从杭州下乡去了遥远的"北大荒"农场。那个自我童年就背熟了的地址，从我的生活中消失了，但对于文学的念想却在我心里一日日萌发。延安西路1538号就像一只小船，摇着摇着，驶出了儿童文学的港湾，把我送上了文学宽阔的大海。每当我从苍茫的洋面上回首望去，总可看见驻守岸边的那棵老树，在风里雨里为我祝福。20世纪80年代初期，我在北京文学讲习所，曾收到过任大霖老师的复信，延安西路1538号那个熟悉的地址，重新从信封上醒目地跳出来。他在信中为我的新作获奖由衷地感到高兴，就像他亲手种下的一株小树，终于结下了丰硕的果实。收获是播种人的节日，扶犁者的喜悦比收获本身更让人欣慰。

　　那时他已重归延安西路1538号，任少儿社的编审。长期的编辑工作和领导职务，消耗了他一生的大部分岁月，他像对待自己的作品一样，兢兢业业、毫无怨言地为他人作嫁衣。但我知道他的心底，没有一天不在惦念着写作。《心中的百花》《喀戎在挣扎》等作品，是新时期以来他忙里偷闲留下的不算太多的文字，但他已尽了自己全部的心力。1994年夏天，为上海少儿社的一个活动，他曾来过北京，那次我和先生把他请到我家里，亲手为他做了几个家常小菜。其实他一向很少表扬我，但那天他津津有味地品尝了我做的饭菜，竟然称赞了我做饭的手艺，让我喜出望外。他说自己是个业余摄影爱好者，等再忙过一段，他从少儿社退下来，就可以专心从事写作和摄影了……

　　回上海后不久，他寄来了那天为我拍的照片。背景是书桌和宽大碧绿的龟背竹，我穿着一条白色的连衣裙，就像第一次走向延安西路 1538 号的那个女学生。

但我没有想到，这张照片竟是一个永久的纪念。

当他穿过熙攘拥挤的上海城市，重新回到宁静的延安西路小院时，他似乎已将自己的一生画成了一个完整的圆圈。圆圈的中央，竖立着许许多多经他之手策划审阅的精美书籍，他自己的书却被挤在边缘的位置。那圆心，是一个人对于这个世界的责任。尽管我突然失去了这位令人尊敬的恩师，心哀恸、心悲切，但若是将他人生的起点和终点首尾相接，谁能说那不是另一种圆满呢？

一年时间就那么悄悄过去了，但怀念是永远的。

《文汇报》1996 年 8 月 6 日

故事以外的故事

    去年（1996 年）早春的一日，我收到了一封从《小说月报》转来的信件。信是从济南发出的，一个陌生的地址。看样子是一封读者来信。

    信中的大意是这样的：我是济南一所大学的退休教师。最近刚读了《小说月报》1995 年第 2 期上选载的您的长篇小说《赤彤丹朱》系列之一《非梦》。我发现您小说中的某一段故事，与我失踪多年的二哥的经历，有惊人的相似之处。所以冒昧地给您写信，希望能与您联系，以便得到进一步证实。

    信尾还有一些感谢的话，感谢我写了这部小说，等等。

    写信的人叫作贾民卿，与我作品中记述的那位在抗战时期牺牲的青年学生贾起同姓。他说他的二哥原名贾汉卿，出生在青岛，20 世纪 30 年代末离家参加抗战，后辗转到江浙一带，曾在金华地区加入过抗日组织朝鲜义勇队，1941年与家里失去联系，从此音信全无。据说贾汉卿惨遭国民党特务杀害，在天目山地区英勇牺牲。但至今几十年过去，没有接到过有关方面的任何书面通知，更无法得知贾汉卿遇害的详细缘由和经过，贾汉卿年轻的生命最后的下落，成为一段无人知晓的历史疑案。最近，贾民卿和他的家人偶尔读到了我的《非梦》，深感小说中那位牺牲在天目山的爱国志士贾起，无论年龄、籍贯、身份和经历，还是故事发生的地点和时间，都同真实的贾汉卿一一重合。那么，小说中的贾起，是否就是他失踪多年的二哥贾汉卿呢？

他在信中急切地表示，若是小说中曾与贾起相恋的朱小玲，也就是作者的母亲，至今依然健在，他很希望作者的母亲，能告诉他贾汉卿牺牲前后的真实情况，至少，他和他的妹妹贾子义能知道贾汉卿最后的埋骨之地，也许有生之年，还能为这位死去五十多年的亲人祭扫荒坟……

我的手微微颤抖起来。信纸上的字迹一片模糊。

还在我上中学的时候，我就知道那个山东人贾起了。他是作为一个真正的烈士和活着的英雄进入我的生活和记忆的。

那是很多年中一直被妈妈不断重复叙述着的故事。叙述多半发生在夏日的某个夜晚，四周闷热无风、潺湿窒息，树叶静止不动，像一幅阴森而肃穆的剪影。年轻的贾起背着行李向我走来，只是那么一个缥缈的瞬间，我甚至从来没有看清过他的容貌，他便消失在天目山苍莽的丛林之中了。唯有那一声凄厉的枪响，每一次都尖锐无情地穿透贾起高大的身躯，然后重重地坠落在我的心上。

那是真的，是真的吗？

这样的问题虽已重复多次，妈妈的回答也毋庸置疑。但多年前牺牲在浙西大山里的贾起，对于我仍是一个疑虑重重、神秘而悲壮的谜。

那个被妈妈以诚挚的敬意与挚爱的情怀无数次讲述的故事，从一开始就萦绕着徘徊不去的悲恸和忏悔。妈妈坦言的悔恨和内疚，使我深感贾起之死在她一生中留下的伤痕和阴影。由于那种错失再也无法挽回，她的伤痛便无以排解、无从解脱。于是除了父亲之外，一遍遍地向她尚未成年的女儿复述这个故事，诉说她在贾起死后的若干年中，由于一直无法找到贾起家人的歉疚和不安，成为她赎罪和寄情的某种方式。

多年以后，终于有一天，我恍然明白，在我离家北上前那些少女和青年的岁月里，妈妈无法忘却的贾起，每一次从夏夜里若隐若现、飘忽走来的那些日子，恰是贾起的祭日前后。

故事其实并不十分复杂，1943年，在敌后宣传抗日的朝鲜义勇队，在江西上饶遭到国民党强行解散。义勇队的战友贾起，原籍是东北人，有一个哥哥在东北抗联打日本。于是妈妈决定跟着他，一同到东北去寻找抗日联军。北上遥远的路途需要一笔盘缠，妈妈说可以回德清老家去筹措。而当年从浙中去浙北德清的通行路线，必须经过国民党势力盘踞的浙西天目山。对此，贾起曾表示过犹豫，但他最后仍是陪同妈妈经浙西去往德清。途中路过浙西於潜县，被相识的熟人认出告密，两人同时被捕关押。德清老家闻讯差人赶来，欲用重金将妈妈保释出狱，但遭妈妈拒绝，坚持要家人将贾起同时保释。就在家人回去筹钱的几天里，风云突变，日军扬言进攻天目山，国民党中统特务机构调查室奉命将犯人分别转移至深山。由于途中行动不便，遂仓促将一份黑名单上的人，秘密枪杀于深山之中。待母亲的家人携款前来，妈妈方知贾起已从容就义，遗体无踪。她哀恸欲绝，却已无法挽救贾起的生命。直至贾起死后，妈妈才知道贾起原来是浙西行署早已通缉在案的中共党员。

妈妈不能原谅自己。贾起从此是她心里永远的痛。

当我成年以后，我想我曾对妈妈说过人死不能复生之类的话。况且，关于贾起之死，妈妈只是其中的一个因素啊。

但妈妈悲哀地摇头。她说你难道不懂得贾起之死，与你生命的某种联系吗？如果贾起不死，我也许会嫁给他，那么你就不是现在的你了。

我无言。

贾起之死，就这样成为我生命的一种缘由，还有一份责任。

贾起的亡灵从此不仅在他每年的祭日来访，而且开始时不时突袭式降临，一次次闯入我的心怀，与我娓娓交谈，向我切切发问。

于是有一天，我决定要写出这个故事。为妈妈也为我自己。

那时我没有想到这个故事之外还有故事。我只是觉得这个真实的故事中，潜藏着一些尚未被人透视的更深层的意思。历史已成为过去，但人对于历史的认识与感受，却常省常新。

我在 1995 年出版的长篇小说《赤彤丹朱》第三章（曾作为中篇小说《非梦》的一节发表于《收获》杂志）结尾处关于贾起之死，曾有这样一段感慨：

然而对于这场悲剧，我却持有与我妈妈完全不同的看法……我心里的答案很清楚：因为他爱她。是爱情促使他敢以生命去冒险。他把他的生命同时献给了革命和爱情，而死神却比爱神抢先了一步到达。事实上，我们无限景仰的爱情和革命，彼此从没有和睦相处过。革命摧残着爱情，而爱情又折磨着革命。这个爱与死的话题留给我们后人的，是一个永远的困惑。

　　我把那封济南的来信，看了一遍又一遍。

　　我首先想到的是杭州的妈妈。我拿起电话，却又放下。我不敢立即在电话中向妈妈报告这件奇事。我担心这位乘坐着白色信封，来自长空天际的贾民卿先生，会让妈妈脆弱的心脏一时无法承受。

　　于是把贾老先生的信，郑重其事地装入信封转去杭州家中。然后给妹妹打了电话，让她婉言向妈妈转述。我无法想象妈妈收到信会是什么样子。当泪水湿透了信纸的时候，五十年的沧桑人生已是一片空白。半个世纪之后，历史余音微弱的回响，会在妈妈心里激起何等强烈的震撼呢？那是一个痛楚又欣喜的时刻——真实的故事变成了小说之后，小说竟又繁衍出真实的新故事。

　　那以后的事情，作为小说的作者已无所作为。我只知道贾民卿先生已被妈妈绝对地认定为贾起的弟弟。想必贾起当年活着的时候，曾经详细地向他的女友介绍过自己的家人的。妈妈很快给贾民卿老先生回了信。据妹妹报告，妈妈写那封信时，一边写一边哭，信纸撕了一页又一页，从早上一直写到夜里，忧欣交加。令她欣慰的当然是贾起的家人至今依然健在；忧的是当年贾起被秘密杀害以后，她始终无法得知贾起遗体具体的埋葬地。几十年来，连她都无法为贾起祭扫墓冢，如今更到何处寻觅莽莽大山之中的孤魂呢？

但故事外的故事，却开始在我小说以外真实的人世间延续和发展。

济南的贾民卿先生收到我妈妈的复信之后，将原信转到青岛老家，那里有他们的小妹贾子义。贾家兄妹关于追认贾起为革命烈士的申请报告，很快送呈青岛市民政部门。报告被批准立案以后，查证小组的三位同志即赴杭州取证。小说中至今依然健在的人物，变成了贾起一案的宝贵证人。历史事实证明，贾起于1940年在浙江遂昌参加中国共产党，牺牲前，一直在党的领导下从事抗日救亡进步文化活动。他的入党介绍人，一位在南京，一位在北京，他当年从事进步活动中的五六位战友和狱中难友，均有幸健在，义不容辞地对贾起的革命历史做出了证明。1943年贾起牺牲前后，与他同关一处牢房的杭州大学关非蒙教授，对前来查证的青岛同志说："我就是一位死里逃生的见证人。当时我在牢房里目送贾起被持枪的士兵押走，过了一阵，听到间断的枪声从山里传来，那天贾起再也没有回来，我明白是敌人对贾起下了毒手。"还有一位知情者俞某作证说："当年，贾起上了国民党党部的黑名单。新中国成立以后，国民党於潜县党部书记长曹某被镇压时，人民法院贴出判决书，上头列举的第一条罪名，就是杀害共产党员贾起……"

经过多方面核查，根据有关人员的回忆、公安部门档案、地方党史的资料记载，前后不到一年时间，青岛民政部门对贾起1943年牺牲前后的情况基本查清。五十年以后，那个热血青年革命者贾起，终于在干涸的血泊中，重新站了起来。

今年5月，贾起的妹妹贾子义女士，为贾起一事专程来到杭州，就住在我父母家中。贾起牺牲了半个世纪以后，两位从未谋面的老人，被一部小说牵引着互相走近，在贾起付出了生命的旧地重续前缘，共同凭吊和纪念她们的亲人和友人贾起。至此，我妈妈才知道，贾家在革命胜利前和革命胜利后，先后献出两个儿子：贾子义的二哥贾起，牺牲于白色恐怖时期；而三哥贾超，1957年反右派时，因为一幅漫画而被打成"右派"，发配到崂山月子口水库工地劳动改造，在20世纪60年代初期不幸"失踪"。家属曾多次向有关方面要人，最终仍是不了了之。他究竟是"自行失足落水"，还是别有原因，现已无从查考。待贾超被宣布"右派摘帽"时，世上已无贾超其人，有关方面只是通知了他的家人了之。

贾家老母为盼两个儿子归来，从20世纪40年代初等到60年代末，老泪流尽郁郁而终。

我后来收到过贾民卿先生寄来的一幅贾起年轻时的照片，委托我转寄给妈妈。

照片上的贾起，面膛宽阔，五官端正，眼神凝重而深沉，嘴唇的棱角线分明，清秀聪慧，英气逼人。一头浓密的黑发中线对分，是那种20世纪40年代知识分子的标准发型。

这位贾起舅舅，就像我们无数次在电影中看到过的那些英雄人物——一脸正气。

我与他默默相视。他那坚毅而悲壮的眼神，飞过荒郊野岭，穿过时间隧道，在路上整整走了五十年。

妈妈几十年遥望默念的贾起，就在这一瞬间里复活了。

贾起的复活，是因为他从未在他的亲友们心中真正死去过。

妈妈把一个消失的贾起交给了我。于是我用文字盖了一座永久的房子，用以供奉他漂泊无踪的亡魂，以使他的在天之灵安息。但我没有想到，贾起舅舅真的会在那些无声的文字中苏醒。

在小说中苏醒的贾起，记起了他五十年前被猛然斩断的生命，以及那些还没来得及做的事情。

或者说，贾起就是为那些未能了断的亲情而苏醒的。

事后想起来，这个故事外的故事，确有些不可思议的奇妙和蹊跷之处——

为什么他的小妹妹贾子义的大女婿赵传康先生，去日本出差回国，在上海机场候机厅等候转机飞回青岛时，欲购一本杂志消磨时间，偏偏就读到了1995年第2期《小说月报》呢？

赵传康怎么就恰恰注意到了书中人物贾起，与他妻子姜盈的二舅舅经历相似，回到青岛以后，便急急禀告给岳母大人了呢？

就好像有一双无形的手，在引导着、牵拉着他们，将他们悄悄领到了那本杂志面前。

是谁呢？还会有谁？

唯有贾起的幽灵，知道自从自己失踪之后，父母兄妹多年的焦虑和渴盼。

唯有贾起本人，九泉之下仍然放不下尘世间的亲缘。

但已成为浙西天目山孤魂野鬼的贾起，又能有什么办法，向远在山东的家人，准确地传递自己最后的噩耗呢？

这一等便是五十年。

贾起一定曾无数次向妈妈托梦，委托他信赖的女友，去完成这庄严的嘱托。贾起的托付是有前提的，他希望有朝一日，让朱小玲的女儿用笔来写下他们以鲜血奉献的真诚与抗争，也借此能给予他的家人一份文字的凭据。

那是一份没有契约的协议。我尚在少女时代便签下了字，却对事情的原委一无所知。

这便是后来刊登在《收获》杂志，又经《小说月报》转载的《赤彤丹朱》系列之一《非梦》。

于是，贾起的游魂从天目山的莽林里飞出来，一次次徘徊在西子湖畔；又越过崇山峻岭，越过长江黄河，去东北寻找那个女孩儿。（抗日联军的那片土地，母亲和贾起舅舅没去成，而我去了，这其中有什么样的因缘机巧呢？）他等了一年又一年，耐心地等着她长大。他把一切希望都托付给这个热爱文学的青年女子，却无法对她言明真相。他夜夜倾听着她落笔的沙沙声，他或许隐隐知道自己回家的日子越来越近了……终于有一天，他看到她写出了那个故事，那部书稿很快被印成了一页页铅字。他在青年时代上大学时就读过这本杂志，那本刊载着他下落的杂志。他热爱文学也曾喜欢《收获》，于是他的游魂停下来，停在了大上海的虹桥机场，把那本杂志亲手交到了自己家族的后人手里……

他只能用这种方式来对自己曾经献身的理想，做出一个迟到的交代。

冥冥之中，其实贾起舅舅一直在默默地引领着我。只是我的彻悟来得太晚。

那不是神灵也不是信仰，而是一种不灭的生命信息。

有时候，我凝视着《赤彤丹朱》赭红色的封面，觉得那其中也有贾起的鲜血，一直渗入到华夏大地的深处。可惜，它残留在地表的颜色，已经同红色革命的主题无关，只沉淀下来种种有关人性和亲情的思考。

《随笔》1997 年第 1 期

雾天目

　　去西天目，是心里积存已久的一个念想。不是为观光，是为了那些大树。

　　几十年里，只要说到树，天目山就从父亲的眼神里巍然升起，像一次骤然发生的地壳运动。稀疏的白发在那一刻变成了茂密的森林，落满了雪。那是我一生中见过的最壮观的大树，他一遍遍说，假如你没去过天目山，根本不明白什么叫大树。

　　其实不全是为了大树。我知道，是为了一个人，一个已经逝去半个世纪的人。

　　几十年来，若是提起他的名字，母亲的眼神就会倏然暗淡下去，像被海潮淹没的沙滩。夕阳已沉入山后，苍茫的暮色托出波涛中模糊的山影。你即使哪儿都不去也该去西天目，你会看见他就在那里。她喃喃说，我和你一起去。

去西天目，就这样变成一种夙愿和仪式，无论为了树还是为了人。

只是，我没有想到，登天目山那一日，会遇上那样一场弥天大雾。

冬尽了，山下的树一天天蹿芽泛青，漾出了些许春意。而眼前的天目山，已满眼都是绿，绿得苍郁而沉稳，似乎千年万年就一直那样绿着，没有轮替和衰荣，没有落叶和枯枝。那是一种墨汁般深潭样的绿色，把所有草叶的嫩绿都覆盖了。

车从盘山公路上掠过那个叫南庵的拐角时，我感觉到紧挨着我的母亲，身子突然战栗了一下。在牙齿轻微的磕碰声中，我分明听见了那一声尖锐的枪响。

雾气就是在那会儿，悄悄地从四面漫上来。

像一场突如其来的暴风雪呼啸而过，远山近树忽而望不见了。山中古老的禅源寺，隐匿在苍白的雾气里。下车寻路，林间的青石板小径如雨泼过湿漉漉的腻滑，只几步便消失在浓烟般的水雾中。空气变得潮重，斗篷似的裹在身上，人被悬浮在白茫茫的云层里，每一步都像要迈入万丈深渊。

母亲默默走在前面，像一个游荡的幽灵。白色的纱幕被她的脚步豁开一个缺口，影子穿过去，纱帘瞬间又闭合了。

山路通往林深处。头顶的天空突然变暗变低了。浓白的纱雾忽地织成一张铺天盖地的绿网，悬浮的雾珠在树枝上闪着绿莹莹的光泽，空中飘来松针和树叶清凉的气息。在那深不可测的绿巷中，我隐约看见了一排排巨大的树干，昂然立于路旁，我几乎与它们迎头相撞。

它们竟是那样粗壮，每一棵都需几人合围，才能将它抱在怀里；它们是那般高大，浓密的云雾遮去了树梢，树尖伸到望不见尽头的天上去了；最令人惊叹的是树干之直，刀削般笔挺，像一根根气度轩昂的罗马石柱，支撑着绿屋的穹顶。褐色的树皮一片片如鳄鱼的鳞甲，已被千年的风霜锤磨成坚韧的岩石。

他究竟倒在哪一棵大树下了呢？鲜血从他年轻的胸膛里流淌下来的时候，他或许就靠在那棵大树的树干上。他依托了大树，所以他牺牲的那一刻仍像树一样站立。龙爪般的树根上至今还留着他的斑驳血迹，只是被浓浓的雾气遮掩了。

那个无风无雨的春日，那些被父亲无数次赞颂和崇仰的天目山大树，就这样从漫山飘忽的浓雾中，和那个叫贾起的前辈一起，若隐若现地走来。我看不清他的面孔，只听见他脚上沉重的铁链，像伐木人锐利的锯，一声声从树林深处传来。

我不知道他在匆匆离去前，是否还有心情观赏这些西天目的稀世大树。五十七年前的树叶早已零落成泥，但我清晰地看见他灼热的目光仍在枝条上缠绕。还有他抚摸着树干留下的湿掌印，那手纹一寸寸嵌入老树的树皮，与树合为一体。

他一定是分外地爱着这些大山和大树的。也许正是为了护佑它们，还有他心里的爱人，他才走向抗日的战场，他早已做好了准备，交出自己的一切包括生命。

半个世纪过去，西天目的树，依然是当年他曾见过的那些树。如今我所见的情景，早已被他熟读过多次了——陡峭的石阶两旁，是被人们称为"仪仗队"的巨大柳杉，胸径宽达一米，武士般健壮雄伟，百十棵大柳杉顺坡排列，阵势逼人。据说天目山的大柳杉有一千三百余棵，像是天下的柳杉精英都来此聚会了。再抬眼，奇高的金钱松破雾而出，穿云摩天，婀娜多姿，模特一般窈窕轻盈，目不斜视，傲气十足，人称"冲天树"。若不是弥天大雾遮挡了视线，可望见悬崖峭壁上的林莽中，挤挤撞撞拥塞着几百棵千年银杏，等到秋天，山谷里定是黄叶灿烂金光四射。九里亭、七里亭、五里亭……几十里山路，不是在走，是在仰望，始终是扬着脸，瞻仰那些永远的树。

据说早在宋代，便有人将西天目这片偌大的森林冠以"千秋树"之美称。当那一排枪声在冰冷的山谷里响起来的时候，唯有这些树，是沉默的目击者。后来那些离乱梦魇的岁月，仍是这些树，在荒野莽丛中陪伴他。而他年轻的生命终止在二十七岁，大树已然千年。他舍弃了故乡青岛温暖的海滩来到江南，最后变成了一棵"千秋树"，将西天目做了自己永久的栖息地。

母亲仍是独自走在前面，七十五岁的高龄，脚步依旧矫健有力。从上山那一刻起，她的双目就被山峦雾气染得湿润。林深处不知名的鸟鸣啁啾，声声如诉，让人想起遥远的青春季节：一群女生欢笑着从禅源寺的临时课堂上跑出来，手拉手围着寺前的老银杏树，雄壮的抗日军歌惊飞了树上的小鸟……待她几年后重回西天目，却是被枪兵押解着，不知要押解到哪一座山坳里去。他就在她的前面，一步步走得坦然稳健。她望着他的背影，踩着他的脚印，有他在，就像有树在，她不再慌张。直到今日，她仍能想起他回头看她的那一道目光，笃信而又充满了怜爱，如阳光下流淌的山涧小溪，从石缝里透出乌亮的光泽。

母亲站住了，站在一棵巨大的柳杉树下。树身奇粗，三人合抱仅围大半圈。奇怪的是那树皮已被剥得精光，露出枯涩的树干，瘢痕累累，深藏的皱褶中写满沧桑。枝条上没有一片绿叶，唯有躯干依然屹立，像一尊古老的石像。

我惊呆、疑惑、叹息。母亲轻声说，这就是那棵真正的大树王，但它死了，是被游人剥树皮做药，活活弄死的。五十多年前，我曾见过它活着的样子，树冠就像一把巨大的伞，整个开山老殿都被它遮住了。

一阵山风袭来，浓重的雾气旋转着，雪片一般从大树粗糙的枯枝中穿过，如山妖林怪的舞蹈。抚摸着西天目的老树，刹那间，淡绿色的雾气变成了油绿的树叶，又如一树繁花缀满大树坚韧的枝干，青枝摇曳生机益然，满山坡都是松针林涛的哗响——大树王在我的想象中复活，抑或说它从未死去。

雾越发浓了，下山的路还长。雾气如雨，洇湿了母亲的头发，我挽起她走，身前身后都是大树黑黝黝的剪影。父亲说，近年来他们已是第三次到西天目了，但没有人知道五十七年前被枪杀的那位革命者，究竟葬在哪里。

我说，你找不到他，因为他已经变成了一棵树。

世事变迁，唯有西天目的森林，是永远的。为着他们那一代人关于自由平等的理想，半个世纪之后我们依旧对他深怀敬意。然而，无数牺牲和太多的鲜血，使理想的代价变得过于昂贵。我们朝大雾弥天的南庵方向走去，我们走在雾里，身上的汗已变成了蒸腾的雾，将我笼罩其中。缥缈的雾气中，曲折的山路变得越发模糊难辨，我不知道上山下山是否唯有这一条通道？

那是一个雾日，在西天目，我穿行在也许可以被称为历史迷雾的情景中，真实变得越发令人疑惑。人说东西天目两峰之巅，各有一池，池水清冽，冬夏不涸，颇似双目仰望苍穹，故得名"天目山"。我不能也不敢去山巅，在我的想象中，那泓清澈的池水，或许是贾起舅舅不瞑的双目，在日夜诘问苍穹。

若是以那池水洗眼濯足，会有人"开天目"吗？

山林寂静，水汽迷茫，雾中的大树影影绰绰。或许只有这些大树，才真正拥有自由的空气和丰沛的雨露。

《作品》1998 年第 6 期

怀念延老（二则）

延眺属清秋

"高斋复晴景，延眺属清秋。"——摘自张九龄《高斋闲望言怀》诗。

延——泽——民，这当然是您去延安以后，自己重新起的名字，连姓都改成延安的延了？后头两个字嘛，我也明白……

差不多二十年以前，有一次我自作聪明地斗胆问过他。

那时的黑龙江人，在正式场合称他延部长；而省文联大院里同他熟识的人，私下都亲切地叫他老延头。

他慈祥地微笑着摇头：不，我本姓延。延河的延。无定河边上的一个小山村，大半个村子的人都姓延，传说是呼延的后人。

他的夫人雪燕阿姨逗我说：这个江南的傻丫头，不知道陕北好多地名，都带延字儿呢。

后来我从他的一本自传体小说《寻找回来的脚印》中得到证实，他本名延泽良，陕北绥德人，幼时丧父，六岁开始在山坡上放羊，十三岁当小红军参加革命抗日。绥德的无定河流着流着，与延河一并汇入黄河，若干年以后，流出了一个放羊娃出身的老作家兼来自延安的革命老干部延泽民。

延老虽有这样令人敬重的双重身份，尤其对于我来说，他初为恩公、继为良师，是内行而宽容的上级领导；但在后来那二十年风风雨雨、坎坎坷坷的人生之途上，他却更像是一个亲切温和善良正直的大朋友。我不知道他们夫妇是否承认我是他们的忘年之交，然而在我的心里，自己是一直这样"自我感觉"着的。

1975年10月，上海一家出版社出版了我的长篇处女作《分界线》。1976年夏天，我带着那本幼稚的小书，从上海回北大荒的农场去。途经哈尔滨换车，稍做停留。

面对这座陌生的省城，我拿着刚在上海认识的省出版社谢树老师写的一封信，去省文化局见当时负责全省文艺创作的吕中山老师；还有省文化局创评办的杭州知青老乡何志云，他又热心带我去拜访作家傅钟涛、陈毕方夫妇（他们那时刚出版了长篇小说《千重浪》）。毕方老师为人率真诚恳，她住在省文联后院的一幢旧楼里，对我这个素不相识的南方女子很有爱护之心，聊过了我的一些事情后，便说：我带你去见见延部长吧，他一向很关心文学青年，一定会愿意看到你，了解一些知青业余创作情况的。他就住在这个楼里，走廊顶头那家就是……

从到了哈尔滨的那天起，我已多次听人们谈起过这位延部长，知道他在1966年以前，就是省委宣传部副部长兼省文联主席，"文革"中文联被"砸烂"，他也受到很大冲击。如今刚复职不久，任省文化局局长。人们谈到他时，那语气和口吻都是极敬重的，有时似乎随便说起一件往事，故事中就扯出另一个故事，桩桩件件的，都有老延头为黑龙江省文学事业所付出的心血。我在未见延老之前，有关他爱才惜才的传闻已如雷贯耳。

1976年初夏那一日，我怀着敬畏之心，跟着毕方老师去见那位延部长。俄式的老房子走廊很暗，我越发忐忑不安。

但那天他并不在，在他家布置得典雅整洁的客厅里，我只见到了他年轻的夫人雪燕。她很亲热地同毕方说着一些家常话，显然不是那种比部长更像部长的夫人。我腼腆地回答着雪燕阿姨的问话，心想如果有这样一位温和贤淑的夫人，那位部长本人定然也是平易近人的。临走的时候我在他家留下了那本《分界线》。没有见到部长本人并不使我感到特别失望，因为我去那儿，毕竟只是出于礼貌。

回到农场以后，我在场部宣传科工作。那位没有见过的延部长，渐渐淹没在1976年接踵而至的一桩桩大事件后面了。

半年过去了，寂寞平淡的日子，不知道外面的世界正在悄悄发生着大变化。

忽然有一天，大约是1976年初冬，从省文化局戏剧工作室来了一位朱老师，带着公函，问我是否愿意报考哈尔滨的黑龙江省艺术学校编剧专业，学制两年，1977年4月1日开学。

渴望上学已经想了许多年，当工农兵学员的梦想早已破灭。而在1976年底，无论是大学公开恢复招考，还是知青大规模返城都还没有开始。有这样一个机会能让我去哈尔滨上学，当然是梦寐以求。我当即表示愿意愿意。然而却偏偏没想到，农场一把手态度强硬地不肯放人，说宣传科人手缺，我应该继续留在场部。朱沧海老师两度奔波于哈尔滨与佳木斯之间，最后仍然没有能够说服那位农场书记，只得悻悻而归。寂寞的冬夜，我天天晚上躲在宣传科的办公室里涂涂抹抹，却什么也写不下去。过了两个月，听说从省里又来了一个赵老师，来同农场领导继续商榷让我去省里上学的事宜。也许是赵老师过于心切，言语间同那位一把手发生了摩擦，一时形成僵局。过了春节学校就将开学了，编剧班的编制有限额，如若我去不了，这个名额不能因我而废，理当尽早让与别人。

　　眼看学校的大门就要在我身后再次关闭，我个人却一筹莫展。

　　幸而农场主管文教的董道本副书记，十分支持我去上学。他同赵老师商量，能不能请文化局把这个名额再尽可能留一留，给场党委一些时间，上下做些疏通的工作，也许再过一些时间，一把手消了气，最后能做出顾全大局、通情达理的决定。

　　赵老师犹豫着说：那得去请延部长批准。他要同意保留，肯定就没问题。

　　"延部长"三个字，在我生命里的某个关键时刻，就这样突然很权威地出现了。我从未想到过他会同我的命运有所关联，并在我后来的文学道路上，发生了一连串至关重要的影响。

　　三个月以后，冬去春来，田野的麦子绿了，路边的杨树绿了，农场党委终于开恩放行。当我提着行李离开那个杨花飘飞的鹤立小站，坐了一夜火车来到哈尔滨，去省艺术学校报到的时候，已是1977年6月，我的新同学们已经在学校上了整整两个多月课了。

朱老师和赵老师告诉我说，延部长一直关心着我上学的问题，坚持让艺术学校保留了我的名额。延部长曾再三叮嘱他们说，这个编剧班的招生对象，是我们省内已有一定创作实践的青年业余作者，有一个要一个，尽可能一个都不漏下。

进了省艺校以后才知道，这个编剧专业，就是在延部长的提议和直接领导下创办的。他设法说服省人事局，给艺术学校单批了二十个名额编制，专门招收散落在全省各地已初露头角的青年作者，让文化局戏工室的老师们负责教授文艺理论、戏剧戏曲专业知识，集中观摩优秀影片，然后反复研讨"实习"后写成的作品。如此两年"小灶"喂养下来，待这些年轻人学成毕业后，充实到全省的各个文艺团体中去搞创作。以后每年一届一届地培养—收获，坚持数年下来，黑龙江省的文艺事业，不就后继有人了嘛！

时隔二十年以后，我想象面对十年浩劫后，满目疮痍、荒芜空旷的边地文坛，这位老部长忧心如焚绞尽脑汁的情形。一个小小的编剧班，对于黑龙江省的文艺繁荣，也许微不足道。但"老延头"早在新时期来临之初，已高瞻远瞩地看到了文学后人的潜力，"老谋深算"地做出了长远规划。当我从火车上跳下哈尔滨月台的那个时刻，我相信了人们流传的关于他"爱才如命"的那些故事，绝不是言过其实的赞誉。

很久以后，人们才发现并惊叹，省艺校编剧专业这个老延头的

"希望"工程，实在很超前——当全国各省市形式各异的准"文学院"风起云涌之时，从黑龙江省艺术学校编剧专业毕业的一批又一批年轻学员，已经遍布全省各个文艺团体，成为省市电视台剧团杂志以及文化系统的骨干力量。1980年我到北京参加中国作协第五期文学讲习所的学习，讲习所也就是后来"鲁迅文学院"的前身。但老延头早在1976年，就开始谋划创办这家地处边陲的黑龙江省艺术学校编剧专业了，这应该是新时期以来全国最早的文学院雏形。

1977年那个柳絮飞扬的暮春，我静静端坐于艺校红漆地板的课堂里时，忽然想起，我竟然还没有见过这位默默扶持着黑土地新苗的延部长呢。

后来有一天，当我终于见到他的时候，发现这是一位慈眉善目、和蔼可亲的小老头。他戴一副厚厚的深度眼镜，文质彬彬的样子，不像一个官员倒像是一个大学教授，说话时带着浓重的陕西口音，令人想起远在几千里之外的无定河。

两年以后，艺术学校编剧班的学员即将面临毕业分配。

其时，北大荒知青正如同潮水一般，返回他们的故乡城市。

我将何去何从？我在哈尔滨举目无亲，杭州的父母正在落实政策，我是否应该考虑回到山清水秀的江南去了？

那是1979年，省文联各个协会开始恢复建制。省委宣传部副部长延泽民重新兼任省文联主席。听说"文革"前，省作家协会曾拥有三十个专业作家编制。这一年，延部长向省里据理力争，又"发还"给了作协。

有消息说，两年前我来艺校上学时，省文化局戏工室和艺术处就有协定，让我学习编剧只是一个临时过渡，待我毕业后，仍然让我去从事文学创作；又有消息说，延部长提议调我到省作协去搞专业创作，集中精力写小说。

真的能让我去当专业作家？我才刚刚开始写作，年轻幼稚，一无资历二无背景。在我心目中，作家协会是一个神圣的文学殿堂，怎么轮得到我呢？

记得延部长为此曾亲自找我谈过一次话，他问我是想回杭州，还是愿意留在哈尔滨。他很感慨地说，东北这地方啥都有，就是缺少人才，1958年赴北大荒的转业官兵中出了不多作家，再就是1957年反右派以后，从关内陆续"送"来的一些文艺工作者，也都是五十岁上下了。十年浩劫一折腾，如今更是青黄不接。知青中虽有许多人才，可惜也已返城走了许多。你若是愿意留下来搞创作，组织上一定会尽量给你创造条件。北大荒这地方的生活，可够你写的，一辈子也写不完……

我当时讷讷地说不出话来。

我当然梦想去搞专业创作。新时期文学已然迈开脚步，呼唤真正的文学回归；经过艺术学校两年的学习与反思，我觉得心里每时每刻都在涌动着激情，无数的故事和人物在不停地冲撞着我——我需要的只是时间，能安静地坐下来写作的完整时间。我相信并感觉到自己可以写出好作品。

那个下午，延部长耐心地等待着我的回答。他花白的头发和闪亮的眼镜片，在办公室的墙上虚化成一幅模糊的画像。那个时刻我被深深感动——即使我不能成为一个真正的好作家，但我已懂得什么样的人，才能成为一个好的作家。我虽然离开了北大荒农场，但我却永远走不出它广袤的地界。这个寒冷而边远的北方，已是我重新拥有而别无选择的第二故乡。

省艺校毕业后，我正式调入黑龙江省作家协会。那年我二十九岁。

1979 年，在全国各省的作家协会中，接纳一个二十九岁的年轻人去从事专业创作，几乎绝无仅有。

很久以后我才知道，这个不拘一格的大胆提议，也曾经在省文联党组会议上引起过争论。在讨论决定我工作安排的会议上，延部长手中拿着我 1975 年出版的那本长篇小说《分界线》，他把书放在桌上让各位领导传阅，用他后来的话说，作品是最有说服力的。

从 1979 年调入省作协后，我拥有了完整的写作时间，很快发表了《夏》《白罂粟》《淡淡的晨雾》《北极光》等一系列作品，并获得了全国优秀短、中篇小说奖。

那是我文学道路上一个重要的转折期。辛勤的耕耘开始有了小小的收获，那些受到读者欢迎的作品，也是对延老的厚爱最好的报答。

我就这样长久地留在了哈尔滨。初到省作协时，省文联还没有条件提供住房，我曾借住在省艺校的教师宿舍，白天到哈尔滨师范学院的图书馆去写作。延泽民夫妇知道了这个情况后，在他们赴京看病期间，曾让我住在他家里，与他的女儿丹妮做伴，好让我静心写作。《北极光》就是在 1980 年底到 1981 年初，写成于延部长家书房里的写字台上。那个静谧而严寒的冬季，窗外厚厚的积雪映衬着窗台上一盆艳红的扶桑花，给了我永久难忘的温暖。

1983 年我结了婚，丈夫在北京工作，婚后我仍然留在黑龙江省作协当专业作家。从 1979 年到 1996 年，如今已经过去整整十七年了。我的父母和孩子在杭州，一家人户口分在天南地北。有时我奔波于三地之间，劳累中不免心生怨气，想起延老当年为黑龙江文学事业做出的"英明决定"，为了培育黑龙江省文学创作队伍，诚恳地把我留在了哈尔滨，心里颇有些怪他，把我"耽误"了不是？

这样没良心的话，只是一念闪过而已。当着他的面，我是说不出口的。

1979 年丁香花开的季节，黑龙江省作家协会与黑龙江团省委，联合召开了全省青年文学创作积极分子代表大会。

举办如此隆重的青年文学创作活动，当时在全国也是首屈一指的。会议邀请了几位北京和外省的著名作家，其中有刚刚被平反改正不久的"右派"。他们在会议期间，对中国的改革和文学的发展，发表了真诚坦率而又敏锐的意见，受到了与会者的热烈欢迎和支持，然而，不同反对意见也十分强烈。

于是，会议引起了一场轩然大波。直到会议结束以后很久，还有一些人对此事耿耿于怀，揪住不放，要追究那位作家以及会议组织者的责任。

那次会议当然是在延部长的直接支持下召开的。在我同延部长偶然而短暂的一些接触闲谈中，我知道他对于极左势力一贯深恶痛绝，1957年"反右"以后，他接收了不少北京来的"右派"艺术家，给予他们妥善的安置和照顾，不少人至今感念在心。

我作为那次青年创作会议省作协的参加者，虽然对于会议过程中的一系列麻烦略知一二，但无法得知延部长在会前会后所承担的巨大压力，还有高层领导对他的具体批评和责难。我只能感觉到他那段时间心情很不愉快。间或有消息灵通人士说，省里有领导公然表示三中全会的路线"右"了，而延泽民是省里搞自由化的代表人物。但延部长始终坚持自己的意见，认为青年创作会议的精神是正确的，体现和贯彻了党的思想解放路线。他拒绝检讨，因此他在省里的处境十分不妙，给宣传文化工作的改革实施带来了重重困难。时隔多年，如今那场风波已在历史的进程中烟消云散，只留下了许多问题供人深思；也在我脑中留下了一个刚直不阿的老共产党员形象，如同北国荒原上挺立的老树，满身瘢疤和创伤，风风雨雨中依然伸展着枝叶，护佑着冰雪下的小草。

记得他曾半开玩笑半认真地对我说过：等将来我离休了，无官一身轻的时候，我也要写小说，我有好多好多故事可写哩，虽然比不过你们年轻人，可也差不到哪里去的。

那时我第一次明白，他藏于心底最深处的一个愿望，是文学创作。

那次会议以后，延部长就病了，是肺部的老病，结核性囊肿，发烧待查。

他在京郊的一所肺结核专门医院住了大半年。那时我正在北京的文学讲习所学习，曾用星期天的时间，去看望过他好几次。有一次我买了一只西瓜，走了很远的路背去给他，切开来一看却是生的，当时我难为情得满脸通红。他笑笑说看这个傻丫头，下乡这么多年，连个西瓜都不会挑，真该把你送回农场去再教育了。似乎为了让我不再沮丧，他说我给你唱个西北花儿吧，是我小时候放羊的时候唱的。他就自顾自地小声唱了起来，有腔有调的，真的还蛮有味儿，奇怪的是那些歌词他都记得一清二楚，几十年过去了，他居然还能一字不差地背出来。我惊讶他的好记性。又过了十几年后，他果然把那些歌词都写进他的小说里去了。

病中的延部长，一如我认识他以后所见那样，总是乐乐呵呵、平静淡泊，踏踏实实地读书、安安心心地养病。那些官场的升迁与得失、文坛的荣辱与纷争，那些曾经辉煌的往事，那些是是非非恩恩怨怨，在他心里都已被岁月和时间化解，成为人生旅途中留在身后渐渐远去的驿站。而他，还想要抓紧时间赶路，去做自己真正想做的事情。

病愈后，他携夫人调来北京，在中国文联党组任职。

据说他离开哈尔滨的那一天，车站月台上挤满了自发来送行的人。都是他在黑龙江任职多年中交下的朋友，老老少少、作家演员干部工人，几百人的送行队伍，使得那一天的哈尔滨车站蔚为壮观。人们泪流满面，紧拉着他和雪燕的手依依惜别，舍不得他们走。我知道他心里也一定是不愿意离开这块洒着他心血的黑土地，他在黑龙江省整整工作了二十多年，一出出推陈出新的剧目、一部部反映边疆生活的中长篇小说、一个个在各次运动中煞费苦心保护下来的老艺人老作家、一茬茬来自基层脱颖而出的文学新人……作为一个党的文化官员，我想他应该可以无愧地说，他已为挚爱的民众和艺术尽了自己最大的努力。他生命中最宝贵最旺盛的岁月，都毫无保留地奉献给这片黑土地了。

有人曾说延泽民是黑土文学的奠基人，并非溢美之词。

当冰城终于消失在茫茫雪原上一个个寂寞的小站后面时，他也许想起了那些关于他故乡黄河的诗句和歌曲。九十九道弯的黄河，在河套平原迂回曲折地走出了一个 U 字形，才得以突破重围，奔流入海。

故乡那条遥远的无定河，在干旱的季节里依然源远流长。

来北京以后的延部长，老枝新叶，精神焕发。

在中国文联工作的十几年中，从 80 年代到 90 年代，他经历了改革进程中一次次起起伏伏、波波折折的险风恶浪，仍然以他一贯的正直与宽容，默默发挥着自己的影响和作用。

但年龄已步步紧逼，离休的日子终于到来。如果说离休对于有的人来说是一种失落和痛苦，对于他却是一个新的开始。他感觉到了从未有过的轻松，更有越发强烈的紧迫感，催他在生命的黄昏，将自己一生的故事从头细细整理。自从他在 1935 年当了"红小鬼"参加工农红军，在延安鲁迅师范学校摘掉文盲帽子，开始拿起笔写通讯、写秧歌剧、写时事通俗读物，然后历任各级宣传部门、报纸的领导，直到 1954 年进京担任北京中央财贸部研究室副主任，1956 年调任黑龙江省主管文艺工作以来，几十年中他一直是个"业余作者"：他写过小说《红格丹丹的桃花岭》《小红军》等，写过电影剧本《千里雷声万里闪》，他的《流水欢歌》在"文革"前被长春电影制片厂拍成电影……然而那些作品都是在工作的缝隙中挤时间写成，连一天专业作家的待遇也没有"享受"过。他已经为别人做得太多，现在既已解脱下那个长达几十年各种带"长"字的领导职务，犹如卸下了一块重负，可以轻身而行，终于是轮到他来涂抹、绘制晚霞的时候了——用笔、用心，为文学、为时代，也为纠缠着他的文学理想，吐出他最后的缕缕蚕丝。

离休后的老延头，几乎闭门不出，铺开稿纸，从此日日辛勤笔耕不辍。唯一的娱乐是与夫人去陶然亭公园散步，隔几日餐桌上，若有一大碗正宗陕西风味的羊肉萝卜汤，足矣足矣。

短短几年中，他一口气连续写出了近二百万字的作品。厚厚的四部长篇小说：《无定河》《千里雷声》《她在凌晨消失》《爱的心跳》（无定河续篇）……让读者喘不过气。小说内容大多取材于他青少年时代在陕北抗日的亲身经历，是历史的真实再现，也是对历史的沉痛反思。他在长篇小说《她在凌晨消失》中，对新时期开端，改革与守旧之争的现实障碍与历史渊源，作了颇具胆识的披露和剖析。那几年他一本接一本地抛出沉甸甸的书砖，欲罢不能，大有一发不可收之势。1986年访问德国、瑞士后，出版了散文集《阿尔卑斯山的沉思》。1992年与夫人从美国探亲回来以后，又写了大量访美散记，生动的日常琐记中，闪烁着他对东西方历史和文化评判的思想火花。

《无定河》一书出版后不久便销售一空，很得读者好评。我读《无定河》系列，书中的生活虽然离我们已远，但人性的光辉却照耀今人。小说的手法虽然"传统"而朴素，故事和人物却引人入胜。

那是 20 世纪黄土高坡上一幅英雄而悲壮的历史长卷，在反抗日本法西斯侵略的黑色底版上，流动着为争取解放和自由付出代价的鲜血，处处留下了作者试图探求历史谬误的询问。半个世纪以前的陕北风情、抗日的激情与悲壮、革命风暴中的愚昧与残酷，在作者笔下一一重现。文中的细节，方言、神态、动作都是真实而生动的，具有一种自然、朴实的美感和魅力。书中栩栩如生的女主人公金兰子，还有那些可爱可亲、可憎可恼的陕北人物群像，长久地留在了我们的记忆之中，向 90 年代的读者做出令人警醒的发问。我惊讶于作者的观察力和记忆力，他当年在山坡上放羊的时候，莫非就开始积累素材了吗？莫非还在当红小鬼的时候，就准备好了将来要用笔写出这风云跌宕的一生吗？他本可以养尊处优安心为官，却偏偏钟情于最辛苦最"危险"的文学。他真是一个天生与文学有缘的人。

延老从书桌和稿纸上，迎来了他从事文艺创作的五十周年纪念日。

他依旧戴着那副厚厚的眼镜，看书看报总得将那字凑到眼前，几乎碰到了鼻尖，才能看清。我几乎很难想象，他那近二百万字的作品，就是将稿纸顶在鼻尖下，用他仅存的零点一的视力一个字一个字千辛万苦地写出来的吗？

更多的时候，他静静地端坐于书房，凝视着墙上青年时代的照片，或是远远眺望着窗外，陷入长久的沉思之中。那些叱咤风云的岁月已经成为往事，他要在昨日的废墟和今天这片百废待兴的建筑工地上，寻找明天的支撑和希望。

那几部长篇小说出版后，他曾感慨地说自己老了，不想也不能再写东西了。可是1995年下半年，他忍不住又开始动手写自己的回忆录了。他说为的是给后人留下一点有参考和借鉴价值的真实史料。

我们期待并祝愿这本厚重的大书早日诞生。

当春天来临的时候，延老将度过他的七十五周岁生日。

延老不老。一个心里充满了活力和爱心的人，永远不会老。

我最近见到延老，只见他鹤发童颜，面色红润，比前些年更显得精神饱满了，由于视力不好，很多年前他走路的样子就小心翼翼，唯恐撞上别人。他风趣地自嘲说这叫作摸着石头过河——路漫漫其修远兮，吾将上下而求索。他说话时总是慢条斯理的，在不经意间，与人开上几句玩笑，令人觉得亲切。延老其实是个很幽默的人，除去原则问题不能让步，一些不愉快的小事情，在他的眼镜片后面都如清风般徐徐飘散而去。

那么多年中，我甚至从未见过他发脾气。他即便愤怒即便不满，也常常在自己的调侃和戏谑中化解了。我个人生活中曾遇到的许多坎坷、文坛和创作的种种苦恼、人生的无奈和烦乱，只要走进他的书房，向他和夫人一一诉说，即使他沉默不语或是故意王顾左右而言他，当我走出他家时，烦恼和怨气便都莫名其妙地烟消云散了。

在一个宁静而淡泊的心灵面前，你会觉得自己为那些俗事忧烦，实在不值得。

心情和心境是一种人生境界。延老没说过，却让你自己去感觉了。

所以想起了张九龄的那句诗："高斋复晴景，延眺属清秋。"

一个神清气朗的金秋，是属于延老的。那个天高云淡的秋天，他能从窗口望见前面很远的地方，望见奔腾的延河在不倦地延伸、延长、延续……

在他书桌的玻璃板下，我发现了他夫人雪燕赠他的"信奉格言"，用她娟秀工整的字体，亲笔写在一张小纸片上：

　　荣辱不惊，看庭前花开花落；

　　去留无意，望天上云卷云舒。

　　　　　　　　　　——延老一笑一九九三年九月二十八日

我说延老，其实你的那些书稿，都是雪燕帮你整理的，这些年你若是没有她的眼睛她的手还有她的心，你肯定做不了那么多事的。

延老很幸福地笑起来，说你别看我眼神不好，我的眼力还是可以的。

《北方文学》1996 年第 7 期

送别延老

那一天天气晴朗，无风无雪，阳光中透着暖意，寒冷的冬日将尽，春天很快就要来临。然而，天空突然被一片沉重的黑云覆盖——延老去世的消息传来，那个瞬间阵阵寒意逼人，顿觉天地间的热气都被这无情的噩耗抽空了。

他走得那么急促那么匆忙，甚至连抢救的工夫都没有给医生。似乎过于漫长的严冬耗尽了他的耐心，他已等不到春天了。他把阳光和希望留给年轻人，义无反顾地走进了永远的黑暗。他离去的方式如他一生为人的风格——不愿给他人增添更多的麻烦。

亲人和朋友们在突然降临的悲痛之余，尚有一丝小小的慰藉，那就是一生辛劳和坎坷的延老，离去那个时刻，没有遭受太多的痛苦。他走得那么从容和安详，微阖的双眼下，既无生之烦恼亦无死之恐惧，光滑而宁静的颜面，就像是熟睡的婴儿，将面对另一个新的世界。

那是一种永久的超越。站在他的灵前，我们懂得死亡使生命完成最后的升华。虽然死亡带不走生命曾经创造的辉煌，然而一个人一生中给予他人的所有恩泽，点点滴滴，都将因永别而留存于人的心底，就像一片落叶，归于尘土，化为种子的温床。

你若是见过十几年前那个秋天的哈尔滨火车站，全省文艺界几百人自发为延老送行的场面，你会怎样地感动和震惊。当延老离开他工作了几十年的黑龙江省，调任中国文联书记处就职时，那些在许多年中曾经被延老费心栽培的文艺骨干，那些曾经被延老保护过的"老右"和"牛鬼蛇神"，甚至还有那些在"文革"中整过延老的人，在月台上声泪俱下与延老依依惜别，直至车轮转动前的最后时刻人们还幸存着挽留延老的一线希望——你会知道，作为一个在极"左"思潮统治下，领导文艺界多年的省委宣传部副部长兼文化局局长，竭尽心力做了多少有利于繁荣文艺的大事。车窗外的风吹起他花白的头发，夕阳下他慈祥的面孔如同一帧剪影，烙刻在送行人心上。那个时刻，你会懂得什么叫作一身正气，两袖清风。

你若是见过延老在京离休后的那些年中，每日笔耕不辍伏案写作，深居简出与世无争，你会发出怎样的感慨和赞叹。虎坊桥寓所那间明亮的书房兼卧房中，高度近视的延老戴着他厚若瓶底的眼镜，日复一日笔耕不辍，砖头一般厚重的长篇小说连续出版。十卷本的《延泽民文集》已由北方文艺出版社出版，只差几天就将送达延老手中。延老晚年，除去开会或家有访客，他几乎没有一天停止过写作。写作已成为他生活中的主要乐趣和全部的精神寄托。当他还在陕北山沟里放羊的童年时光，他也许就爱上了有字儿的书本；当他参加革命在延安当红小鬼那时候，从识字学文化开始，他就爱上了写作。新中国成立后他担任文艺界领导工作，从陕西到东北最后到北京，他为"工作"奉献了所有的生命。到了晚年，他才终于回到自己热爱的文学事业上来。这十几年，他写了那么多那么多，把一生中担任文艺界领导工作所耗费的时间精力，统统补偿回来了。后人面对他留下的几百万字，才会懂得什么叫作"淡泊以明志"。当他离别人世那一刻，他应该颇感欣慰。

你若是知道延老在最后几年，因心脏病长期住院，在医院里仍然偷偷写着日记，为自己的长篇回忆录做准备，心里会有怎样的感动与感佩呢？他的视力早已下降到几乎要把书本贴在眼睛上才能看清字体的情形。若是你知道延老前不久，以七十八岁的高龄，勇敢地接受了两次大手术，忍受了极大的痛苦，都不肯哼哼一声只怕家人担忧，等到他刚刚清醒过来，便与亲友谈笑风生的情形，你不能不由衷地钦佩延老这个坚强的陕北汉子。

　　坚强是性格，更是一种人生态度。所以延老早有遗嘱：死后丧事从简，不举办任何遗体告别仪式，不在八宝山公墓保留骨灰。他的夫人雪燕恪守了他的遗愿，遗体火化那天，仅有家人和极少几位亲友至交为他送行。你若是见过他临行的时刻，遗体上撒满了金色和洁白的新鲜菊花花瓣，犹如被一群即将乘风归去的仙鹤，托着冉冉升上云端，那个瞬间你会恍悟什么叫作"境界"。

　　如今他已长眠在陕北绥德的黄土高原上，同他的母亲安葬在一起。苍天有灵，愿每天温暖的阳光，为他带去我们的思念。一个能被后人真诚缅怀的人，虽逝犹存。

1999 年

写于北京颐和山庄

我

思

峨眉山启示录

1982 年 10 月，一群文学友人聚会蓉城，同游乐山、峨眉。经三苏祠，见对联"蜀中多才子，三苏天下奇"，心中顿生敬意。于是自我感觉此行游历峨眉，拂山之风，沐山之雨，也沾了灵秀之气。触景生情，文思驰骋，尽在山林的启迪之中。

"上山不上山？海拔三千米，六十里山路一天到顶。"

登顶峨眉？还有比这更有吸引力和诱惑力吗？

人心顿时乱了，众声嘈杂，各自做着选择。爬山艰苦，可想而知。这是一场信心、耐力、体力及方法和"理想"的考试。

一步步爬上去，多大多高的山啊。累！体力吃得消吗？

朝拜佛教圣地，再苦再累也值得。

我要试试。既然已站在了山脚下。不仅为见识这座名山，更为攀登本身。

十年前，我站在巍峨、神秘的"文学大山"脚下，也曾这样犹豫、彷徨。我明知自己才疏学浅，却无法克制对那座名山强烈的好奇与景仰之心，幼年时我怀着敬慕的心情遥望山影，后来，又踏着岁月的脚印一步步接近它，那么迫切，那么专心，仿佛我的生命也系在山顶的一棵树上了。没有谁逼着我去登这座山，也并非除却此山便无山可登。只是，我在峥嵘的众山中，唯觉它是亲切的。它似乎也喜欢我，人和山，有感应——

　　泉和风都在传递。

　　我终于进山了！虽然才到山口，已领教了它的严峻和险陡，攀登的艰苦可想而知。山里是我从未见过的另一个世界，居高临下俯瞰尘世的高度。人生能登上这座山，不虚度了！如果允许我重踏人生的起始，我将毫不犹豫地向"文学大山"再起步。

　　万年寺的正殿里有一尊雄伟、高大的六牙白象的铜像。铜象的背上驮着一个千叶莲花座，莲花座上是安详神圣的普贤菩萨。

　　许多人转来转去地摸铜象。铜象的腿部、胸部的金粉，已被千万双凡人的手摸掉了，露出里面黑色的铜块。人们为什么这么热衷于摸它？据说人身上哪个部位有病，就摸铜象的哪个部位，病会自愈。

　　我也未能免俗。摸了腿，又摸胳膊。可惜，胃和心脏是碰不到的，可是我关心和担心的恰恰是自己的胃和心脏。

我登"文学大山"的最初阶段，用的就是万年寺摸铜象的办法。那些在炕沿上、膝盖上、油灯下涂抹的纸片，在风暴雨雪的奏鸣曲中录下的"乐谱"，都是我摸着名著的胳膊和腿，临摹下来的。描写、语言、人物刻画、开头、结尾、分段、高潮——头病摸头，脚病摸脚。千百次地模仿、借鉴，终于有一日，自我感觉有那么一点"象"了。

遗憾的是，摸不着心跳。没有心，这些作品就没有生命。写作不能简单地模仿，模仿虽能惟妙惟肖，终有根本的缺憾——没有心。

很多年以后，我才找到了自己作品的心。心跳以脉传递，心的搏动，使全身的系统健康运行，于是我开始了"文学登山"。

一部作品只要能听到心跳，即使缺胳膊少腿，它也有了生命。

在途中，我们遇到了几位满脚泥泞的下山游客。他们垂头丧气地说："上头没路了，太难走，没啥意思。"

他们半途而废了！

我们不为所动，继续攀登。果然：碎石，泥浆，步履艰难。

石阶，承受不住岁月的铁蹄，崩塌，陷落，东倒西歪，无法落脚，哪里算路？

要走吗？路还是有的——

就是在这条不是路的路上，寻找自己可以落脚的点。一点，两点，两点可成一线，无数的点，构成了曲曲弯弯的，绵延无尽的自己的路。

路在自己脚下。看起来，走的是那条塌陷的老路，路基尚在。但石阶却否定了旧我。它不可能躲开，却允许人们灵活的脚尖在空处另辟蹊径。

　　我这样理解这新旧交替的年代的文学。一个特殊的时期，我们只能在原路上走一条可以登上山顶而又属于自己开创的路。

　　当然，弯曲的公路迟早要开通的。

　　"小丑帽！"

　　我第一眼看见它们，几乎不假思索，就这样叫道。

　　我弯下腰，把它轻轻摘下来。

　　它是一朵淡黄色的小花，白色的花蕊。高高耸起的花冠，尖角上有一道道红杠杠。它的外形本来就酷似一顶小帽，加上这红杠杠，当然是一顶活脱脱的小丑帽了。

　　路边，坡上，到处扔着这黄色的小丑帽。好像刚刚来过几千个马戏团，小丑们为峨眉的秀丽景色所动，纷纷甩掉小帽，立地成佛……

　　"我觉得像蝴蝶泉。"

　　"像春天的油菜地。"

　　"像一只只鼓满海风的船帆。"

　　"像张开的金色的蚌壳。"

　　大家都在发挥想象，每一种比喻都可以编成一个美丽的故事……

想象是瑰丽的彩霞。

不能没有大地，也不能没有彩霞。

想象是自我意识中追寻的境界，是人生经历中逝去的和即将来临的希望。它由我的心的最深处隐秘的情感在现实中得以具体的物感的触动，而展开翅膀。

有谁说过：真正的现实主义，应该建立在假定性的基础上。

想象是一种心理现象，也是作者灵魂的升华。在这个领域里，体现了作者全部的审美主动性。

过了半山，石阶越发溜滑。路边的树叶草丛湿漉漉的。大雾弥漫，几米之外，便是茫茫一片。

参天的大树在雾中影影绰绰。

陡峭的石壁像剪纸、投影。

迎面走来的人，如天外降临。

赶到前头去的人，走出了我的梦。

雾使峨眉山笼上了一层神秘感。我在雾中更想看清四周，看清自己。我庆幸自己是由于站得高了，才会置身雾中。

可是，第二天下山那会儿，天晴了。一览无余。

前一天上山时的神秘感全消除了。

远山。近山。落叶。石头。

峨眉不过如此。

走一会儿，便累了。换个角度，仍是一览无余。我失望了。

文学也需要"雾"。

写作要有意境，创造意境的必要条件是朦胧。朦胧并非不真实，并非不存在，并非要遮掩，并非……

朦胧是一种艺术的含蓄，含蓄的朦胧，展示了作品的内涵。

我想起了杜牧的名句，"烟笼寒水月笼沙"。如果只有寒水、沙滩，没有迷茫的烟雾，朦胧的月色，那番夜色将会何等减色。

我的作品却正好是缺少含蓄，过于直露，因而常常是"一览无余"。2+2＝？聪明的作家不会说是4。

当然，作品不能总是大雾弥天。时而朦胧，时而清晰，有曲有直。山未变，树未变，只是由于云缠雾绕，显得千回百折、浓淡万层而已。

山腰是雾，再往上走，下起了淅淅沥沥的小雨。顶着雨往上走，雨渐渐小了，雾又浓起来，白茫茫前后不见人影。同伴说：我们走进云中来了。

云在山脚是雨，雨在山腰是雾，雾在山尖是云。云、雾、雨，实在只是由同一种水分子组成。

一个人物，一个故事，一个意念，可以处理成几种截然不同的小说。

我的短篇小说《白罂粟》，可以处理成"我"去还钱之日，老司头已凄然离开人世。一个悲伤的故事。现稿却写了"我"与狮子头同去还钱，同伴顿起歹心。老司头最后死于他所爱护的青年的刀下，"我"的灵魂幡然醒悟。

似一片雾，降下去几百米，变成了雨。升上去几百米，形成了云。

人物、故事、细节、语言，都是一样的。同样的水分子，凝聚的位置不同，就构成了不同形状的"物"。

落笔之前，要选准一个高度，高度表示着气温与湿度，将对空气发生重大影响。这个高度决定了"水"的形态——也就是作品的存在方式——云？雾？雨？它们在本质上无多大差异，然而作用却是不相同的。

陡峭的山路拐弯处，有一块小小的空地，上面盖有一座小小的三角亭。

亭柱是木头的，三面有木头围栏。亭子的屋顶，用长着青苔的老树皮覆盖。简单而朴素。

我没见过三角形的亭子。

按照中国传统建筑的美学标准，三角形的亭子简直不能叫作亭子。

可是它却挺立在深涧的危崖上，让路人遮雨，歇息。

一个聪明而又大胆的建筑师，敢于打破几千年亭子的传统，是什么灵感启示了他？

是那块小小的、三角形的空地。空地小极了，像大树上的一片叶子，两边是悬崖。危崖上根本立不住三根以上的柱子。

当原有的形式无法适应、无法充分地表达新的内容时，形式就要求创新、突破。正如亭子大多是四角和八角，但未尝不可以有三角、五角的一样。地形、环境需要建成几角的亭子，亭子就可以是几角的，甚至无角。佳木斯的西林公园就有一座别出心裁的大蘑菇亭子，圆顶、单柱，从绿草地"破土"而出。

每篇小说构思时，我都希望找到一种最适合那块"土地"的形式。

否则，内容各异但形式雷同的小说，也会给人千篇一律之感。再不能用轻蔑的口吻来谈形式。对于亭子来说，三角或是八角几乎就是亭子的全部。我写《火的精灵》和《七个音符》，形式的变化都是由于时间、空间跨度的需求，应运而生。

古藤。

盘根错节，纵横缠绕。从这棵树攀附到另一棵树。时而平行，时而交错。

峨眉高山区亚寒带森林里的古藤，并非由一棵藤绕一棵树。而是互相攀附、依存的"多边关系"，呈现出凝固又流动的复杂形态。

这很像中长篇小说中的人物关系。

古藤与古树的交叉、纠葛，组成了幽深而浩瀚的原始森林。人物之间复杂、微妙的关系，构成了生活与小说。有时，这种关系是平行的，共同向前伸展；有时，它们缠绕交织、彼此从对方的空隙中穿插而过；有时，它们拧成了一个结子，背叛了各自的客体，寻找新的伴侣。它们结合、又分手，疏远、又靠拢。既独立，又是一个具有千丝万缕联系的整体。在小说中，一个人并不单纯只同另一个人发生联系，而可能每一个人之间都具有某种联系。这种纠葛越复杂，作品所展现的世界就越多元化、立体化。

结构也是同样。

单线条的结构，使人一目了然。像一片小树林，优美、恬静。然而双线条、多线条的结构可以组成气势宏大的森林。

《在丘陵和湖畔有一个人……》尝试采用了一种过去时与现在时平行、交叉、流动的结构写作。过去时与现在时，都在进行与发展之中，并且不断互相推进。

古藤，一座"立体交叉桥"。在这里，时间与空间的障碍都不复存在。

路边常常立着几株浑身覆盖着青苔的大树。青苔很长、很密，流苏似的披挂下来，像雨中摆渡的老翁背上的蓑衣。

我一想起峨眉湿润、多雨的南方山林，就想到那披满青苔的树。青苔仿佛成了西南地区山林的特征。

玻璃窗上的冰凌是北方冬天的特征。弥漫着晨雾的春天，是1979年那个特殊年代的特征。游泳衣是岑朗的特征。一只混装着各类杂书装点门面的书架，是陆芩芩的未婚夫的特征。

鲜明的特征，往往和生动的细节分不开，装点门面的书架是个不起眼的细节，可一想到这只书架，就会想到芩芩的苦恼。想到芩芩的苦恼，就想到了这只书架。独特的细节多么重要啊！

我并不擅长描写细节，但在努力发现、运用它。"……他突然叫起来：'少了一个！''你怎么知道少了一个？'芩芩没好气地问。'我数的！'他理直气壮地端着碗去找服务员。等他补了那一个馄饨出来，芩芩早跑没影了。"

很多读者告诉我，他们难忘这一个馄饨。

"您还认得那只小公鸡吗？二十二年来，它一直陪伴着我。在那所我一生永远不会忘记的白屋子里，这是唯一留下的纪念。它虽然不会啼鸣、不会跳跃了，但它的心却是永远爱您的……"

这是《淡淡的晨雾》中老大郭立柽写给父亲荆原的信。许多人难忘这只小公鸡。

路边通风的树干，一面长满青苔，一面却很光滑，它是阴阳树，"两面派"。人们可以根据它的阴阳面来辨别方向。

可是林中还有许多树，既不光滑，也无青苔，难以辨认它的朝向。

并非所有的人，都可以用"好"或"坏"来区分。

在同一个人身上，往往有背阳与朝阳的两面。真善美与假恶丑，在同一个人身上也因环境、需要、理性与情感的搏斗，而获得"对立"或"统一"。

我的作品中对人物描写的简单化，来自我从幼年时就根深蒂固的"好人"与"坏人"的概念，这对于我的作品是致命的威胁。

在"阴阳树"前，我否定了一个传统观念。我希望能写出这个错综复杂的时代，复杂的人。从光滑的树皮上寻找阳光，从长满了青苔的那面，感受阴冷的湿雨。但它们都在同一棵树上，留下了季节的烙印。

背篓，沉重的大山，压在山民的瘦削的脊背上。黑色的煤，白色的米，绿色的菜，红色的砖，褐色的木头……一座五彩缤纷的大山。他用脊背担负起一个世界。

他用手杖支着背篓的底部，靠在大石上歇息，喘着粗气。他连呼吸也献给了大山。

他稳稳地背着大山，一步步朝太阳落山的地方走。他把大山献给自己不相识的、远方来的游客。

我低下头去，挪开了视线。我曾觉得自己是一位登山的勇士，我已经负重攀爬了几十里路程。

可是这一刻，我深深地惭愧了。

我为的是征服，我为征服抛洒我的汗水。

可是，还有许许多多的人，却仅仅为了谋生。让世人的足印，踩着他们瘦弱的肩膀，登上极顶。他们给游客送去食物，得到的却是力竭与衰老。他们虽然是山的儿女，却很少想到用付出的血汗，换得公平的收获。

崇高的山民！

表现大写的"人"，是我文学写作的动力。

一部作品，无论线索、人物、情感、思想多么丰富、复杂，必须嵌入强劲的思想钢筋。一个作家的全部作品，无论题材多么广阔，时代的跨度多么宏大，也必有骨骼的支撑。

就像是一部交响乐中不倦回旋的主旋律，那是作者的情感境界最集中的表露。主旋律尽管时隐时现，但极其固执，万变不离其宗。

我回头看自己这三年百十万字的作品。我听见了那尽管不很美，然而宽广、坚定、激奋的旋律。当初我并没有先确定了它们然后再写作，而是在我写作的过程中，它们自觉或不自觉地形成了。无论是《爱的权利》《淡淡的晨雾》，还是《夏》《北极光》，都表达了同一主旋律，这也是我所有作品的大主题。

人性、人道、人文——我听见了自己灵魂深处的声音。

不敢走近去。断壁悬崖，深不见底。风在穿行，云在飞渡。山鹰，苍松。巨石狰狞，龇牙咧嘴。前面是万丈深渊。

朝下望一眼，倒抽一口冷气。腿簌簌发抖，头晕目眩。再走近一步……

一个同伴却泰然自若地坐在危崖边上抽烟。

我们习惯的思路：悬崖——深渊。条件反射：深渊——粉身碎骨。于是人们常常被自己吓唬住，望而却步。

可是也有许多人，泰然自若地站在悬崖上，坦开衣襟，极目远望，向群山展示自己的信心与平衡力。你可以领略到在安全地带绝对无法感受的大自然的玄妙。

当然，要小心并警惕滑坡或是坠石。

在那一刻，你也发现了你自己。

"哟！你们看！"

同伴中有人惊呼。

抬头——一顶金色的巨伞，一团嫣红的朝霞，一阵枯黄的风。玛瑙似的红果，玉石似的白果……琳琅满目，五彩缤纷。

秋天的峨眉——彩色的鸟。从鸟翎到翘翘的尾巴，一层羽毛，一层色彩……

现在我还记得，《收获》的编辑在对我谈《淡淡的晨雾》的意见时说："色彩嘛，你也注意到了……"

那之前其实我并不懂得运用色彩，我的作品中的色彩，大半是生活本身具有强烈的色彩的缘故。

写作要像画画一样，善于运用颜色来区别、表现。即使同一种颜色，也有千差万别。

我在尝试着运用色彩的浓淡与明暗。例如《白罂粟》中的"狮子头"和《火的精灵》中的"冰块儿"，有些人物虽然同一底色，但色调的"层次"会将他们分开。

作品的色彩通常是靠人物的行为、个性、经历、情感、思维的层次感来体现。而层次则是由同一色中掺入不同颜色的颜料调制而成。即使只有极细微的差别，却造成千万种色彩。这是生物的基因使然。

一群下山来的人扫兴地报告：

金顶上大雾不散，已有半月之久不见佛光了。

但是已经既然上了山，金顶是最终的目标。

下午四点半，我们终于登上了峨眉极顶——金顶。先行的男同胞已替我们借好了大衣。山顶的平地上，寒风萧瑟，乱云飞渡。站满了穿黄大衣的人，却悄无人声，神秘而静寂，犹如到了另一个世界。几乎所有的人，都焦虑地朝西方的天空默默翘首仰望。阳光躲在厚厚的云层里，固执地不肯露面。云，越来越浓了。

失望。三点半曾出现过一分钟的奇迹，先上山的人自称已见过佛光。使我们羡慕嫉妒，又满怀希望。

我站在舍身崖上的铁栏前。脚下一片白云翻腾。我呵出的白气也变成了云，那一瞬间我对自己发生了错觉，似要飘飘欲仙而去……

人们还在等待，没有人说话，都在等待一个奇迹。

希望蕴含在一片巨大的沉默之中。

我失望了，两眼却紧紧盯着远处的山谷。我冻僵了，我想走了。

突然，一股强大的气流旋转起来，好似一只硕大无比的扇子，神速地驱赶着山谷里的浓云。头顶上遮天蔽日的大雾，在空中急切地流动起来，朝四面八方散开去，散开去。光柱倾斜着穿透云层，骤然而现的太阳如一盏高悬着的明灯，放出刺眼的光芒。

对面山谷的白云间，突然出现了一个巨大的光环，光环的四边如雨后彩虹，呈七色。光环中有几座逶迤的山影，以及金顶上的那座被雷火焚毁的普光殿，残垣断墙上翘起的屋檐……

光环中，我看到了一个清晰修长的黑色人影，一个人，一个人影。据说，你看到的那个人影，就是你自己。

不甘心被驱散的浓云，两三分钟后，重又奋力聚拢弥合，光环渐渐消失，残留一点朦胧的颜色，仿佛是印在云幕上的一个巨大的圆圈，又终于全部隐去了。

人们清醒了，欢呼起来。

那是峨眉最绚丽神奇的情景——佛光！

我真的见到了佛光！

佛光显现的那一刻，我狂喜！惊奇！却又忐忑，迷惘。

也许是因为它超过了我的想象？

并非所有的人都能登上峨眉，也并非登上峨眉的人都见了佛光。

佛光出现过，千真万确，可它又消失了。

它是什么？

我曾如此渴望见到它。可当佛光出现的时候，我觉得它几乎不可思议。

我无法解释这一切。在大自然的奥秘面前，我茫然。

在一团潮湿而浓重的晨雾中，天空像一幅恬静而淡泊的水彩画。灰色的底版上，随意涂抹着几笔蓝色的云……风轻轻滑过树梢，树梢在无声地颤动。

山顶的平台上站满了人。人们在等待即将出现、已见过千次万次的太阳。

一个普普通通的太阳，谁闭上眼睛都可以想象出它永恒的存在。可是却没有人愿意错过那个千篇一律的时刻。每个人都期望在一次亲眼所见的光明中，感受到世界诞生的庄严与伟大。

等待日出，峨眉山的日出。

七点零八分，一点金光准时从天边射出。地平线像突然劈开的海水，从中涌出一颗巨大的金珠。犹如海底有一双巨手，死死地拽住它不放。它挣扎、跳跃，同它的出生地做着彻底的诀别。它是决意要去了，义无反顾，它的光焰呼唤着新的一日，点燃了一片崭新的天穹。

它来了，天空苏醒了，缀满了五彩的霞朵，天空变得富有生命。人们在这平凡而无声的奇迹中，沉思、静默。

峨眉日出，同泰山日出，黄山日出，庐山日出，同一个太阳。

每一座高山、每一片大海，每一天升起的都是同一个太阳。然而，每一个太阳都是不同的。

新的、不同的太阳。由世人一千次体验过的感情、获得的真理，必须由你自己单独、亲自经历一次。

一部伟大的作品，一个真正优秀的作家，从作品中散发出来思想的光和热，必然具有强烈的辐射作用。这千百道"放射线"无论射程多远，都有一个轴心，这就是作品的思想。没有思想深度的作家和作品，失去了辐射的力量，失去了如同阳光的辐射所能及的宽度与深度。

我将固执地在作品中表达"我"对客观事物的认识，表明"我"对生活的见解，表达我的主观感受。那是属于我的太阳。

下山并不轻松，一天九十里到洪椿坪。

低头行路，只见满地金色的落叶。

过九老洞，听说那里有猴群出没。对猴群，同伴们包括我在内，都是略抱敬畏之心。听说它又馋又贪，惹不起。猴群一旦发怒，围攻袭击游客，能把人撕成碎片，或推下山涧，这些情况令人毛骨悚然。大家想见猴，又怕见猴。人人遵嘱手捧一些食物行路，准备一旦它们拦路索讨，恭恭敬敬地敬献出去。

山林寂寂。石阶不见尽头。一个弯，又一个弯。细竹，青苔，落叶，古藤……

在木棍的帮助下，走过没有栏杆的险陡石阶时，竟也舍不得扔下手里那包猴食。

可是，猴群根本没有出现。事后我暗暗觉得好笑。

在一个特定的环境下，无法与人类同日而语的灵长类动物，竟然在心理上凌驾于人类之上，使人们怀着恐惧与崇敬的心情，期待着它的来临。

可是，如果不回避，意识流动的不自觉性中包含的自觉逻辑，我们就会发现，其实对猴子的好奇心，只是一种表象，潜在的意识要复杂得多。

这种心理，也许包含着对人类始祖的膜拜和与其他智慧生物交流的渴求……

描写人的心理活动中，嘲笑人对猴子的恭敬，只是第一个浅层；提醒人对猴子的鄙视，是第二个浅层；分析人对猴子敬畏的由来，才掘到更深的一层。意识也分为许多层次，真正成功的心理刻画在于善于捕捉并表达人的潜意识。

潜意识的表露往往是不自觉的，就像在爬过山岩时，死死抓住猴食的一刹那。

豆花饭每碗二角。

又香又辣的豆花饭，歇息的每一处草棚里几乎都有卖的。

四川小吃。富有峨眉特色的登山小吃。管它好吃不好吃，尝尝再说。

没吃过的，吃一吃。即使是一样的豆腐脑，换了名，又换了地方，也是不一样的。尝一尝，又长一样见识。

审美趣味，越丰富越宽广越好。尝过了，不喜欢，可以舍弃。未必就不好，未免太狭隘。我们自幼已被那些狭隘的观念害苦了。

于是，新近我写了中篇小说《塔》，还有别的……

九十里下山路，句号是一排巨大的洪椿古树。

深谷溪涧，秀峰环立的幽林中，传来西路大军会师的欢呼。踏进洪椿坪的古庵，迎面四个大字"登山极乐"。

登山极乐！登山极乐！

筋疲力尽，再迈一步也许就会倒下。然而，从未有的轻松、欢悦、自豪，从我软绵绵的困乏的脚跟升起，包围了我的全身。

我脱下那双陪我登上极顶，仍然完好的峨眉草鞋。这是我上山前在一个山民那里买的。依仗它，我的脚步才比别人灵活、轻快些。我舍不得扔掉它，这是一件珍贵的纪念品，意志、信心、耐力的见证。

谁会想到，登峨眉是一双草鞋！

我怀念那双用细麻绳夹着茅草编织的精巧的草鞋。在我爬山起步的时候，没有胶鞋可穿，更买不起现代化的登山鞋。只有一双单薄的布鞋，外面套上了毫不起眼的草鞋。我没想到会穿着它登上山顶，没想到它会陪我涉足峨眉的每一处名胜。走了这么远的路程，稳稳如履平地，脚跟扎实从不打滑。我真感谢它，我的朴实而灵巧的草鞋。

登山极乐，穿草鞋登山极乐。

我以留在峨眉的草鞋足迹而自豪。

峨眉三日，留在记忆中了。我们终究没有坐汽车上山，而是一步一步走上去的。于是，该看的，都看了；人们体验不到的，我们体验了。同行的文友，一路做伴上山，妙语横生，欢声在古老的林中震荡，至今撩拨着我的心湖，引燃我脑中灵感的火花……安忆、大冯、李陀、天明、泰昌、小林、小水、小叶、老叶、老孔、袁敏……峨眉难忘，友人更难忘！

我们一起读了一本还未写出来、但在梦想中寻求的美与爱的大书。

《十月》1983 年第 4 期

我的节日

　　每个人的生命都纯属偶然。为什么那个时刻未经自己选择就偏偏有了你？为什么你又偏偏选择了那一天降临？

　　我的生日在夏天。按阳历，最热的 7 月初。

　　从那一天开始，我成为一个"人"，地球的生命中，就有了一个"我"。所以生日是唯独属于自己的节日。世界上也似乎只有一个人与你的生日有关，那就是诞生你的母亲。

　　小时候过生日，正是考试的关键时刻。每次生日，老是紧紧张张的，弄得我很不开心。好几次，过完了才想起来，就缠着妈妈要补，妈妈便笑嘻嘻地拿出早已准备好的生日礼物给我——差不多那总是一本精美的图书、一支新的笔，或是一个笔记本儿。

　　那时家里经济不太宽裕，整盒的奶油蛋糕是生日的梦想。偶尔的，也许让大人带着，到西餐社买一小块切好的长方形蛋糕，上头的奶油花纹已支离破碎，却很心满意足，还把沾上奶油的手指舔了又舔。

十九岁那年初夏，去了北大荒的一个农场，从此就把生日扔到了杭州老家。离开母亲似乎就离开了自己的生日。再没有人会来关心你，曾经哪一天来到人间或是你对于人间的印象如何。就连我自己也在终日的劳累和挫折中，淡漠了疏忽了对自己的兴趣。

不记得在北大荒怎样过生日。留在记忆中的，是一团浑噩而灰暗的史前星云。金色的不是蛋糕而是窝头，蜡烛很多却是为了照亮黑夜。也许那个日子是为自己采过原野上的野花，它很寂寞地被插在一只漱口杯里，没有人知道它的名字，也没有人想知道它在想些什么……那时的人都极渺小极微不足道，不存在一个生命同另一个生命的区别。

忽然有一天就收到一封厚厚的信，信中夹着一方雪白的真丝手绢，手绢的一角用红色的丝线绣着一行拼音字母：KangKang，顿时眼眶一热，差点就落下泪来。字母是妈妈亲手绣的，绣的是我的名字。妈妈说，家人在这一天，为祝贺我的生日，特地吃了一回面条。万里之遥，这件礼物仅是全家人的一点心意。

便终于觉得自己还活在世上，还被人惦念着，还有让人重视的权利。这一日就赫然地兴奋、振作起来。以后的日子无意就扬起了头，天空也云开雾散的明朗。因着生日对自己生命的提醒与珍爱，浑噩中有了初始的自信。恍然记起年龄，不过是二十几岁，人生尚遥远，不知将以什么奉献给未来每一年的这个日子，即使不为自己，也为了在这一日的痛苦挣扎和淋漓鲜血中生养我的母亲。

从那一天开始，我对生命的来历有了恐惧和疑问。我不知自己究竟从哪里来，要到哪里去。我只知道我必是从某地来，也必得到某地去。我发现自己已长大成"人"，但却没有成为"我"——我把自己失落在何处？一个没有"我"的人生又何必用我来活？

我要从此确立我的节日，是为了一年一度替我自己招魂。

就这样匆匆忙忙磕磕绊绊地过了三十年。

1980年春，我在文学讲习所学习。夏天的一日，所里组织学员去北戴河休假。临上车之前，忽然想起今天是自己的生日。三十岁生日——三十而立，毕竟是个值得纪念的日子。狠狠心，特地去买了许多漂亮的酒心巧克力糖。上了车，忍了又忍，终于是忍不住，便把糖果迫不及待地分给大家。很郑重其事地宣布说今天是我的生日，愿大家同我一起分享。车厢里就热闹起来，可惜那时都还不会唱《祝你生日快乐》这首歌。有人说你生日旅行，看来这辈子总要来来去去了。

望着车窗外无垠的田野，以往的岁月也如疾速后退的树木和房屋悄然逝去。我虽然无法再看见它们而它们却终是留存在大地上。三十年活得认真活得勤勉，没有很多欢乐却有些许收获。三十岁的生日给我安慰也给我命运的警示：正如这隆隆作响呼啸奔驰的列车，我已无法止步无可选择。我是否将注定载着一代人的希冀，去茫茫宇宙探寻人生的使命？

那个中午，同学们在海边的一家饭店聚餐。海很近了，只几步之遥，听海浪声声喧哗，撩拨人心；清凉的海风习习，带走了闷热都市的暑气与浮躁。那天我喝了许多祝贺的啤酒，我记得我并不快活但心里升起很多的愿望，我多想用我的全部生命去体验、去理解、去表现这个世界啊。

傍晚时我们一起涌入大海。海天无垠，海水温暖又凉爽。脚底踩着柔软的沙滩，身体被海浪微微晃动着，视线可及遥远的天尽头。

那个瞬间我领悟到人生的短暂和自然的永恒，心里充满人生的幻灭感——每个人的生命都不可再生，一切的创造物在出生的同时就含着虚无和毁灭的悲剧意味。我将如何去超越、超脱自我，在这一个仅属于我一次的人生中不致因追求"生"的成功而异化了生命本身……生日之海的"洗礼"，如云缝之光，给我某种彻悟和永远的难忘。

开始恋爱之后，就有了一些男友而不再是妈妈，与我一起过生日。年龄的数字一回回增大，却总是属虎。从一只小老虎变成中老虎，最后终于会有一天变成老老虎。心里一向挺喜欢老虎，人有虎性，虎虎而有生气。果然就有各种姿态各种质料的玩具老虎工艺老虎，作为男朋友们赠我的生日礼物摆放在书橱里。偶尔翻看，唤起了那个早已流逝的年龄，涉猎人生情爱的种种经历。

三十三岁的那个生日的前一天，我收到了一个寄自北京的邮包，邮包里有一个小小的木盒，木盒里是一个黑色的印盒，印盒里有一方棕黄色的普通大理石图章，刻着我的名字。覆在图章的顶端，立着一只精巧又稚拙的小老虎。印盒的盖内，覆着一张狭长的纸条，上面用钢笔写着四个字：生日快乐。

那一天我很快乐。其实我已有很多的图章，唯独这一个，它朴实无华却又别具特色，恰是我所期待因而也是最珍贵的。那时我们已决定结婚，不久后这位朋友便成了我的丈夫。

以后年年的生日总有鲜花。丈夫天生热爱小动物也爱植物，于是阳台上种满了各种各样的花草。鲜花和爱伴随，似水流年，滋润和照亮日渐成熟的生命。生活中有鲜花和理解足矣。慢慢就悟出，写作时留着虎性，而做女人，猫为虎师，还是"猫"一样的温柔为好。

那一年眼看快过生日，恰在哈尔滨开会。往家打了电话，丈夫说他立即要去外地讲课，怕是等不到我回来过生日了。一想今年的鲜花无着，便十分扫兴。仍是赶着生日那天回到家里，果然空无一人。正沮丧懊恼，忽然眼前一亮：我的书桌上，一枝雪白的马蹄莲插在花瓶中，鲜艳欲滴翘首以待——他没忘了我的生日礼物。欣喜旋即却又心里纳闷，不知为何往常的一束花变成了一枝？到中午为自己弄吃的，打开冰箱门——嗬，整整一大束菖兰，鲜红的淡粉的橘黄的花瓣，晃得我睁不开眼。花束送来阵阵幽幽的清香，在暑热中散发着爽人的凉意。透明的花袋中夹着一张小纸条，写着：祝你生日快乐。

先生居然能想到冰箱保鲜，还特意在桌上单插一枝作为引子，可见煞费了一番苦心。惊讶之余，终是又一次被深深打动。我的节日不再孤独。它属于我们两个人。

7月是火热的季节。7月很忙碌也很疲倦。

也许是命运的褒奖，生日总有故事。

三十五岁生日前后，远在德国访问。就在生日那一天，访问的日程安排是参观首都柏林的贝多芬故居。那幢白色的小楼就坐落在市区的一条大街，古老的建筑宁静而简朴，前门窗口开满鲜红的绣球花。我踮着脚尖轻轻走向大师生前谱写过不朽之作的古旧的钢琴，脚步踩响了他曾遗留在每一寸空间里的音符。我在二楼的窗前留了影，窗口低低回荡着大师庄严而深沉的乐曲。我听见命运诡秘的敲门声、听见田园温柔的低吟、听见英雄凯旋的号角、听见全世界欢乐的合奏……我听见他说：

"竭力为善，爱自由甚于一切，即使为了王座，也永勿欺妄真理。"

"凡是行为善良与高尚的人，定能因之而担当患难。"

"噢，人啊，你当自助！"

在地球的另一端，在激情澎湃、才华横溢的音乐大师故居，度过自己的三十五岁生日——我不能不与人生重新缔约。贝多芬以他的一生告诉后人如何生如何死，漫漫人生，我知道自己与命运的搏击永无休止。

就这样曲曲折折又坦坦荡荡地走到了四十一岁。

终于是"四十而不惑"了。疑惑的是，自己怎么竟然就可以四十岁？惑也不惑，不惑就奔天命的年龄而去，便越发地让人疑惑。

在我三十九岁生日过后的那个夏季，丈夫出了远门。临走时说，在我生日的那天，无论他在哪里，都将为我祝福。因着他的这一番心意，黯淡中也有了一线亮色。我想起有一年杭州的一位朋友曾寄给我一张生日的贺卡，她在上面亲手画了一只大大的蛋糕，还插着许多蜡烛。后来我们在蛋糕上划了几条斜线将它"切开"，就算是"画饼充饥"，然后开心地瓜分"吃"了。可见真情有时务一点虚，倒也蛮空灵怪浪漫的。

就准备自己一个人清清静静地过一个四十岁生日。

1990 年 7 月，我几乎已打算放弃这个独孤的四十岁生日纪念了。

生日前夕，偏就有朋友打电话来，说为我特意订了生日蛋糕，还在上面专门写了祝贺的词句。又有杭州的朋友来北京出差，带来了妈妈委托他送给我的生日鲜花。她们都说了一句同样意思的话：既然你丈夫不在家，我们就得替他担负这个义务。

我独自面对着这些礼物，猛然间泪眼蒙眬。我忽而明白，四十年的人生，支撑着我的柔弱生命之力的，是亲人、友人全部真挚的爱。

这爱可以驱使你走遍天涯海角，直至走到生命的尽头。

有了鲜花和蛋糕，一个人独享未免可惜。便突发奇想地行动起来——向我的五位单身女友发出生日聚会的邀请。既然是一个丈夫缺席的聚会，我声明一律不许带男友和礼物。那天我们交谈许多女人的事，那一天我们都自由自在无拘无束。

四十岁生日是我迄今为止经历过的最有趣味、最丰富多彩，甚至发生了某种奇迹和不可思议之事的节日。生日的前一天，我收到了寄自杭州家中的一盒磁带和儿子的贺卡。生日那天早晨我起床后的第一件事，便是打开音响来播放这盘磁带。从音箱中传来的第一声是我表弟和弟妹的，他们一前一后最后又一起说：祝你生日快乐！那般郑重其事如同真正的电台播音员。然后是音乐，音乐以后就传出了我父亲的声音，他讲了许多话，那些话很深刻，令我感慨万千。然后又是音乐，音乐以后便是母亲讲话。后来就有我妹妹和妹夫，再以后又是音乐，音乐中有一种奇怪的和声，当我明白这是我妹妹刚出生四个月的儿子的哭声时，禁不住捧腹大笑。那个时刻我们全家人的声音充满了我的房间，我似乎又回到了童年时代，生活在纯真和友爱之中。虽然相隔千里，家人却与我同在。我呆呆地守着音响，听了一遍又一遍。这真是我表弟精心策划的一个杰作。我内心的感激之情伴随着乐曲在房间每个角落久久萦绕……

那天中午我接到了妈妈从杭州打来的长途电话。抓起电话我已是泣不成声。很久以来我没有掉过眼泪了，而这时我真想大哭一场。四十岁的我已遍尝生活的酸甜苦辣，我走得太累，可我注定还得咬着牙走下去。

妈妈在电话里等了我很久，等待我的平静。她似乎是犹豫了一会儿，后来她终于告诉我，九十多岁高龄的奶奶，就在刚才，很安详地去世了。自然，奶奶无疾而终，应为喜丧。

这个噩耗使我难过，更令我惊讶。后来很多天我一直想着这件事，我不知道奶奶为什么要选择我生日这一天走。这也许只是一个巧合？也许蕴含着命运给你的某种难解的谜底。但在生命走向死亡的过程中，生比死更为艰难因而也较之于死更为永恒。在余下的生命中，你将如何活得更有价值更加坚韧？我质问自己，我茫然却也清醒。

然而，与这个祖母辞世的消息一同降临，比此事更为神秘或者不可思议的是：阳台上的君子兰，就在那天盛开了一丛金红色的花束。

那年冬天君子兰早已开过。往年也从未有在盛夏开花的先例。

却就在我生日的前半个月左右，从叶片的侧翼，奇迹一般地抽出了一枝花苔，然后是花苞。等待它开花的日子，便梦见丈夫归来。他曾是那样悉心地照料过它们，苍翠的叶片上依然萦绕着他的气息。于是就偏偏等到我生日那天，君子兰倏忽展开了娇艳的橘红色花瓣，团团朵朵聚成一簇凌空旋转的花环，高高擎起托举给我。无论怎样的理由，都不能使我信服这种"偶然"。我给自己唯一的解释是：这一定是我丈夫从异地特为我送来的生日鲜花，这是他给我四十岁的生日礼物。

那一天，我好像又重新活了一次。我长成了"我"，而生命却刚刚开始。我不属于我自己，我的节日属于所有爱我寄希望于我的人。

可我竟然一直没有机会为妈妈过一次生日。妈妈的生日在初夏，这个时候我没有一次在家中。妈妈如此重视我的生日，但妈妈从不记得自己的生日。妈妈把生命赋予了她所爱的人却没有回报——我只能像妈妈那样，将爱转付给我的孩子。每年每年，我都尽我所能为儿子过生日，他的年龄与我一起增长。生命在消逝也在新生。我们的脚步因循着一个又一个的圆，擦过圆周的边缘，向着不可知的远方延伸，这是否即是人类永远的希望？

丈夫与我分别了一年半以后，终于在一个冬日回到家中。他所做的第一件事，便是拿出了他在我四十岁生日那天为我准备的一件礼物。那礼物很小，却是他亲手制作。他实现了自己的诺言。如今它就放在我的书桌上，成为我们之间的秘密和我心里永久的珍藏。

再过三天即我的四十一岁生日。今年的生日，我只想和他静静地在草地上坐一坐，默默祝愿天下人，都有一个属于自己的节日。

不要问人生的终点在哪里，一年一度，每一个生日都是一个里程碑。

《北方文学》1991 年第 12 期

牡丹的拒绝

它被世人所期待、所仰慕、所赞誉，是由于它的美。

它美得秀韵多姿，美得雍容华贵，美得绚丽娇艳，美得惊世骇俗。它的美是早已被世人所确定、所公认了的。它的美不惧怕争议和挑战。

有多少人没有欣赏过牡丹呢？

却偏偏要坐上汽车火车飞机轮船，千里万里跋山涉水，天南海北不约而同，揣着焦渴与翘盼的心，滔滔黄河水一般涌进洛阳城。

欧阳修曾有诗云：洛阳地脉花最宜，牡丹尤为天下奇。

传说中的牡丹，是被武则天一怒之下逐出京城，贬去洛阳的。却不料洛阳的水土最适合牡丹的生长。于是洛阳人种牡丹蔚然成风，渐盛于唐，极盛于宋。每年阳历4月中旬春色融融的日子，街巷园林千株万株牡丹竞放，花团锦簇香云缭绕——好一座五彩缤纷的牡丹城。

所以看牡丹是一定要到洛阳去看的。没有看过洛阳的牡丹就不算看过牡丹。况且洛阳牡丹还有那么点儿来历，它因被贬而增值而名声大噪，是否因此勾起人的好奇也未可知。

这一年已是洛阳的第九届牡丹花会。这一年的春却来得迟迟。连日浓云阴雨，4 月的洛阳城冷风飕飕。

街上挤满了从很远很远的地方赶来的看花人。看花人踩着年年应准的花期。

明明是柳枝滴翠、桃花嫣红、梨花带雨，海棠已落英纷纷——可洛阳人摇头说：牡丹呢？牡丹没开，不算不算。

那个又冷又静的洛阳，让你觉得有什么地方不对劲。你悄悄闭上眼睛不忍寻觅。你深呼吸掩藏好了最后的侥幸，姗姗步入王城公园。你相信牡丹生性喜欢热闹，你知道牡丹不像幽兰习惯寂寞，你甚至怀着自私的企图，愿牡丹接受这提前的参拜和瞻仰。

然而，枝繁叶茂的满园绿色，却仅有零零落落的几处浅红、几点粉白。一丛丛半人高的牡丹植株之上，昂然挺起千头万头硕大饱满的牡丹花苞，个个形同仙桃，却是朱唇紧闭，皓齿轻咬，薄薄的花瓣层层相裹，透出一副傲慢的冷色，绝无开花的意思。偌大的一个牡丹王国，竟然是一片黯淡萧瑟的灰绿⋯⋯

一丝苍白的阳光伸出手竭力抚弄着它，它却木然呆立，无动于衷。

惊愕伴随着失望和疑虑——你不知道牡丹为什么要拒绝，拒绝本该属于它的荣誉和赞颂？

于是看花人说这个洛阳牡丹真是徒有虚名；于是洛阳人辩解说其实洛阳牡丹从未如今年这样失约，这个春实在太冷，寒流接着寒流怎么能怪牡丹？当年武则天皇帝令百花连夜速发以待她明朝游玩上苑，百花慑于皇威纷纷开放，唯独牡丹不从，宁可发配洛阳。如今怎么就能让牡丹轻易改了性子？

于是你面对绿色的牡丹园，只能竭尽你想象的空间。想象它在温煦的阳光下一团团火热的激情；想象它在春日的微风中一朵朵灿烂的笑容——牡丹开花时犹如解冻的大江，一夜间千朵万朵纵情怒放，排山倒海惊天动地。那般恣意那般宏伟，那般壮丽那般浩荡。它积蓄了整整一年的精气，都在这短短几天中轰轰烈烈地迸发出来。它不开则已，一开则倾其所有挥洒净尽，终要开得尽善尽美、倾国倾城。

你也许在梦中曾亲吻过那些赤橙黄绿青蓝紫的花瓣，而此刻你须在想象中创造姚黄魏紫豆绿墨撒金白雪塔铜雀春锦帐芙蓉烟绒紫首案红火炼金丹……想象花开时节洛阳城上空被牡丹映照的五彩祥云；想象微风夜露中颤动的牡丹花香；想象被花气濡染的树和房屋；想象洛阳城延续了一千多年的"花开花落二十日，一城之人皆若狂"之盛况；想象给予了你失望带来的纪念，给予你来年的安慰与希望。牡丹为自己营造了神秘与完美——恰恰在没有牡丹的日子里，你探访了窥视了牡丹的个性。

其实你在很久以前并不喜欢牡丹。因为它总被人作为富贵膜拜。后来你目睹了一次牡丹的落花，你相信所有的人都会为之感动：一阵清风徐来，娇艳鲜嫩的盛期牡丹忽然整朵整朵地坠落，铺散一地绚丽的花瓣。那花瓣落地时依然鲜艳夺目，如同一只奉上祭坛的大鸟脱落的羽毛，低吟着壮烈的悲歌离去。牡丹没有花谢花败之时，要么烁于枝头，要么归于泥土。它跨越委顿和衰老，止于青春而死亡，止于美丽而消遁。它虽美却不吝惜生命，即使告别也要留给人最后一次惊心动魄的记忆。

所以在这阴冷的 4 月里，奇迹不会发生。任凭游人因扫兴而抱怨，牡丹依然安之若素。它不苟且不俯就不妥协不媚俗，它遵循自己的花期自己的规律，它有权利为自己选择每年一度的盛大节日。它为什么不拒绝寒冷？！

天南海北的看花人，依然络绎不绝地涌入洛阳城。人们不会因牡丹的拒绝而拒绝它的美。如果它再被贬谪十次，也许会繁衍出十个洛阳牡丹城。

于是你在遍寻不见牡丹的遗憾中倏然惊觉：富贵与高贵只是一字之差。同人一样，花儿也是有灵性、有品位之高低的。品位是为"气质"，为"灵魂"，为"筋骨"，为"神韵"，只可意会不可言说。你叹服牡丹卓尔不群之姿，方知"品位"是多么容易被世人忽略或漠视的美。

《收获》1992 年第 1 期

电脑魔镜

90 年代初，诚惶诚恐地将一台德国产的"海里根"电脑 PC 机，隆重迎入家门，恭奉在特地配置的电脑桌上，这以后，很快发现自己的"人脑"失灵了。

人脑失灵自然是因为电脑太聪明的缘故。它向我一口气发出了无数条指令，并且很有礼貌地命令我必须按照它的指示去操纵它。电脑从一开始就占据了一个有利的位置，居高临下地胁迫着人脑的屈从。面对这个新奇古怪又莫测高深的家伙，我的第一个念头是：文学竟也委身于科技了，已延续千百年的汉语传统写作方法，真的即将面临终结了吗？

曾听过电脑写作的种种好处，终于挡不住现代科技的诱惑，下决心换"笔"改用电脑写作。其实在心里，觉得自己同电脑的关系，有点像是先结婚而恋爱。

拥有电脑最初的日子，紧张焦虑茫然却又亢奋。

望着沉默着挑衅着而又奥妙无穷的键盘，我昏昏然从一个"手工业者"，走进了从未涉猎的"工业化时代"。那些陌生的指令，让人一时手忙脚乱无所适从；脑子莫名其妙地滞涨迟钝，智商绝对下降，手指前所未有地僵硬；无论是使用"自然码"中文输入或是编辑文件，每一个键，似乎都庄严得神圣不可侵犯，绿荧荧的屏幕，犹如瞪着一只独眼，对我虎视眈眈。在它的腹中，深藏着你无法窥探的种种神机妙算，好像一不小心，倒让它给算计了。

"蜜月"过得痛苦不堪。写了十几年小说，才发现思维与语言撞车，像交通堵塞进不去出不来那样憋闷；心里有话，却被拦阻在手指下；大脑与那个亮晶晶的屏幕，近在咫尺竟远隔万水千山。那电脑狡猾而且骄横得一丝不苟，你得使用它的语言系统和它对话，它若是有一字听不懂，不声不响地就罢了工。你若是指挥不了它，就得被它所指挥。即便一键疏忽，它都不肯通融。眼前这故意装聋作哑、幸灾乐祸的电脑，好几次被它气得想哭，后悔着自己找罪来受。理由也很充分：电脑操作的规律，是严谨与规范；而文学创作，却是随心所欲、是信手拈来；人脑电脑，本来就南辕北辙，弄不好还水火不相容呢。

然而昂贵的投资已经付出，退也不得。何况，还有几分隐隐的不服。高科技信息时代正在来临，电脑同作家的人脑接轨，毕竟是某种"进步"。如果学会了电脑，可以无限修改，一键誊清，再也不用抄写稿子了。我为什么就不能学会使用电脑？我必须要学会使用电脑。

于是开始肆无忌惮地出错。先是将 B 盘的文件打在了 A 盘上，写完后文件便去向不明；又在未关机的状态下抽出了 U 盘，使得自然码系统全线紊乱；软盘明明做了写保护，又去拷贝，软盘一次次无动于衷，还以为机器发生了故障。那段时间，我几乎隔三岔五地背着那台手提式电脑，频频来往于电脑工程师老杜位于遥远的北郊上地，那家联想公司的办公室求解急难。好像当初买下那台手提式，就是为了给我提供来去求助之便，物尽其用，不必顾忌出错。我在那台便携式电脑上，演习了初学者所有可能犯的错误，直到那台电脑最后被一个致命的错误所彻底摧毁：起因是室内音响其中的一只袖珍音箱，被我无知地长期安放在电脑桌上，于是电脑的液晶屏被渐渐磁化，使用两年后，屏幕文字开始一日日模糊，直至文字完全隐匿，那台"电脑"也随之报废。"科盲"痛失了第一次用于购置"海里根"电脑的四千元人民币，再重购一台 386 彩显，还很阿 Q 地安慰自己，只当付了学费。

其实，真的遇到难处，去请教电脑的"人"老师，从未收我授课费。

拥有了电脑以后，在电脑的成果与产品尚一无所有的情况下，我首先拥有了许多电脑的老师。老作家吴越、作家孙宏华、专业音乐工作者兼电脑爱好者周海虹（现中央音乐学院副院长），还有一位真正的工程师老杜，给予了我不厌其烦地帮助和指导。当时吴越老师已经七十多岁，自学电脑无所不通，还写了几十本电脑普及教材，教会了很多人使用自然码。文坛同行中的电脑先驱者、正宗的电脑工程师，还有各种行业的电脑发烧友，均被我奉为师长。他们出于普及电脑运用的责任感，再加上迫于求师者的无奈纠缠，不得不抠出自己宝贵的时间，试图将一个笨拙而失灵的人脑，用电脑的聪慧进行改造。常常是十万火急地抓起电话满天下找人咨询，人家在那头指示你按哪个键你便按哪个键，依样画葫芦再不敢造次。似乎过了很久，终于用电脑写出了第一部作品，还用打印机很正规地打印成文件模样到处散发显摆。但若是有人考问我电脑的原理，依旧一个从头到脚不知其所以然。

被电脑一次次逼迫着，人脑又被老师们一次次修理，大脑终于像一台被反复调试的微机，渐渐润滑渐渐理顺。一日，有悠悠的电波从手指尖辐射过来，传递至大脑，再反馈于屏幕，忽觉人与那机器间，有了微妙的连接，顿有四通八达之感。

日子在键盘的嗒嗒声中，与秒针一同运转。键盘是时钟的和弦，且有抑扬顿挫的节律。自从使用电脑以后，小说中每一个汉字"落笔"于键盘，都称得上"掷地有声"。

不敢说征服电脑、驾驭电脑，但面对屏幕与键盘，渐渐能够和平共处、平等对话了。手指熟练起落，颇有一种倾心相诉的知遇快感。电脑虽然无言，却懂得报答，你若温柔地抚慰它，它必报以回吻；你若准确地按着程序与它嬉戏，它必给予你快乐；你若尊重它，它决不欺骗你；你若是真正"理解"它，它在你手中定乖乖听话。偶尔地，它也会耍一点花招捣一点小乱，好让你去关切它呵护它，更多地与它相依厮守。电脑那种近于刻板的绅士风度，以你的诚实作为前提；这一点又很具现代意识——在电脑和电脑使用者之间，公平是首要的原则。投入和产出成正比，投入热情、时间和心血，然后回收储存于数据库中的文学作品。我一直使用周志农先生创建的自然码输入系统，这种双拼加部首读音的输入方式便学易记，使我终生受益。电脑中文输入系统的成功创建，为汉语文字工作者带来了永久的福音。我愿向所有的电脑工程师表示崇高的敬意。

文学与电脑的"联姻"，是一种思维与表达方式的变革。越过那片荆棘丛生的荒芜之地，前方终于呈现出了一片奇异而开阔的坦途——曾经一度失灵的人脑，当它与电脑的程序接轨后，竟变得异常活跃而机智。它被电脑所蛊惑所催促，甚至有一种不可遏制的竞争欲望，力图使电脑成为得心应手的工具。奇妙的是，当我确认电脑能使人脑变得更为灵巧时，电脑就成了我不可缺少的亲密"朋友"。

几年来，我已经用电脑完成了近百万字的作品。我依赖电脑仰仗电脑，使用电脑以后，以往伏案造成的颈椎病症状大大减轻。再看用笔爬格子的往昔，凌乱的稿面，修改一次必得誊抄一次，苦不堪言不堪回首。我多年写作最发怵的修改与誊写，由于电脑的修改功能，而变成了一件乐事。如果有人问我使用电脑最大的好处是什么，我会回答说：改错。任何时候你都可以重新提取你的作品，然后放心大胆、为所欲为地在屏幕上无休止地改动文字，一遍一遍地删除、增添、整段地搬移调整，以至翻天覆地，面目全非；也可以束之高阁或另起炉灶，保留其精华部分不受干扰；电脑随时恭候着你即兴所至的创作灵感，犹如一面魔镜，永无止境地变换着作品中的世界，任由你涂抹而无痕无迹，为你保留或刷新一页页一部部清洁整齐的书稿。

人说电脑可以提高工作效率与速度，而在我看来，电脑最为优越与宝贵之处，在于它可助你提高作品的质量。面对它的宽容与耐性，你没有理由拒绝修改。在质量与数量的天平上，电脑从诞生之初，便有了精确的刻度。

也许只有当你充分重视了电脑的修改功能，比用"笔"写作时更严格更细致地在"稿面"上一遍遍改动，至少不曾创作出粗制滥造的作品时，你才有权利说：这是因为我拥有了电脑。

1995 年

写于北京花园村

西施故里

春暖，去浙江诸暨城，为讨论作家杨佩瑾新出版的长篇小说《浣纱王后》。

清澈而丰盈的浣纱溪由古越国流淌至今。西岸是西施夷光的出生地苎萝村，对岸是郑旦的家乡鸬鹚湾。

山势俊秀，水色潋滟，碧绿的浦阳江边，当年西施浣纱凭靠的巨石依旧。

就在苎箩山下，依山傍势地建起了一座西施殿，楼台亭阁，古色古香。西施塑像女神一般端庄圣洁。车站、宾馆前都伫立着白色大理石的西施塑像，如纱似水，柔情飘逸。

两千年的西施姑娘依然散发着青春气息，与她故乡的土地一同成为永远。

曾为浣纱之女的村姑西施，在水边邂逅了四处寻访美女的越国重臣范蠡。范蠡与西施一见钟情。但范蠡复国雪耻的大业在心，欲献西施于吴王夫差，以西施的绝色美貌迷惑吴王，以图有朝一日里应外合，共施灭吴兴越之大业。于是范蠡忍痛割爱，舍弃私情，对西施晓以大义，将西施奉呈越王勾践，并在越都绍兴美人宫，对西施、郑旦等诸多美女一一进行文化补习和间谍培训，三年后，西施色艺双全，琴棋书画无所不能。然后挥泪辞行、悲壮离别故土，奔赴报国前线吴都姑苏。在吴国多年，以其美貌聪慧博得吴王的信任和喜爱，幸获王后之尊。但西施历经风险磨难，对故乡和范蠡的痴心不改，若干年后终于协助越王大败吴国，与她的恩师和知音范蠡重续姻缘，远避尘嚣而去……

史书是这样记载的，文学和民间的故事也一直是这样流传的。

立于史书上的西施，是一位深明大义、胸怀大志的巾帼英雄。

活在诸暨民间的西施，是一位救国救难的保护之神。

可是，那个原始而本真的西施，究竟是怎样的呢？有没有人问过西施，她是愿做浣纱的西施，还是做王妃的西施？

公元前的西施姑娘，带着山林溪泉的地气和野味，车辚马啸，从苎箩山一步步走向姑苏的馆娃宫。十几年风云激荡、天低云暗，然后风消云散、风清月朗。无论西施和范蠡最终隐居烟波浩渺的太湖，还是魂殒越王勾践的权力刀剑下，西施真正的归宿只有她故乡的土地。在山清水秀的浣纱溪边，西施还原成一个无拘无束、自由自在的民女。她不再负有沉重的责任和使命；她无须再委曲求全、夜半惊梦；她浣纱织布、粗茶淡饭平安度日，夫妻恩爱、生儿育女繁衍后代。她想哭就哭、想笑就笑、想唱就唱、想爱就爱，不想爱的，不爱就是了……

可惜那已是西施身后的梦了。少女西施梦断浣纱溪。

那个春日的傍晚，我徘徊于诸暨街头。从喷泉那边西施洁白的塑像上，似有迷离彷徨的眼神飘来；从晚霞映红的江水里，似有西施哀怨的叹息传来。我聆听她的呢喃絮语，方知古往今来，女人的心事，无法由男人书写的历史表述。

我们也许真的需要换一种思路，来为西施想一想了——

即使曾有吴王灭越的"会稽之耻"，如若越国真是富庶强大，还用得着将西施作为贡品进献给吴王吗？如果越国的君主雄才大略深谋远虑，复国大业何以依赖一个女人相助呢？范蠡把心爱的西施献给吴王时，在女人和真情、权力和荣誉的秤砣上，后者显然比前者占有了更重要的位置。那么西施难道没有理由对范蠡失望吗？面对一个没有能力保护自己、无法享用这份真情的男人，西施究竟为什么非得一如既往地爱慕范蠡？范蠡在西施心中究竟是作为一个真正意义上的男人，还是最后残存的家国故土的象征而已？范蠡用国家民族的责任去说服、鼓动、诱惑西施的时候，西施实际上已经成为被王权利用、被政治奴役的工具，她必得付出自己一生的幸福作为代价。那么，西施真的是心甘情愿的吗？在西施的价值取向中，社稷的责任和女性的情感选择，哪个更为重要呢？西施作为中国历史上第一位女间谍，究竟出于自愿还是由于被迫？

所以当越国终于以阴谋诡计战胜了吴国，姑苏城破、夫差自尽之时，美丽的西施在那个惨烈的时刻，恍然明白自己真正爱的人，其实是朝夕相处多年的吴王夫差。她发现敢爱敢恨、才情并茂、活得坦然潇洒的吴王夫差，才是真正值得她爱的血肉之躯。当西施终于完成了她的使命之时，她忽然发现那个"使命"原来竟然毫无意义。她随范蠡隐没于太湖，是因为她已无法重新选择和重新开始。

那是一个真正的悲剧。女人的悲剧。

还有没有另一种更接近历史真相的设想呢？也许还有一种被更多人忽略了的、更为残酷的结局：

聪颖灵慧的西施被派送吴国后，在十几年的政治风浪中，终于大彻大悟。她发现自己原来只是两国君主争夺霸业的工具，无论勾践还是夫差，即使是范蠡，都不可能将她作为一个真正的女人来爱。她周旋于越王勾践和吴王夫差之间，心底却已将两个男人彻底看透。吴王较之勾践，只不过是泥淖和陷阱之分，他们对于权力和财富的渴望其实毫无差异，只是用"社稷"作为借口罢了。但她无法抗拒和反叛，勾践和范蠡必定是备有制裁西施的撒手锏，她父母乡亲的命运，都掌握在越王的手里，稍有不慎，就会被三个男人的巨掌同时碾成粉末。她不缺乏勇气，但缺乏实际操作的实力。她早已不再爱范蠡，但也绝不会爱上吴王。因为她一旦交出了自己的秘密，失去吴王对她的宠信，那远在浦阳江边的家乡，或许将再次生灵涂炭，她不忍、不愿、不甘。她知道自己是一场权力斗争的牺牲品，但她身锁深宫已无处可去。

隐隐地，我听见她这样对我说，我听见了她千年不散的叹息。

其实，来自浣纱溪的西施，才是真正大智大慧的女人。既然在宫廷强大的男性统治中无法得到她期待的真爱，西施便爽性抛却了爱情。她没有爱情，她把心里所有的爱心，给予了贫弱的家园，扮演了几千年来爱国者的楷模和典范。

有谁真正明白西施内心的痛楚和苦涩呢?

如若那是真的历史,还会有人理解和同情西施吗?

至少,那个黄昏,在西施故里诸暨的浣纱溪边,为了曾经困扰过我的那些疑问,我在心里与西施姑娘说了这些女人的悄悄话。

《中国妇女报》1996 年 7 月 31 日

同里之思

　　那几年的春天，心里总是想着一个叫作同里的江南古镇。它位于太湖东岸、京杭大运河畔，距苏州只十几公里。同里是必须得去的，不然它就像一条波浪中的小船，老是在我心里荡来荡去。

　　初夏荷花时节，终于有机会去了同里。同里镇果然让我喜欢，是那种超过期望值的意外欣喜。小镇四周有五湖环绕，江河湖汊天水相连，同里镇就像是浸在水中的一粒珍珠，圆润得使人不忍抚摸……同里镇家家临水，户户通舟，清澈的河道水系，用古老的石桥连接起来又分割开去。昆山周庄有闻名的双桥，而同里竟然有太平、吉利、长庆三桥，三折九曲相贯相连，时时给人以三思而行的提醒。桥下是河，河边是岸；行走的是舟，不行走的是树。舟船在水里摇曳，绿树在风中摇曳。那一株株苍翠碧绿的杨柳桂花女贞玉兰树，湿漉漉的叶片上，飘散着柔曼的水汽和温情。小镇的街巷处处幽谧清静，门后石阶上洗涤的农妇、屋前廊檐下饮茶的男子，都有一种同里人才有的从容和悠闲。微风细雨中，同里镇宁静的气韵，就这样悄悄从河面上浮升起来……

在同里镇众多白墙黑瓦的古宅群中，除了远近闻名的嘉荫堂、崇本堂、世德堂、陈去病故居等庄重古朴的深宅大院及散落各处的精巧玲珑的园林小筑之外，还有一座被同里人最引为骄傲、被世人竞相传说、并无数次进入影视的独一无二的"退思园"。

退思园，为光绪年间安徽兵备道任兰生遭贬回乡后所建的私家园林。"退思"二字取"退而思过"之意。相传任兰生在同治年间，官居安徽凤颍六泗兵备道道台兼凤阳关监督。凤阳关监督为肥缺，凡过往商贾都要向他送红包，因此宦囊充盈，方才能在家乡同里镇上兴建这样一座显赫气派的私家宅园，以备晚年享用。不料园子尚未完工，慈禧让他去镇压捻军，他率兵作战，大获全胜。但在最后一次追杀捻军之时，见尸横遍野、惨不忍睹，他心生恻隐，不愿斩尽杀绝，下令停止追击，有意放捻军逃散。后被政敌参奏，慈禧下诏传任进京问罪。任兰生进京后，遵照左宗棠、彭玉麟二友的指点，对慈禧巧以应对，不做辩解，使得慈禧有火难发。果不出左、彭所料，最后慈禧问任：意欲如何？任答：退而思过、进而报国。彭玉麟趁机为任向慈禧求情，左宗棠也点头应和。慈禧默允，一场灾祸就此避了。任兰生保住性命，罢职还乡。归家后，果真将花园取名为退思园，以此制造出一种认罪悔过的假象，糊弄皇上。

因是戴罪思过，那园子必须得有些低头顺眉的小模样，自然是不能如同位在高官时那样张扬跋扈了，自然得打破常规，做出检省内愧的收敛状。这一"思过"，连宅子的方位也整个改向，由纵向变为横向，自西向东，一路苦思；左为宅、中为庭、右为园，构思出一座别具一格的"贴水筑"，为江南古镇留下了一处颇为后人寻思咂味的别样庭园。

既是闭门思过，"退思草堂"是不可缺的；贴水近湖，视野开阔，园中山水尽收眼底，心胸仍然豁朗；解甲归田，不在其位不谋其政，自然得有"水芗榭"和"眠云亭"下棋解闷，"揽胜阁"作画；春有"闹红一舸"，夏有"菰雨生凉"的情趣；还有横空出世、八面来风的"天桥"，可令人精神一爽；再有读书思过的"辛台"，抚琴听乐的"三曲桥"，将园主的退休生活，安排得有声有色、滴水不漏。

却因是解职下台，清静中不免寂寞冷清，门前车马日稀，岂不辜负了园内美景？任老前辈早有准备，由中庭通往内园，泊有一艘旱船，好似一艘正在靠岸的到客船，为园主请来了一批批嘉宾。侧旁的"岁寒居"，正待好友围炉品茗，舞文弄墨，谈古论今；园内的楼台亭阁，处处留有祈福求爵的痕迹，以期有朝一日宦海复出，东山再起。

任兰生在退思园安居两年之后，因西北回民起义，经左宗棠力荐，最终如愿"平反"，被慈禧重新起用，后在镇压回民的战斗中死于沙场。当年的捻军之难，并未让任将军心灰意冷真正退隐田园；当年的任道台仍是固守着他对朝廷的"忠义"，固守着他的功名利禄。当他享受着退思园的良辰美景时，他便愈发不能放弃天下的"富土"了。那原本只是一种策略一种计谋的"退思"，却成为一个黑色的玩笑——退思后的任兰生，退至其退思之前的位置，甚至更远。

相传"同里"的地名，早年为"富土"。因太湖鱼米之乡，富甲一方，时有盗贼骚扰。乡人便将竖排的"富土"二字，重新拆解组合，成为"同里"，倒也顺理成章。似乎只有这般富庶之地，才能建造出如此精美的园林，卵石片瓦中，藏匿着保官利己、瞒天过海的隐晦心思。

质朴而秀美的同里，常让人思念回味。再思同里，多半是为了那座闻名遐迩的"退思园"——为什么人们总是要待"退"时才能思过呢？尽管退而思过，强于退而拒思者百倍，但若在"进取"时，亦能冷静检省自己，岂不是能避免更多"过错"吗？

好一个"退思园"。遥远的历史和不远的"文革"以至当下，有着何等惊人的相似之处啊。退思园确实是发人深思。

退思园在江南的雨雾中变得朦胧。退出那个园子以后，我们或许有了一种异样的思绪。同里那片富土，也由于退思园的存在，而区别于其他江南小镇，被罩上一层冥思苦想的思辨色彩。

1996 年

写于北京花园村

红树林思绪

仰慕已久的红树林，在温煦的海风中，终于跳入眼帘的那一刻，我忽然觉得仿佛有成群结队的绿色海妖，正从大海里冉冉升起。

它们湿漉漉、水淋淋，犹如浑身缀满了细密的珍珠，串串珠链从树干和叶片上流淌下来，在阳光下发出莹莹光泽；它们肩并肩、背靠背，胳膊和手指互相勾连，用足尖在光滑的海涂泥滩上踩出一个个脚印儿般的气孔；它们绿油油、翠生生，裹着海底世界千年万年的精气，像一块块绿色的珊瑚礁，为海岸线嵌上了一道长长的丝绒镶边。

红树是湿地的特色植物，相传在地球的亚热带地区，一些原本生长在陆地的有花植物，进入海洋边缘后，经过极其漫长的演化过程，形成了在潮间带生长的红树林。它们来自更远的南洋群岛吗？在炎热的海洋季风中，越过了浩瀚的南太平洋，最后被海南岛琼山区东寨港沿岸的海滩所迷醉，忘却归路纵跃登陆，在此安营扎寨。

它们摈弃了人满为患的旧港肥田，而选择了贫瘠的盐碱滩涂，另辟蹊径。它们是真正富有竞争意识的智者，在这寸草不生的荒滩上，重新建立了自己的家园。

这种在潮涨潮落之间，受到海水周期性浸淹的木本植物群落，因其富含"单宁酸"，树皮割开后呈红色，不仅裸露的木材显红色，而且砍刀的刀口也变成红色，故称"红树"。红树的木材、树干、枝条、花朵都是红色的，树皮的提取物可制作红色染料，马来人称它的树皮为"红树皮"。因此，红树林名称只与树皮有关，而与花、叶颜色无关。

这片延绵五十四公里的热带海岸潮间带，被一千八百三十三公顷葱郁茂密的红树林群落所覆盖。海妖摇身一变，变成了灌木，变成了乔木。红树有的取名红海兰，有的取名海榄雄，还有的叫水椰、秋茄，台湾称为红茄苳，多达二十八个品种。就像几十个独立分散又簇拥相连的原始部落，相安无事悠然自得。天然质朴、奇异珍贵的红树，如今已成为海南风光中独一无二的自然景观。

每日涨潮时，滩涂上的红树林，渐渐被一寸寸涌动上升的潮水吞没，红树便一寸寸地矮下去，像海妖的沐浴，最后整个儿酥酥地淹没在蓝色的浴缸里，只露出绿色的树冠，颤悠悠地浮在海面上，酷似一只巨大的海碗中新沏的绿茶，更像海上盛开的绿睡莲。那绿色镶嵌在深蓝色的托盘上，又衬在蔚蓝色的天空底下，天上地下都是柔柔的蓝。上下左右弥漫无际的蓝色中，红树林的绿，从蓝色中脱颖而出，有着祖母绿一般纯净的质地和安静的品格。

退潮时分，红树林便如出水的绿芙蓉，缓缓褪去浅蓝的轻纱，从银色的海滩上笑吟吟地站立起来。水珠一滴滴地从它的身上溅落，它抖动着翠绿色的叶片，裸露出碧玉般的身躯。每一片椭圆形的树叶，纤尘不染、一无杂质，厚重柔韧、光润鲜活，充溢着海浪般澎湃的力量，散发着阳光炽热的气息。每一根纤维中都浸透了水分，每一个细胞中都蕴积着水汽。潮涨潮落，海水每日不倦的洗礼，在它的叶上一层层涂抹着珐琅质般的绿釉；于是红树林的绿色，永不衰凋、永不萎黄。

陆地的荷塘有莲、河中有草，水中的绿色，原本不足为怪。

但红树林不是草，而是树。水中之树，海中之木。红树林的绿色，被大海养育，又被大海保鲜。若不是海妖的魔术，红树林怎么能在苦咸苦涩的海岸滩涂上，生根发芽，化腐朽为神奇呢？

它们的脚尖就直直地插入在退潮的海滩上，漆黑的树根被残留的海水涂得发亮，如同海妖一双双形状各异的舞鞋，在平滑的泥浆上旋转出一个个或圆或方的足迹。那树根疙疙瘩瘩、瘢痕累累、一坨坨形如斑贝、一片片盘根错节，每一种不同形状的树根和叶片，便是不同的红树品种了。

小船在被海水冲刷而成的河道水巷里穿行，两岸都是密密匝匝、郁郁葱葱的红树林。林深处密不透风，阳光闪烁如针。时而可见一株株粗壮雄伟的独立乔木，立于江南茶园般连片的低矮灌木之中；又见甘蔗林青纱帐般的树墙扑面而来，河道急拐，眼前却是几丛敦实的红树，如大陆的翠竹桑林，一色铺排开去……

只一片红树林，把天下植物的风光都收尽了。

红树林茂密的港湾，水波不兴平静如镜。蓝的水，绿的树，偶有不知名的飞鸟，掀着斑斓的彩翼，嘟地从空中掠过，水里犹如划过一道彩虹。

再低头细看那红树的根部，四周围有粗壮的须根，像坚实的圆柱支撑着宏伟的大厅，稳稳地立于稀湿的淤泥之中。潮来潮去，风啸风息，它的根系犹如一只只遒劲的鹰爪和铁锚，牢牢扎于海底的礁石。它用树根编织成一道不朽的箍网，自愈自生，日日常新。

凡有红树林的海岸，就有了天然的屏障和堤防。

它喝下苦涩的海水时，定是把海里的盐分，都用来为自己被风暴侵蚀的创口疗伤了；定是把水中沉淀的浊物，都化作了自己生长的养分。

若不是海妖的绝技，红树林的种子，怎么能随生随长，落地生根呢？

红树开花时，或白或黄，双朵并蒂，花瓣四枚，精巧细密，满树繁花藏于叶后，不喧不闹。花静静开着，种子也悄然而孕。然后从果实的底部，渐渐伸出一枝细细的绿色胚根，一天天饱满，呈纺锤状，又似山顶洞人的骨针，针尖朝下直指海滩。红树的根系发达，能在海水中呼吸、生长。

待到成熟的日子终于到来，那种子被地面强大的引力所吸，脱离了它的母体，向湿润的滩涂猛地射去。只一个瞬间的弹跳，橄榄形的树种似有神助，一个冲刺，便立锥一般扎于淤泥之中了。它的身子绷得笔挺，就像从高低杠上飞身直下，稳稳落地。

细细聆听，可听得它将自己播种入地时，那"啪"的一声。如鸟惊雁过，融雪滴雨，极轻微又极壮烈。那极小极小的精灵，在海水里挣扎，它若是没有及时伸出自己的小手把海滩抓住，就被海水带到陌生的远方去了。

东寨港偌大的红树林，每时每刻都回荡着红树种子落地的声音，噗噗犹如雨滴瓦檐，咚咚如雹打芭蕉。更像是海妖急促的呼吸，与海浪的拍打汇成奇妙的歌声。

正午时分，可见一株株红树小苗，从退潮后的滩涂里悄悄破土而出，摇摇晃晃地站立起来，就像大海送来的礼物。当涨潮的海水覆盖了海滩时，没有人能够看见红树的幼芽，因为它恰是在被海水淹没的时候，在没有阳光的黑暗中发力的。它那么弱小却又那么顽韧，一直在水下耐心地潜伏，等待阳光穿透海面的那个时刻，等待潮流退往大海深处——它在黑暗中摸索通往海岸的路径，然后在海滩上如同针锥扎地，站稳脚跟，在潮汐的进退中默默生长，然后钻出水面，朝着天空一寸寸伸展；最后繁衍壮大，成为海中茂密的灌木丛，成为壮实的海中之树，成为海中一座座鲜活的树林。

海水可以磨去礁石的棱角，海风可以将山岩化为齑粉，但海水与风暴却成就了红树林。红树林属红树科，树叶并非红色，它只是借用了一个红字，整株整片油亮碧绿，给人以错觉和联想。

红树林是能在水里呼吸的植物。植物生命有时比岩石更顽强更坚韧。

在海洋与陆地的边缘地带，绿色的海妖托起了一座不沉的绿岛，海南岛。

《散文天地》1997 年第 2 期

城市的标识

我们的城市和另一个城市，已经变得越来越像多胞胎了。

假如你在一个夜晚或清晨被掳掠到某地，你被关在一所封闭的房间里，仅仅依靠视线所及的建筑物和街道，你根本无法辨别自己的所在之处。你会发现，这一座城市和另一座城市，它们彼此之间竟然是如此相像。

那些高耸的大厦和方块大楼、在夕阳下闪闪发光的玻璃幕墙，或是翘角的屋顶、白色或是灰色的圆柱……使你觉得眼前的一切早已似曾相识。

那么街道呢，满街的霓虹灯和高架的立交桥，更让你茫然无措。你曾试图辨别街道——却只见窗东的"海底捞"、窗西的"八佰伴"、南门的"肯德基"、北阳台下的"麦当劳"……都像是你原来居住的那个城市的"克隆"弟兄。就好像每个城市的商店宾馆，都有同一款的拉链，把天下各处自家的门脸，统统锁成了一个连体人。

还有街上川流不息的轿车们，也都像是刚刚从你那个城市蜂拥而来，你被熟悉的车牌团团包围：奥迪、奔驰、宝马、本田雅阁、凯美瑞……就连街上的人的服饰款式，竟也和你原来生活的城市一模一样呵——他们穿"波司登"、用"苹果""华为"手机；就连街上飞驰而过的山地车都似曾相识，背着地拎着地双肩包手提包，"酷奇""佐丹奴""路易威登"，就连酒店大堂飘散的香水气息，都大同小异。街角的垃圾桶边上滚动着"可口可乐"饮料空罐、"三五"牌烟盒、方便面的空壳……

你迷失在被无数次复制的城市里，你已找不到回家的路。

第二天天亮时分，你终于在楼角那儿，从太阳升起来的方向，发现了一棵树。

那棵树有一种端庄的王者风度，两人合抱粗的树干呈深黑色，树枝如巨大的龙爪，遒劲而伸展，缀满了繁密的树叶，即使在深冬也依然葱郁。树底下落着紫黑色的小果子，一阵若有若无的香气淡淡地袭来……

你一眼就认出了那是一棵香樟树。北方没有香樟树，它在这里，是江南、是杭州的标识。

后来的某一天，你看见了一排树。整整一条街的两侧，宽大茂密的树叶，如一条长廊遮住了阳光，马路被灰黑色的图案覆盖了，那是树叶的光影。高大粗壮的树干具有一种浪漫的气质，浅绿色的树皮上嵌着淡黄色的花纹；像一匹匹光滑的绸缎。

你明白了自己是在南京，也许是上海。全城遍布蔚为壮观的法国梧桐，就像一排排绿色的盘扣，将城市偌大的袍子扣紧了。

你看见了大街中央有一座绿色的小岛，垂挂着浅褐色流苏样密密的枝条，构成一片完整的森林，那是榕树——你在福州或是广州。你看见高挑婀娜、迎风荡逸的椰树——你是在海口。你看见街边重重叠叠挺拔苍劲的油松——那是在长春。你看见一种树冠修整成一个绿色圆球的矮树，那样的玲珑精致，那是你从未见过的圆冠榆——是新疆喀什市特有的标识。

最后你看见了秀气而铺展的国槐，细碎密集的树叶如一把把绿色的巨伞，为街道展开一片浓荫，白中透着淡黄的小花，飘来久远而古老的京城气息……

拥挤熙攘、高楼林立的城市中，如今，唯有属于那个城市的树，如高扬的旗帜和火炬，从迷途的暗处闪现出来，为我们引领通往故乡的交叉小径。

我们曾经千姿百态、各具风韵的城市们，已被钢筋水泥、大同小异的高楼覆盖。最后只剩下了树，忠心耿耿地守护着这一方水土；只剩下了树，在小心翼翼地维持着这座城池的性格；只剩下了树，用汁液和绿荫在滋润着这城市中芸芸众生干涸的心灵。在冷冰冰的建筑和街道中，它是最有耐心与人相伴的鲜活生命；在日益趋同的城市形状中，它是唯一不可被替代的印记，不可被置换的标识。

也许将来的某一天，我们会发现——树，唯有树，才是一个城市的灵魂。

用心去爱我们城市的树哦，那是大自然留给我们最后的馈赠，也是城市仅可辨认的个性了。

《绿叶》1998 年第 6 期

我在

故乡在远方

我总觉得自己是一个流浪者。

几十年来，我漂泊无定，浪迹天涯。我走过田野，穿过城市，我到过许多许多地方。

我从哪里来？哪儿是我的故地、我的家乡？

我不知道。

十九岁那年我离开了杭州城。晴光潋滟、山色空蒙的西子湖畔是我的出生地。离杭州一百里水路的江南小镇洛舍，是我的外婆家。

然而，我只是杭州的一个过客，我的祖籍在广东新会。我长到三十岁时，才同我的父母一起回过广东老家。老家有翡翠般的小河、密密的甘蔗林和神秘幽静的榕树岛。夕阳西下时，我看见大翅长脖的白鹤、灰鹳急急盘旋回巢，巨大的榕树林上空遮天蔽日，鸟声盈盈，那就是闻名于世的小鸟天堂。新会县世为葵乡，小河碧绿的水波上，一串串细长的小船满载清香弥漫的葵叶，沉甸甸地贴水而行，悠悠远去……但老家于我，却已无故乡的感觉。没有一个人认识我，我也并不真正认识一个人，我甚至说不出一句完整地道的家乡方言。我和我早年离家的父亲，犹如被放逐的弃儿，在陌生的乡音里，茫然寻找辨别着这块土地残留给自己的根性。

梦中常常出现的是江南的荷池莲塘、春天嫩绿的桑树上透紫酸甜的桑葚儿、秋天金黄璀璨的柚子、冬天过年时挂满厅堂的酱肉粽子、鱼干，还有一锅喷香喷香的煮芋艿……

暑假寒假，坐小火轮去洛舍镇外婆家。镇东头有一座大石桥，夏天时许多光屁股的孩子从桥墩上往河里跳水，那河连着烟波浩渺的洛舍洋。我曾经在桥下淘米，竹编的淘箩湿淋淋从水里拎起，珍珠般的白米上扑扑蹦跳着一条小鱼儿……

而外婆早已过世了。外婆走时就带走了故乡。其实外婆外公也不是地道的浙江人氏。听说外婆从湖州嫁来，外公的祖上是江苏丹阳人，不知何年移来德清洛舍。又听说洛舍之名是由于早年此地曾有一支移民来自洛阳，洛阳人之舍，谓之洛舍。由此看来，外婆外公的祖籍也难以考证，我魂牵梦系的江南小镇，又何为我的故乡？

所以对于我从小出生长大的杭州城，便有了一种隐隐的隔膜和猜疑。自然，我喜欢西湖的柔和淡泊，喜欢植物园的绿草地和春天时香得醉人的含笑花，喜欢冬天时满山的翠竹和苍郁的香樟树……但它们只是我摇篮上的饰带和点缀，我欣赏它们、赞美它们，但它们不属于我。每次我回杭州探望父母，在嘈杂喧闹的街巷里，自己身上那种从遥远的异地带来的"生人味"，总使我觉得同这里的温馨和湿润格格不入……

我究竟来自何方？

更多的时候，我会凝神默想着那遥远的冰雪之地，想起笼罩在雾霭中幽蓝色的小兴安岭群山。踏着没膝深的雪地进山去，灌木林里尚未封冻的山泉一路叮咚欢歌，偶有暖泉顺坡溢流，便把低洼地的塔头墩子水晶一般封存，可窥见冰层下碧玉般的青草。山里无风的日子，静谧的柞树林中轻轻慢慢地飘着小雪，落在头巾上，一会儿就亮晶晶的披了一肩，是雪女王送来的礼物。如闭上眼睛，能听见雪花亲吻着树叶的声音，那是我 21 岁的生命中，第一次发现原来落雪有声，如桑蚕食叶、婴童吮乳，声声有情。

那时住帐篷，炉筒一夜夜燃着粗壮的木柈，隆隆如森林火车如林场牵引拖拉机的轰响，时时还夹着山脚下传来的咔咔冰嘣声……山林里的早晨宁静而妩媚，坡上的林梢一抹玫瑰红，淡紫色的炊烟缠绵缭绕，门前的白雪地上，又印上了夜里悄悄来过的不知名的小动物，一条条丝带般的脚印儿，细细辨认，如花瓣如树叶亦如一个个问号，清晰又杂乱地蜿蜒于雪原，消失于密林深处……

那些神秘的森林居民给予我无比的亲切感，曾使我怀疑自己也是否会留在这里。

小小的脚印沉浮于无边的雪野之上，恰如我们漂泊动荡的青春年华。

我十九岁便离开了我的出生地杭州城，走向遥远而寒冷的北大荒。

那时我曾日夜思念我的西湖，我的故乡在美丽的江南。

故乡在远方

但现在我知道，我已没有了故乡。我们总是在走，一边走一边播撒着全世界都能生长的种子。我们随遇而安，落地生根；既来则安，四海为家。我们像一群新时代的游牧民族，一群永无归宿的浪漫移民。也许我走过了太多的地方，我已有了太多的第二故乡。

　　然而在城市闷热窒息的夏日里，我仍时时想起北方的原野，那融进了我们青春血汗的土地。那时的空气透明，风也透明，那里的一切粗犷而质朴。二十年的岁月，就把我这样一个纤弱的江南女子，磨砺得柔韧而坚实起来。以后的日子，我也许还会继续流浪，在这极大又极小的世界上，寻觅着、创造着自己精神的家园。

1992 年

写于北京花园村

没有春天

在北方生活了二十几年，每年都找不到春天的感觉。

就连北方人也说：北方没有春天。

冬末时，早早地盼着天气转暖。眼看着天长了、风柔了，青草躲在墙角悄悄绿了，阳光也一日日燥热起来，心里便喜滋滋将厚重的冬装收起，换上了开春的毛衣和风衣。却突然袭来一场雨雪或是寒流，气温井绳般地直直落下去，弄得你好一阵手忙脚乱，只得乖乖地重新回去过冬。暖气刚停的日子，瞧着外面的阳光可人，屋里却阴湿冰冷的，外出脱衣，进门穿衣，从相反的方向，又把人带回冬季，室内室外全然两个季节。还有一早一晚大幅的温差，任是白天如何地温暖和煦，夜半依旧寒意逼人。冬老人的棉袍就像是笋壳做的，脱了一层还有一层。

北方的冬天，过也过不完啊。

等到猛烈的春风刮起来的时候，满心期待着大风也许能有所作为，北方的大风倒是每年都来势凶猛，整个城市都在风中摇撼、瑟瑟颤抖。大风有时能一口气刮上三天，稍事歇息，去西伯利亚蒙古一带转个圈回头又来。春风如磨盘似的，不用驴拉，来来回回使劲地碾着北方的土地，却是螺旋式的，转着转着，偏偏就与春天擦肩而过。等到风停风消，睁眼定神看看，树绿了，草已高，缤纷的鲜花谢了，凋零的花瓣落了一地；时鲜的蔬菜已琳琅满目，大街上已是裙装翻飞——春风终于向更远的北方撤退时，这里已是骄阳当空的夏天。

北方的天气是个跳远的高手，用大风做跳板，能一家伙直接从冬蹦到夏。

所以北方没有春天。

时而会有一种让风雨和天空戏弄之感，或是被春天从头跨越的失落。

更有一种似曾相识的心情，在没有春天的春天里，感叹一代人的命运。

那是我们老三届整整一代人啊。

那个青春花季的年龄，十年也许更多，恰是人生的春天。稚嫩的花蕾被严冬的风霜雨雪侵袭，许多本应灿烂本该绚丽一季的花朵，都没有等到春天。那冬天是过于严酷和漫长了，且固执地徘徊不去，碾磨似的一轮轮回风不止。待到终于气息奄奄地鸣金收兵，大地已是春老红残。即使偶有坚忍的花芽挺过寒冬，噩梦初醒时，只见草木葳蕤，花叶繁茂，满目是仲夏的苍翠，没有了春的位置。

但夏的溽热燠闷，怕也是不那么容易打发的。而一旦过了蓬勃的夏季，便是萧瑟的秋天了。

与同龄人交谈，时时有青春不再的悲凉，丝丝缕缕地浮升上来。

尽管我们可将末度的春天当作落红掩埋，但我们心底，依然眷恋春天。

曾被严寒肆虐，又被春风所误，何处去寻回属于我们的季节？

只能自怜自慰地解嘲：没有春天，也躲去了春情依依的烦恼；没有春天，陈年的老伤不易发作；没有春天，更可体察夏的轻装与轻松；没有春天，也许不种瓜而得豆——君不见，知青后代如今已是青出于蓝而胜于蓝，长江后浪超前浪。

那么，能不能把秋天当作春天来过呢？

若是细细品味，再把繁杂琐碎的日子重新一一梳理，我们会发现，当夏末的暑热终于隐去，凉爽的秋风习习吹来时，和煦的艳阳之下，草木依然青葱——那些初秋的好日子里，我们心中充满春天重归的喜悦。春装在短暂的秋季重新风光一时，秋天丰硕的果实给予我们5月花蜜同质的滋养。况且，秋天晴朗少雨却无春的浮尘，能养护和修补我们曾被寒风和烈日毁坏的肌肤，使我们重新变得滋润和充实。

秋的容颜里，可以有春的心态。何况，当下还正是盛夏时节呢。

创造和珍惜我们自己的春天吧，朋友。心里的春天，是谁也无法剥夺去的。

《天津日报》1996年8月

最美的是北大荒

　　北大荒上山下乡悲壮的经历，浇灌了我们这代人的青春年华，我知道自己的笔不可能将它穷尽。时过半个世纪，当那时的苦闷焦躁忧伤与绝望，如闪电旋风般驰纵而后，悄悄隐没在时光的烟尘之后，真正沉淀在我记忆深处并刻骨铭心的，却是荒凉寂寞的原野上，那一幅幅极其绚丽的大自然图景。

　　那种真切天然、朴实无华的美，常常在夜梦和静思中，将我完完全全地笼罩包容，并与我的身心融为一体。

　　是的，我至今最难忘却的，是北大荒的自然之美。

　　风尘仆仆的拖拉机在无边无际的田野上颠簸了一个多小时之后，把我们甩在一排低矮的茅屋前，面对院子四周的土墙上残留的铁丝网，我们情绪低落大失所望。然而，当我们在先期到达的鹤岗知青的掌声中，无奈地走进那排黄泥土屋时，眼前顿时粲然一亮：屋地中央那排由各式各样的箱子搭成的"长桌"上，竟然放满了"一瓶瓶"鲜花。那些花是橘红色的，插在一个个大小不一的漱口杯里，新鲜而明艳，散发出亮丽的光泽。它的花瓣呈长勺状，上面有芝麻般的黑点点，花瓣向四周微微弯曲伸展，犹如一只只锃亮的铜号，吹出欢乐的乐曲。那一刻，灰暗的屋顶、粗陋的墙壁也都因此而明亮、生动起来。

记得我站在土炕前，久久地盯着那些鲜花，惊讶得半天说不出话来。那是我第一次见到真正的野百合花，是那些鹤岗女青年为了欢迎我们杭州知青，特地从草甸子里采来的，屋子里充满了青春的芬芳气息。因着它们柔嫩的花瓣无声的抚慰，那天晚上我兴奋得久久不能入睡，抬头望着月光下一簇簇百合花的暗影，觉得北大荒像一片巨大的鲜花草原。

果然夏天原野上的鲜花应有尽有。田边地头、草甸子里坡岗上，野玫瑰雏菊罂粟风铃草金针菜还有许多叫不上名的花儿，紫色粉色白色金黄色，大花儿小花儿一丛丛一串串，一路跟随我们的脚步，看都看不过来。每天劳动收工时，我总是落在队伍最后，采满一束野花回宿舍，把脸埋进花丛，深吸野花的清香。我对自己说，现在我好像不累了，再累我明天也要出工……那时候谁也没有漂亮的衣服，这五彩的花束，好似为我们的心愿做了补偿。

第二年春天，我们园艺排的鹤岗姑娘们，在连队门口整理出一小块花圃，撒下了许多花籽。入夏后开出了一片五彩缤纷的鲜花，深红紫红粉红还有雪白，有的花瓣上镶着一圈丝绒般的黑边，轻盈如蝶，迎风颔首。每天收工后，在黄昏的暮色里，我总在花坛前徘徊不去。那是我记忆中见过的最美的鲜花。但突然有一日那些花朵连同枝叶一起不翼而飞，只留下光秃秃一片花坛。当我终于在厕所的深坑里见到它们时，娇艳的花朵已淹没在污水中奄奄一息，那场景凄惨而触目惊心。有人哭着告诉我那花是连长拔掉的，因为罂粟花是毒品不许种植。那些日子我去上厕所总是胆战心惊的，紧闭双眼不忍再往下看一眼。矜贵的鲜花受到如此粗暴的摧残，为此，我难过了好多天，心里蒙上了一层无法祛除的阴影。我一直不能原谅那个连长，就算是"毒品"，也该等到花儿凋谢了再处置它们呵。然而，美总是无处不在、无时不在的。当春天甸子里的银柳爆满毛茸茸的嫩芽，当秋天的屋檐下挂满金灿灿的玉米，当冬天的冰凌花在窗玻璃上勾勒出一座座晶莹剔透的童话世界，我总是怀着由衷的欣喜并为之深深感动。我至今仍记得自己端着脸盆去夏天的小河边洗衣服，久久痴迷地望着晚霞在天边变幻的奇妙云彩而忘了一切，让蚊子叮得满身红肿。夏季的一个深夜，我在加班装运砖瓦，眼睁睁看着黑暗的田野上弥漫起一片浓浓的白雾，那雾缓缓地把我温柔地裹住，虽然冻得瑟瑟发抖，却犹如亲临琼楼玉宇，恨不得轻歌曼舞起来。那一年冬天我在小兴安岭一个林场清林，我最喜欢担负夜班添火浇水的值日工作，只为了在晨曦中轻轻踏雪走出帐篷，寻着白雪地一串串项链般的小动物的足印儿，倾听着山谷里的积雪冻冰发出"咔嚓咔嚓"的响声，用铁桶砸开山脚下结一层薄冰的泉眼，满满地舀上两桶冒着热气的清泉水，踏着雪，挑回来给大家洗脸……

　　就是那一年冬天，我在没膝的雪地里采回一束孕满了花苞的鞑子香（兴安大杜鹃），把它插在一只空罐头瓶里，加上清水。半个多月后，那个花苞微微鼓胀起来，有一天竟然开出了一朵小小的粉色花。帐篷里所有的人都来观赏了这朵花，大家都说鞑子香真勇敢，不怕冷。巧的是，就在紧挨这花儿的近旁，用来支撑帐篷的桦木杆上，长出了一枝淡黄色的枝权，桦木杆是插在泥地里的，如今土层已上了大冻，它竟然还能发芽，果然山里的树生命力强。由于帐篷里没有阳光，所以叶芽是淡黄色的。它们一红一黄，弱弱的小小的，却为黯淡乏味的帐篷生活增添了生气与希望，散发出一种顽强的精神，像极了我们艰难抗争的青春岁月。

几年以后我们陆续离开了那些地方，离开了我们曾经流血流汗流泪、痛苦与欢乐交织的土地。无论我们曾经多么厌恶、憎恨，甚至咒骂过它，我们心中却留下了对它千丝万缕的眷恋。尽管后来我到过祖国和世界上许许多多美丽的地方，但在我心灵的深处，将永远固执地认定北大荒是最美的地方。这种美绝不是供人欣赏玩味、超凡脱俗的美，而是叩击你心扉，使你为之震撼、为之战栗、为之慑服的美。它既不喧嚷也不做作更无炫耀，它默默地存在，只为发现它、热爱它的人而展示。正因为我们是那种美的参与者，在与美的交流瞬间里，渗透了我们内心真挚的情感，我们才会觉得唯有这种美是属于我们自己的——它属于我们苦难生活的一部分。

也许从那时候我已感悟到，既然我们还有力量去发现美、创造美，我们就有力量好好地生活下去！

《黑龙江人口报》1997 年 4 月 4 日

林中记事

　　瓦厂到了冬季，湿土压砖会上冻，瓦厂就没活干了。而冬天的林场，正需要劳动力。

　　听说山里的生活很苦，但奖金挺高，所以，原则上自愿参加。我一心想去看看东北的"林海雪原"，就毫不犹豫地报了名。

　　1973年冬天，我随瓦厂的知青一同去了小兴安岭，在鹤岗以北几十公里处的鹤北林业局，一个叫作十八道林场的山沟里，住了整整四个多月。

　　那四个多月，我在帐篷里给爸爸妈妈写了很多信，曾用专门的信纸，陆陆续续地记录了山里的生活和感受；并给它们起了个题目，叫作《林中记事》。

　　二十五年过去，所幸《林中记事》的底稿居然还保存完好，如今读起来虽然幼稚，却倍感亲切。我以此作为依据，写下我在小兴安岭那个冬天的故事。

一

临走的前一天，刚下过一场小雪。

我们被棉大衣狗皮帽子棉胶鞋围巾手套口罩全副武装，包裹得严严实实，像货物一样，连同我们的行李，一起被"扔进"了解放牌大卡车的敞篷车厢里。

寒风在耳边呼啸，只露着两只眼睛，尖利的风，刀子一样刮过眼角，面前白色连着白色。过了鹤岗以后不久，开始盘旋进山，山不高，缓缓绵延。近处的山坡上整整齐齐地种着一排排黄绿色的松树苗，远处的山头飘着蓝色的雾霭，山上黑森森白茫茫，白的是雪，黑的也许就是参天大树了。公路上的厚雪被车轮碾压得光滑锃亮，像一条银带蜿蜒而上。

迎面驶来一辆又一辆大卡车，摇摇晃晃地冲下山去。卡车上满载着一根根粗壮的原木，最粗的有家里用的圆餐桌那么宽。卡车的车厢板两头露空，满满一车的大木头就用钢缆绑在空心的钢架上，看上去好壮观好气派。

但我们已经看不太清楚眼前的东西了，口罩里哈出的热气，使得眼圈四周布满了白霜，白霜像冰碴子一样磨着眼皮。我真害怕我的眼睛被冻僵，因为两只脚已经完全没有知觉了。我们像一个个白胡子"老爷爷"似的，互相看着好笑，却笑不动。因为，脸上的肌肉也被冻僵了。

汽车驶过一片河谷，两边的坡地上都是密密麻麻的灌木。忽见一股清亮的山水，湍急地从上游冲下来，敲击着溪流两岸的薄冰，发出脆朗的叮咚声。岸边的水草都被白雪覆盖，水流便像是从雪中钻出来的，闪着蓝色的幽光……如此冰天雪地之中，怎么会有不冻的山泉？我们都睁大了眼睛，疑惑不解。

卡车驶过一道山沟又一道山沟，终于停了下来。我几乎是从车上跌下来的，棉衣棉裤都已被寒风打透，手脚关节似乎都暂时失灵。在地上蹦跳多时，才稍稍暖和过来。然后，每人背着自己的行李，排队往山沟里进发。

山坳里根本没有路，踩着前头的人在雪窝里留下的脚印，一步步往前蹭。前面出现了一大片"冰坂"，光溜溜的像一块巨大的玻璃，一步一滑。有人说这沟里夏天全是水，入冬上了冻，就变成了"冰坂"。低下头，能看见绿色的小草，被冻在冰层下，像一件被封存在玻璃瓶里的艺术品。山沟里全是高大笔直的松树，时不时有一片片积雪从树梢上飘下来，冰冷地落在头顶上……

踏着荒无人踪的厚雪，我们进山去，心里充满了激动与好奇。小兴安岭，我已仰慕你多年，山里的生活无论多苦，我都愿意！早在中学时代，就会唱那首歌"走上这呀……高高的兴安岭……"，可惜眼前的小兴安岭，并不显得多么"高"。

队伍拐了一个弯儿，忽然望见山脚下飘着缕缕青烟。前面不远的一片林间空地上，有两座灰白色的帐篷，从那里传出了悠扬的笛声。

有十几个男生先到几日，为大家打前站，建起了我们的"新家"。

二

"新家"就在树林子里，门前是树，屋后也是树。

"先遣部队"砍掉了林中百十棵白桦树，用来做柱子和房梁，然后，围上大块的厚毡子（外面是帆布，里面是毡），盖上毡顶，就是一座冬季帐篷了。"屋顶"上露出一个方孔，是预留的烟道。帐篷四周都有"窗户"，用毡子做成四方形像耳朵一样的盖帘，晚上放下来，挡风御寒，白天可以掀起；里头用一层透明的塑料纸封着，透光透亮。我们把帐篷仔细地研究了一番，一致认为非常科学。

帐篷是长方形的，约有三四十米长，中间用柳条隔开了，两头各开一个门，一头是连队办公室，一头是女生宿舍，里头宽有七八米，两边是像炕一样长长的通铺，面对面一个挨一个地睡。那"床架"用的是粗原木，"床板"用的是细桦树杆子，再铺上干草，人一上床，整个往下陷，舒服得像席梦思。褥子七高八低此起彼伏，床单永远也无法铺得平整。屋子里充溢着一股树林子的气息，呼进来吐出去的，都是木头和雪地的味道……

山里天黑得早、亮得晚，帐篷里光线黯淡。柱子上挂起了几盏马灯，幽幽的亮光，照出屋子里的一根根树干，就像住在森林里似的。

帐篷靠近门口的地方，搭了一个炉子，用废旧的柴油桶，去掉铁盖，卧于地面，再在油桶上横着抠一个圆孔，竖着架上炉筒子，烟囱往上直通到帐篷顶端预留的那个方孔中间，这样就可以生火排烟了。

当我第一次看见那么粗壮的木头竟然被用作取暖的燃料，不由得大大吃了一惊。那都是从山上拉下来的整根原木，锯成半米左右长的木段，然后，用锋利的斧子将其劈开，细些的木头分四瓣，太粗的得分八瓣，这就叫"劈桦子"。将劈好的桦子塞进柴油桶，用碎木引火，木桦子立即"轰"的一声燃烧起来，火焰熊熊，炉火通红，那油桶和铁筒几分钟就热了，靠近铁桶都觉得烫手。不一会儿，帐篷里就热气腾腾，热得人直出汗。添加的木桦子能烧上半个多小时，若是不及时再加桦子，火一熄灭，温度立即就下降，说冷就冷了。

帐篷的地上当然没有砖，直接就连着土地，天寒地冻，寒冷有一大半来自地面的凉气。所以，帐篷里无论多么温暖，那床铺底下，永远寒气逼人，就像睡在一个大冰窖上。我们把从林场小卖店里买来的冻柿子放在铺位下，绝对不会融化。想吃时拿一个，那柿子冻得像个铅球，砸在脑袋上准保没命。

帐篷门口，桦子整整齐齐地码放着，像一堵墙。取暖用的原木不断被运来，那个冬天，我们究竟烧掉了多少木头，无法统计。那是我第一次亲眼看见在森林里如何靠山吃山。

另一座帐篷是男生宿舍，还有一个小帐篷是食堂，大灶就搭在食堂外面的棚子里，冒烟失火都不怕。粮食是用卡车从农场拉来的，但没有蔬菜可吃。没有蔬菜是因为没有菜窖，没有菜窖，蔬菜全得上冻。那几个月，我们吃不上新鲜蔬菜，上顿下顿全是腌的咸菜，萝卜条黄瓜丁什么的，没有一点油星子，吃得直泛酸水。后来运来一些土豆、粉条和冻豆腐，算是好东西。实在馋了就买罐头改善生活，脑子里开始想念葱炮肉。尽管食物如此匮乏，但我还是无限热爱这森林小屋，那些日子我极其兴奋。

帐篷里的铺位挤得满满的，一人一窄条，就像大炕一样，炕沿也是用白桦树的原木搭就的，圆面高低不平，坐久了硌得慌。所以，在帐篷里，要么站着，要么一上"床"赶紧躺下，或是缩到窗户跟前去坐着为好。

过了些日子，农场调来了四台拖拉机，是专门用来牵引原木的。那一群新来的拖拉机手中，有个女拖拉机手，长得小巧玲珑，娃娃脸，一缕卷曲的刘海儿耷在额头上，十分秀气可爱。她说话也是细声细气的，一点都不像我们想象中的那些女拖拉机手那么粗犷豪放。老连长把她领到女生的帐篷里来，一看实在是没有铺位了，叫来了两个男生，让他们在帐篷里顶头的那块狭小的空隙间，另搭一个铺位。铺位很快就搭好了，女拖拉机手微微一笑，不言不语地倒在干草上，很快就睡着了。她醒来的时候已经天黑，发现自己的头顶上正在滴水，原来有人把刚洗好的衣服，挂在了她的铺位上。晾衣服的人是个宁波女知青，人称"小辣椒"。平时就尖声怪气的，得理不让人。帐篷顶头的那块空隙，原是她晾衣服专用的地方，如今搭了铺，占了她的地盘，她便存心刁难欺负人家。但那个女拖拉机手却不计较，把湿衣服轻轻扒拉开，从绳子下面灵巧地钻过，就到食堂吃饭去了，弄得那个宁波女知青很是没趣。

拖拉机的"停车场"，就在帐篷门口的空地上。从此，一早一晚的帐篷门口必有拖拉机轰鸣声，炸雷一般震耳。每天天不亮，女拖拉机手便早早起床，在门口点火烤车（让水箱里结冰的水升温）。天黑前，拖拉机收了车回到营地，女拖拉机手回帐篷洗过脸，吃了饭，转个身子就没了踪影，一直到深夜才会回来睡觉。大家闲时议论，都猜不出她每天晚上干什么去了。这冰天雪地的，她能到哪儿去呢？

女拖拉机手一时成了帐篷里的神秘人。

一天，有个姑娘忍不住地问她晚上到哪儿去了？她微微一笑说："加班儿！"

那是一个农历十五的晚上，月亮又大又圆，有人提议说，我们到月亮下去走走吧。都说好，便一起涌出了帐篷。我们顺着山沟往冰滩上走，明晃晃的月光下，前面的路边停着一辆拖拉机。很快，我们听见了拖拉机没有熄火的低低轰鸣（拖拉机不熄火里头才会有热气），借助月光，我们忽然看见那拖拉机的驾驶室里有两个脑袋，他们挨得那么近，使我们恍然大悟——那是一男一女两个人。有人惊叫说："那不是小 G 吗？原来她在这儿加班哪！"

回到帐篷，大家心照不宣，第二天一早，已经传得人人皆知。"小辣椒"尤其兴奋，好像破获了一个重大的阴谋案。过了几天，"小辣椒"又把湿淋淋的衣服，晾在了小 G 的头顶上，这一回晾得理直气壮，好像小 G 有什么把柄被她握在手里了。这一次，小 G 是忍无可忍了，她一翻身就和"小辣椒"吵了起来。她来了几个星期，我还没听她说过几句话，但吵起架来，才发现她也是个厉害的角色。两个人吵得难解难分，"小辣椒"一时下不了台，就揭了小 G 的"短"，说她半夜里"加班"如何如何，骂得很难听。小 G 当时就趴在被垛上哭了，哭得很伤心。我实在看不下去，给小 G 打来晚饭，她也不吃。我为了表示对她的同情和支持，从那以后总是没话找话地和她说话；她依旧沉默寡言，依旧夜夜晚归。但她的眼睛里洋溢着一种骄傲而又温柔的神情，好像比我们所有的知青都幸福似的。

直到下山以后，那年夏天我到场部去办事，在一分场碰到她，发现她已经怀孕了。她告诉我说她已经结婚了。当然，她的丈夫就是那夜月光下，驾驶楼里的另一个拖拉机手。

回想起来，小兴安岭那四个多月的伐木经历，若是没有女拖拉机手的温情故事，帐篷实在有点太单调太寂寞了。月光、雪地、严寒下温暖的拖拉机驾驶室……恋爱中的浪漫青春，是留在我记忆中的另一种知青生活。

三

每个人都发了两卷长长的绿色绑腿布，山里雪大，不打上绑腿就无法行走。

学着打绑腿，不是太松就是太紧；要是不能把绑腿和棉胶鞋囫囵个儿地连接起来，走山路就会往鞋里和裤腿里灌雪。老连长吓唬我们说："绑腿和裤腰带一样重要。不绑紧了，下工回来能从裤腿里掏出冰块儿，姑娘家家的，冻坏你们将来生不了孩子！"看来打绑腿大有学问，可不敢大意。

每个人都发了一把小斧子，还有磨刀石。每天吃了晚饭，人人都在自己的铺位前吭哧吭哧地磨斧子。不把自己的斧子磨快了，第二天砍树就得挨累。

男生伐木，女生都被安排去清林。所谓清林，就是把伐过了大树的山坡，重新再清理一遍。山坡上留着许多小杂树和灌木，要用斧子把它们全砍掉，然后把砍下来的小树和杂木，顺着山势在两边排成一长趟，留出中间五米左右宽的空间，等着来年春天种上一排排新的小树苗。（1973年的小兴安岭林场，就已经有计划地植树造林了，但因砍伐过甚，做燃料烧掉、做木材外运的原木，肯定比种植的数量大得多。而寒带植物生长速度慢，当年种下的那些小树至今尚未成材，致使东北林区至今已无林可采。想起来实在心疼！）

每天清晨，天刚蒙蒙亮，我们吃过早饭，打好绑腿，穿好棉衣棉裤，戴上皮帽，拎着斧子，就踏雪排队上山去了。

东方飘着玫瑰色的朝霞，林间弥漫着淡淡的雾气，天空是宝石一般透明的蓝色，空气清凉而甘甜。冬天的山林静得连一声鸟鸣都没有，鸟都飞到温暖的南方去了，山里静寂如夜，连我们呼吸的声音都似乎远近相闻。每天去往一片新的山坡，因而进山的路每天都是新的。雪深过膝，新雪压着陈雪，风把表层的雪吹出一层硬壳，踩下去松软而富有弹性。脚下传来咔嚓咔嚓的响声，似在为我们鼓掌，雪地上每走一步都留下一个雪坑。

山势渐陡，未经整理的杂乱树林出现在前面，这就到达了今天的"作业面"。1973年冬天，实行的是"承包"制——领队的统计拿着一把卷尺，开始派活。一个人一个人地丈量"土地"，一人分配到五米宽的山坡地，横排着往山上砍。每人一天五百米长距离的定额，各干各的，谁也不管谁。中午回帐篷吃饭，下午再接着自己那趟往上干。到下午四点钟，统计来验收。一个人一个人的分别丈量，若是没到数，第二天得补；若是超过了，都一一将超额的米数记下，按规定的数额折成奖金，到开支时，就可领取超额的奖金。

若是这一天的山坡在西边，一边清林一边往山坡上爬，就会看见山那边一片血红色，阳光从山背后放射出来，在头顶上的云层和树梢上跳跃。太阳召唤着我，我追着太阳。满山的柞树一冬未落的赭红色树叶，让阳光染成了枫林。有风的日子，山林便激情澎湃，风声吹得树叶一阵哗响一阵窸窣，像有无数个山妖在林间喳喳聚会。我喜欢清林这个活儿，一走进山里，就有一种自由自在的感觉。

每天清晨上山，领到了自己的份额，立马挥舞小斧往山坡上埋头苦干。坡陡时，人在雪中站不住脚，一个劲儿地往下"出溜"，须抓住坡上的小树，才能挪动身子。爬着爬着就滑了下去，只好手脚并用，在雪地上匍匐前进。看着自己狼狈的样子，忍不住哑然失笑。一棵直径三厘米左右的杂树，要砍七八下才能砍倒。走出十米远去，已是满头大汗，汗水把棉衣里头的衬衫湿透，口罩也被热气哈湿，却不能停下休息，一停下来，身体立即降温，寒风透入衣衫，湿乎乎的后背好似背着一块冷铁；一旦摘下口罩，两分钟内那口罩就成了一块杠杠硬的冰坨，再也无法戴上去了。于是，只能不歇气地往山坡上走，挥动着手中的斧子拼命干活儿。时间过得慢极了，小树一棵棵倒下去，周围一点点开阔起来，一看表，才八点。烦了闷了，就朝着山谷里大喊一声，能听到长长的回音；若是有人喊话了，马上有周围的人来应和，悠长的回音此起彼落，在山谷里回荡。干活儿的女生们，彼此能听见说话声，却看不见人影，像是在捉迷藏。就这么咬着牙一口气干到坡顶上，回头一看，身后是一条清理干净的甬道，犹如一座陡峭的雪滑梯。

有一次，我们一群女生，为两棵伐倒后互相纠缠在一起的大树砍枝丫，十几个人足足修理了一个星期，才把那两棵大树分开。

那些日子，我每天都超额完成任务，差不多每天都能干上六七百米远。第一个月开支，工资加奖金，得了五十多元钱，真把我高兴坏了。到了春节，年初一至初三出工不休息，可得双份工资，再加上超额的部分，那个月开了七十多元钱。简直让人不敢相信！我写信给家里说："这大概将是我一生中挣得最多的钱了。"第三个月，我有了新的想法，每天上午一口气就把一天的定额全部完成，宁可晚些回帐篷吃午饭，下午就不再出工了。既然是承包制，我干完了自己那份儿，不想挣超额奖金，就可以不干。整整一下午，我待在帐篷里看书写信，真是太惬意了！

我在给友人的信中写道："我们就像是森林的理发师和修脚师，把山林一寸寸地清理干净。有时我站在雪坡上回头看去，眼前恍然就会出现一条一条的绿色通道，长满了一排排青翠壮实的小树苗……"

四

终于轮到我值"夜班"了。

值夜班也就是烧炉子。夜间山沟里的气温降到零下三十多度，必须每隔半小时一小时，就往帐篷里的炉子里塞上几块木头桦子，让炉子里的火一直不灭，这样大伙儿才不至于在梦中冻醒。

到了凌晨两点钟左右，值日生就得起床，出去担水。离帐篷大约一百米的山根下，有一个泉眼，终年不冻，大家都叫它"温泉"。用铁桶把水挑回来，"坐"在炉子上，温上几个小时，等大伙儿起床时，洗脸水就不冰手了。

大家轮流担任值日，一星期一换。值了夜班，白天就不用出工。所以我特别盼望值日，实际上是希望在我值夜班的时候，也许侥幸能看见一只熊或是狼。

到了就寝时间，帐篷里渐渐地安静下来，姑娘们都陆续地钻进了被窝。我所做的第一件事，就是把挂在桦木柱子上的四盏马灯取下来，先拧灭三盏，把玻璃灯罩取下，用一块旧布揩擦灯罩。必须把灯罩的玻璃擦得特别亮，亮得一尘不染，这活儿才算干到家。这三盏擦完了，点亮一盏，再擦第四盏。统统擦完一遍，只留一盏灯，在帐篷中央微微地亮着。

然后是填桦子。这也是有技术的，填少了，一会儿就燃尽了，火若灭了，重新点火够麻烦的；但填得太多把火压死了，温度会下降；火太旺也不行，炉筒子一烫，容易把周围的衣物烤着。有一次，值日生把铁筒烧得太热了，终于引燃了帐篷顶上通气口周围的毡子，她自己却睡着了。幸亏那天半夜，有个女生起来上厕所，被一股怪味呛得咳嗽，帐篷里到处是烟，抬头一看，头顶上的烟道已经熏得发红，一旦有风，就会呼地燃烧起来。那女生机灵，赶紧把桶里的水倒在脸盆里往上泼，连泼了好几盆，总算把那块火源给浇灭了。睡在烟道底下的女生，梦见下雨，醒来一看，脑袋连被子全浇湿了，气得哭起来。连长闻讯赶过来，骂道："哭啥哭，捡条命还不快谢人家！"

我死死地守着炉子，半点不敢疏忽。

炉子周围拉着几根绳子，烘烤着同伴们白天被雪打湿的绑腿布、鞋垫和棉裤。我得不断地翻动这些东西，将它们尽快烤干。然后走出帐篷去抱木柈子，然后是填柈子，然后是拨动火苗，让炉火不紧不慢、不大不小的燃烧。火焰旺盛的时候，能听见炉筒子里传来呼呼的声音，像驰骋在田野上春天的风，又像火车远远地经过，车轮轰隆隆地震动……炉火把我的脸照得通红，腮上一阵阵发热，我的手掌发烫，眼睛里说不定有两团燃烧的火苗……

我的膝上放着一本书，也许是《中国通史》，也许是《法兰西内战》。

火苗和马灯的光亮，照着书本上的字，每一个字上都泛着红光。

我一点都不觉得困，我喜欢这样静谧又孤独的夜。

那样的时刻，可以让我静静地思考许多许多事情，以前的和以后的、明白的和不明白的，想着家人和友人，遥远的和近前的……有时候，我会在练习本上随便写点儿什么，记下林中的印象，还有雪和云……

牡丹的拒绝

我不知道这样的日子会持续多久，我只希望每一天都能为自己留下些什么。

记得第一次值夜班的那个晚上，看书看到后半夜，一点都不瞌睡。两点多钟，我走出帐篷，用扁担挑起空水桶，往泉水那边走去。

凌晨时分，山林中的空气也似乎冻住了，没有一丝风，干冷干冷的，身上的血液都似乎凝结起来。路过食堂门口，只见帐篷檐下挂着一尺多长的冰柱，白霜和冰碴把小窗圈成一个毛茸茸的白洞，就像童话里的房子。

天空是灰蓝色的，天边有一弯月牙，被雪地映得惨白；地上明晃晃的，雪地像一个巨大的发光体，衬托出四周黑色的大山剪影。山脚下，通往泉水的小道清晰可见，还有我细长的影子，在雪地上飘飘忽忽……

忽然，前面的山崖下，发出咔咔的响声，像爆竹又像枪声，清脆地在山谷里回荡。紧接着又是一声，随后便沉寂了。我猛地站住，头发一根根地竖起来，心怦怦地跳，四下张望，空空的林间，只有我一个人。会不会是"熊瞎子"呢？还是狼或老虎？也许有怪兽？山妖？阶级敌人？赶紧往回跑吧，帐篷就在几十米外……

我迟疑了一会儿，又侧耳倾听，然而，山谷里静极了，什么声音都没有。

我硬着头皮往前走，肩上的水桶吱呀吱呀地响，更让我毛骨悚然……

总算到了泉边，这是山脚下树林边上的一口"井"，就像普通的井口那么大，泉水如池塘一般，一直漫到井口。半夜气温低，井口上结了一层薄冰，人站在井边上，用铁桶轻轻一砸，冰面即破了，然后把铁桶沉入水中，一弯腰就能舀上来满满一桶水。任凭你舀上多少水，那口"井"也不会浅下去。把两只桶都装满后，挑起扁担往回走。刚走几步，身后又响起咔的一声，像是什么东西炸裂了，吓得我差点没把水桶扔在地上。小心张望四周，什么可疑的迹象都没有。心惊胆战、跌跌撞撞地逃回帐篷，刚一进门，腿都软了，桶里的水泼了一地。

第二天向同伴们讲起自己的半夜历险，尚心有余悸。若想要夸张，说我遇见了狼，也未尝不可。可惜一心只想弄清楚那到底是个什么动静，只是老老实实道来。于是，当过值日生的女生都咧着嘴乐，说是人人都有过那么一回虚惊——如今哪儿还有野物呀，那声儿，是山根底下的冰滩发出的动静，冰在夜里热胀冷缩，那是冰在喘气儿呢！

心里笑话自己的"叶公好龙"，从此再不提想拜见"熊瞎子"和狼的事。那以后再去担水，东张西望地欣赏月光下的雪地山林，优哉游哉。

三九严寒，就连大江都冰冻三尺，而这深不过一米的山泉，却在厚厚的白雪下汩汩涌动。姑娘们用"温泉"水洗头，头发乌黑溜滑；渴了就舀一勺泉水喝，沁人肺腑。那年冬天，泉水雪水加森林浴，女生们的脸蛋都变得细嫩滋润。

到了3月临下山前，又轮到我值日。那天清晨，忽然惊讶地发现，从帐篷柱子的桦树树杈上，已经发出了淡黄色的小芽。它就在我的头顶，一伸手就能摸到它。那么寒冷的地气中，被砍伐的树竟然还能发芽——在那个瞬间里，我觉得先前的一切苦难实在都算不得什么。春天很快就要来了！

五

那么多那么高那么粗的树啊！

不一定非得红松、黄花松、水曲柳才珍贵，小兴安岭的树，每一种都自有妙处。

最多的是柞树。柞树漫山遍野，赭红色金黄色的树叶，一层层牢牢地挂在树梢上，一冬都不会被山风吹落。高大雄伟的柞树，卷曲的树叶上落一层白雪，雪红雪黄的很好看，像披挂着五彩铠甲的大将军，威严傲慢。柞树的树皮漆黑，树质坚硬，是做栋梁的材料。

有一种树名叫"水冬瓜"，树不高，树皮细密，树上挂满了紫色的小果子，就像江南的桑葚，令人垂涎。终是挡不住诱惑，采了来吃，奇苦，却觉得有趣。

有时会遇到一大片杨树林，一株株细溜苗条，树皮泛着青色，光滑稚嫩，像一群少年偶尔闯入森林来游玩儿。那般清爽可爱，忍不住要去抚摸它们。

山里人都说白桦不成材，多半做烧火用的桦子，我却还是喜欢。从帐篷里的白桦木柱子上，撕下一片柔韧的树皮，小心分离出其中那极薄如纸的一片，夹在书页里，用来给友人写信。一次在山里，天色将晚，林间渐暗，我匆匆穿过一片密林，忽然觉得眼前一亮，白色的雪地顿时熠熠生辉。抬头一看，只见一棵巨大的白桦树，迎面参天耸立，它的叶子已全部落完，就像一个脱去了衣衫，在雪中沐浴的美人，裸露出全身洁白的"肌肤"——主干和枝丫，纯白如雪，绝无杂质。它的手臂生气勃勃地向上伸展着，通体透明，像是在呼应上天的召唤；树的顶端恰好跃过一线金色的晚霞，像一顶光焰四射的宽边绒帽；而树梢上两只小巧的鸟窝，被树干银色的光芒辉映，就像一双炯炯有神的眼睛……

那一刻我震惊我感动，久久地伫立于树下，紧紧抱住它的树干，喜极而泣。树干冰凉却沁心润泽，我能听见生命的汁液在树脉中流动。

我多么希望成为一棵独立的大树啊！

碧绿苍翠的"冬青"，是小兴安岭冬季山林里唯一的绿色——这种附生于大树顶端、一簇簇一团团绿色的寄生植物，是冬天山林的特殊景致。在这酷寒时节，茫茫雪原、浩浩林海的白色世界里，只有高悬于树顶的"冬青"，敢向严冬做出无畏的挑战。"冬青"叶片椭圆，茂密成丛，远望形似鸟窝，挂于高枝，浓绿如夏，愈冷愈翠，是大森林冬天的奇迹。以"冬青"叶煮水洗冻疮，据说治疗效果极好。

山坳里是灌木丛生的地方，从成片的荆棘和柳茆中，可以找到一丛丛披着小白毛的"山花椒"，像小红灯笼一般悬挂的"刺莓果"和"狼毒"，红艳艳的一冬不落。我最喜欢的是雪地上一种齐膝高的小灌木丛，不起眼的枯枝上，悄悄缀满了一串串豆粒大小的蓓蕾，紧闭的花苞尖端，露出隐隐的粉色。这就是山林里的冰凌花——鞑子香。据说，很久以前它生长在达斡尔少数民族地区，因而得名。鞑子香在冬天孕育花苞，冰雪初融时，枯枝上还没有长出绿叶，便绽开了粉红色紫红色的花瓣，漫山遍野一片烂漫。鞑子香有点像我们江南的映山红，却比映山红更不畏寒冷，东北人叫它"满山红"。

我曾采过一把鞑子香的枯枝，带回帐篷去养。插在一个罐头瓶里，瓶子放在梁柱间的空隙里，当炉筒烧热时，热气往上走，梁柱那儿的气温会高些。我每天给它换水，它却一连多日毫无动静。临近春节的一个清晨，我在蒙眬中闻到一阵淡淡的清香味，一睁眼，头顶是一朵浅粉色的小花，悬在帐篷里白桦木柱间，它就这样悄然无声地开了——远远看去，它像是一朵开在树上的花。我从床上跳起来，睡意蒙眬对大伙儿喊道："白桦树开花了！"大伙儿都乐。鞑子香，还没到春天就开花了，在我们的帐篷里！

山林总是寂静的，但大树们并不寂寞。每天清晨到山里去，雪地上和大树下，都会出现神秘的脚印。有时候是一串串银链般细长的带子，有时是一个个浅浅的小坑，带着锯齿边儿，就像雪地上盛开的一朵朵梅花，跳跃着消失在灌木丛的深处……是松鼠来过？还是野鸡或是兔子？也许是狍子？那些森林的居民们，在雪地上留下自己的行踪，也留给我们快乐的想象。

有一次，值夜的岗哨告诉大家，他在昨天半夜里，确确实实地看见了一头熊。他说："'熊瞎子'在食堂门口转了一圈，非常友好地对着他打了个哈欠，就往泉水那儿走了。"大伙儿都说他吹牛，他急得直跺脚，带着大伙儿到食堂门口去看——雪地上，果然有一排长长的脚印，每个雪窝窝都有巴掌那么大，一端还有爪子的痕迹。

林中记事

那究竟是"熊瞎子"还是狼呢？连长下令，白天禁止去深山，晚上禁止出帐篷。

我一直非常好奇，真想知道是什么样可爱的小动物，在忠实地陪伴着森林的大树和小草……

六

山里的雪一场接着一场，昨日留下的脚印，隔了一夜就被新雪覆盖了。小雪断断续续地下着，天空阴沉沉的，四野一片迷茫。山沟里的天空也变成了窄窄的一小条，对面的山头笼罩在空蒙的雪雾中，隐隐露出白色的一角山峰。

这天下午，雪终于停了，灰蒙蒙的云层散了开去，露出一小块湛蓝的天，纯净透明，就像用雪擦过似的。山背后透出一片青光，渐渐地向四周扩展，树林子里一点点亮起来。

雪更厚了，平展展的新雪，无人践踏过的雪坡，漫山遍野连绵起伏，像在高空的云海里徜徉。雪地那么白，白得眼前的世界都失去了颜色；山谷里阴面坡上的雪，闪烁着星星似的蓝色幽光。太阳出来了，阳面的雪坡如同撒了碎金，刺得睁不开眼睛。

上山去，雪一直陷到膝盖，不是走，是爬，爬不多远，就摔出了一身汗。在雪地里行走，人人像个醉汉，东倒西歪；掉在雪坑里，好几个人才能拽上来。男生从山下带来的一条狗，在雪地上扑腾着，如同在大海的泡沫里浮游。下山的时候，我们学会了坐"雪梯"——

找一条被砍伐过大树的山沟，光秃秃、陡峭峭，沟里的冻雪表面有一层硬壳，然后，闭上眼睛往雪地上一坐，脚一蹬，身子就贴着雪地飞出去了，一阵风似的，一会儿就滑到了山下，又省时又省力。

树林中有时会遇到一大片空地，铺着厚实松软的白雪"垫子"。下工时若经过这样的林子，谁都不肯走了。女生们自发地成立了"女子摔跤队"——在雪地上进行"打架比赛"。在冬天的山林里，还有什么比这更好玩更有趣的游戏呢——雪粉是干燥爽滑的，任你怎么摸爬滚打，只消轻轻一拍一掸，它们就像滑石粉一样，拍得干干净净。头发被汗水濡湿了，但衣服和帽子却不会湿，只要在走进热气腾腾的帐篷之前，把身上的雪扫拂掉，衣服就像被油浸过一样，滴水不入。

若是渴了，伸手抓一把雪塞进嘴里，像是吃冷饮，冻得嘶嘶地吐舌头，牙都被冰木了。慢慢把雪一口口咽下，嗓子立马就发热，身子也暖和多了。舌尖上留下雪水的滋味，甜甜地渗入心脾。

晴朗的日子，树林子里也总是若有若无地飘着小雪花，是从大树顶上飘落的积雪，轻盈地在林中优美地舞蹈着；也常有细碎、零落的小雪星，淅淅沥沥地飞扬。山里人管这样的雪叫"小清雪"，算不上真正的雪，好像只是一种舞蹈的伴奏音乐而已。

都说落雪无声，我却听见过雪的声音。

飘着小清雪的日子，林中的空气格外清爽冷冽，不一会儿，身上头上全落满了薄薄的一层雪花。仰起头来，能看见漫天稀疏的雪粉，轻轻飘飘地飞舞。渐渐地，我依稀听见了一种细微而又清晰的声音——沙沙，沙沙……不像是林涛喧闹的哗响，也不像风声那么锐利，它是温柔而低沉的，婉转润滑，就像山间若隐若现的小溪，漫过涧石，跃过青苔，它用微弱到近似于无的低音，在空中悄然旋转。那乐曲是在空气和微风中合成的，随着气流微微震荡，顺着山坡飘下来，又沿着树林飞升……

那曾是我听过的最动人最美妙的天籁之音！雪语的诉说与吟诵，只给那些能懂得它的人。

清雪落到地面上以后，就把山坡上的白雪地，变成了一架打开的钢琴。等待着那些喜欢音乐的人，在它硕大的琴键上，演奏雪的乐章。

"顺山倒——"

从对面的山坡上，传来粗犷的喊声。一霎时，只见山崩地裂地倒下一棵大树来，雪迸枝溅，惊天动地，巨大的力量将大树的枝杈摔成了几截。

"左横山倒——"

"顺山倒——"

"右横山倒——"

伐木人拉着大锯，眼看着将树干锯透的那一刻，估摸着大树倾倒的方向，提前向周围的人发出警报，以便及时躲避。寂静的大山里，会响起一阵一阵的油锯和人声。

若干年后，我们也许再也听不到这样的声音了。有人悄悄说，十几年后，小兴安岭就将无林可采。那时候，冬季的林场，还用请季节工来帮忙吗？

大树伐倒以后，砍去枝丫，男生们就把成材的原木，一根根地抬到山谷里的楞场上去，整整齐齐地堆放，等着装上大卡车运往山外。较粗的原木，用老牛来拉。老牛劲儿大，一次拉一根大木头，任劳任怨地爬冰踏雪，在山间的小道上来回奔忙。有一次，一头老花牛不知为什么生气了，它突然扔下了拉木头的挂钩，也不理它的主人，气汹汹地罢了工，径自往山下的"牛棚"走去。它走得飞快，那个赶牛的知青在它身后拼命地吆喝，想追它回来，它就是不睬。我们女生都停下了手里的斧子，兴致勃勃地观看山谷里的这场好戏。人说老马识途，其实老牛也识途。那老牛走得飞快，头也不回，直奔营地而去，等那知青气喘吁吁地追上它，它早已到了"家"门口，悠闲地卧在雪地上嚼着干草……

又过了些日子，从农场调来了拖拉机，专门用来拉木头，就是把散落的原木一根根集中到楞场上去，再往山下运，这叫作"归楞"。拖拉机一次能拉十几根原木，我们的工作进度大大加快了。但从此，山谷里整天都回荡着拖拉机的轰鸣声。

偶尔的还能听见远远的炮声，据说是在炸树根，炸掉了树根，那一片山，来年才能重新植树。"轰隆隆——"炮声擦过耳际，像火车一般朝前跑去，消失在山背后。而大山里的回声，却一个山头一个山头地滚动，长久地轰响，延长至几倍的时间……

站在山头上，可以望见山谷里白色的帐篷，几缕蓝色的炊烟，在林子上空低低盘旋……

又下雪了，天空中拉起了一面巨大的雪幕，密不透风，那是雪的天罗地网，直立的大树和灌木丛，像一个个交叉的网眼。四周白雪皑皑的群山，都隐匿在茫茫的雪雾中。然而，轰鸣的油锯声和拖拉机的突突声，吞没了雪的低语……

七

领着我们瓦厂知青上山的副连长，是1958年的转业军人，四十多岁，说话含糊不清，有点口吃，左侧的耳朵只有半个，看上去有点凶巴巴的，其实心肠特软，大家不怎么怕他。不知道哪个调皮的男生，给他起了个外号，叫"八大金刚"，简称为"八连长"。每当听见知青这么称呼，他就把脸一沉，三角眼倒挂下来，瞪着眼睛训斥大伙儿"不尊重领导"，大家反倒更加乐不可支。

不过"八连长"从不背后整人，对知青充满爱心，有人软磨硬泡偷懒耍滑，他大声训斥一番也就拉倒。后来，不知谁听说了他原来是个打猎爱好者。闲时，大伙儿便缠着他重温当年打猎的故事——他那半只耳朵，具有极其惊险的来历。据说，那年冬天上山伐木时，他曾一个人带着一条狗，到深山里去打猎，迎面遇到了一只"熊瞎子"，关键时刻，他的枪却不听使唤，怎么也扳不动扳机了。熊朝他扑过来，一巴掌撕去了他的半个耳朵。若不是那条狗围着熊咬，他恐怕连命也捡不回来了。那次，他什么野物也没打着，还丢了半个耳朵。每当大伙儿谈起他的"英雄事迹"，他的另一只完好的耳朵，就会唰地红起来，像挂在脑袋上的一只冻柿子。

不过他并不因此而灰心，今年他仍然决定去打猎。老连长规定知青们不准进深山，却没说副连长不可以进深山。"八连长"雄心勃勃，摩拳擦掌，忙活了许多日子，终于带上干粮，全副武装地进山去了，还带走了连队唯一的那条狗。

临走前，"八连长"乐呵呵地告诉食堂："就准备好做红焖狍子肉吧！狍子肉味鲜美，除了狍子，别的玩意儿我都不稀打。"大伙儿半信半疑，垂涎欲滴。可是，一连两天过去了，"八连长"还没有回来，一点音信也没有。如果他真的遇上了险情，那条狗也该回来报个信儿吧！又一天过去了，还是没有"八连长"的踪影，再过了一天，还是没有回来。到了第四天晚上，老连长终于急了。第五天一大早，指导员派出了六个精壮的男生，进深山去分头寻找"八连长"。那六个男生翻了一个山头又一个山头，还是不见"八连长"的踪迹。就连雪地上的脚印也没有。男生们有些不耐烦了，几个嗓门大的，就对着山谷大声喊起来：

"'八连长'……""'老八'……""'八连长'你在哪儿……""'老八'回来……"

奇迹发生了，突然从前面的树林里，传来了那个熟悉的破锣嗓音：

"嗳……我在这呢……"

"八连长"终于出现了，他躺在一棵大树的树洞里，身子已经快冻僵了。

男生们把他从树洞里揪出来，激动得直拍"八连长"的胸脯，捶得"八连长"浑身的血液立马就流通起来。男生们那么高兴，一部分原因当然是找到了"八连长"，但另一部分原因，不可告人——

因为在那个绝路逢生的时刻，"八连长"毫不含糊地"嗳"了一声，这就在无意中默认了"八连长"这个绰号，使得男生们得意忘形。

后来，据"八连长"自己解释说，他在山里迷了路，好几次差一点就打着狍子了，但他没敢打，怕打着了，找不着路把狍子拉回营地去。雪太大，连狗都不管用，一连五天，尽在山里头兜圈子。不过，他强调说，明年要是再来这"疙瘩"，附近上山的路，他可都熟透啦！看起来，那狍子明年是准保没跑了！

我们当然没吃到狍子肉，但吃到了香喷喷的狗肉——那条狗在保卫"八连长"的战斗中饿死了。许多天，"八连长"一直闷闷不乐，也没有训斥任何人。

八

夜是漫长的，天黑以后，除了帐篷，就再也没有别的去处了。

女生们大多都挤坐在那盏昏暗的马灯四周，忙碌地钩织花边。普普通通的白线，在她们手中，眼花缭乱地穿梭着，一针针一线线，几分钟时间，就变成了一小块漂亮的图案，圆的、菱形的、三角的……再把这些小块儿的花边耐心地连接起来，就变成了一块方形的台布，或是门帘和窗帘；也有人一起手就是整块的，转着圈地钩，一圈一圈地扩大开去，花上一两个星期，一块圆形的桌布就魔术般地抖落开来。

我对那些善于编织的女生，满心的羡慕和钦佩，常常瞪着眼睛仔细地观察她们灵巧的手，却怎么也看不明白。她们执意怂恿我试试，我连个针都不会拿，笨手笨脚的，怎么教也教不会，把她们笑得前仰后合。凭直觉，我知道自己和那样美丽的工艺品无缘，立即收手。但也不能过于脱离"群众"啊！我想我还是应该干点儿什么才好。花边钩针太难学，打毛线行不行呢？我在"文革"的"逍遥"时期，也算是学过织毛衣的。经过咨询，知道毛裤比毛衣容易织，那就织毛裤吧。姑娘们很热心地借了毛衣针给我，我把自己的旧毛裤拆洗了，把毛线绕成团，算好腰围尺寸，让别人给起了头，就开始正式织毛裤了。织毛裤的全过程，如今已记不太详细，反正不是这儿不对头，就是那儿不合适，好在有的是女知青给我指点，我的毛裤织织拆拆，拆拆织织，以每日三圈左右的进度，从容不迫地进行。在那个冬季里，我深刻地体会到，织毛衣原来需要极大的耐心。心里就有些纳闷，天下的女人，竟然能一年四季不厌其烦地织毛衣，实在令人匪夷所思。为了防止自己的厌倦情绪，我制定了"细水长流"的方针，勉励自己循序渐进，不求快而求稳。姑娘们每天晚上都可以见到我在织毛裤，大约半个小时就草草收工。那条毛裤，我几乎织了整整的一个冬天。它终于在下山前彻底完工，成为一条绝不缺腿儿的标准毛裤，并在那年春天穿在了我的身上。尽管腿上裆上极不舒服，但我回家时骄傲地告诉妈妈："这是我自己织的。"令我那位从未织过毛活的妈妈惊讶地张大了嘴，脸上分明对我露出了钦佩的神情。

那是我至今为止织过的唯一一条毛裤。

更多的时候，我会远离马灯，缩在帐篷的一角上看书，用自己买的蜡烛照亮，在膝盖上写信写字。当我隐没在角落的微光里时，姑娘们的嬉笑声，就会有意无意地放轻降低下来；可每当她们说到有趣的事情，我又忍不住插嘴去问个究竟。

高兴的时候，女生们就一起大声地唱歌或是聊天。我常常和那个宁波知青翠翠讨论一些莫名其妙的问题。1973年冬天，连队学习伟大领袖的一段最新指示。老人家引用了一段古训，其中有一句，"皎皎者易折"。我俩为了这个"折"字究竟应该念"zhé"还是念"shé"，争得不可开交，一连争了好几天，谁也说服不了谁，最后，决定各自分头写信给有学问的朋友和老师请教，再做定论。

但在这个十八道林场的山沟里，写出去的信，最快得两三个星期才能收到回信。下大雪的日子，交通中断，似已与世隔绝，任何外界的消息都没有。一旦天晴通邮，全连的信件和报纸都一起到达，足有好几麻袋。

帐篷里送来了信件，是收信人最快乐的日子。

临近春节，食堂的伙食明显好转，能吃到大米饭、木耳炒白菜片，或是土豆蘑菇炖肉——令我们心情愉快精神振奋。蘑菇和木耳，据说是从林场买来的，这给了我们极大的启发。若是轮到夜间值日，白天可利用休息时间，溜到公路上，搭一辆便车到十八道林场场部去，在林场家属区买些蘑菇木耳等山货，打算等开春下山时，带回去给家里人做礼物。

那是一个三面环山、整洁宽敞的小山村，一排排红砖房顺山势排列，家家户户的门口，一律用丈高的桦树杆围成障子。院子里都堆着齐房高的柴垛，粗大的原木桦子足有好几百块。所以，就连山村的炊烟也是雪白的。林场职工家里洁净的窗玻璃上，映出窗台上一盆盛开的红艳艳的"玻璃脆"，屋里的鸟笼子里，养着几只灰毛红肚皮的苏雀，每一扇窗户都那么富于生活气息。街上有孩子在嬉戏，脚上绑着两块钉上了钉子的薄木板当作雪橇，从路边的冰坡雪坡上飞快地滑下来……

家家都养狗，没见过生人，穷凶极恶地叫，虽然拴着链子，还是有随时会扑过来的危险。不敢进门去，只在院子外面扯嗓子喊叫是买木耳的。但林场职工对做买卖的兴趣不大，软磨硬泡才算买得两斤木耳。蘑菇的种类太多，有元蘑、榛蘑、油蘑、花脸蘑……据说年年收山时，正是地里的"秋菜"和庄稼成熟时，秋收正忙，林场的职工家属只好眼看着蘑菇烂在山里。蘑菇是不敢想了，正欲找车回山沟里去，见路边的孩子嘴里响亮地嗑着什么，传来馋人的香气，一问，才知道是松子儿。于是，冒着被狗咬的生命危险，到处去寻找松子儿，却没有一家肯卖。说那松子儿可不容易采到，得找到母树林才会有松子儿，光给孩子吃都不够呢……听着越发好奇，不肯轻易罢休，磨破嘴皮非买不可，一位老大爷被缠不过，颤巍巍地走到屋外的仓房里，拿来一根枯萎的松枝，上面有几个黑乎乎的东西，有玉米棒那么大。他掰下来一个递给我，一边说："拿着，这是松塔，不卖，给你得了。松子儿就在那里头呢，自个儿抠吧。好好包上，别沾着衣服，那松油可不好洗……"

我为自己终于拥有了一个松塔而欣喜若狂，当即揣在怀里，飞跑着逃走了。

到了 2 月末，太阳照在身上，有了几分暖意。山风不那么凛冽尖锐，踩在厚厚的雪地上，脚下变得松软柔和多了。连队通知大家做撤离的准备，在山沟里待了四个多月，整整一个冬季。有人说，再不下山，我们就快变成原始人了。山中一日，世上千年，谁知道外头如今都变成什么样儿了呢？

离开帐篷的那天，我的行李中多了几件东西：一朵鞑子香的小花标本、一片在书里压扁了的冬青树叶、一只奇形怪状的干猴头、一片白桦树皮，还有那个黑乎乎的松塔。它们都是我的宝贝，是大山留给我的珍贵纪念。

还有一些东西，是装在心里带走的。

经历了雪与冰的考验，我觉得自己变得结实和坚韧。

大卡车驶离那条山沟的时候，心里生出几分依恋之情，真有点舍不得离开。想到自己今后也许再也不会到这里来了，竟有些忧郁和伤感起来。

我一直怀念那个冬天，那是我在北大荒八年中，唯一远离了政治和运动，没有压抑感和沉重感的一段日子，也是我生命中一段最为宝贵的日子——生活虽然艰苦，但精神轻松心情愉快。寂寞中若是有信心支撑，寂寞会变成享受；孤独若是充实，孤独会令人长进。欢乐只有在欢乐的人那里才能被感觉到；欢乐不是寻找来的，而应是从心里生长出来的。

我是多么感激这日日与我无言相伴的冰雪大山和树林子啊！

还有我带去的那些书。下山时，书页上都散发出原木和干草的气息。

但我们的欢乐是以森林的消失作为代价的。尽管眼前的山林依旧，但小兴安岭林场的树木，却正在一天天少下去。若干年后，它们会不会变成另一种形式的"北大荒"呢？我不知道。在对于青春的回望和眷恋中，一种深深的悲哀，悄悄地从心底浮上来。

《钟山》1998 年第 6 期

风过无痕

7月，内蒙古锡林郭勒大草原。

那是一片绿色的海洋，凉风卷起一层层起伏的草浪，从海的深处一直涌到脚面；无垠的潮汐中弥漫着牧草和野花的气息，溅湿了衣衫和眼睛。

缓缓的草坡往天的尽头延绵开去，绿草细短而密集；坡下有湖，三条银亮的小河蜿蜒注入湖内，春或秋，常有大雁和天鹅飞来落脚歇息。顺着坡下的小河往山里走，有一条韭菜沟，满满一沟的野韭菜。

"这里就是我们的夏季草场。"他说，"那时候，知青的蒙古包就搭在这儿，说不定就是我脚下的这片草地。"

二十年过去了，重回草原一直是他放不下的心愿，一个悉心珍藏的梦。

他在离开草原后漫长的日子里，曾无数次地为我描述过上述情景。草原早已被我在想象中熟读，成为一幅幅虽远犹近的油画。

然而，视线之内的草坡上并没有蒙古包，更没有门前飘扬的红旗和语录牌；远处那如同白蘑菇一般星星散落的蒙古包，不再是知青的。

草原就这样突然变得陌生，那曾经被知青们以为是知青的草原。

那条韭菜沟还会在吗？年复一年，无人采摘的野韭菜已枯荣多少回？

"你看，那是我们的冬季草场。"他指着远处蓝色的山影，仍是难以抑制的兴奋。

巨大的冬季草场，却已被分割成若干片方圆几公里的小草场，承包给牧民经营。各家各户的草场四周，用铁丝网围起了规整的"草库仑"，作为彼此的地界。千年游牧的蒙古民族，已在自家草场的中心，建起了定居的砖瓦房。房子里的彩色电视播放着美国电视剧，陌生的孩子们嬉戏着，风力发电机正在房后转得呼呼作响。

同行的友人笑着对一位青年牧民说："还认得我吗？那时你一年级，刚桌子那么高，我教过你，算是你的老师呢。"牧民茫然地摇头，又恍然大悟地点头。

没有知青了。当白灾黑灾都过去，草原恢复成它原来应有的模样。

驱车欲往团部走，人说如今那不叫团部了，叫"苏木"，蒙古语"乡"的意思。"苏木"的那条街上，挤满了商店旅社饭馆，一座银色的微波发射塔冲天而立，电话直通世界任何一个地方。当年的团部门前，现今挂着乡政府的牌子，院里原来的那排红砖房，已被翻建重盖成一栋两层小楼……

"那就去六连吧。"他说。沮丧中仍抱定最后一线希望——那是他生活过多年的连部。

草渐渐地高了，通往六连的土路，被湮没在汹涌的草浪中，唯有干涸枯瘦的车辙依稀可辨。这条当年被知青深深浅浅的脚印和牛车辗出来的土路，如今已很少有人走了，除了放牧的马倌儿羊倌儿，也许根本没有人会到那个叫作六连的地方去了。但这是知青的六连，从北京回来的六连知青，怎么能不到六连去呢？

黄褐色的土路在荒野上断断续续地延伸，在绿草中时隐时现。地平线始终遥远，蓝天下迟迟没有出现六连的踪影——它们在我熟知的画面上，是一大片赭红色的砖房和黄泥土圈，被白云衬托着，从浓绿色的草地上浮升上来。

车子在草原上转了一个圈又一个圈，会不会迷路了呢？像当年刚来这里时那样。但太阳高悬，方向并没有错，何况，曾经闭着眼睛也能走到的地方。

然而还是没有，六连踪迹全无。莫非六连真是沉到地底下去了吗？即便没有了六连的名称和人，也该有六连留下的房屋和圈舍什么的，那毕竟是几十个北京知青，生活过十几年的地方啊！

六连终于以遗址的形状，从一片杂乱的草丛中被偶然发现，已是夕阳西下时分。它们像是被蚀空的朽屋，终于在某一个风暴的夜晚整体坍倒。大雨浇塌了土墙，草根揉碎了土块，大风吹散了土末，断裂的梁柱和破碎的砖瓦已被人捡拾殆尽，在后来没有知青的岁中，运往别处派上了别的用场，只留下一截截仅至脚背的黄土屋基。残垣断壁之间，细细辨别，能认出一格格隐隐约约的方块，是当年知青宿舍留下的墙基……

还有水井呢？锅台呢？马棚和牛粪堆呢？

唯有遥远的歌声，在荒芜中低低回荡。

不用去寻访大漠中的那些古城遗址。离开草原仅仅二十年，创造过那段历史的人，就面对着自己的历史遗迹——像是在活着的时候，着手整理自己青春的遗骨残骸。

知青的六连和六连的知青，无言相对。

六连就这样被留在身后，走出几步远去，那模糊的土堆便消失在草丛中，再也看不见了。回望六连，六连就像从来没有过的一样。

从车窗前掠过一座小山，山顶上隆起尖尖的石堆，彩色的经幡在风中翻卷。他说那是敖包，敖包是牧民心中的圣地。知青时代，敖包曾被夷平，人们只有在歌声中与敖包相会。

归途中经过一家蒙古包，进去歇脚，案台上供奉着一尊佛像，一个佩戴佛珠的老人靠墙坐在地毡上，正在专心诵经。有人告诉我们，那是一位喇嘛。

知青走了，老牧民大多故去，留在这里守望草原的，是永远的喇嘛和敖包。

风过无痕，但有痕的伤痛依旧，是那个年代青春的注脚。

《北京晚报》1998 年 4 月

遥远

垄沟

北大荒原来这么大呀，我知道什么叫广阔天地了！

天空那么蓝，蓝得像海。那时我其实还没有见过海，就把这天空当作海吧。

浮在头顶和天边的白云，一朵朵，一层层，凌空悬停在那里，好像一堆堆冬天的积雪，或是一座座雪宫殿。天上的白云变幻莫测……夏天的阳光每天都在改塑着雪宫的形状。

原野那么辽阔，肆无忌惮地往远方伸展，根本没有尽头。你无论往四周的哪一边看，除了土地还是土地，除了绿色还是绿色。我从江南省城的"大地方"来，可这里才是真正的"大地方"，大得你的眼光都量不到土地的边界。站在北大荒的原野上，人忽然就渺小了、萎缩了，小得找不着自己了。你的视线中唯有天空和原野，人被蓝绿白三色覆盖，人已经没有颜色了。

土地怎么会这样平整呢？就像被一个巨大的模具囫囵个儿压出来的，连个土坡都没有。小麦齐膝，大豆蓬勃，苞米挺拔，油汪汪翠生生，一直往天边铺排过去，像是国庆游行时的仪仗队，气势轩昂，高高矮矮一般整齐。

麦地不起垄，麦地平整得像湖面，风来时，麦地起了波浪，连波浪也是整整齐齐，像一整幅绸缎，从头至尾地摇摆抖动。麦子播种有播种机，收割有收割机，大机器是和大土地相联的。开春时，麦地被东方红拖拉机来来回回地"耙"了又"耙"，如一双巨手细细抚摸，平整得没有皱纹，小麦成熟时，被人称为麦海。

大豆地和苞米地须起垄。播种前起了垄，平平整整的大地，被分成一条条垄台和垄沟，垄台高于地面，像无数条黑色的长龙，一根根并列，卧于蓝天之下。

毫不夸张地说，北大荒的垄——地平线有多远，那垄就有多长。

夸张一点说，你能数清自己的头发有多少根，你才能数得清农场的垄有多少条。

站在"垄"的这头，绝对看不见"垄"的那头。每根"垄"少说有三里地，铁轨一般奔向远方，河流一般源远流长。那是全中国最长最长的垄了。想起江南农村田边地头每一寸缝隙里都种满了瓜豆，这北大荒的垄，真是太铺张太奢侈了。

拖拉机在春天为大地起垄后，由人工来点籽，出了苗，人们就一条垄一条垄地间苗；苗长高了，就得一条垄一条垄地锄草铲地。

从春天到秋天，人都围着垄台转，汗水掉在垄台上，脚印留在垄沟里。"垄"就是我们的课堂、我们的作业，"垄"就是我们的全部生活。爬过"垄"的人，才会懂得"趴在垄沟里捡豆包"那句民谚。长长的垄、黑黑的垄，像一条粗重的锁链，把我们的青春锁住。

到了 6 月铲地时节，北大荒的"垄"，真正把我们这些南方来的知青，狠狠地教训了一番。

起床的哨音响了，睁开眼，天已大亮。金灿灿的阳光刺着你的眼，可是低头看表，看错了没？——时针才刚到两点。北大荒的夏天，凌晨两点就是大白天了，太阳催人下地，没有讨价还价的余地。睡眼蒙眬地随着出工的队伍往田野走，玫瑰色的东方彩云缭绕，凉风习习阳光爽滑。刚有了抒情的愿望，草棵里的蚊子小咬，已成群结队地蜂拥上来，雾团一般纠缠，咬得你无处躲藏。曾有个杭州知青，一巴掌拍死一只大蚊子，夹在信纸里寄回家给父母看，戏谑地附言："这是北大荒的蜻蜓啊！"父母深信不疑。你若在原野上大口喘气儿，就把蚊子们一口吸进了喉咙，喉咙里好像都被蚊子咬出了包块；你若追打，小咬们齐心协力反攻围剿，顷刻间身上遍体鳞伤。胶鞋已被露水湿透，那大豆地还远在天边。在北大荒，一出门就是江南小镇与小镇的距离，步行七八里地的出工路上，已消耗了大半的体力。

总算到了地头，全体"战士"一溜排开，一人"抱"一根"垄"，搭上锄头唁上垄，噌噌地往前冲。还没等你拉开架势，周围的人都已赶到你前头去了。心里好着急啊！一人一根垄，这根垄好歹就归你收拾了。四下空旷一目了然，谁在前谁在后，谁快了谁慢了，平原坦荡，人影清晰一览无余。

一边埋着头锄草，一边前后左右地驱赶着蚊子和小咬。可那草怎么就长在了苗眼儿里了呢？用锄头怎么够也够不着，用锄尖会伤苗，干脆弯下腰用手拔吧，拔草肯定能除根。可等到拔完了草一抬头，左右垄上的锄草人，几乎都看不见了……

有人在前头喊："你干吗呢？你是铲地还是拔草呢？你当这儿是学校操场啊……快点吧……"

心里越发着急，越着急就越觉得自己没铲干净。锄头也钝得像块木头，上面沾满了湿泥。没有刮锄板，铲一会儿就得停下来用鞋子去刮，刮也刮不掉，越铲越沉……

竭尽全力往前赶，胳膊都已被锄头拽得抬不起来了，时间似乎已过了许久，垄沟在我的脚下被一寸寸征服。心里琢磨着：差不多快到地头了吧！鼓起勇气扬脸看——差点没昏过去，前前后后一片绿色，不知是草还是苗，垄台垄沟从容不迫地无限延伸着，丝毫没有结束的意思……

几乎就绝望了，这长城一般长的垄，什么时候能到头哇？别人怎么能铲得那么快，而我怎么就快不起来呢？

拼命地追赶，顾不上喝水顾不上抹汗，只有一个愿望：让地平线一般遥远的地头快快到来吧！那会儿早已不是我在铲垄，而是垄在铲我。它不言不语无齿无刃，却铲得我四肢酸疼浑身都像散了架似的，真恨不得躺在垄沟里，让大豆苗玉米苗和杂草把我埋葬算了！

可你无论多么憎恨垄沟憎恨铲地，你直起身子歇口气，还得往前赶。只要垄沟没有中止，你的劳作就无法中止；是垄沟牵着你在走在爬，你像一个牵线木偶，机械而麻木。有时候你觉得自己也许坚持不到垄沟消失的地方了，可是垄沟不消失，你想要消失也是不可能的。

……忽然，有一把雪亮的锄板，从你的正前方伸过来，一下一下，利利索索，咔嚓咔嚓，锋利的锄板下，垄台上的杂草们纷纷倒下，均匀地撒在湿润的黑土上……你惊喜地抬头，发现自己脚下的垄已和前方的垄联结在一起，它变成了新鲜的黑色，垄台上没有杂草，只有一棵棵小苗苗壮地挺立着……

是"战友"们给我接垄来了。对于我来说，接垄简直就是救命。

被人接了垄，这一根长长的垄，千辛万苦才总算是到了头。然而，北大荒的垄是没有完的。铲完了这根垄，还有无数根别的垄在等着。走过这一片铲完的垄，大家转过身，重新一溜排开，再"抱"上一根新垄，接着往回铲。早早到了地头的快手们，已经坐在小树林里休息了一阵子，喝了水歇过了气，精神抖擞地再接再厉。可我这刚刚好不容易才到达"终点"的人，未等喘息就得接着开干，那种无奈与疲劳可想而知。往往是一上午在地里打一个来回，铲上两根垄才能吃午饭，那往回铲的第二根垄，就越发地苦海无边，不见天日了。

刚到北大荒第一年夏天的铲地，垄沟把我治理得惨不忍睹。不知是由于体力还是由于劳动技术的问题，尽管我尽了最大的努力，每次铲地还是经常"打狼"（落在最后），令我无地自容。后来我才知道，其实，铲地是有许多"窍门"的，许多人并不像我那么"一丝不苟"。他们把锄板伸出老远，轻轻一带，刮起来的新土，把杂草都盖住了，这一拽就是好长一段，垄台上的杂草一下子都看不见了，铲地的速度自然大大加快。知青们用这个"绝招"来对付那可恶的长垄，可惜我没有及时学会。这种方法，大概是 1969 年知青到达农场后，粮食产量始终无法上纲要的原因之一。

铲地是北大荒夏天田野上的主要劳作，几乎从 6 月中旬持续到 7 月下旬。初到北大荒，对于黑土地的广大和辽阔，我主要是通过铲地来体验的。

我虽然害怕铲地，但北大荒夏天的原野，还是很让我着迷。

到达鹤立河农场二分场的当天，我们一些杭州知青被领到连队宿舍，第一眼看见的就是满屋子一簇簇一丛丛鲜红的野花，竟然把房间的墙壁都映红了。那些花被插在罐头瓶里，放在地中央的木箱上和窗台上，一朵朵绽开怒放，新鲜欲滴。那花朵细长呈喇叭状，花瓣的颜色殷红，一片片向外翻卷着，上面有黑色的芝麻点，很热烈很生气盎然的样子。

这些花，都是先于我们到达的鹤岗女知青们专门到草甸子上去采来欢迎我们的。她们告诉我说："这是野百合花。"

这是我第一次见到百合花。江南的河谷山林里，好像很少有野生的百合花。我好喜欢百合花，立即采下一朵夹在书页里，作为标本寄给了杭州的朋友。

岂止是百合花呢？北大荒的草甸子——夏日的野花真的是应有尽有：粉红的刺儿莓、白色的野罂粟、深蓝的马莲、紫色的铃铛花、金黄的野雏菊……如果运气好，偶尔还会在草甸子的深处，发现一丛粉红或是紫红色的芍药花，碗口大的花骨朵，迎风颔首，雍容华贵。还有许多叫不上名字的小花，让人眼花缭乱，五彩缤纷地一开一大片，像是花仙子日日不散的盛会。

说来惭愧，那些日子使我坚持去抱垄铲地的"精神支柱"，就是路边地头上的那些野花了。只要铲到了地头，我就会看见它们，精神抖擞、天真烂漫地随意生长着开放着，从茂密的草丛中好奇地探出头来，无忧无虑地微笑。它们既然没有烦恼，我在顷刻之间也就没了烦恼；它们从不疲倦，我也就不觉得疲倦了。只盼着快快铲完了这片地，收工时，采上一大抱，把它们搂在怀里，带回宿舍去，它们将在整个夜晚用花香陪伴我。

有时候，垄台上冷不丁也会闪过一星灿灿的亮色，一朵金黄的小花开得正旺。那是"婆婆丁"，也就是苦菜花。那时，我总会把锄板小心收拢，决不碰它。走远了再回头，那金黄色的花瓣竟会点头对我说谢谢……

夏天的北大荒，阵雨说来就来。眼看着起了凉风，蓝蓝的天上远远地刮过来一片乌黑的云彩，就像披着黑色斗篷的魔怪，张牙舞爪腾云驾雾，转眼间就逼近了。有人喊："不好，来雨啦，快跑快跑！"大伙儿扔下锄头，顺着垄沟，往地头的小树林跑去。刚跑出几步，雨点就下来了，铜钱一般大，打在脑门儿上生疼。可是，不跑怎么办啊？四下除了垄沟就是垄台，连个避雨的草棚都没有，大雨劈头盖脸地压下来，雨水顺着头发往下流，气都喘不过来。只好在雨里没命地跑，鞋底沾着泥浆，衣服裤子都湿透了，拖泥带水地跑也跑不快。好不容易跑到了地头，还没等站稳，发现大雨戛然而止，云开雾散，雨过天晴，太阳重又笑眯眯地露脸。那样干爽炽热的阳光，好像从来就没有下过雨似的；黑云已经越过我们的头顶，疾速地往远处飘去了。

拖着湿漉漉的鞋和衣裤，重新往垄沟走。垄沟只湿了一层地皮，若无其事的；倒是那些杂草，喝过了雨水，一眨眼的工夫又蹿了出来，摇头晃脑地和铲地人较劲儿。

这就是北大荒的雨，铲地的雨。早知道北大荒的雨是个"短跑运动员"，还不如乖乖地蹲在垄沟里，干脆让雨水给洗个澡呢！

下过雨以后，天空格外透亮，像一个穹形的玻璃顶盖，罩着绿色的原野。穹顶与田野之间，有一圈深蓝色的地平线，就像用笔勾出来一般，清晰得近在眼前。

在我视线所及的范围内，天空是圆的，地平面也是圆的。天地之间，只有我一个人。我清楚地看见了那个圆形的地球，从我脚下延伸至远方的弧形地平线。

那一刻我突然发现，原来我就是地球的圆心，每个人都是地球的圆心。人就像一把直立的圆规，画出了天地间的弧线。我确实是在修理地球，垄沟垄台都是地球的颜面，我抚摸它摩挲它，整个夏季我都是在亲吻着地球啊！

这个发现令我激动不安，从我长大至今，我还从未真正"触摸"过地球；而北大荒的垄沟，在我的生命史上，刻下了第一道有关土地的烙印。

菜园子

不知是否和我铲地"打狼"有关，不久后，我就被安排到菜园队去干活了。

菜园队有个很好听的名字，叫作"园艺排"。我觉得这个名字显得很有文化，给父母和同学写信，告诉他们，我的通信地址是鹤立河二分场园艺排。

我到菜园队的时候，已是 7 月，春天种下的许多蔬菜，正好都"下来了"。起初，我搞不懂为什么叫"下来了"，在我们杭州，每逢新鲜蔬菜到了时令，都叫作"上市"。北大荒没有"市"，干脆就"下来了"。

北大荒的蔬菜"下来"的时候，就像一个盛大的节日。

黄瓜"下来了"——黄瓜分为"水黄瓜"和"旱黄瓜"。"水黄瓜"先下来，"旱黄瓜"后下来；"水黄瓜"是细长的，翠绿色，小苗那会儿就得搭起柳条架子，让它爬蔓儿。水黄瓜开花了，金灿灿的，花蒂后顶出一截截小黄瓜纽，见水就长，没几日，已像是一根根绿色的油条悬挂；"旱黄瓜"短粗圆胖，皮上有黄绿色的花纹，在茂盛的瓜叶下贴地乱爬，就像暗藏的地雷。种"水黄瓜"要起垄搭架浇水，所以，叫"水黄瓜"；而"旱黄瓜"不用太浇水，在地上爬蔓儿，就叫"旱黄瓜"。"旱黄瓜"的黄瓜味儿足，吃起来满口黄瓜香，但是籽儿多；"水黄瓜"咬一口又脆又嫩，满嘴汁液。两种黄瓜各有千秋。

黄瓜"下来了"，我们天天"下"黄瓜。蔓上的黄瓜纽儿昨天还像一根小麻花，过了一夜就"炸"出个顶花带刺儿的大果子。黄瓜的产量很高，刚摘了这根，那根又长长了，"下"不完地"下"，就像老母鸡下蛋似的，天天有得捡。既然黄瓜那么多，我们这些"下"黄瓜的人，自然享受些优惠政策，到了工间休息，允许我们敞开吃黄瓜。看来，菜园队有很多优越性，可惜我对黄瓜并没有太深的感情，顶多吃上一两根解解渴便是。但那些鹤岗和佳木斯的女知青，对黄瓜的喜爱几近狂热，生黄瓜"可劲造"——我亲眼看见一个女生，工间休息时，用一只大土篮子，装了半篮子黄瓜，然后把土篮子扛到树下，自己坐在地上，面对土篮，拿起一根黄瓜，用手捋了捋上面的泥土，开始大嚼起来。我坐在她不远的地方，看着她在短时间内，飞快地"消灭了"一根又一根黄瓜，等到哨音响起开始干活儿的时候，我发现那只土篮子已经空空如也。我目瞪口呆，实在不相信，就问她：黄瓜呢？她眼也不眨地说："都叫我吃啦！"

黄瓜"下来"的时候，连队食堂上顿下顿地吃炒黄瓜片，吃得我直返酸水，直到现在还对炒黄瓜过敏。但"旱黄瓜""老了"以后，用来腌咸菜，等春天没菜吃的时候，还是很顶用的。

西红柿"下来了"——北大荒的西红柿，也许是世界上最好吃的西红柿了。圆圆的如碗口大，血红色、粉红色的都有。表皮粉红色的那种，连里头的沙瓤儿，也是粉红色的，晶莹透明，似掺着许多银粉，闪闪发亮；另有一种小小的，金黄色，比杏略大些，有个尖尖的鼻子，好可爱，不像西红柿倒像个玩具。摘下来一大堆，小山似的堆在地上，无数个彩球来回滚动，叫人不忍吃。

北大荒的人管西红柿叫"柿子"，让我们这些南方知青很不赞成。我们说："柿子明明是长在树上的呀，那你们管树上的柿子叫什么呢?"她们就反唇相讥地说:"你们管柿子叫啥——番茄?怎么是番茄呢?难道是茄子不成?"她们还说:"东北又没柿子树,这就当柿子吃了。"叫就叫呗,于是,我们后来也都跟着柿子——柿子地叫。

"下"柿子的时候,是很快乐的。拎着土篮子在柿子"树"的垄里挨排蹚过去,把一个个红透了熟透了的柿子,轻轻摘下来,放进土篮子里。一边走着,一边就拿眼睛留神着周围的熟柿子,看见一个最漂亮最可爱的,就摘下来,在衣襟上擦一擦,顺手塞进了嘴里。"下"柿子其实就是吃柿子,队长眼开眼闭。再说,那么多柿子,任你怎么吃也吃不完。走到地头,被我们收获的柿子,装满整整一牛车。

装车的时候,柿子是用铁锹,大刀阔斧地一锹一锹铲起来的,不怕破损。要是一个个地捡,那么多柿子,捡到啥时候?

那年夏天我在菜园"下"柿子,一路走一路吃,至今还记得柿子酸甜的汁水,把肚子撑得溜溜圆,一会儿工夫,小腹憋胀。几个女生看看周围没人,蹲在柿子地里就尿,说是给柿子上肥了。尿完了再吃,吃得舌头都没有知觉了。如今想起来,实在很没出息。

北大荒夏天的菜园子,除了黄瓜、西红柿,真正的当家菜是西葫芦。

第一回见到西葫芦,完全不认识。说它是个葫芦,葫芦有腰有"肚子",曲线分明,它冒充得太离谱;它的样子有点像南方的菜瓜,又有点像长形的南瓜,但味道完全不是那么回事,吃起来,有一点像杭州的一种叫作"活芦"(瓠子)的东西,但更生脆。它的形状很难准确地形容,总之有点"四不像"。

很长一段时间里，这种奇怪的西葫芦使我大伤脑筋，拿不定主意是吃还是不吃。不吃吧，没有别的菜可吃；吃的话，实在不算太好吃，还有一种特别的气味。但东北的知青们对西葫芦都情有独钟，每次食堂吃炒西葫芦片，他们就欢呼雀跃，还告诉我们，西葫芦可以做馅儿，包饺子或是蒸包子。

一次路过一户老职工的家，看见他家的篱笆上，晾满了一圈一圈淡黄色的"花边"，螺旋形地坠挂着，像一副副猪大肠。问他是什么，他说是晾的西葫芦干儿，等到冬天时，西葫芦干儿炖猪肉吃，可香了。当时不以为意。到了那年元旦，连队食堂果真给大伙儿做了一次西葫芦炖肉，那西葫芦干儿又韧又脆，入肉味，新鲜爽口，方知西葫芦的妙用。从此，不敢再小视北大荒那些陌生的植物了。

深紫色的长茄子，足有尺把长，又粗又大，沉甸甸地坠着。以前从未见过这么大的茄子，惊讶得半天合不上嘴。油绿的小辣椒、番茄那么大的圆辣椒，也足以让我们惊叹！大辣椒在杭州，被称为"灯笼辣椒"，很形象的；但在北大荒，却被称为"柿子椒"，看来这里的人对柿子特别好感，动辄以柿子命名。北大荒的"柿子椒"还有一绝，成熟后会变成大红色，又称"甜椒"。可以生吃，肥厚的"椒肉"汁水充盈，微辣中略带丝丝甜味，很开胃。北大荒的辣椒可代水果，以前真是不知道。

还有豆角呢，早豆角、晚豆角、花豆角、油豆角。早豆角产量高，有个外号叫"五月先"，但易老多梗，是连队的大锅菜；晚豆角中有各种饭豆，是专门等着秋天剥皮打豆的，那豆子一粒粒饱满精壮，花纹奇异，漂亮得不忍吃。有类似"兔子翻白眼""红云豆""白云豆"这样的命名，每一种都可做艺术品收藏。最好吃的豆角是油豆角，有"老来少""家雀蛋""老母猪耳朵"等不同品种。豆角表皮果真像是涂了一层釉，一片片绿色琉璃瓦似的，皮厚肉糯，碗里一片绿光莹莹，豆粒香甜。至今认为北大荒的油豆角，是世界上最好吃的蔬菜之一。

到了秋天，是大白菜、土豆、萝卜收获的季节，统称"秋菜"，贮备起来用以过冬。"秋菜"地里的大白菜，巨大的绿叶耸立着，严严实实抱了心，像一个个包裹着的胖娃娃，笑嘻嘻地蹲在地里。大白菜一棵足有十几斤，须用镰刀砍，砍倒后就摞在垄台上，风吹日晒晾些天，才能拉回入窖。

北大荒的红萝卜大得让人吃惊，像是一个个大皮球，一半在土里，一半露在外面，稳稳当当地坐在萝卜坑里，好像随时要去参加足球比赛。青萝卜像个圆筒，下半截是白的，上半截是青绿色，里头的"肉"也是绿色的，翠玉一般晶莹。收萝卜挺好玩儿，不用手而用脚，一人"抱"一根垄，然后把手背在身后，一边往前走，一边用鞋尖去踢那萝卜，踢一脚，一个萝卜就"下来了"。萝卜是"踢"出来的，女生都说这回也知道踢足球是什么滋味了。等到一条垄的萝卜都被"踢"下来，有车老板赶着牛车在垄沟里捡萝卜；一条垄沟走到头，牛车上的萝卜就堆满了。红萝卜生吃有点辣，一般用来炒着炖着吃；青萝卜宜生食，到了休息时间，有人把青萝卜在衣服上擦了泥，用镰刀砍成四半儿，大伙儿分着吃，又甜又脆，冰凉透心。

收土豆是个累活儿，必须配上犁铧，那犁铧被牛拉着，在垄台的一侧直直地划过去，平整的垄台被剖成两半儿，那金黄色的土豆，一嘟噜一嘟噜地从黑土里蹦了出来，像是土地下埋藏的一个秘密，忽然被揭示出来，重新见了天日。土豆那么多那么多，一个个都有馒头大小，令我们兴奋得大呼小叫。杭州的"洋山芋"只有乒乓球那么大，这辈子还是头一次见到这么大的土豆，真怀疑那究竟还是不是土豆。有一次，从土里抠出一个土豆，几乎像番薯那么大，把我吓了一大跳。犁铧每蹚一个来回，新的土豆就被"暴露"出来，我们拎着土篮子，手忙脚乱地捡，一会儿工夫就捡满了一筐，倒在垄沟里，一会儿就堆起一座小小的土豆山，令人心生欢喜。

长到十九岁，第一次体验了什么叫"丰收的喜悦"。

等到"秋菜"都收获完毕，南方来的知青得出一个共同的结论，那就是：北大荒菜园子里的蔬菜，哪一种都比南方的大！

大辣椒大黄瓜大茄子大白菜大萝卜大土豆还有大倭瓜……

大家都欢欢喜喜地感叹说："北大荒的土地确实是肥沃啊！"

菜窖

收完的"秋菜"，都在地里堆着，任干爽的秋风秋阳吹晾，再陆续往回拉。除了食堂日常用的一部分，余下的白菜萝卜土豆，必须在上冻以前，送到菜窖里去贮存。农场职工家里都挖了小菜窖，而知青们得靠集体大菜窖里储存的蔬菜，来度过整整一个冬天。

入窖的菜，都是经过精选的。白菜要棵株大、包心严、沉甸甸、结结实实的那种；土豆和萝卜都得光滑完整，没有伤口和疤痕的，这样才利于保存。

一群女生坐在深秋的冷风里，围着一堆堆大白菜红萝卜，嘻嘻哈哈地挑拣。有慢吞吞的牛车来来往往，将它们拉往菜窖去，另有人将它们入窖码放。

我们这些南方知青，还从未见过菜窖呢！

有个杭州姑娘嘀咕说："我才不相信一棵白菜能在地底下藏半年？早就变成霉干菜啦！"

到了初冬，地面上的"秋菜"眼看着一点点少下去，一棵棵一个个都"潜入"了地下；下第一场雪之前，菜窖顶部的一根根檩子上，已被一层层厚厚的柳条和秫秸覆盖。秫秸上落了一层薄雪，整个菜窖看上去就像一座长方形的半地下雪宫殿——直到"秋菜"全部入窖，我们才被允许下到菜窖里去。

菜窖没有门，也没有窗户，囫囵个都被封严实了。下菜窖是从顶部的"天窗"上往下走，"天窗"上有个木框，木框下面连接着一个木头扶梯，刚能钻进一个人去。木梯摇摇晃晃，大约有十几个阶梯。往下走着，脑袋刚一没入菜窖，眼前顿时漆黑一片，什么都看不见了，传来菜叶的气息……

眼睛渐渐地适应了黑暗，见一盏马灯，挂在木柱上，微弱的光亮下，能看清菜窖两边的墙根儿底下，码放着一排排整整齐齐的大白菜，中间的过道上，也是两排半人多高的大白菜。白菜青帮绿叶，一棵棵精神抖擞，摆放得规规矩矩，就像是一座地下图书馆或是藏书室，一排排书架满满登登，只留出一条条窄窄的过道，用以通行。

地面是沙子铺就的，干燥清爽；墙是从泥土中"挖"成的，壁上留着铁锹的道道印痕。

兴奋地在菜窖里走了个来回儿，仔细地"视察"了一番，发现在菜窖的两头，一边堆着土豆，另一边却是一大堆沙子。有人说那沙子里埋着萝卜，萝卜必须埋在潮湿的沙堆里，才不会因水分蒸发而变"糠"。

菜窖里好暖和，得把笨重的大衣脱去才能干活儿；菜窖里好安静，听不见地面上呼啸的风声；菜窖里的空气有一点闷，但在长长的菜窖顶上，每隔十米左右，就有一个脸盆大小的"天窗"，即出气孔，做通风之用。下雪的日子，把那小孔用秫秸盖上，雪便不会落入菜窖里；等天晴了再打开，阳光会从"天窗"里直射菜窖的底部，就像是一个山洞，从顶上透来一束微弱的光线……

每天早上，菜园队的姑娘们排着队，步行到离分场二里地外的大菜窖，然后排着队，心甘情愿地跳进那个"陷阱"，一个一个地从地面上消失；到了傍晚，再一个接一个地从地下冒出来，然后排着队走回宿舍。整整大半天，我们都待在昏暗的菜窖里，顺着"书架"的次序，一棵一棵地挨排修理那些大白菜。我们必须把大白菜表层的烂帮黄叶揪下来，使大白菜能继续保持健康的体表。然后，为它们翻身翻个，让它们透透气，换个姿势，再重新码放，把它们一棵棵"架"成不会倒的白菜垛，又可保存一段时间。我们每天的工作，就是不厌其烦、没完没了地"捣腾"白菜。

冬天的北大荒，和夏天恰恰相反，天亮晚，天黑早。到了三九隆冬，我们每天早上九点钟出工时，天才蒙蒙亮；到下午三点钟下

遥远

工，拱出菜窖，抬头看，一轮月牙儿已挂在天空。白天在黑暗的地下度过，早晚也是黑暗——整个冬天，觉得自己就像一只田鼠，钻在地下的洞里，为翻腾食物操劳。

但是，比起大田连队的冬季脱谷和刨粪，菜窖的活儿是最轻巧的了。到了翻捡土豆和萝卜的时候，大伙儿围坐在土豆堆和沙堆上，七嘴八舌地讲故事，还有鬼故事，鹤岗的鬼故事和杭州的鬼故事比赛，看谁的鬼吓人。讲到一半，菜窖的过道里悄悄地掠过一个人影，大伙儿吓得尖叫，原来是"指导"我们干活的"二劳改"；到了休息的时候，鹤岗姑娘总是拿出一把藏在角落里的镰刀，开始削萝卜吃。然后，给我们一个人分一小块，吃得胃里直泛酸水。有时，她们还会挑出一棵新鲜白菜，把整棵白菜剖开，专门吃里头的白菜心。把那水灵灵、脆生生的白菜帮子放进嘴里，嚼得咔嚓咔嚓响，嘴唇上沾满了生白菜的汁液。

"吃不？可好吃了，甜着呢，当水喝呗……"她们热心地把白菜叶子递过来。

南方知青把脸转过去，冷冷扔下一句："你当我是兔子啊？"

我也没敢吃那生的白菜心，但我喜欢这满满一菜窖的新鲜蔬菜。在北大荒的冰天雪地中，唯有在菜窖里，还能看见绿色，看见新鲜的"植物"。这里是平和而安宁的，如置身事外，令人心明耳静。我们用自己的双手，不断地去腐除朽，在严酷的冬天里，守护着秋的果实。

然而，菜窖里毕竟阴冷潮湿，白菜也是冰凉的，待的时间长了，活动量又少，身子就会渐渐地发冷，手脚僵硬。等到收工出了菜窖，身上本来没有热气，再加上一路风呛雪袭，到了宿舍，常常是十个手指都伸不直了。

第一年冬天，由于刚到北大荒，缺少防寒的常识，再加上在潮湿的菜窖里干活，我的双手手背二度冻伤，伤口感染，经久不愈，整个冬天手背上都被缠着敷料和绷带，连厚厚的棉手套都戴不进去。直到现在，我的手背和小指的连接处，还留着两个铜钱大的伤疤，那是北大荒冬天菜窖里的纪念。

但我仍然喜欢菜窖。离开北大荒五年后，我曾在一个早春时节，重回农场去"探亲"。3月的北方城市，家家户户楼道里储存的大白菜，已经像脱水的干菜一般；但到了农场，家家的餐桌上，用生白菜丝、胡萝卜丝、粉条、豆芽、蒜泥拌的东北凉菜，依旧新鲜爽口，一咬咔咔响，那白菜一入口，饱满的汁水就迸溅出来，脆得就像刚刚从地里收起来的一模一样。

当然，那些白菜是从菜窖里现取的，随取随用；菜窖是个天然优质的冷藏箱。

等到4月开春儿，新鲜的小菠菜和韭菜都下来了，菜窖里的白菜土豆也终于吃得差不离了，菜窖完成了自己的使命。在一个晴朗的日子里，菜窖顶上的柳条和秫秸被统统扒开，露出那支撑了一冬的横梁，一根根瘦骨嶙峋，像一具尸体上残留的肋骨，看起来很凄凉。每年春天都必须扒菜窖，扒菜窖是为了晾菜窖，让一春一夏的阳光，把地下一冬的霉气潮气都赶跑，晾干晾透，到了冬天再盖上个秫秸顶，就又成了新的菜窖。

到了20世纪70年代中期，各个分场都盖了砖砌的大菜窖，永久性的，有瓦顶和通风设备，敞亮恒温，门口有水泥斜坡，装菜和拉菜的汽车可以直接开进去。大菜窖能储存比原先多几倍的蔬菜，知青和职工们从此一冬吃菜不愁。可惜的是，大菜窖盖成后不久，知青们就陆续返城了，也不知道那个大菜窖，后来派上了什么用场？

水泡子

前面曾经提到过的水库，北大荒的人管它叫"水泡子"。

怎么是"水泡子"呢？它明明是一个湖，一个美丽的小湖。

小湖被围上了堤坝，修了闸门，就成了水库。其实，还是个"水泡子"。

泡子的水不深，浪不大，湖面是灰绿色的，岸边有茂密的柳莉和灌木。风和日丽的日子，湖上漂着朵朵白云的倒影，就像一幅巨大的油画。

既然有湖，湖边就一定有野鸭蛋，也许还有天鹅？

去北大荒之前，读过一些关于北大荒的小说。满脑子都是"棒打狍子瓢舀鱼，野鸡飞到饭锅里"的神奇传说。到了鹤立河农场没几天，就到处向人打听哪里能捡到野鸭蛋。人说八里地外的八分场那边，一个"水泡子"接着一个……

心里激动万分，渴望的目标终于出现。于是刚到了第一个休息日，迫不及待地邀了同伴儿，直奔"水泡子"而去。

天边有一片模糊的黑影，像一座黑色的高墙，人说那就是水库的方向。

在那条黄沙路上走了许久，太阳顶头，快把人都晒蔫了。高墙越来越近，黑影渐渐发绿，却原来是一大片高大茂密的松树林。从树林子里吹来的风是凉的，阳光下的风是热的，一阵凉风一阵热浪，好像太阳和月亮同时挂在天上。

过了树林子，远远地望见了一大片亮晶晶的水，在原野上一闪一闪的，像一面镜子。走近了，清清的水面上，竟然浮荡着一串串的小叶片，开着白色和金黄色的小花。那叶片的形状像菱角叶，花形像缩小的睡莲。有点不相信自己的眼睛，撅了一根树枝去捞，却从水下带出来一串湿淋淋的小"青蛙"，糖块大小，呈三角状。惊喜得大叫——果真是菱角！北大荒竟然有菱角！

那菱角的皮嫩，剥开了，里头却空空如也。同伴说："想必北大荒天气寒冷，菱角未等长成，就被秋霜和雨雪冻僵了。只有菱角而没有菱肉，不算不算。"

"水泡子"四周，一个人影都没有。不知名的小鸟忽地从头顶掠过，草丛里有小虫子发出好听的叫声。沿着"水泡子"边上的小路，往湖湾的深处走，密密的青草像波浪一样随风起舞。忽然，前面不远处的湖滩上，出现了一只灰色的大鸟，高脚长颈，脑袋小而黑，无冠，硕大的翅膀边缘，白色的羽毛上镶着一圈黑边，尾巴却不成形。它正用一只脚站在浅水中，一只脚勾着，垂下脖颈，伸出它的长喙，在水面上搜寻着什么。

连呼吸都好像停止了，我们大气儿不敢出，一动不动地望着它。

遥远

是一只鹤！我想，我见到真正的鹤了。这是鹤立河。

悄悄地接近它，希望能看得更清楚些。不知是不是我们惊动了它，它忽然把脑袋抬起来张望了一会儿，然后，张开了那两扇巨大的翅膀，悠悠地拍动着，我能听见它翅膀扇起的呼呼风声。它的另一只脚也垂直下来，两只脚并在一起，在那个瞬间里，身子腾空而起，脑袋向上扬着——飞起来了。它飞过幽幽的湖湾，朝着湖的更深处飞去，一会儿就消失在芦苇丛里⋯⋯

我傻傻地看着，脑子里只有一个念头："呵呵，真的是北大荒啊！"

后来我才知道，这种形似灰鹤的大鸟，总喜欢长久地站在水边，耐心地等着鱼游过，啄而吞食。所以，当地人管它叫"老等"。"老等"非鹤，而是一种鹭鸟，也是候鸟，秋天南飞，春天归来。

看过了"老等"，就开始寻找野鸭蛋。一腔热血和满心期待，以为北大荒的草甸子里、水边湖滩，布满了密密麻麻的野鸭蛋，就等着我们专程从杭州到这里来捡。口口声声说的是建设边疆，心里梦里想的却是野鸭蛋——如此看来，上山下乡的动机，实在不算太纯正。

我们的手里拿着树枝，小心翼翼地扒拉着脚下的每一寸土地。一丛丛灌木、一堆堆草棵子地搜寻过去，希望眼前能突然出现一大堆白花花的野鸭蛋。我们走遍了近处的湖滩，走得汗流浃背，仍是一无所获。就连想象中会从我们眼皮底下惊飞的野鸭子，也竟然没有遇上一只。希望在逐渐减小，野鸭蛋毫无踪影。不仅没有野鸭蛋，连一根遗落的野鸭毛都没有⋯⋯若是再往前走，前面就是水草相连的沼泽地了，不知深浅的"水泡子"里，立着一丛丛绿油油的"塔头墩子"，每个"塔头墩子"之间，都是深不可测的陷阱，一脚踩空，会有没顶之灾……

脑子里闪过了关于沼泽地的种种可怕的传说，只得望草滩而却步，忍痛放弃了野鸭蛋。同伴儿忽然恍然大悟地叫道："现在都 7 月份了，野鸭蛋大概早已孵成小鸭子了，明年要早些来才是。"

没有野鸭蛋，只好去抓鱼了。

在二分场场部生活区旁边的小河沟里，见过一群农场职工的孩子们摸鱼——人蹲在水中，不声不响的，忽然手中就抓着一条鱼站起来，一会儿工夫一条，就像从自家的菜园子里摘茄子那么轻松方便。

我们也来抓鱼吧，不是说北大荒"瓢舀鱼"吗？

一条细细的河沟里，水深过膝，眼看着尺把长的鱼在悠悠游动，背上有浅褐色的花纹，像鲫鱼又像鲤鱼，叫不上名字。不过鱼是真的，就看你怎么把它们弄到手。鼻尖似乎已闻到了鱼汤的香味，急急脱了鞋跳到水里，那些鱼却像精灵一般，呼啦一下全都不见了。水让我们搅浑了，浑水可摸鱼，然而摸来摸去，手里除了水就是泥。偶尔似有滑溜溜的鱼尾从掌心穿过，死劲儿一掐，一出水仍是两手空空。摸了好半天，精疲力竭，却连根鱼苗都没捞着……

正恼恨地盯着水里看，忽见河岸边上的水草下，有一只只半透明的小虫子在动弹。它们有长长的须子，动作很敏捷，一蹿一蹿的，但总在原地活动。

"那是虾呀！河虾！"我们欢叫起来。没想到北大荒的"水泡子"里，真会有虾！

怎样才能把它们逮到手呢？连一条鱼都抓不住，何况是虾？！

忽然想起了随身带着的小竹篮子，那是从杭州带来的，今天带着它，本是为了装些食物和水。就用它试一试吧，竹编细密，正好用来代替渔网了。

用竹篮子捞虾，想不到效果出奇地好——每次把竹篮子从水里拎起来，篮底上总有几只两寸左右长的虾在欢蹦乱跳，几乎每一竹篮子都不落空。看来北大荒人不喜食虾，把那些虾养得憨厚迟钝，大约半个小时左右，我们已经捞了满满一饭盒的虾，真让人喜出望外！

那次去"水泡子"，由于捞了一饭盒虾，也算是满载而归了。回到连队宿舍，用三块红砖搭起一个简易小灶，捡些树枝点上火，用杭州带来的小锅，把虾煮熟了，大伙儿都来抢，狼吞虎咽地吃了一顿清水河虾，过了一把馋瘾。但心里却还在惦记着那些鱼，很是懊丧。

第二年夏天，雨多水大，水库都满了，开闸放水，不知怎么地就把"水泡子"的鱼都放了出来，顺着河沟流到灌溉用的水渠里，水渠里的水和鱼，又流到了稻田里。那几天，水田连队的男生都没心思干活儿了，谁能眼睁睁地看着大鱼小鱼在脚边游来游去，脚趾头让鱼儿啃得痒痒而无动于衷呢？大伙儿纷纷都去抓鱼，那鱼都懒散惯了，缺乏警惕性，让人一抓一个准，一抓就是一条。收工的时候，人人手里都拎着一串鱼，眉开眼笑地就像过节似的。那几日，分场到处都飘荡着鱼腥味儿，然后是炸鱼炖鱼煮鱼汤的香味儿。会过日子的职工家属，还把鱼晒成干儿，等到冬天再吃。

其实，在北大荒吃鱼本非难事，都让割资本主义尾巴给割掉了。有些胆儿大的老职工，每年夏天一到傍晚，就到"水泡子"那边去，在河汊里憋上柳条编的鱼晾子，利用水流的落差，让上游的鱼顺水"搁浅"在柳条编上，活活地晾在那里。到了清晨，背个筐去捡鱼就成了，一捡一堆，天天都吃鱼。

到了冬天，"水泡子"冰冻三尺，正是打鱼的好时光。用钢钎在冰上打洞，若是正打在"鱼坑"里，那大鱼小鱼就像油田的自喷井一般，呼呼地自动往上冒。一会儿工夫就可装上一麻袋。等到了家，已被室外"天然冰箱"速冻了，绝对保鲜。

北大荒的"鲫瓜子"又肥又大，尺把长、斤把重不算稀罕，我们以前在杭州从未见过。但我最喜食鲇鱼，肉细嫩而味鲜美，东北人用鲇鱼炖茄子，算是一绝。

水泡子边上还有许多好东西。有一年冬天，我跟着场部的人下基层，就在那个"水泡子"堤上的树丛里，有人用猎枪打到一只五彩斑斓的野鸡，我拔了几根野鸡翎做纪念，但野鸭蛋却始终没见着。

万能大葱

刚到北大荒的那一年初夏，正赶上铲地除草的农忙时节。有一天，听说连队食堂杀了猪，晚上要为知青们改善生活。整整一天，大家干活都心神不定，自从到了农场，顿顿是清汤土豆，没见过哪怕一星肉丝或是肉末。

收工后，快快洗脸，急急奔向食堂，去吃肉。

远远地，从食堂传来了肉的香味。真的很香呵，很久没有闻到这么香的东西了。不就是猪肉嘛，怎么会这么香呢！

从食堂卖饭的窗口望进去，果然望见了一大盘炒菜，红红黄黄的很好看。眼尖的人，说那红色的肯定就是肉片了，黄的白的，斜着切成一段一段的，又粗又壮，肯定是胡萝卜了？踮脚排队，排得脖子都酸了，等到一勺油汪汪的肉菜打在饭盒里，心中狂喜，低头看一眼饭盒，却有些疑惑起来，忍不住问一声打饭的人："这是个……什么肉？"

"大葱炒肉呗！"卖菜的有些不耐烦了，"大葱，不认识咋地？"

"什么什么？大葱炒肉？"端着饭盒的南方知青，一个个都惊讶地嚷嚷起来。大葱？大葱居然可以炒肉？大葱这种东西，难道是用来炒肉的吗？

有人开始不依不饶地同伙房论理较真：比如在我们杭州，葱只能是葱花，是烧菜的时候用来点缀、提味，使其锦上添花，而绝不是一种可以单独行动的蔬菜，更不是一种可以与肉混为一谈的食物啊；况且大葱气味浓重，又辣又苦，用它来炒肉，把肉味都破坏啦！

卖菜的鹤岗知青耐心听完了这番议论，不屑地瞪我们一眼说："爱吃不吃！"

轮到我们尴尬：若是不把大葱一块儿买回去，恐怕就连肉也吃不上了。下一次吃肉还不知哪年哪月呢。大家面面相觑，只得忍气吞声地把大葱炒肉端回宿舍里去。有人把饭盒里那一段段金黄色的熟大葱，都挑出来扔掉了，只剩下孤单单几片肉。我勉强把一段大葱塞进嘴里，又赶紧吐了：北方的大葱，闻起来香，吃在嘴里，辣舌头。真不懂，大葱有什么可吃性呢？

然而，很快就发现了，大葱在东北人的生活中，是一种绝对不可缺少的必需品。

早春时节，残雪化尽，呼啸的春风中，菜园子空空荡荡一片荒凉。唯有去年秋天栽下的一排排大葱，枯黄干瘪的葱叶中心，早早钻出了一支支挺拔的绿芽，葱叶由黄泛青，葱尖碧翠，竹笋似的一天天往上蹿。那是严冬过后的大地上最早的绿色，绿得沉着而稳当，饱满茁壮得像一棵棵小树苗。给葱地浇了水，再往上一层层培土，葱白就随着往上长；葱地的垄台土壤须保持松软，长长一根大葱，一拔就"脱颖而出"了。然后把一根根绿莹莹的大葱，用水略加冲洗，往炕桌上一摆，满桌碧绿，配着一碟黄酱，就是北大荒人的当家菜了。

一个春风怒吼的中午，我看见一个脸蛋儿红通通的小男孩儿，在自家门前玩耍。他的左手抓着一块金黄色的苞米面大饼子，右手的手心里紧握着一棵尺把长的鲜绿大葱，长长的葱叶在风中抖动。他咬一口大饼子，再咬一口大葱；大饼子是饭、大葱是菜，如此交替进行，吃得专心致志。手指头一般粗的大葱，被他一截一截迅速咬下，我能听见他嘴里咀嚼大葱发出的生脆响声。生葱断裂的汁液迸溅出来，他被辣得眯起了眼睛，却是一副开心满足的样子。

我摸着他的头问：辣不辣？他咧嘴乐，摇头回答：甜！

那一刻，我第一次对大葱发生了好感，确切说，被老职工孩子手里的那根绿色的大葱感动了。这也许是他开春后最早能够吃到的新鲜食物，是他家里最香最好的食物。我的嘴里分泌出丝丝唾液，忽然很想尝一尝这生的大葱，究竟是不是真的有点甜？

即便在夏天，大葱也是东北人餐桌上的常备和必备的"菜"。自家黄豆做的大酱，用豆油和鸡蛋炒了，大葱蘸着酱生吃。一开始觉得那酱有股怪味儿，吃着吃着，发现了大葱蘸酱的妙处——那生葱在嘴里嚼着嚼着，真的慢慢有了甜味，甜脆香辣，用来对付粗粮，窝头大饼子什么的，很容易就咽下去了。

到了秋天，连队的大菜窖，有一角专门用来堆放大葱；老职工家家户户门前，都晾晒象牙一般粗壮的大葱，成捆成捆地立着，那是一个冬天的"战备物资"。等着阳光把葱叶晒蔫了，长长的葱叶就可当作绳子，把葱白卷成一把一把的，扔在屋顶上或是堆在墙根下，随吃随取很方便。大葱不怕冻，哪怕冻硬得像一根钢棍，拿进屋稍稍缓一会儿，它就立马苏醒过来。冻葱下了锅，还是原来那个葱味儿；大葱也不怕久放，看着葱叶蔫了干巴了，剥了葱皮，里头仍是一截雪白一截翠绿，水灵灵的新鲜如初。任你是包饺子蒸包子，大葱肉馅，是万能的应急救兵。假如家里一时什么蔬菜都没有，只要有大葱就不发愁，可以用来炒鸡蛋。大葱耐心地伴人度过漫长的冬天，冰天雪地，家中贮备着大葱，就像存着盐一样让人心里踏实。

春天里的大葱最宝贵。到了下乡后的第二个春天，知青们对大葱的看法，有了根本的转变。冬末春初时节，窖里的大白菜土豆已经消耗殆尽，剩下的也已是千疮百孔；当年的菠菜和小白菜，在菜园里刚刚播下种子，田园一片荒芜。每到这个时候，大葱就率先挺身而出了——一棵棵刚从地里冒尖的大葱，被小心拔起来，仔细地切碎了。连队食堂的大锅里，放上一星半点豆油，用这"葱花"炝锅，再加水加盐加点酱油，这所谓的"汤"里，除了葱花就啥也没有了。只是在"汤"的表层，均匀地漂浮着一层绿色白色的葱花，葱花的下面空空荡荡。知青管它叫"玻璃汤"。一碗"汤"端在手里，小心把那珍贵的葱花挑出来，在舌尖上细细抿着，也是个菜啊。若是汤里连"葱花"都没有了，那还能叫作汤吗？

在春天严酷的事实面前，南方知青不得不对大葱刮目相看，不得不对大葱肃然起敬。每年青黄不接之时，大葱方显出英雄本色。大葱像一颗"革命的螺丝钉"，拧在任何一处都发光发热。大葱是北大荒的灵魂，我们变得对大葱无比热爱、无比尊敬。我们重新认识大葱，谁也不敢再歧视大葱了。不知从什么时候开始，大葱大摇大摆地进入了南方知青的生活——我们凡是改善生活做"小锅菜"，竟然也开始用大葱炝锅。不用大葱做菜，菜的味道就不到位。当然，那葱是从食堂或是地里"偷"来的。

再过了几年，回杭州探亲，竟然很炫耀地对家人说："吃过葱炮肉吗？我给你们露一手怎样？"可惜，南方细细的小葱不经炒，做不成葱炮肉。

离开北大荒之后，我对大葱仍然念念不忘，它成为厨房里四季必备的佐料。开春时，甚至也热衷以鲜嫩的小葱蘸酱。北大荒对我的"再教育"成果，最终是以葱的形式体现出来。我被大葱所启蒙，逐渐入乡随俗，和北大荒达成默契。大葱大蒜和辣椒，在后来的三十多年里，把我改造成一个"北佬"，或者说，是一个兼容南北口味、至少懂得北方饭菜之妙的人。

北大荒的大葱具有耐寒耐旱、朴素坚忍的品格。普通平常的大葱，成为我青春往事中最清晰的"记忆"之一。那种顽强的生命基因，也许已经融入我的骨髓和血液。

过冬

北大荒的第一个冬天，过得刻骨铭心。

在杭州出发前，知青办向每个知青都发放了草绿色的棉衣棉裤，还有棉大衣。当时说是免费赠送的，但到了农场几个月后，就开始月月从工资中扣款，由我们自己来偿还。钱未扣清，棉衣已穿在身上，肥肥大大、拖拖拉拉的，有点像当年八路军的红小鬼。互相望着对方，都像在看怪物，笑得肚子疼。有爱美又能干的女生，把棉衣棉裤拆了，再重新小心缝制，改瘦改短，穿在身上神气十足。

我却对那套棉衣棉裤束手无策，它们几乎没有一处尺寸适合于细瘦的我。尽管如此，我仍然只能乖乖地把它们穿上，用以御寒过冬，以至出工时我总落在后面，因为裤腰太肥，裤子总往下掉，时不时地要把它提一提。

一双黑色的棉胶鞋，鞋帮上衬着薄毡，再自己垫上毡垫，还是冻脚。鞋都大两号，以便在里头再穿一双毛线袜，却还是冷。去菜窖的路上，走上几分钟，脚就冻僵了。有鹤岗的知青指点说，得穿上棉靰鞡鞋才行。可上哪去弄棉靰鞡呢？农场的小卖店也没有卖的。

鹤岗知青很仗义地说："等我回家，让我妈给你做一双鸡毛袜子，穿上准保暖和。"过了不久，鸡毛袜子果然做好了带来，是一块三角形的白布套，里头塞着鸡毛（大概是羽绒服的初级阶段）。把三角形的布套抖开，脚伸进去，包裹严实了，再伸到棉胶鞋里去。可是，鸡毛袜厚而蓬松，任我怎么努力，根本就穿不进鞋里去。穿出一头大汗，只好作罢。

每人都发了狗皮帽子，草绿色的布面，里子和耳垂是毛茸茸的狗皮，戴上倒是暖和。杭州女生们都不喜欢，觉得像《林海雪原》里的那个小炉匠，宁可仍然戴着从南方带来的毛围脖，红的绿的长长地绕了一圈又一圈，远远看着十分鲜艳夺目。但大围巾包不住额头，一出门，呼啸的寒风吹得脑袋疼；若是不戴口罩，在野地里走上几分钟，那首当其冲的鼻子尖就倒了霉，眼看着一点点发白，失去知觉。要是不及时用雪来搓，搓出热气和血色，鼻子真的就可能冻掉——这句民谚可不是吓唬人的。如果脑袋上不戴棉帽子，脑袋也可能没有了。在北大荒，脑袋和帽子绝对是同一个不可分割的整体。面对寒冬的淫威，南方知青很快就乖乖屈服。于是，女知青们再是爱美，还得把那顶狗皮帽子戴上，用帽耳朵把两颊包紧，脖子里系上围巾，戴上厚厚的棉手套，如此全副武装，出得门去才不会被冻伤。

整个连队的知青若是一同出工，从背影上看，绝对无法分辨出男女。男女没有"别"，男女都一样臃肿而笨重。

不由得想起了《木兰辞》："两兔傍地走，安能辨我是雄雌。"

可惜，那时没留下照片。

当时最大的愿望是：等发了工资（每月三十二元），一定要到佳木斯的百货商店，去买一顶漂亮的皮帽子。最好是羊剪绒的，帽檐上有无数卷曲的绒毛，看上去秀气又精神。

还没到三九天，我们就已经结结实实地领教了北大荒冬天的厉害。

晚上洗了脚以后，出门去倒水，外面冻得"嘎嘎"的，迎面一口冷风呛得气都透不过来。慌慌张张地泼了水就往屋里跑，手上沾了脸盆里的水，湿手一拽门把手，顷刻间那手就沾在门把手上了，一心想要挣脱，使劲儿一缩手，手上撕下一块皮。

晚上上厕所，厕所里黑咕隆咚的，打着手电筒，也找不着茅坑的板子。逗留时间稍长些，屁股冻得生疼，手也冻僵了，系不上裤子。男生女生都不愿意上厕所，出了门，就地"解决"，反正黑夜里谁也看不见。到了第二天早上，门口一摊摊冰冻的尿迹，像一幅幅黄色的地图，大家都装作看不见。冻的尿加上泼的脏水，宿舍门口很快就堆起了一座冰山，每天出门都有人在"冰山"上摔个大马趴，还乐呵呵地说是冰山来客。连队领导三令五申，不准在宿舍门口倒水，谁都阳奉阴违。直到开春，那冰山一点点化了，温煦的阳光下，宿舍周围终日飘散着冰山里包藏了一冬的尿骚味……

"一九二九不出手，三九四九冰上走……"我们很快都学会了那首关于冬天的民谣。成天扳着手指头，盼着"七九河开，八九雁来，九九加一九，耕牛遍地走"那个遥远的春天……

第一年冬天，连队的大宿舍都用"大锅"取暖，就是在屋的中央，用砖砌上一个圆形的大池子，然后把食堂做饭的那种大铁锅倒扣过来，架在上面，锅底的尖尖上砸了一个洞，用来接烟囱的管道。铁皮管道从窗户里通出去，排放烟雾。倒扣的大锅在靠门的那一侧，用砖留了一个烧柴火的口子，然后把稻草塞进去，点上火，火焰很快就把铁锅烧热了，烧得滚烫，甚至烧红，百十平方米的大宿舍，就靠这铁锅散发的热气取暖。铁锅很容易烧热，宿舍的温度一下子升高，这时候大家就赶紧洗脸洗脚，上炕钻进被窝。一旦锅凉了，宿舍的温度很快就降下来，满屋子的人嘴里都发出"嘶嘶"的颤抖声。

所以，在冬天，东北人互相见了面，口头语是"你那屋冷不？"如果屋子的温度不够，墙角的天花板、墙壁和玻璃就会上霜。墙上的霜越积越厚，整个屋子银光闪闪的，像一座雪女王的宫殿。看着挺浪漫的，住在里头像个冰窖。一旦屋子上了霜，一冬天银光闪闪，厚霜要到天暖了才能融化。

有一次，轮到我值日。值日也就是专管烧大锅，一人轮一个星期，半夜得起来添火，白天就不用出工了。前一天晚上，把烧大锅用的稻草，一堆一堆地抱到宿舍门口的走廊里，堆成一座小山。大锅的胃口出奇大，这座小山只需一天就会被"搬走"——统统填进了大锅的肚子里，燃烧后变成灰烬。然后，再把大锅里的草灰，一锹一锹地挖出来，装在土篮子里，拎到外面去倒掉。清晨天还未亮，"值日生"就得先起床，把大锅烧热，锅热了屋里热了，大伙儿才能钻出被窝穿衣服，否则，衣服冰凉冰凉的，没等穿好，人就开始哆嗦了。我拼命地往大锅里塞稻草，想把大锅尽快地烧热。但我忘了大锅里有许多昨夜剩下的草灰，塞满了"灶膛"，那稻草怎么也塞不进去，塞进去也烧不起来，一股黑烟从灶口倒出来，把大伙儿呛得怨声纷纷。

接受了这个教训，第二天下午，我早早地开始"掏膛"——把灶锅里的草灰，清理得空空荡荡干干净净。我用铁锹把草灰掏出来，放在土篮子里，轻轻拍打严实了，好多装一点。我把宿舍里值日用的三个土篮子都装满了，然后，把它们拎出去放在了走廊的过道上。那会儿我手头正有个什么事情要做，打算稍过一小会儿，再把它们拎到门外的远处去倒掉。

但我却很快就把走廊里那三只柳条编的土篮子里的"灰烬"忘得一干二净，我的脑子里完全没有了草灰那一回事儿。我不知在忙些什么，然后，就到井房去担水了……

等我回到宿舍门口时，走廊里正向外冒着浓烟。有人大呼小叫地喊着救火，冲过来抓起我肩上的那两桶水，就往草堆上泼。几个人手忙脚乱地忙乎了一阵子，"火"总算是扑灭了。我瞪眼望着走廊里一地的泥水和被火烧了半截的柳条，愣愣地不知道发生了什么事儿……

一个女生冲着我尖声大叫："你咋不把土篮子里的灰倒了呢？"

我问："咋的了？灰咋的了？我正要去倒啊……"

她生气地指着墙边的土篮子说："倒啥倒，还倒呢，都着啦！"

我这才发现，那只土篮子已经面目皆非，它的底部被烧掉了，边上还留着燃烧过的痕迹。墙边堆的稻草，一部分已烧成黑灰，宿舍里烟雾弥漫……

那女生看我左右还是一个不明白，就用教训的口气指点我说："刚掏出来的灰热，里头有火星子，你不拿外头倒了，它煨着煨着就把土篮子给点着了，土篮子再把墙根的草给点着了，要不是俺们回来得早，你差点儿就成了纵火犯了！"

接着又嘀咕一句："你们这些南方人，咋的啥都不明白哩？！"

这回算是明白了：北大荒天冷，火总是热的。

虽说连队领导并未因为此事批评我，但我从此却再也不敢大意。

刚到农场那几年，由于南方知青不懂得东北的基本生活常识，闹了许多笑话不说，还经常惹出麻烦，险些酿成大祸。

男生宿舍"着火"是家常便饭，见怪不怪了。"着火"多半都是因为烧炕引起的。反正取暖不收费，过了今儿个没明儿个，知青们总嫌值日的烧炕不够热，有勤快的人就自己去抱了柴火来"加工"，贪婪凶狠地往里添草，猛烈地烧炕直到把炕烧得烫手才罢休。那热乎乎的炕睡得好舒服，可到了后半夜，身下的褥子终是经受不了烫砖的温度，渐渐被点燃了——有人在梦中只觉得后背着了火，在睡梦中被"烙"醒，跳起来光脚逃出被窝跳下炕，才发现褥子已经焦黄变黑，屋里一股棉花的焦煳味，用凉水拍打后，褥子上留下一个烧透了的大洞……

头一两年冬天，我们经常得用自己微薄的工资，为那些烧坏了褥子的男生募捐凑钱，好让他们去买新的褥子。

到了第二年冬天，农场为知青准备过冬的烧柴原本就供不应求，再加上知青们无计划地"挥霍"，柴草终于告罄。总场方面也无力继续筹措新的取暖费用。元旦将临，场部领导召开了紧急会议之后，

遥远

无可奈何地做出决定：宿舍停止取暖，全体知青放假三个月，统统回家去过冬，等开春再回农场。

全场知青雀跃，迅速作鸟兽散，继而人去屋空，所有的宿舍烟囱都不再冒烟，农场一时寂静凄凉。

但是，我们毕竟已经尝过了北大荒过冬的厉害。熬过北大荒的冬天之后，任是什么样的严寒，都不再让我们惧怕了。

《山花》1998 年第 11 期

我
见

罗夫钦之巅

——南斯拉夫纪行

　　轿车在黑山共和国群山之间的公路上盘旋，数不清、走不完的山道，山峦犹如波涛汹涌的海潮。灰白色的岩石，在阳光下如雪山般巍峨庄严，是英勇顽强的蒙特内格罗人民的性格象征。在这绵延起伏的群山之间，有一座高高的山峰突起于众岭之上，如一柄长剑耸入云端。在那尖尖的山巅，可望见一座雄伟的城堡，建筑物的轮廓，在云层中时隐时现。

　　"他就葬在那儿——罗夫钦的山顶。"

　　"谁？"

　　"涅戈什。黑山历史上一位受人爱戴的君主，也是一位诗人。"向导回答，仰望着高高的山峰沉思。这位向导也是一位诗人。

　　我们刚刚在策蒂涅参观了保存有涅戈什生前佩戴的皇冠和服饰的博物馆。19 世纪中期的黑山王国，这位曾持续了七代王朝的第五代年轻大公，领导了当地人民反击外族侵略的斗争，受到人民的尊重。流传至今的关于涅戈什的英雄事迹中，有这样一个小故事。敌人问涅戈什："黑山的边境有多长？"涅戈什回答："朋友半小时就走到了，敌人永远也走不到。"涅戈什是黑山人的骄傲，所以向导坚持要带我们去参观涅戈什的墓地。只是我们实在没有想到他的墓地会这么远。望着盘旋不尽的山路，我们代表团的老作家感觉不适，不由望而生畏。当轿车停在山间一眼清冽的山泉边，让大家小憩之时，有人对是否有必要去罗夫钦之巅表示犹豫，向导却不由分说地把我们推上了车，几乎有些粗暴地说："去了就知道了，不会让你们失望。"他顺手从泉边的草丛里，摘了两朵不知名的野花，递到我们手里，我佩在胸前。

我仰望那高高的山影，视线追着山顶的白云，仍然不明白，涅戈什为什么要葬在这里？葬在这荒漠寒冷的高山之巅？

四周的群山，被车轮甩到脚下了。山顶的城堡近了，从云雾中扑过来。轿车登上了罗夫钦山顶，停在一个几十米宽的水泥平台上。

平台上停满了小汽车，四周有些小货摊，出售旅游纪念品。一道木头的阶梯，通往山梁更高处的一堵拱形的石门。远远望去，那石门威武雄壮、气宇轩昂，连接着身后更坚固的巨型建筑。我们沿木头阶梯上山，才知道这儿前年刚发生过地震，将上山的石阶都震塌了，现在还有这最后一截未恢复原样，以木梯代替。走不远，登上重修得结结实实的石阶，九级一个平台，一直通到石门底下。穿过石门，竟然是一条长长的拱形隧道，白色的石阶，依山傍势，向山顶延伸，一眼望不到顶，比中国南京中山陵的气魄毫不逊色。山顶强大的气流在隧道中穿行，让人喘不过气来。幸好隔十几米便有一缺口，通到露天的山脚，可以看见山坡上灿烂的阳光和稀疏的灌木。

登罗夫钦之巅，真是不易。海拔一千多米。我留心数了——近五百级石阶。这个涅戈什，为什么要葬在这里？

气喘吁吁爬过陡峭的长廊，忽见又一方弧形的山顶平台，在眼前豁然开朗。阳光绚丽，在平台上俯瞰山下，真可谓一览众山小：公路蜿蜒如带，山间的麦地如一方方棋盘，视线所到之处，山丘林地，奇岩怪石，弥漫着异国的陌生之感，更觉世界之大。平台两边架着两排望远镜，游人只需放入硬币，望远镜便可自动打开，望见对面山头的一所小房和高压线，还望见天边的远山下，亚得里亚海滨，如一粒蓝宝石闪闪发光……

平台正中，对着一座高大的铁门。一所巨石砌成的城堡巍然屹立。迎面便是两尊三米多高的黑色大理石侍女像，着黑山的民族服装，面容沉静庄重。再往里走，是一光线稍暗的穹形大厅，安放着用深褐色的大理石雕成的涅戈什塑像，庄严朴实，面容刚毅坚定，似在凝神沉思。身后一只大理石雕的山鹰，正欲凌空展翅飞起，象征着涅戈什的雄才大略和坚强勇敢……

我喜欢这只凌厉的山鹰，也喜欢这尊大理石像。主人破例允许中国朋友在大厅里照相。假如涅戈什得知从长城脚下来的朋友，也如黑山人民一般崇仰、缅怀他生前的功绩，他的在天之灵，会感到欣慰。

然而涅戈什真正的墓棺，却在大厅后面的地下室里。沿着狭小的石梯向下走，扑来一股凉气，眼前昏黑一片。只见一间密封的石屋中，一盏长明灯忽明忽暗地闪烁，将人带入一种肃穆悲壮的气氛中。涅戈什的石棺上，用水泥浇铸着他的生卒年份：1813—1851，旁边是一个精致的水泥国徽。

他死得太年轻，只有三十八岁。据说是因为劳累过度，得肺病死的。由于当时大公不许结婚的规定，他没有妻子，也没有留下儿女，只留下了许多优秀的古典诗，一直为黑山人传诵。他在长诗《土地的花环》中，发出了民族团结的号召，揭露了当时社会的罪恶。听说，他死在一个奇寒的冬天，当地的人民是踩着齐膝的大雪把他抬上山来的。他活着的时候，有一次到这座山来打猎，曾经半开玩笑地对他周围的人说："假如我死了，就埋在这座山上。高高的罗夫钦，虽然荒凉，却可以天天看见黑山的人民和土地……"

我没有读过他的诗，却犹如听见了他的声音。我知道他为什么要葬在这寂寞的山巅上了，我知道他的人民为什么热爱他、尊敬他了。我默默低下头去，把胸口那朵无名的野花，轻轻放在他的墓前。

向导介绍说，这整座墓地，是五十多年前一位美国人设计的。南斯拉夫解放以后，黑山共和国很快就重修了原有的墓地，现在已开辟成一个著名的旅游地。每年夏天到科托尔亚得里亚海滨的游客，总要驱车到罗夫钦一行，登高望远，瞻仰这山顶奇特的建筑，来者几乎无不称颂罗夫钦的雄伟。我们笑着说，用中国话讲，这叫"不虚此行"。我们不但没有失望，而且是满载而归。这种建于高山之巅的气势磅礴的墓地，中国也不多见。

向导说，如果要满载而归，那么还须加餐，否则就是空着肚子而归了。最后一个项目，也不会让大家失望，就是在山腰上的罗夫钦饭店吃午餐。

我们顺阶而下，意外发现刚才那个停车的圆形平台下，竟然是一座圆形的饭店，黑色的木头楼梯，黑色的地板，宽敞的大厅用石头砌成的墙隔成许多环形的小间，很像山里猎人住的房子，颇有几分野趣。然而四周的墙壁，却又顺着山势，全部改换成有机玻璃，宽大明亮。这样无论在哪一个位置，都可以清楚地俯视山下，欣赏四周的山景了。边吃边谈，别有一番风味。椅垫是草编的，桌上鲜花盛开，屋角绿树环绕，聪明的黑山人，采古今建筑之所长，创造出具有罗夫钦风格的新颖饭店，我们不禁赞不绝口。一种蘸着蜂蜜吃的油炸丸子和腌火腿、烤羊肉，是这家饭店的招牌菜。看来，不辞山高路远来罗夫钦，真是访问南斯拉夫半月之旅中最难忘的一日。

轿车飞驰下山去科托尔，几次回望罗夫钦山，又见山头雾霭沉沉，城堡重又忽隐忽现。然而涅戈什在我心中变得清晰可见了，那一个世纪前对敌人顽强的斗志和不屈的精神，至今还笼罩着黑山的每一块石头。涅戈什生前和死后，都站在高高的罗夫钦山巅上写诗，所以那诗里充满了山风一般凛冽的恨，天空一般深远的爱……

《花城》1982 年第 1 期

埃菲尔铁塔沉思

    在印象的底版中，它只是比一座电视塔略高大些的大铁架；而在眼前视线所及的景象中，它又淹没在巴黎挤挤撞撞的建筑物中间，只露出一个纤瘦的顶部。即使在它附近的"人类博物馆广场"的喷泉边上眺望它，它也似乎只是一个小小的工艺品，甚至，有那么一种受委屈的压抑感。

    我总没有想到它竟会如此之高——当你来到它的面前，站在它的脚下的时候，当你尚未抬头，仅仅只感觉到它笼罩的阴影的时候；当你完全抬起头，却望不到它的全部，而要向后仰着身子，扶住你的帽子或眼镜儿，眯着眼寻找天空的时候，你才会确实地明白它的高度，明白它的气势，明白它的骄傲。

    这是一个广场、一块空地。它从一个平常的基点拔地而起，不需要铺垫和过渡，那么轻易而又无情地甩下了世俗和浮尘，傲慢地兀立云端，俯视全城……

1986 年夏，我第一次到访巴黎。埃菲尔铁塔是向往已久的一个观光点。

我当然要去登塔。上去寻觅它的眼睛、窥视它的秘密。从塔底部望去，它实在太高了，世人的眼，难以与它平行。我是要上去的，期待一次超越国界的俯瞰，一次没有阶梯的升华。

我凝视它，仰望它，唯独没有、没有膜拜它。我相信它不是不可企及的。它有点儿像一座火箭发射基地，要把它的客人们送往外星球。

我似乎听到了风声在耳边呼呼地响，那些紧张抽搐的风，隔着密封的电梯玻璃拍打我，推动我，如巨鸟扑翼，直贯长空。如一记雷声、一道阳光、一束电波，闪电般地穿过大气层，突破大气层，抛开大气层。我睁开眼，电梯舱像一只透明的铁盒子，塞满了游客。风虽被隔绝在远远的脚下与天上，却依然鞭笞着我的神经。风在这里变成了速度，变成了眩晕——我只觉得地面正在迅疾脱离我的脚跟，如同悬崖上跌落的一块巨石，笔直地、无遮无拦地朝着无底的深渊坠落。地壳在下陷，在沉没，而周围空空荡荡，蓝天像一片汪洋，我觉得自己好似陷入了一个无可攀挂、无可扶靠、无可呼救的绝境，孤立无援微不足道。我有些惧怕，又有些怜悯自己。我为瞻仰它的伟大与雄奇，才执意汇入了登塔的人群，然而我发现，从自己登上铁塔电梯的那一刻起，巴黎便开始庄严地降落，迅速地变得越来越小。我透不过气来，我感觉不到电梯的上升。这透明的铁盒子，快闭上你飞眨般的眼睛，我想出去！

巴黎依然在飞速下沉。我无可逃遁。蓝天在黑色的云缝里闪烁——那些黑色的原始森林一般的钢架，从我的头顶、两侧炸裂般地飞升，就像卡车掠开路旁的树枝。蓝天忽然近了，又忽然远了，远得更加冷酷，似被那一双双黑色的手臂阻拦着。时而又像无数根钢缆铁索，缠绕你，勒紧你，使你永远无法到达那个超然于一切之下的境界。

无意间，我抬头仰视，怦然心跳——我忽然发现了自己是在上升。那钢缆挣断了，那黑手垂落了，那云朵变得浓亮了，可是，透明的铁匣子还在疯狂地往上升，一个劲地向上升，像是要冲破什么，又像是挣脱什么，咯咯地向上，像是咬着牙根的声音，像是绷紧骨骼的声音，固执而又痴迷地向上升。它像是永远也升不到头了，永远也不会停下来了。因为它无论升得多高，仍然无法接近它——那个蓝色的梦想。

我以为自己像火箭一样被发射出去了呢，我以为自己离开了地面就离天空很近了——在我与隔绝的风在一起的那些短暂时光里。

电梯终于悄没声儿地稳稳停下，我们走出了透明的铁匣子。阳光似乎仍然是那么不冷不热，天空仍然是那么不远不近。巴黎城，安然无恙地静卧在绿丛带似的塞纳河两岸。只有小轿车变成了玩具，房屋变成了模型。人呢？可惜我没有带望远镜。

于是我知道铁塔究竟有多高了（虽然我永远也记不清那个数字）——我有多高铁塔就有多高。这是一座有弹性的铁塔呀。

于是我知道铁塔究竟有多大了——"那是巴黎圣母院！""那是蓬皮杜艺术中心！""那是蒙马特教堂！""那是小纽约！"

巴黎多大铁塔就有多大。也许还不止。一本书上说过，万里无云时，在塔顶上可望到外省……

从神经中解放出来的风，无忌地挑逗着铁塔，摇撼它、敲打它。

据说铁塔在风中的最大摆度是十八厘米，而铁塔迄今已历经了一百多年的风雨。站在塔顶上，我以为身体至少会有一些摇晃感，那些朽铁或许会呻吟会晃悠会战栗。但此时，它却纹丝不动"稳若泰山"，像一座生了根的岩石山体，在巴黎城区"鹤立鸡群"般高耸，成为巴黎的一个组成部分。

埃菲尔铁塔，因 1889 年在巴黎举办的世界博览会庆典而建。铁塔的设计师古斯塔夫·埃菲尔打破了巴黎老建筑的审美趣味，执意要在古典的巴黎嵌入现代主义元素，展示工业革命的成果——钢铁。铁塔简洁的钢架外形设计、从上到下强有力的全钢结构、超凡脱俗的艺术想象力与革命性，使设计师有充分自信的理由，与古老（或是僵化）的巴黎，做一番时间的较量。

5 月 15 日，铁塔的设计师古斯塔夫·埃菲尔力排众议，亲手将法国国旗升上铁塔的三百米高空，为世界博览会开幕典礼剪彩。埃菲尔铁塔，作为一个标新立异的怪物，在众人一片不屑的嘘声里，雄心勃勃地屹立于巴黎老城的古典建筑之中。这位诞生于工业革命的辉煌中的钢铁巨人，就此成为 19 世纪的时代标记，再也没有退出人们的视线。

塔顶平台上游人如云。这威严古板的铁塔，我原以为你是拒人之外，高傲无情的，此刻我却发现你是一个不露声色的老父，将那各种肤色各种头发的孩子都拥在你的怀里，一任他们纵情玩乐、观赏，又走散去。天涯海角的游客，好奇地朝你涌来，又把你带回去……

有一对少年在塔顶的窗边接吻，多么高的吻；有一对青年在电梯里接吻，多么快的吻。铁塔是仁慈的，温暖的。假如我不到铁塔来，我将对它存有那么无知的偏见和戒心……

我不知我应该怎样下去，或者说，我希望永远也不要再下去。人到达过那样的高处，对地面便有了淡漠；人有过那样的恐惧，对安全便有了蔑视；人走近过那蓝色的梦想，又不得不回到原处，从此久久回味探险的乐趣。因为那不是山的高度、不是铁塔的高度，而是人在一个多世纪之前的奇特创造，是一个恒久矗立的丰碑。你没有"进入"它，便不懂它的美。

也许有一日它终会化成一堆废铁，但它曾独一无二地存在过。

当它存在的时候，在巴黎城挤挤撞撞的老建筑中，它没有齐肩的对话者。只有风、只有云、只有鸟，是它寂寞的伴侣。无数双温热的手抚摸它冰凉的铁杆，它的内心却依然孤独。

铁塔从没有对人说过，一百年前曾经被保守的巴黎强烈排斥和憎恶的它，后来的岁月里，为什么竟成了巴黎的城市象征？

《人民日报》1985 年 10 月 25 日

"生者人试"

——在西柏林看现代剧《庄子试妻》

　　到西柏林的第二天,在汉学家顾彬家里吃过晚饭,大家在榻榻米上听音乐,听顾彬九岁的女儿安娜最崇拜的当代歌星尼娜的唱片。王蒙在地板中央盘腿而坐,神采飞扬地同安娜的朋友、一个邻家的土耳其小女孩对话。他那些年"流放"新疆时学会了一口流利的维吾尔语(维语和土耳其语,同属于阿尔泰语系的突厥语族),使他有了大展才艺的场所和机会,看样子很快要和那个小姑娘成为知音。那个小姑娘不停地考问他,他尽力搜寻着彼此可沟通的单词,应付自如。可惜当时相机坏了,否则可以有照片为证。白先勇带着他永恒的微笑,恬静地沉醉在音乐声中。我翻动着一堆书报,里面掉出一张对折的白卡,上面印着四个毛笔字"庄子试妻",还有几张奇怪的照片。打开看,里面是德文,看不懂。好像是一张戏剧说明书。

　　"是什么?"我问霍吾道。他是顾彬的学生,一个细高个子、快快乐乐的年轻人，由他负责照料我和孔捷生、北岛几个人的行动。

"是一个，戏剧。"他回答。

"是这次亚洲艺术节的戏剧吗？"

"不，不不。"他连连摇头，"是……柏林的大学生，自己，噢，自力更生……"

"讲什么？"

"……我讲不清楚……是一个现代的东西，但又用古的形式……一个很奇怪的戏，很有意思，真的很有意思。"他兴奋起来，在座席上一跳一跳地坐不住了。"你们如果想看，我可以带你们去。"

"有意思吗？"我问顾彬。

"唔，很有意思。"顾彬庄严地肯定。

次日晚上，霍吾道很守信用地带我和孔捷生去看了这个戏。

这是一部现代戏，一共两小时左右，总共只有五六个演员，是中国古代的故事，剧情跳跃、人物古怪，看不太懂。霍吾道说，其中那位扮演庄子之妻田氏的演员，就是本剧的编导。她是一个从台湾来、在西柏林攻读戏剧专业的留学生。

三天以后，霍吾道突然"失踪"了，代之以一位身材矮小而脸庞秀丽柔美的姑娘。觉得眼熟，再打量，发现她就是那个集编、导、演于一身的剧中人田氏。

她叫张纤箴，今年二十九岁。

原来，她才是真正负责"分管"我们四位作家的翻译兼导游。前几天，她因为要演戏，就由霍吾道"代理"了。霍吾道是她已经分居的丈夫，但看来他们仍是很好的朋友。

以后的十天中，我和她朝夕相处，常有机会闲聊，对她和她的戏，才有了一点初步的了解。回国以后，时不时想起来，总难忘记。又时不时地望见书橱里的那块花石子，石头上有一只乳白色的眼睛，久久地，入神地望着我，带着探究和询问，向我逼近。我与它对视，从这凝视的眼神里，渐渐又重新回到那一个奇怪、荒诞而又令人深思的世界……

我想用以下方式，对它做一点回顾和介绍。

下了地铁，拐几个弯，走过一条石子路，走进一个小得不能再小的咖啡馆。

咖啡馆很热闹，里面排着队，都是年轻人。一直排到门外。

我总是弄不清现在是什么时间。似乎已吃过晚饭了，但太阳依然高悬，西柏林的太阳，晚上十一点才下班。

咖啡馆里装饰着一些花草，还有牛角呀，玻璃瓶呀，甚至马鞍。这里的花草是很难辨别真假的，真的花叶油亮得像金甲虫壳，假的雏菊做成半凋谢状，凋谢总是真的——习惯心理欺骗了自己。于是，以假乱真，以真乱假，几乎每一座咖啡馆的装饰风格都不会雷同和重复。

我喜欢用手指去轻轻触一下那娇的花、绿的叶。只有手感是可靠的。有生命的花草，每一个细胞都倾吐真实，它发涩，发痒，在手指间轻轻颤动。

墙上有一块亮斑，是一方幻灯的投影，斜挂着两个大字"逍遥"。是汉字，千真万确。那毛笔字写得十分洒脱，那一刻我竟误以为自己是在中国了。

那些排着队的青年男女，好奇地望着字幕，睁着蓝色的大眼睛。那个字对他们是个谜，他们盼望能走进那谜里去。

霍吾道不排队，他认识卖票的。这儿也时兴走"后门"？他们说笑了一阵，他把戏票一一递给我们每个人。

我拿到"票"，愣住了。那竟然是一块沉甸甸的石头，鸡蛋大小。细密的纹路，较平整的一面上，用乳白色的油漆，画着一只眼睛。

我心里暗暗惊讶，与同伴相视默然。

你们觉得很新鲜，是吗？

我希望观众从买票开始，就走进了我的戏。咖啡馆墙上的幻灯字，是一个人造的自然。然后，买到票，拿到票，拿到的却不是人造的纸片，而是握住了一块石头，石头是现代的自然、真实的自然。这就提醒并暗示观众，我们将摆脱平日那种令人厌倦的生活环境，离开现代社会而进入（或回到）古老的年代。它充满了石头一般原始、粗糙，质朴而又坚固的自然情致。它是永恒的，一个象征。

从咖啡馆一扇小小的侧门出去，走过一块空地，拐弯，进一扇大门，有个中国式的中庭。前面又有一个门，是剧场。许多人往里走，速度很慢，鱼贯而入。

刚迈进门槛（门槛很高），突然头顶上刀光一闪，什么东西劈头砍下。出一身冷汗，站住了。才见门边有一位白衣武士，高举宝剑，不时地砍将下来。谢天谢地，未伤着。我暗自庆幸，出一口气，忽然发现自己竟然是站在舞台上，面对一片黑压压的观众。刚才那副受惊吓的模样，表情绝对真实，想必是做了义务表演。不过观众很有礼貌，并未哄笑作嘘，一片肃静，俨然在看戏。我踮着脚，装出很老练的样子，走到观众席上去。所谓观众席，真是席地而坐，不对号，找到一块方垫，就是座位。找不到，可以把自己的书包或衣物铺在地上作为垫子。

一坐下，刚才的临时演员就变成了观众——正对大门。又有人从门外进来，一露头就有刀横扫下来，每个人都重演着刚才的窘状。我看见了自己。

这时才发现，门边的白衣武士旁边，还有一个捧着铁罐的古装人，每个从门外进来的观众，惊吓站定之后，必然乖乖地把手里所握的石头，放进那空罐里去。噢，这"经久耐用"的戏票，是永恒的自然之子。

我不知那石头的妙用，竟把"戏票"带回了北京，留下一个永远的纪念。

观众仍在继续入场。我终于发现，那刀上其实有眼，它从不曾真砍到过一个人。

白衣武士从大门里逍遥自在地走出。最后一个入场的人，把大门关上了。

这是一个奇怪的剧场——我悄悄地观察它。我们面对着的"舞台"实际上只是一个大厅的角落。大厅的左边，有一个小小的方台子，显然是有用的吧；右边有一个小门和一道阶梯，连着向后延伸的细长木台，几乎贯通大厅四壁，好像这台戏，将要四面出击。幽暗的高屋顶，传递出一种神秘的气氛，十分可疑。

戏还没开始，剧场安静得像一座墓穴。

这个剧场是专门演现代剧的，观众坐在中间，舞台三百六十度，视线全方位。

在这里演出过许多现代戏剧。这种演出可以说四面都是"墙"，也可以说根本没有"墙"。总之，是否定了传统戏剧理论的"第四堵墙"的理念，在表演上很自由。

这个剧场原来是一个舞厅，后来逐渐改成了现在这个样子。观众大厅中央的半空中，还有许多技术装置。一般来说，这里演出的戏剧多是实验性的，票价比较便宜。而对于业余的演出团体来说，场地是免费提供的。

我们？当然也免费，否则我一个穷学生，怎么租得起剧场？欧洲有许多这样的财东兼艺术鉴赏家，你去向他们申请，说明你的理由和计划，宣传你的艺术抱负，你的新玩意的魅力，到处说、拼命说，让他们对你感兴趣。假如你说服了他们，你就可以得到使用这个剧场的机会。

当然，时期很有限，他们只给我四天。演出四场。我很满足了。四场场场爆满，你们都亲眼看见了，而且，中途只有五个人退场。

现在我看清楚了，正对大门的"舞台"中央，有一大堆破水泥袋子，上插一把铁锹，一个古装的中国妇人手执团扇，跪在这一堆东西旁边掩面垂泪。台的右前方，有一个巨大的废旧线圈和一只破铅桶；台的右后方，有一辆现代的自行车，固定在一个铁架上；台的左后方，有一架旧钢琴。

古代、现代、中式、西式，极不协调地混杂在一起。

"舞台"最靠近观众的地方，吊着四只话筒。有几个不化妆的德国青年，席地坐在话筒旁边，捧着一本"讲义"，用低沉的声音开始朗诵。是德语。

音乐。似箫又似单簧管。忧郁而悠扬，哀伤又明亮。这似乎是一种中西合璧的创造，一个幽灵，徘徊在阳关三叠与什么 A 大调主题变奏曲之间。音乐从我的身后发出，竟是一根长长的透明玻璃管，一个男青年在悠悠地吹，像吹一支长笛。

我从未见过吹玻璃管的，它的音阶是怎么设置的呢？

白衣武士从舞台一侧出现，跨上了那辆自行车，开始蹬车轮。"嘎吱——嘎吱——"车轮发出不协调音。"嘎吱——嘎吱——"他漠然地蹬着，车身纹丝不动……

一种无法听懂的语言在讲解剧情。

原来这是个"哑剧"。不，并不是传统意义的哑剧。

跪在水泥袋边的妇女头上，盘着中国古代的发髻，始终愁容满面。她执扇的动作很中国化，轻柔细慢的。只是浓妆的粉面上，无可掩饰地露着一双蓝眼睛，耸着一只高鼻子。而且，哈，她的发髻上竟然是两只大圆紫茄子，倒真像发出乌亮光泽的团团青丝。上面插了一片鲜红的西瓜，油黑的西瓜籽倒像点点紫金珠子缀满凤钗。一个金黄的橙子别在鬓角上，如一个灿烂绒球，满堂生辉。耳环，则用一串红樱桃代替，玛瑙似的垂挂下来，新鲜欲滴……

多么别出心裁而富有想象力的首饰。又像一个玩笑？一个恶作剧？

这个戏从构思到道具，都是超越时空的。目的在于给观众提供想象的空间。

想象往往从一些象征而来，不确定的、模糊的象征。

庄子出游了，骑自行车就象征他出游。路上遇到一个妇人，跪在坟前一边扇风一边哭泣，妇人说她的丈夫死了，埋于此地。临死有话，须坟上的土干了方得改嫁，她就只好天天来扇坟，望它早日能干。庄子从这件事得到启发，觉得世上的恩爱都是虚情假意，便回到他隐居的山中，去试探他的妻子……

剧中人是不说话的，因为不需要说话，语言的表达会破坏了东方的神秘含蓄。所以我只配一些简单的剧情讲解，而主要用音乐、剧中人物的动作、形体以及舞台灯光的变化，来合成一种氛围和意境，让观众参与对剧情的阐释。

大厅左边台上的灯亮了。

刚才那个角落消失了，隐没在黑暗里。

小方台上出现了一个矮小的妇人，穿一件大襟布衫。她在台上转了几圈，就走到台边上去，用一支扫把似的大毛笔，在一块空墙的白布上画符号。完全看不懂她在画什么。白衣武士出现了，两人相视而转。她手里拿了一把伞，坐在地上。台后的天幕上忽明忽暗，音乐怪诞起来，她坐在台角抽一支长长的烟管，白衣人不见了。

想象：白衣人是庄子。妇人是庄子妻田氏。庄子回到家里，两个人对话了，不甚融洽。

对，大体是这样。反正每个人怎样想象都是可以的。

我是四年前从台湾来的。

我喜欢艺术，在台湾搞艺术，有好多限制。

我有个妹妹，十几岁就去了美国。她根本还不了解台湾，不了解中国的文化，就被那个陌生的世界"吞没"了。她将来不再是中国人，而是美国人。

我觉得一个人，最好有一点本民族的文化基础，再去留洋，那样是有根的。我在台湾读完大学，对中国古典文化很有兴趣。我跑到德国来，想给自己建立"横"的文化结构。这个戏，就是一种尝试。当然，促使我写这个戏，最根本的，并不是为了研究戏剧的东西方互相渗透，而是别的……

不不，不仅仅是为了介绍庄子。

也不是为了介绍东方古典文化，不是……

有时，玻璃管蓦然中止，寂静的大厅里便回响着一种呜咽，一种哀鸣，如冬天的风，久久缠绕枯树……

朗诵者身旁放着一只瓶子，她端起瓶喝了一口水。她念德文，却拖着长腔，有些像京剧的念白。

戏又"搬"到了大厅右边的三角台子上，先来了一个捕蝶人，在台上忙忙碌碌地捕蝶。又来了一个穿蓝衫的少年，手持一把白折扇，还是刚才扮演庄子的那个演员。风度翩翩，从大厅后侧的长台上走过去……

脖子。脖子酸极了，老是拧着——向左，向右，向后转。

音乐，玻璃管，变成了千百只蜂蝶鸟雀的喧哗……

这个戏的导演，也难也不难。

因为主要角色，庄子和田氏，都是中国人扮演的，没有什么问题。坟前那个妇女，"中国味"也很足。就是在朗诵解说的语气上，很难掌握。比如说，田氏叫一声"啊呀"，中国式的叫法，拖腔，四声变化，抑扬顿挫，很起伏。用外国话说，像一只在波浪里颠簸的船。外籍演员都是自愿来帮忙的，有的是同学，有的是朋友的朋友，喜欢艺术，就一起来搞，没有报酬，不是为了挣钱。你看，他们演出的时候，都已经学得挺像了。

为了排演这出戏，我集资准备两年。打工，加上稿费，都搭上，做布景道具、服装，杂七杂八的开支，没有"公家"报销。一分钱也要自己出。反正，演上四天，门票收入，还不够我所有的支出，但我愿意。

那只废旧大线圈，就是我们向一家工厂要来的。再想办法运到这里。什么都要自己想办法。不过大家很齐心。这里头德国人、芬兰人、美国人，什么人都有……

天幕上出现了打着棺材的景灯。

捕蝶人在台角上削土豆皮。

田氏在地上爬，白衣人又重新出现，举起一柄巨大的毛笔，在墙上乱涂，出现了许多符号，看不懂。他长发长髯，瘦而精干，很地道的一个中国古人。

小方台的右侧，忽地一亮，一块白色的帷幕上，演起了皮影戏。剧中的人物十分高大，面目狰狞凶恶。乱舞一通，又消失。

田氏举起了菜刀……

田氏换了件红衣，与白衣人拥抱，白衣人倒地……

那个穿蓝衫的是庄子好友王孙。他进山访友，不料庄子前几日已暴病身亡。他十分悲痛，便留在山里守候亡灵。田氏见王孙长得一表人才，顿生爱慕之心。这时王孙的旧病复发，只有用死人的脑髓才能医治，田氏便举刀劈棺，去取庄子的脑子来给王孙。不料庄子未死，从棺材里坐起，质问田氏为何如此无情背义……

本来庄子和王孙应该由两个人扮演，这样观众就不会混淆。但是我找不到合适的人。当然不能由洋人演，效果出不来。后来我没办法，写信给我的一个朋友，他是从香港去美国习艺的，他从美国飞到西柏林，来参加我的演出。他一个人扮演前后两个角色，你们都看到了，外貌和内在的气质都是适合的。他叫陈亭安，只追求艺术所表现的感觉，也是一个有意思的怪人。

你说为什么不邀请大陆在西柏林的留学生？我想，一是他们不一定愿意，二是他们不具备剧中人物的内在气质，很难领会那种超然出世的感觉……

有人轻轻推了我一下。

是孔捷生，他努努嘴，示意我退场。不等我同意，他和霍吾道已走了出去。我很犹豫，我很想把戏看完。但是……

原来他和北岛约好九点钟要通一次电话。

我没有再回去——穿过舞台，再当一次演员的勇气。

我坐下来喝咖啡，霍吾道说，戏很快就要结束了。

墙上的幻灯，换成了一个巨大的"游"字。

你是问我最后怎么样了是吗？

最后，哈，我和陈亭安都被吊起来了。吊在半空中。还喷火，真好玩。你没看完，太可惜了。

最后还有一段配乐诗，歌词是这样：

伊生我死，我生伊死，

偶系邂逅，共居一室。

伊赠我斧，我赠伊歌，

砍砍吟吟，死死生生。

你知道，在庄子的思想学说中，"怀疑"占有很大比重。所以，这个戏既然取材于庄子寓言，就不能说同庄子本人没有关系。至少，比较符合庄子那种"至人无己，神人无功，圣人无名"的自由理想。他主张对得失"藏天下于天下"，对毁誉是"两忘而化其道"。西方人对老庄哲学很感兴趣，所以我讲庄子的故事给他们……但我并不是为了在舞台上再现庄子，这不是我的戏剧使命。

你要看中文剧本？可以，不过，剧本很简单，只有几页。

果然，剧本干干净净的几页，一目了然。

只有很少几段对话，我看了一遍，记下这一段：

田氏：先生苦苦作弄奴家，是何居心？奴家心如荒地，王孙之美恰是天降甘霖，岂有不受之理？

庄子：甘霖虽美，艳阳照射随即离土升灭，娘子心田仍是荒土一片。庄周我心如大气，不收不受甘霖常在。

我似乎悟到什么：这个远别家乡、孤身在外的台湾女子，为什么要写这样一个戏了。

爱和美的探求，对她来说是一个迷梦、一种彷徨、一片沧海、一座高原。她在那森林与荒洲上孤孤寂寂、磕磕碰碰地走。心里的爱和美，同那外界的光怪陆离、严酷冷峻，永远不协调。而在那不协调的冲撞里，爱与美以一种被扭曲的形式表现出来，耐人寻味。

　　她回答：很多人同我谈过这个戏，但我没想到，你对我这么理解，我很感谢。这个戏写的是我内心深处对人生的看法，对爱、对美的向往。我不能够说这个戏获得了多么大的成功，但是至少，一个热爱艺术的穷学生，能够在西柏林上演自编自演的戏。对吗？

　　我从台湾来，但我更喜欢说我是中国人。

　　将来在北京演出……哦，不知道有没有可能……

1985 年

写于北京

北美之行（三则）

尼亚加拉大瀑布

闪入眼帘的，首先是一片雾气腾腾的烟幕，在正午的烈日强光下无休止地膨胀，弥漫在那片开阔的河谷上空。雄壮的亚美利加瀑布，犹如一群沐浴而归的白马群，毛发上的水珠闪闪发亮，在袅袅烟云中若隐若现。倏忽，白马奔驰而去，跃入一片更大的云雾之中。那云雾在亚美利加瀑布的右侧，蓬蓬勃勃地蒸腾，火山喷发一般隆隆作响。渐渐，一面环形的银色瀑布，如一只巨大的马蹄，从云雾中显露出来，伴随着震耳欲聋的马蹄声声。这就是世界上最宽的瀑布——尼亚加拉双瀑布之一的马蹄瀑布。

如果说总宽度为一千二百四十米的大瀑布，是一个瀑布的奇迹，那么我想在世界上也许不会再有第二个如此亲密地厮守在一起的两个瀑布景观，组成的大瀑布了。位于左侧的亚美利加瀑布形状粗壮宽阔、刚劲敦厚，像一位坦荡的伟男子；右侧的马蹄瀑布线条柔美，水色清纯，如一位秀丽的少女。自上游奔泻而来的碧水在这石灰岩与白云岩的崖壁上陡落，形成一个巨大的漩涡般的水流，恰似一位仁慈的母亲柔软的怀抱。两个瀑布一直一曲，一刚一柔，相映成趣。

瀑布上游便是尼亚加拉河。宽阔平稳的河水从伊利湖发源，在此纵身一跃之后，跌落深达五十米左右的深潭，然后从两岸陡峭险峻的河谷中穿过，湍急地流入安大略湖。尼亚加拉河在到达崖壁那儿之前，一直是平静温和的，河滩中有大大小小的石块，在蓝色的水流中激起白色的泡沫。当它不动声色地接近悬崖时，水质变得如翡翠一般碧绿，又如琼浆玉液一般稠澈。它的呼吸急促起来，水面由于它的激动而不安地震荡，那铺天盖地而来无穷无尽无边无际的洪流，那透明而宽厚的巨大绿色玻璃带子，就这样突然折断，又柔韧地滑落下去，伸向无底的深涧……

烟雾迷茫处，有一道朦胧的彩虹，从亚美利加瀑布那儿升起来，带着细碎的水珠湿润的光泽，降落在河的遥远的下游。七色彩虹像是远嫁的女儿，在天晴的日子，来看望她们的母亲。

如果坐缆车从岸上一直下到河谷的底部，可以在那儿上船，亲临瀑布之下，在离瀑布最近的地方，从下往上仰望瀑布。那时的瀑布变得狭长而高不可攀，怒气冲冲地咆哮吼叫，溅起几丈远的水花，绝不让你靠近。船上早已发了雨衣，每个人都把自己从头到脚裹起来，尽管这样，当船驶向马蹄瀑布下那气势磅礴的深潭时，瀑布所掀起的浪花和散落的水汽雾气，竟如密集的利箭一般射来；再靠近，瓢泼大雨如注，睁不开眼，喘不过气，如同到了水下极地，四处白茫茫一片混沌。

它不愿让人们看清它的真面貌。从来没有人真正看见过它的真面貌。

从瀑布的雾气中钻出来的船上的人们，浑身湿透，犹如受了一次瀑布施予的洗礼。

它们就这样手牵着手，呼吸连着呼吸，几千年几万年如一日地奔腾着。据说亚美利加瀑布大瀑布的水流量为每秒钟六千四百立方，一年四季恒久不变，那么充足饱满，那样旺盛不息。我猜想那条河的源头，一定是皑皑的厚雪山。

纽约长木花园

纽约人都说长木花园是一定要去看看的。

即使只为了看一看那座玻璃花房。

长木花园在纽约市郊九十公里处，开车一个多小时。据说以前是个私人花园，主人过世时把它捐给了国家，成了对公众开放的休息场所。

长木花园由西方园林必不可少的大草坪、树林和喷水池组成，各个景区由法国式、意大利式、庄园式、宫殿式各种风格不同的园林建筑构成。水池中伫立着蒙一层青苔的湿漉漉的动物或人体雕塑。

然而长木花园中最让人流连难返的，是那座从建筑到内容都别具一格的玻璃花房。

　　花房的外形像一座宫殿，走进去，是一座偌大的植物殿堂。巨大的圆柱上，缠绕着厚厚的绿叶，密得连圆柱的本色也无法辨认，如一株株长满寄生草的大树，从相互联结的枝杈中透出天空的颜色——头顶是巨大的穹形玻璃外罩，明丽的阳光正从那儿柔和地投洒下来，整个绿色的宫殿安谧而温馨。

　　似乎是把全世界的奇花异草都搬到这儿来了——那些肥硕的绿叶上，竟布满隐隐的黑色花纹，好像是谁信笔涂抹的中国山水写意；那一串娇嫩的粉红色小荷包花，风铃一般在湿润的空气中微微荡漾，小径两边烂漫如云的白色、西洋红色的不知名的小花几乎伸到脚面；金黄色的美人蕉高过头顶……还有奇特的颀长绿叶吊挂，在高高的屋顶如大伞一般张开，有的则镶在古树似的柱子上垂荡；还有高高低低繁茂多姿的绿树，错落有致，如同把森林搬进了宫殿。沿着林中小路走去，忽听流水淙淙，脚下竟是一座小桥，桥下有深谷，谷底不可见，都让桥两边疯长的绿叶遮挡住了。树叶绿得发亮，完美无缺，使人怀疑它不是真的。如果伸手去摸，叶片上细细的水珠和叶片的弹性，那么滋润鲜嫩，只有手的触觉才能证明它是真的树叶。时而有阵阵雾气，从头顶的绿叶中喷洒出来；地上的树根边，有不被人们注意的极小的浇灌喷头——暖房的设计人，也许希望尽量减少它的人工痕迹，尽量多一些自然的氛围。尽管这座宫殿、这座花房，来自人工设计，但其中这些精心培育的花草，却充满生命力。这清新甜美的空气，沁人心脾。

　　这个巨大的玻璃宫殿，由许多个大厅组成，在大厅与大厅的连接处，有一个圆形水池，池内漂浮着几十个圆桌面大的王莲。嫩红的檐边、淡绿色的底盘，边上有一个小小的缺口。如一只圆圆的船，可周游世界。真想在上面躺下来，顺水漂流到它的故乡亚马孙河去。王莲还在开花，有黄、白、粉、紫、蓝五六种颜色，大的如牡丹，小的如茉莉。天光水影，眼前一片五色斑斓。

长木花园的暖房令人惊叹，因为它不仅证明了人创造环境、改造自然的能力，而且给你再创造的美感。关于暖房的概念有所更新，它不再是仅仅用架子来存放盆花的展厅，它是与花草达到和谐一致的一个完整的艺术构思。

我在公园人造瀑布的小山顶上，见到了那瀑布的"源泉"。它被机械动力抽上山顶后，以极大和极快的流量，从一个井口大的"泉眼"中喷涌出来。井口是圆形的，外围有一个圆形的水池，水流从池的四周流淌开去——那池子被涂成淡蓝色，而喷涌出水的井口，因井深，水呈深黑色。猛一眼看去，真像一只眼睛，瞪大着黑亮的眸子……

它果然叫眼珠泉。

即使是一个不十分重要的小设计，也让它充满新意，体现了新大陆人的智慧和热情。

大西洋边

走过长长的、长长的海滩。空阔而辽远。

海滩上空无一人。只有重重叠叠的脚印，灰色的、白色的脚印，扰乱了海风在细软的沙滩上绘下的波纹。沙漠为风而成，海滩为水而生。千年万年的耐心，形成新大陆的岸。或被风暴摧残了千万次，重又完整如初。

迎着海走去，走过坚实又松散的沙滩。威严的大西洋，竟被围在沙子筑的堤防中？沙滩造就了海的牢固？涌上来的不是海水，是奇思妙想。

没有夕阳，没有晚霞。日光正从大洋的另一端沉落下去，海岸宁静而安详。迎着海走去，海那边是东方。却为什么叫大西洋？一个欧洲古老的概念。地球是圆的，究竟哪边是东，哪边是西？大西洋使我迷惘。

赤着脚走进冰凉的海水中，深蓝色的海水微微震荡。海水下面是沙粒？是泥土？是岩浆？是另一个陌生的世界？浪卷来，又退去，带走脚下的泥沙，泥沙急骤地后撤，从我的脚心和脚背滑脱。平静时的海浪，没法带走我，一个人的重量。可我明明摇晃起来，眩晕起来——海水在我的眼底朝前奔涌而去，我如岸上的树、路边的房子一般后退去。我无法控制自己。四面都是海水，我在冲浪，在嬉戏，被淹没又被吞吐，被操纵又被抛弃。我想抓住点什么，可四面什么也没有，除了水。我感觉到脚下空空，海浪终于掏去了我的立足之地，我疾速地向海底陷落，深渊一般的海底……

我睁开眼，天色已渐渐阴沉。灰亮的沙滩上，有几只白色的海鸥好奇地围着我，啄着我脚下细白湿润的沙子。大胆的海鸥陪伴我，在异国的海岸。

最后的暮色余光里，我在沙滩坐下来，脚下是冰冷而坚硬的新大陆。

天完全黑下来的时候，我还在海滩上坐着。黑暗中可以隐隐望见海面有白色的潮头涌动，似归来的白帆。

是韧性而柔软的海岸，造就了大海，还是大海无休止的运动，创造了自己的作品——沙滩？

《东北作家》1988 年第 2 期

古堡与红罂粟

　　根本就没有什么古堡。我对自己说。

　　真正的古堡是一定不会让人发现它的。我那么想。

　　汽车在山里转了很久，还是没有找到那个叫作波纳基的古城堡。这是在法国西南部靠近盛产葡萄的波尔多附近的一片山区，绵延的谷地被丰茂的绿色谷物覆盖，在阳光下散发出清甜的气息。一丛丛鲜黄的连翘花，在砂岩和灌木丛中铺展开去，像是一辆辆金色的马车，不时从车窗前辉煌地驶过。路边时而掠过完全用石片砌成的房屋的小山村，掠过远处山坡上小教堂的尖顶——二十世纪高速公路、雪铁龙汽车已经通到了任何一个偏僻边远的乡村，肢解了我们曾经熟悉的十八九世纪法国画家笔下恬静优美的田园风光。只有四周尚未被砍伐破坏的葱郁苍翠的森林，使得这蜿蜒曲折的公路在探寻那神秘而隐蔽的古堡时，显得兴味十足。

然而它突然冒了出来。像神话中的一块飞毡，一只大鸟，降落栖息在山坳中一块陡峭的岩石上。那一日，山里忽而浮起的薄淡的雾气中，呈现出一种坚韧的米黄色。它庞大而雄伟的身躯牢牢攫住了整座山岩，中心地段菱形的主堡差不多高达三四十米，四周有巨石垒成的碉堡式的塔柱、石头拱门，石桥和宽大的平台。当那扇安有巨大的铁锁的厚重黑色大门轰然一声打开时，一股阴冷的凉气扑面而来。那时我觉得古堡再不应是别的样子。许多个世纪以来，它悄悄耸立在这群山环抱的浓荫中，定然藏匿了许多不为人知的秘密。

　　他也是突然冒出来的，就在那扇缓缓洞开的黑色大门前的橡树下，向我们伸出了手。手厚硬而有力，像古堡表面的岩石。他说他是一个诗人，他是古堡的看守人。如果说诗人同小说家有什么相同之处，那么就是他们每天都在寻找，就如同寻找这难以寻觅却终究可以到达的古堡一样。

　　这是一个面色红润、颊边挂着几丝揶揄的笑纹的老头。一顶巴拿马草帽遮去了他头发的颜色。他饶有兴趣地注视着我们这些远方的来客，他说他似乎早已觉得，在古老的中国同他的古堡之间存在着某种联系。

　　翻译将我们几位一一向他做了介绍。翻译说这种联系简直不可思议，他指着我说，这位夫人写过一篇小说叫作《红罂粟》，而当她来到法国，却发现田野路边到处盛开着这种法国人叫"咯格里咯"的野花。"咯格里咯"是模仿公鸡的啼鸣，因为红罂粟的花瓣轻盈而鲜艳，很像颤动的公鸡冠。翻译说，她喜欢红罂粟自然也喜欢法国，奇怪的是她在路边的田野上，竟然没有见到"咯格里咯"。难道当古堡出现的时候，红罂粟就躲藏起来了吗？

那老头笑了起来。他说这完全在他意料之中，因为在这古堡中就有关于红罂粟的故事，你想知道吗？

他转身带着我们去参观古堡。这是一座 13 世纪的建筑，当地一位领主的家族在此一直居住到 17 世纪。古堡在历史上从未被攻打过，它依山傍势，地形险峻，堡外是笔陡的悬崖，堡墙上密布射箭孔和各种防御设施。据说即便每一层防卫都被攻破，敌人仍无法进入堡顶而可能陷入迷魂阵。几个世纪来，它一直被认为牢不可破的。

如今它的半壁江山已坍塌破败，断墙残垣间青草丛生。碎石间人工建筑的泄水孔道依然完好，当年存水取水的石井却早已干涸。但是古堡雄风犹存……

在古堡的顶端，可以望见不远的山腰间一块块平整的麦田，据说当年古堡的主人依靠这些土地生长的粮食生存。在古堡底部的岩石中有一片小小的石坑，当年曾在这里开采煤做燃料；还有一个长几十米、宽十几米的四通八达的洞穴，压在古堡的底层，至今竟未塌陷。诗人说，据他的考证，这是一个古人类居住的洞穴，后来被古堡的主人用作议事厅和工事……

他喋喋不休地介绍古堡，却一字未提到他的红罂粟。

他说他整整十五年来，一直同这古堡在一起。他作为古堡的看守人和研究者，十五年来天天来看望古堡。他每天在这里思考，古堡对于他每天都是新鲜的……

然而当年牢不可破的古堡，凭借坚不可摧的防御工事的威慑力，甚至从未被攻打过的这个顽固的王国，却终于在若干个世纪之后，在山间阴风淫雨日复一日地岁月里，自行崩溃瓦解了。它衰败、陨落得如此缓慢、悲壮而无情——这一切究竟给予了诗人什么样的启示，令他如此入迷地为石堡献出自己后半生的思考？

我们弯着腰从一个窄小的石门中穿过，走下狭长的石头阶梯。眼前出现了一个穹形的屋顶，有微弱的亮光从阶梯的出口照射下来——我看见那屋顶竟是用一片片由大到小的石片组成。那石片砌得极有规律，如天坛九九八十一块方砖的圆坛。依次向中心旋转收缩，最后凝固成一座坚实而古怪的穹顶。那由石片构成的图案奇妙之极，如同一朵硕大的菊花悬在半空。几百年过去，石片竟然依旧互相紧紧咬住，牢牢攀钩，成为整座古堡中保存最好的精华所在——似乎是一个最为脆弱精致的部分，却偏偏最顽强地经受了岁月的摧残。真可谓是古堡的奇迹。

诗人说：人们总以为直线是最近的，然而弧线，比如说抛物线，却可以使人类到达最远的地方。

可是古堡最终依然残缺不全，无论它多么牢固，还是结束了与世隔绝、不可一世的日子，无可奈何地敞开了它的大门。这奇丽诡秘的弧线，它究竟要告诉我们什么？

后来我们在古堡脚下的一家山村小饭馆吃饭。老头是这间饭馆的常客，他记不得这儿已换过多少次老板，但这儿的红葡萄酒依旧迷人。

液体的红罂粟。他忽然举起杯子对我说。其实红罂粟无处不在。他狡黠地眨了眨眼。一阵山风从插满鲜花的窗台上吹进来——空气里也有红罂粟，你看见了吗？他问我。他说一个人如有一双诗人的眼睛，便什么都能看见。

那么，你有没有一个人半夜时在古堡待过？你见过古堡的幽灵吗？我终于忍不住问他。

当然。他呷了一大口酒。红罂粟在他脸上隐隐发光。

你同他交谈了吗？他对你说了些什么？有人问。

他摇摇头。

这种交谈是无声的，就像梦。可梦是什么？有一个诗人说过，梦是成功的现实。可我想说：现实是什么？现实应该是成功的梦想。

他说完，喝干了杯里的葡萄酒。

不需要再问什么红罂粟的故事了。我对自己说。

也许，古堡是成功的梦想，而红罂粟，是成功的现实。我那么想。

吃完了最后一勺草莓，（它的色泽像红罂粟的花瓣。）我们告别这位古堡的守护者，上车赶路。留在视线里的是一顶挥舞许久的巴拿马草帽。那威严耸立的古堡，很快隐在浓密的森林和金色的山坡后面，好像它从来不曾存在过一般。几个小时以后，它完全消失在喧哗的现代都市汹涌的车流与人声之中。

既没有古堡，也没有红罂粟。

《光明日报》1988 年 7 月 24 日

柏林墙消失

那堵"墙"，一眼看过去，并不怎样让人觉得恐惧。

墙就那么静静地蹲着，并不显得多么高大厚重，表面只不过是一层薄薄的水泥，涂着灰白色的油漆。上面有五颜六色的粗笔留下的图像、一串串不规则的德文字母连成的句子，还有怪诞的符号和各种图形。我既然无法看懂、无从领会其中隐秘的意趣，便觉得那墙倒像是一壁别出心裁的艺术展览、标新立异的广告牌……

它不如我想象中的柏林墙那般森严、那般威武、那般阴沉。墙下没有铁丝网、没有炮楼、没有宪兵，它实在只是一道普普通通的围墙。那会儿我脑中闪过巍峨的长城，我很想问问谁，这么矮这么薄的墙能挡住什么呢？它真的曾经挡住过什么吗？

也许我就可以轻易地从上面一跃而过，或者穿越它。

但我知道不能。

墙，向着城市的两边小心翼翼地延伸过去，如同一根颀长而又弯曲的巨楔，插入那些从废墟上重建的高楼之中，时而同那条幽幽然环绕全城的施伯列河无声交汇。这座充满了苍凉历史感的界标，一瞬四十几载，划开了东西方两个世界。

面对空旷无人的施伯列河岸，我愕然。

河水沉沉流淌，河上没有船没有桥没有天鹅没有人甚至没有一片树叶。河面灰绿，漩涡在水底暗暗纠缠，涟漪不动声色。唯有一只极小的蓝鸟，闪电般地惊飞而过。

鸟是自由的？

听说曾经有一个土耳其孩子落入河中，但没有人敢跳下水去救他，孩子就那样活活淹死了。因为虽然一侧河岸在西柏林境内，但河道却属于东柏林所有。任何人一旦跳下水去，都会构成"越境"的罪名。

我站在河岸上，不，确切地说，我站在岸边的墙下，肃然。

墙下有小小的墓碑，砌得十分精致的水泥墓地，上面安放着一只只鲜艳的花环，是鲜花，娇嫩缤纷的鲜花。

墓碑上的德文或英文，翻译成中文是：越墙者。

没有姓名，只有年、月、日。

这是一个个年轻的生命，被子弹留在东柏林或西柏林墙下的日期。柏林墙上血迹斑斑。

但是，尽管曾有许多人倒在柏林墙下，还是不断有新的勇敢者，用热气球或挖地道的方式设法越墙，一年年总未间断停止……

我开始怀疑自己对于墙的最初感觉。

后来我登上了勃兰登堡凯旋门下的一座木台，从上面眺望东柏林。气势宏大的石砌大门顶端，耸立着一辆覆盖青苔的金属马车雕塑，马车上站立着一位衣裙飘逸的天使，似欲乘风归去。从矮墙至那些建筑物，中间有一大片开阔的空地，除了几个来回巡视的带枪警察，杳无人踪。

除了墙，还有这块不可接近的真空地带。

远远地，可以望见薄雾笼罩着的东柏林菩提大街，一条很宽很美的大街，绿荫葱茏。

我突然产生了一种强烈地想要去那儿看看的愿望。

但我不能够越墙而过，否则我将永远地留在墙下。

这墙拦阻了我。墙原来并不是一个象征。

1985 年夏天，我徘徊在柏林墙下的那个下午，柏林墙似乎还很坚固，很结实。我完全没有预料到，在不很长的五年以后，它竟会那么轻而易举地崩塌、破碎，被拆除、被清理，甚至没来得及让人再看它一眼。

那天，我决意要设法去东柏林。

我对墙的"那一边"充满了好奇。

几天以后，我紧紧捏着护照，穿过那也许叫作海关也许叫作边境的地铁站大厅（是地铁站）。我在一间有卫兵站岗的房子里，被一位穿制服的英俊东德男士盘问了一会儿，我既听不懂他的提问，他也听不懂我的回答。后来他打了一个电话，便郑重其事地在我的护照上盖了一个鲜红的印章，然后挥挥手请我通过，给我的感觉好像又出国了一次。

东柏林!

天下着小雨,清洁的大街被雨水洗得发亮,那些在二次世界大战后修复一新的古典建筑,更显得庄严巍峨。乍一眼看去,我几乎没觉得墙这边和墙那边有什么不同。

带我去东柏林的,是一位德语翻译家李定一先生。他会说流利的汉语和地道的德语。他的父亲是中国人、母亲是德国人,他在中国长大后来到德国,不过他的身材高大魁梧,看上去更像一个德国人。使我十分惊讶的是,他在西柏林工作却在东柏林居住,也就是说,在西柏林挣钱而在东柏林花钱,我想这种生活方式再合理不过了。

李定一先生的夫人是民主德国国家剧院的主要演员,他们有自己的别墅和小汽车。他每天把小汽车开到墙的一侧,然后坐地铁到西柏林上班。我们这次参加"西柏林地平线艺术节",他作为特邀的译员,出色的同声传译几乎征服了所有的中国人和德国人。

他开车带我参观东柏林城。

他的话不多,脸上有一种耐人寻味的微笑。

后来他说,我们去吃午饭,东柏林的饭,便宜。

吃饭时他问我,现在你觉得墙两边有什么不同了吗?

当然,有些不同。比如商店,不像西柏林那么密,东西那么多;比如马路上的汽车,不如西柏林那么漂亮;公寓楼的外形、建筑物的内部都比较简陋,你说的那些工人住宅区,倒是同我们中国的住房有点儿相似……还有,人的服装和发型,不如西柏林的好看,人们的表情都很僵硬,不过,这个没有西柏林街上闲逛的那种怒发冲冠的"朋克"，没有性商店和无处不在的广告……

还有，这儿的街道比较安静些，不像西柏林那么喧闹和繁华……

面对他，一个在东西柏林穿行的自由职业者，我不知道怎样才能表述得更准确些。

但我知道，我其实想说，尽管墙两边的社会制度和生产力水平不同，但作为使用同一种语言的民族，作为人，他们在本质上，也许并没有什么根本区别吧。

李先生深深地吸了一口烟，眼里有什么晶亮的东西闪了一闪。

天快黑下来的时候，我们走到柏林墙下。

我远远凝望着"东柏林墙"。

在东柏林一边看这堵墙，墙似乎要比那一边显得苍白，墙面上既没有图画也没有文字。穿着灰色制服的持枪警察如雕像肃立，行人远远且匆匆而过。墙和人之间，是好大一片荒疏的空白，一片布雷的禁地。

墙在树丛和草地间蜿蜒，犹如一条细长又干瘦的胳膊，将勃兰登堡门下曾经的辉煌紧紧箍在怀里。更如一道无形的锁链，隔绝了封闭了另一个世界。

我注意到，在墙的这边，在东西柏林共同的施伯列河的河岸这一侧，没有墓碑、没有鲜花、没有墓志铭。而那些无名的死者，恰恰是试图从墙的这一端，走向那里的。

但墙的这端，却连脚印也没有留下。

究竟是先有墙还是先有越墙者的呢?

越墙者把血迹和躯体扔在墙的这边，他们的灵魂和希望去了墙的那边。暮色中，那狭窄而粗糙的矮墙渐渐隐没于黑暗之中，我用手触摸到墙面的冰冷和固执。在黑暗中，我仍然感觉到墙的存在。

那天晚上我们去东柏林的一家剧院看话剧。

好像是从其他国家来的一个话剧团，上演的剧目叫作《飞越杜鹃窝》。

李定一先生说，杜鹃窝在西方是疯人院的别称，这个戏名就是走出疯人院的意思。听说在苏联目前还是禁演的，东德似乎比苏联要开放些。

由于我无法听懂德语，整个演出过程中，尽管李先生时时低声为我讲解剧情，我仍不能肯定地认为自己看懂了这个戏。

舞台上始终弥漫着一种冷峻的蓝色，灯光黯淡，背景阴郁。疯人院惨白的病房、行动机械僵硬的病人、严厉刻板的护士长，这儿的一切一切都是早已被规定被安排好了的。在这儿只有服从、只有沉默、只有循规蹈矩，否则就是无可救药的疯子，永远再也不能从疯人院走出去……

舞台的布景是一个巨大的窗口，如同一个无底的黑洞。

疯子们表情麻木而痴呆，脸上却带着天真的笑容。记得有谁说过，疯子是世界上最单纯的人。

终于来了一位壮汉，他因为扰乱某种社会秩序而被作为疯子送到这儿，他来的时候不是疯子，而在疯人院里变成了一个真正的精神病患者，一个失去理智的愚钝之人。他不再有反抗的欲望也不再痛苦。疯人院完成了它的职责。它如同一架癫狂的机器，把所有落入其中之物统统碾成碎片⋯⋯

紧张的寂静中，他的一位印第安人同伴，不忍心看着他——一个强壮而健全的生命被扭曲成这样，愤怒与醒悟中下决心将他打死，然后跃上那黑洞洞的窗口，越过高墙，毅然走出了疯人院。

疯人院留在高墙之后。

他走出去了，走向阳光、走向海洋⋯⋯

一直屏息静气的观众爆发出持久热烈的掌声，人们纷纷站了起来，涌上前去，大幕很久才降下。服饰整洁的观众缓缓走出剧场，神情显得越发严肃而沉重。

我不知道这个戏对于他们意味着什么，我只是想，他们一定比我更能懂得他的死和他的出走⋯⋯

离开东柏林已是深夜，我通过那墙的出口，走向西柏林。墙留在我的身后。几天以后，我就将飞离这个分明相连、却又被墙阻隔的奇怪的城市，回到我熟悉的那块土地。

我忽然隐隐的感觉着一种悲哀。

人在创造了自己之后就创造了围墙。那么，人类究竟是否能摆脱围墙呢？

那以后很久，我脑中一直萦绕着一个问号：那个夜晚在东柏林看的话剧，难道是一个偶然？或是巧合？

漫长而又短暂的五年过去了。曾经那么坚固那么森严的柏林墙，在岁月的碾磨与撞击下，终于剧烈地摇晃震颤起来，一夜之间被人们推倒垮塌。昔日的勃兰登堡门下，开放的边界已成为一个自由市场。那儿正在出售有关柏林墙的各种纪念品。曾经坚硬的柏林墙，被砸碎成一块块水泥碎片，标上价码出售，任旅游者带到世界各地去……

柏林墙究竟是怎样消失的？

我想知道，柏林墙消失以后，是否在原地还留着残存的墙基？

我时常凝视着房间墙上那只精美的柏林城徽，上面有一只憨态可掬的柏林熊。它从茂密的森林中走来，把战争的碎片踩在厚实的脚掌下。没有什么围墙能够阻拦它。

人类也许还将不断地建造围墙又拆除围墙。大山是墙，江河是墙；婚姻是墙，人心是墙。除了墙以外的一切都是墙，可是这世上原本没有墙，也没有界碑。

我只能怀着焦渴的心情，盼望着世上那些人为建筑的"墙"，早早地、快快地消失。

《北方文学》1991 年第 1 期

伏尔加河流过的地方

　　20 世纪 90 年代，从远东的哈巴罗夫斯克直飞莫斯科，整整八个小时。飞越贝加尔湖、飞越西伯利亚平原、飞越阿尔泰山、飞过金色的沙漠与银色的河流，几乎一整天都悬在天上，却还没有飞出俄罗斯的地界。

　　往昔的"苏联"已不复存在，去俄罗斯，听起来很古老，好像是去 19 世纪的一个什么地方。

　　在莫斯科留学的中国学生都说：到了俄罗斯，才知道什么叫作"幅员辽阔、地大物博"。

　　时已深秋，眼前弥漫着俄罗斯森林无尽的金色，如雨如雾重重叠叠。纯洁的白桦林在寒风中微微战栗，黄澄澄的叶片似金箔纷纷飘落，浓绿的草地平添了一层朦胧的忧郁。林间与山坡的空地上，静静矗立着一幢幢色彩鲜艳的农舍或是别墅，清一色的木结构，有雕花的门斗和廊檐，童话般迷人。远远地，古老的拜占庭建筑风格的教堂，从树丛中隐隐显现，金灿灿、蓝莹莹的巨大圆顶，诉说着民族和历史的绚丽与辉煌。

泥泞的村庄、曲曲弯弯的小路、茂密的山楂树、疾驰的雪橇、沸腾的茶炊——那是你曾经阅读过的俄罗斯或苏联小说中熟悉的场景。几十年里俄罗斯文学所孕育的全部的梦幻，都在你踏上这片土地的那一刻兑现。只是，当一个真实的俄罗斯渐渐向你走近时，雨中哀婉的森林或是阳光下色彩浓郁的森林，都不得不暂时退出了你的视线，成为一个遥远的背景。

在哈尔滨时就听人说，俄罗斯各个城市的飞机场，就像咱们农村的场院似的，飞机一排排停着，开着门随便上。这虽然是夸张的说法，但如此庞大的一个国家，作为空中客车的航空业自然很发达。机场的设施普遍陈旧，然而一架架飞机起起落落显得十分繁忙。本国公民从莫斯科去远东，飞行八九个小时，机票也只合人民币四五百块钱。一般人都能坐得起。既然飞机如此普及，民航班机的服务质量就不能过于挑剔。机舱的洗手间没有肥皂和手纸甚至没有水，许多苍蝇在这趟航线上来回免费旅行。

城市建筑也正在一日日显出陈旧和衰落。苏联时期最壮观最宽敞的各级党组织所在的大楼，如今已被改为各类商业贸易机构或是经济管理部门。城市居民的住房紧张。到俄罗斯朋友家去做客，一般中年知识分子家庭大多是两房的单元。一般没有独立的餐厅，用餐挤在其中一房间，显得拥挤。孩子通常睡折叠床。所以折叠式沙发在俄国家庭中必备。但厨房略大，卫生设备必是将洗澡间和厕所分成单独的两处，而且每个城市都免费集中供应暖气和热水。如今俄国的住房改革，也开始推行购房。食品店饭店门口总是排着长长的队伍，文明而有礼貌的俄国人，已把排队购物视为生活的必需。他们不厌其烦地排队，如果排到自己时东西已售完，那么他们将毫无怨言地到另一个地方再重新开始排队，直到买到所要的物品为止。旅途中我们不得不花许多时间寻找饭馆，在莫斯科红场附近一家有百年历史的大"古姆"（即商场）内，我们吃到过制作得很规范的美式炸鸡，一顿美式快餐的价钱，同中国差不多。可惜餐饮店实在太少，假如错过了地点和时间，也许就再也没地方吃饭。街上能够随时保证吃到的东西，唯有冰激凌一种。

除了到处可见的美元商店（即直接用美元购买进口商品），私营的百货商店极少。国营商店的货物品种比较单一，但毛呢制品质量纯正，价钱也比中国便宜，只是式样比较陈旧。价廉物美的只有彩色图案的披肩、木头制作的工艺品、钟表什么的。近几年卢布贬值、物价飞涨，前几年进的货，和新近进的货，商品的价格相差悬殊，弄得你对俄罗斯的货币一脑子的混乱。比如说，从哈巴罗夫坐火车去符拉迪沃斯托克，慢车票是四千卢布，而快车票只有四千零二十五卢布；一公斤火腿肠九千卢布，而一副坚韧轻巧的优质钢材做的冰刀，才几十卢布，合人民币几毛钱，简直让人莫名其妙。

自由贸易市场上肉类蔬菜水果应有尽有，但价钱是国营商店的几十倍，一般老百姓难以承受。寒风凛冽的街市，商店或地铁的入口，依次站着些俄国大娘大婶或是大叔大爷，手里举着两根红肠、几条鱼干或是一件毛领大衣在卖，后来者很守规矩地顺溜排下去，也不吆喝，默默无声地等待着买主，相信自己的东西总归会有人来购买。

尽管苏联拥有遍及全国、设备完善的教育系统，却也有数量更为惊人的监狱；尽管俄罗斯各种艺术博物馆和画廊，陈列着世界上最优秀的油画和雕塑，莫斯科阿尔马特街街头和文化公园的绘画市场展览出售着灿若群星的艺术作品，但所有商店的商品包装，仅仅是一张粗糙的白纸和一根纸绳；尽管俄罗斯许多人拥有别墅，但别墅的妙用，却更多地作为普通人乡间种植蔬菜以补食品不足之缺；尽管……

然而矗立在涅瓦河畔的冬宫，依然雄伟巍峨；普希金村的叶卡捷琳娜宫，依然金碧辉煌；芬兰湾上的夏宫花园里的 160 个喷泉，依然在阳光下抛洒着晶莹的珍珠；伏尔加河依然湍急地流过丰腴的俄罗斯平原；方石砌成的红场四周，五彩缤纷的教堂群鲜艳如初……

1994 年 2 月

写于北京颐和山庄

彼得堡的上海厨房

20世纪90年代初去俄罗斯，曾在彼得堡住了一星期。

时过多年，辉煌绚丽的冬宫、夏宫、普希金皇家艺术村、宏伟的教堂群落、灰蓝色的波罗的海海湾……似已渐渐淡忘。记忆中依旧鲜活、依旧生动如初的，却是城中那幢普通俄式大楼里的一间上海厨房。

那年苏联刚解体不久，独联体食品极度匮乏。每一家副食店门前几乎都排着购物的长队，无非是面包奶酪香肠和土豆。俄国公民对于排队有着无比的耐心，往往好容易轮到自己，食物却已售完，他们失望地默默走开，找到另一家商店，再接着排队。队伍静悄悄地缓缓移动，秩序井然，绝无人"夹塞"，也无人争吵抱怨。湿寒与萧瑟的冷风中，传来悠久的东正教文化传统的尊严。空瘪的筐篮里，装的是购物人的文明与礼貌。

但我们不可能去排队。作为短期访客，我们没有时间排队。

我们沉重的步履匆匆穿过雨雪交加的莫斯科红场，在克里姆林宫的墙下久久徘徊，走过曾在书本中熟悉的阿尔巴特街，然后远远地眺望着莫斯科河两岸金色的树叶……才是9月中旬，莫斯科已改换了一副初冬的严峻面孔。

肚子又咕咕地叫了起来。一行人面面相觑，不知道该到哪里去寻找合适的餐馆。餐馆本来极少，排队等候，自己端盘，食物套餐基本只有一种，饭菜质量仅相当于国内的单位食堂。如果过了开饭时间，空荡荡的大街上，就连这样的餐馆也都关门了。曾有一位俄国作家在家里请我们晚餐，一道生拌胡萝卜丝沙拉、一道煮土豆、一道煎小泥肠再加黑面包与果酱、果汁，就是全部了。在莫斯科的几日中，我们仅在红场附近那家最大的"吉姆"（即商场）内的快餐店，狠心掏出美元，饱餐过一顿美式肯德基，余味绕喉终日不去。街上的美元商店倒是很多，还有豪华的高级宾馆，但价格令人咋舌。我们住的酒店，则根本没有餐厅。

于是，当我们坐了一夜火车，在清晨到达彼得堡，被安排住进了上海一家国际贸易集团驻彼得堡的办事处，放下行李便迫不及待地冲进了餐厅，在宽敞明亮的餐桌旁坐下，端起一碗热气腾腾的面片汤，瞥见桌上还有一碟碟琳琅满目的各式小菜，内心万分欣喜；饱餐之后，从窗口望出去的彼得堡街景，无比典雅端庄美丽光明。

那家来自上海的贸易集团，占据了大楼的整整一层。除去办公室、业务洽谈室和工作人员宿舍，还有二十间设施齐全的客房，专供国内来办公务的人住宿。整个楼层雇有几位俄国姑娘负责清扫打杂。我们一日三餐外加房费，共二十五美元，正符合我们"公派"的费用标准。客房全都住满了国内来的人，看来这家"招待所"很受欢迎。

那天的晚餐，更是让我们大大地吃了一惊。

八人一桌的中式套餐：白切鸡冷盆、卤猪心、油炸带鱼、凉拌芹菜、炒猪肝、土豆烧牛肉、蘑菇炖红烧肉、素炒卷心菜、米饭、白菜排骨汤。

啤酒盛在一只大罐里，打开龙头，管够，味道绝对纯正。大家风卷残云狼吞虎咽，吃相不雅彼此彼此。才一个星期，就已饿得透心透肝，中国人真是民以食为天。看看人家俄罗斯人，土豆面包度日，却在地铁车厢里捧着一本厚书读得津津有味，不由心生惭愧。

暖暖地美美地睡了一觉，第二天一早走进餐厅，餐桌越发地神奇了：油炸榛子、煎小咸鱼、荷包蛋、酱菜、稀饭、面包片、黄油、果酱。

真以为自己做梦回到了国内，不，简直就是到了上海。可那饱满结实的大榛子，明明是俄罗斯当地才有；还有黄油果酱，也是地道的俄罗斯味道。

做饭的师傅亲自来餐厅上菜，用上海普通话问你好不好吃。看那师傅不过三十出头，端端壮壮的一个小伙，几个小餐厅同时开上几桌，只他一个人忙里忙外。

以后的几日，早餐晚餐天天不重样，那菜式大多是沪浙风味，很是合我这个南方人的口味。

可这分明不是在上海，而是在样样食物都得排队的俄罗斯呵。

就算上海厨师手艺高超，能在彼得堡做上海菜，然而，巧妇难为无米之炊，做上海菜中国菜，必须要有中国食物的原材料的！

　　终于忍不住去了厨房察看。锅碗瓢盆干净锃亮各就各位，荤菜素材冷盘热菜，种种菜码摆放得整整齐齐井然有序，一眼看出，那是一个规规矩矩地地道道的上海厨房。那位师傅正埋头收拾着新鲜的猪腰子和猪脚爪（彼得堡哪里来的猪下水呢？），厨房里未见一个上海女人，却似乎处处留有聪慧能干的上海女人的身影。

　　我试用生硬的上海话与他交谈，他很高兴，互相便亲近起来。他告诉我，说他是公派来俄罗斯的，签了三年合同，一个月二百五十美元薪水，工作虽然辛苦，值！攒上三年，就是蛮大一笔钱。所以做生活要对得起高工资，不好出来混日脚的……

　　我们每天吃的那些东西，都是从哪里来的呢？我充满疑惑地问。难道是从中国运来的？难道，难道是你自己养殖种植或是你会变魔术吗？

　　——他摇头。他说，到自由市场去寻啊。公家商店东西少，要排队，但是自由市场里样样都有，就是要自家一样样去寻转来。他又说。中国人喜欢吃的东西，好比猪蹄猪肝猪腰猪心……俄国人是不吃的，市场上蛮便宜，眼睛要亮，脚骨要勤快点，到处去兜，碰到算数。只要有了"物件"（食物），烧烧好蛮便当。自家再腌点咸菜，用麻油味精一拌，味道"狭气"好。从国内来办事的人，工作辛苦，吃得好顶顶要紧。这个餐厅嘛，不赚中国人的钞票，只要不赔就好了。

　　那你每天去买菜，要说俄语呀？骑自行车去？否则那么多东西怎么背回来？

他无奈地笑笑，摇了摇头：哪里有时间学俄语呢？一天从早忙到晚。不过我心算好，手里还有一只小计算机，不会说俄语，也一样讨价还价。彼得堡城里不准骑自行车的，我天天坐地铁去买菜，从一家市场跑到另一家市场，再重再多的东西，也用手拎回来，反正年纪轻，有力气……

他忙着拾掇手里的菜，顾不上我了。只记得他姓赵。后来在他宿舍的桌子上，见过一只小小的镜框，镶着他夫人和儿子的家庭合影照片。还知道那家国际贸易集团驻俄办事处主任姓陶，"文革"中毕业于哈军工，贸易集团的生意做得红红火火。

由于那家上海厨房的"救援"，我们一行在彼得堡度过了美好的一周，也因此对上海人肃然起敬。如若外省人都能像上海人一样勤劳认真，具备精明细致的自我管理能力，即便在独联体当年简陋的生活条件下，也一样能把日子过得有滋有味。

彼得堡和上海厨房，本是浑头浑脑（上海方言）不搭界的事情。但上海人走到世界的任何地方，总是会把自己的那个上海厨房，一同搬了过去的。谁说厨房只是女人的地盘呢？即使在女人缺席的地方，只要有了上海男人——那么，远在万里之遥的上海女人，就会在厨房里如影随形。

《新民晚报》1995 年 4 月 11 日

牡丹的拒绝

流连榴梿

　　榴梿是亚洲的一种热带植物和著名水果，在我国台湾和广东也有栽培。但在北方，知道的人很少，即便有人去南方旅游时偶尔食用过，想必也不会喜欢。榴梿的果实有一种怪味，类似腐烂的洋葱或是乳酪。假如路边有一只剖开了的榴梿，几里路外就能闻到那股臭味，北佬一定顿时捂鼻掩面，落荒而逃了。

　　榴梿之臭，是铁定的事实，绝无异议。但榴梿一旦入口，在许多人的舌尖上，就变成了其香无比、甜润爽滑的美食。就像"文革"时期的臭老九，闻起来臭，吃起来香。不喜欢的人，如同撞上邪怪，避之不及。但喜欢吃的人，吃得命都豁得出去。

　　多年前，我在北京吃过一次榴梿，是一位叔叔从泰国带回来的。那天他的样子很诡秘，问我吃不吃一种叫作榴梿的东西，那是他和婶婶舍不得吃留给我的。还说你若是不吃，就错过一个体验生活的机会，人生仅有酸甜苦辣还不够，要加上一个臭字，五味才齐全。经过这样一番动员，我当即抱定不怕牺牲的决心，闭上眼睛对准那鸡蛋黄似的东西咬了一口，未及细嚼，便慌慌张张咽了下去，香蕉股滑腻的果肉穿肠过肚，在嘴里留下淡淡的余味，竟然丝丝香甜。

后来想起，我喜食榴梿，因为有江南臭豆腐的童子功打底，不算稀奇。那榴梿之臭，毕竟来自天然。而绍兴的梅菜梗、北京的臭腐乳，人工弄臭来吃，才是中国美食的一大奇观呢。

1997 年 11 月去马来西亚参加"花踪"文学奖评审活动，在吉隆坡的街上琳琅满目的热带水果，绒球般精致鲜艳的红毛丹、大如哈密瓜的金黄杧果，煞是喜人。忽然就有一个个绿色的刺猬，浑身鲜浓的毛发耸立着，活生生地跳入眼帘，一只只犹如足球大小，乖乖卧在果架上，层层叠叠，摆放得丰厚。那刺猬中间夹一块纸牌，上面用中文写着：榴梿。

终于看到榴梿原本的模样了。它们好像是刚刚从树上蹦下来，由于恐惧而蜷缩成一团，皮毛上裹着一层穿山甲似的鳞片，密密的尖角一根根往外戳着，是那种小心翼翼、拒人千里的防卫姿态。那"内心"柔软得像丝帛的果实，外表竟然如此坚硬而严实。那带刺的厚壳是用来包藏果汁的吗，以免热带灼热的阳光会把果汁吸走？

若是有人买下新鲜的榴梿，卖水果的人，便用一把锐利的尖刀将它剖开，那椭圆形乳白色或淡黄色的果肉顿时"脱颖而出"，就像一个个沐浴后的新生婴儿，相偎着蜷伏在小床上，裸露着稚拙而娇嫩的皮肤。

强烈的异味就在这时候冲将出来，然后四散开去，迎风飘扬。

牡丹的拒绝

有人笑着说，榴梿的壳一定不能扔掉，等着吃过了榴梿，用硬壳盛上清水，再用那清水洗手，手上的异味，立刻就消失了。

当场就试，只是那壳上遍布硬刺，没等盛上水，手已被扎疼，只好作罢。

以后的几天，从吉隆坡到槟榔屿，所到之处，除了新鲜的榴梿，还吃过榴梿制作的糖果、果脯和清凉饮料，空气里总是随时飘散着一股榴梿亦臭亦香的气息。既然宾馆的门口贴有"榴梿与猪肉不得入内"的醒目告示，那就站在街头的阳光下，明目张胆、理直气壮地吃榴梿。水果店门口、街角的廊檐下，到处都有捧吃榴梿的人。即便隔着一条街几条街，也能闻到榴梿的气味，其中好似有一种热带的诱惑藏在里面。它们并不刻意遮掩、修饰，反倒像是用自己的气味在考验、识别那些是真正懂得它、喜爱它的人。那种"臭"味独特、坦荡、鲜明可辨，是一种来自大自然的本真的气味。

但我却总是没有见到榴梿树。

一直到我临走前一天，榴梿终于以告别的姿态，从路边苍郁的森林中闪现出来。那棵高大挺拔的榴梿树，或许有十几米高吧？树干呈黑褐色，树冠浓密，散发着金黄色的釉彩光泽，椭圆形的叶片背后，有一层浅金色的厚绒毛。抬头看去，隐隐地见到榴梿的果实，像一只只淘气的刺猬，蜷起了身子，躲在树枝上硕大的奶黄色花朵背后。

正午的阳光下，整个树冠如一团金黄色的火炬，照亮了密密的黑森林。

人说，榴梿坚硬的外壳，是为了在它成熟时节，从高高的树顶上跳下来而不至于受伤。又有人说，榴梿是森林里的精灵，它长着一双人的眼睛，落地时，从不会砸在人的身上。若是有人被榴梿砸到了，那个人一定藏着坏心眼。所以，要想测试谁的品行，就把他带到榴梿树下去，榴梿一眼就把是非了断了。

《中华工商时报》1998 年 5 月

跋

2022 年，是我从事文学创作活动五十周年。

自 1996 年出版《张抗抗自选集》（五卷本）以后，二十多年过去，又有几百万字的新作，但我一直没有出版更为完整的文集。很多朋友表示不解。

出版文集，意味着对自己文学成果的一次庄重梳理：篇目的选定、文字的校勘……包括选择出版社，均需反复斟酌，需要投入大量时间。

事实上，从 2007—2017 年，我埋头写作那部百万字、三卷本的长篇小说，七易其稿。根本没有多余的精力来进入十卷本文集编选的浩大工程。

直到长篇在 2020 年最后一次改定后，我终于下决心来完成自己的夙愿。

感谢我的文友、老友们慷慨伸出援手，热情做出安排。

多年来，广西师大出版社出版的书籍为我喜爱、为我敬重，我把文集交给这家出版社，欣然而往，恰得其所。广西师大出版社严谨细致高水平的编辑工作，纠正了我旧作中的多处谬误，在此诚致谢意。

2021年12月启动该书，整整大半年，我在电脑上反复校勘文稿，希望把完美的样貌呈现给读者。

遗憾的是，那部耗尽我心血的长篇三卷本，未能收入这部文集。

该文集的三审三校接近尾声，已是酷暑时节。

就在2022年夏季，九十九岁高龄的父亲在杭州仙逝。

悲痛之余，谨以这部即将出版的文集，敬献给我亲爱的父母。是他们引导我和妹妹走上文学之路，与我分享每一部新作，在文学中陪伴我走过了大半生。

那一晚，工作结束后，我坐在二楼阳台上发呆，看星星。

蝉鸣渐歇，薄云稀疏。眼前的夜色中，忽而闪过一点荧绿透明的亮色，在我身边萦绕，迅速隐入浓密的树影，无声地跳跃旋转。

萤火虫！

它从花园的草丛里飞起来，飞到二楼阳台。我没有想到，小小的萤火虫能够飞得这么高。

我终于见到了久违的萤火虫。那一刻，我喜极而泣。

谢谢你，自带光源的萤火虫。

是萤火虫还是星星，照亮了浩瀚苍茫的夜空？

2022年8月3日